A GAIOLA DOURADA

VIC JAMES

A GAIOLA DOURADA

Tradução
Maryanne Linz

1ª edição

Galera
RIO DE JANEIRO
2018

CIP-BRASIL. CATALOGAÇÃO NA PUBLICAÇÃO
SINDICATO NACIONAL DOS EDITORES DE LIVROS, RJ

J29g

James, Vic
A gaiola dourada / Vic James; tradução de Maryanne Linz. –
1. ed. – Rio de Janeiro: Galera Record, 2018.
(Os dons sombrios)

Tradução de: Gilded cage
ISBN 978-85-01-11399-3

1. Ficção inglesa. I. Linz, Maryanne. II. Título. III. Série.

17-46812

CDD: 028.5
CDU: 087.5

Título original:
Gilded cage

Copyright © Vic James Ltd., 2018

Todos os direitos reservados.
Proibida a reprodução, no todo ou em parte, através de quaisquer meios.
Os direitos morais do autor foram assegurados.

Texto revisado segundo o novo Acordo Ortográfico da Língua Portuguesa.

Editoração eletrônica: Abreu's System

Direitos exclusivos de publicação em língua portuguesa somente para o Brasil
adquiridos pela
EDITORA RECORD LTDA.
Rua Argentina, 171 – Rio de Janeiro, RJ – 20921-380 – Tel.: (21) 2585-2000,
que se reserva a propriedade literária desta tradução.

Impresso no Brasil

ISBN 978-85-01-11399-3

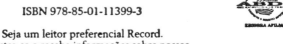

Seja um leitor preferencial Record.
Cadastre-se e receba informações sobre nossos
lançamentos e nossas promoções.

Atendimento e venda direta ao leitor:
mdireto@record.com.br ou (21) 2585-2002.

Para mamãe
Obrigada por tudo, em especial pelos livros da biblioteca

Sumário

Prólogo Leah 09

Um Luke 15

Dois Silyen 30

Três Abi 42

Quatro Luke 54

Cinco Bouda 68

Seis Luke 82

Sete Abi 96

Oito Luke 110

Nove Abi 124

Dez Euterpe 138

Onze Gavar 155

Doze Luke 169

Treze Bouda 184

Quatorze Luke 197

Quinze Abi 212

Dezesseis Luke 226

Dezessete Luke 240

Dezoito Abi 253

Dezenove Gavar 267

Vinte Luke 283

Vinte e um Abi 299

Vinte e dois Luke 311

Epílogo Abi 327

Prólogo

Leah

Primeiro ela escutou a moto, depois o galope de um cavalo, dois pontos distantes de barulho na escuridão, convergindo até ela enquanto corria.

Exceto pelas botas batendo no chão, Leah não emitia som, nem a bebê que ela mantinha bem próxima ao corpo. Mas quem as perseguia não precisava ouvi-las para encontrá-las. O único lugar para onde ela podia correr era o muro que cercava Kyneston, e a única esperança de fuga quando ela o alcançasse era a criança embrulhada em seus braços, sua filha Libby.

A lua surgia e se escondia por entre nuvens altas e rápidas, mas o brilho vago do muro se refletia de forma constante no horizonte. Era como um feixe de luz do corredor entrando por debaixo da porta do quarto, confortando as crianças que acordavam de pesadelos.

Era nisso que sua vida em Kyneston tinha se transformado: um pesadelo? Houve um tempo em que parecia preencher todos os seus sonhos.

O ruído do motor da moto agora estava mais próximo, e os cascos batendo tinham ficado para trás. Os perseguidores só podiam ser Gavar e Jenner. Ambos estavam bem mais à esquerda, rumando em uma linha que levava direto a ela. Mas Leah alcançara o muro primeiro.

Recostou contra ele em busca de um momento de alívio. Repousou uma das mãos nas pedras antigas enquanto respirava fundo.

O muro estava gelado e escorregadio, coberto de limo, contrastava com a falsa ideia de calor dos tijolos. Mas esse era o poder da Habilidade. Não havia nada de natural naquele lugar ou nas pessoas que moravam ali.

Hora de ir.

— Por favor, meu amor. Por favor — sussurrou Leah para a filha, afastando a ponta do cobertor que ela mesma havia tricotado, e beijando a cabeça sedosa de Libby.

A bebê se agitou quando Leah desenroscou gentilmente um dos braços e pegou sua mãozinha. Com o peito ofegando, tanto de terror quanto pelo esforço, Leah se inclinou no muro e apertou a palma da bebê contra ele.

No lugar onde os dedos minúsculos tocaram o tijolo gasto pelo tempo, uma enorme e intensa claridade se manifestou. Leah viu a luminescência se espalhar em círculos pela argamassa entre os tijolos. Era fraca, mas ainda assim visível. E — lá estava! — a luz saltou e subiu pelo muro, tornando-se mais forte, vigorosa, penetrante. Até que assumiu contornos: na vertical, depois um arco. O portal.

Da escuridão veio um rosnado mecânico. O motor da moto engasgando. Morrendo.

Depois outro som mais próximo irrompeu na noite: um bater de palmas vagaroso. Leah recuou, como se tivesse levado um tapa.

Alguém a aguardava ali. E, quando a figura alta e esguia apareceu na luz transbordante, ela viu que, é claro, era ele. Silyen. O mais novo dos três irmãos Jardine, mas não o último. Ele os levara a Kyneston, todos cumprindo seus dias de escravo, e era sua Habilidade que os mantinha ali na propriedade da família. Como Leah podia ter imaginado que ele a deixaria escapar?

O aplauso lento parou. Uma das mãos estreitas e de unhas roídas do garoto fez um gesto para a estrutura de ferro arqueada.

— Fique à vontade — comentou Silyen, como se convidasse mãe e filha para um chá. — Não tentarei impedi-la. Na verdade, estou bem ansioso para ver do que a pequena Libby é capaz. Você sabe que tenho... certas teorias.

O coração de Leah batia com força. Ele era o último dos três em quem confiaria. Realmente o último. Ainda assim, ela precisava aceitar a chance, mesmo que não passasse de um gato que, por um instante, levanta a pata de cima do rato.

Ela lhe estudou o rosto, como se o luar e a luz da Habilidade pudessem revelar a verdade em suas intenções. E, quando Silyen a olhou nos olhos, talvez pela primeira vez, Leah achou ter percebido algo. Era curiosidade? Ele queria ver se Libby conseguia abrir o portal. Se fosse capaz, talvez ele as deixasse cruzá-lo. Puramente pela satisfação de ver aquilo, e talvez apenas para magoar o irmão mais velho.

— Obrigada — respondeu ela, em um quase sussurro. — *Sapere aude?*

— "Ouse saber" de fato. Se você ousar, vou saber.

Silyen sorriu. Leah já era escaldada para confundir aquilo com compaixão ou bondade.

Ela deu um passo à frente e apertou a mão de Libby no portal cujo contorno levemente se via, e sob os dedos grudentos da bebê, ele ficou em chamas. Como metal fundido transbordando de um molde, ele ganhou vida e reluziu: uma eflorescência de ferro ornamental, folhas e pássaros fantásticos, com o "P" e o "J" entrelaçados por cima de tudo. Estava exatamente igual àquele dia, quatro anos antes, quando Leah chegou a Kyneston e o portal se abrira para recebê-la. Sem dúvida, exatamente igual a como era centenas de anos antes, quando foi criado.

Mas o portal permaneceu fechado. Em desespero, Leah agarrou uma das vinhas em ferro forjado e puxou com toda a força. Libby começou a chorar alto. Mas a barulheira já não importava, pensou Leah, com um desespero embotado. Elas não deixariam a propriedade de Kyneston naquela noite.

— Ah, que interessante — murmurou Silyen. — Sua filha, ou melhor, a filha de meu irmão tem a linhagem para despertar o portal, mas não a Habilidade para controlá-lo. A não ser, talvez, que ela não queira deixar a família.

— Você não é parente de Libby — rebateu Leah, levada à fúria pelo medo, apertando ainda mais a filha. Seus dedos ficaram rígidos de lutar com o metal duro. — Nem Gavar, nenhum de voc...

Um tiro ecoou, e Leah caiu no chão, gritando. A dor correu por seu corpo tão rápida e clara quanto a luz que vinha do portal.

Lentamente, Gavar veio em sua direção e ficou parado onde ela estava caída, lágrimas escorrendo dos olhos. Leah já tinha amado esse homem: o herdeiro de Kyneston, pai de Libby. A arma estava em sua mão.

— Eu te avisei — declarou Gavar Jardine. — Ninguém rouba o que é meu.

Leah não olhou para ele. Em vez disso virou a cabeça, descansando a bochecha contra o chão frio, e fixou o olhar no volume envolto em cobertor a alguns centímetros de distância. Libby berrava de dor e ultraje. O coração de Leah ansiava por tocar e acalmar a filha, mas, por alguma razão, seu braço já não tinha a força para se estender, mesmo naquela curta distância.

Cascos pararam ali perto. Um cavalo relinchou, e dois calcanhares bateram no chão. E, então, surgiu Jenner, o irmão do meio. O único que até podia ter boas intenções, mas sem poder para agir.

— O que está fazendo, Gavar? — gritou ele. — Ela não é um animal qualquer no qual você pode simplesmente atirar. Ela está ferida?

Como se em resposta, Leah deixou escapar um som agudo, que morreu em um suspiro sem ar. Jenner correu para se ajoelhar a seu lado, e Leah sentiu quando ele enxugou as lágrimas de seus olhos, os dedos lhe passando delicadamente pelo rosto.

— Sinto muito — disse ele. — Muito mesmo.

Na escuridão que se acumulava ao redor da jovem, a qual o portal brilhante não ajudou a dispersar, ela viu Gavar guardar a arma por baixo do casaco antes de se abaixar e pegar a filha.

Silyen passou por eles em direção à casa principal. Enquanto ele seguia, Gavar deu as costas e se curvou sobre Libby de forma protetora. Leah só podia esperar que ele fosse um pai mais amável do que fora um namorado.

— Silyen! — Leah escutou Jenner chamar. Ele soava distante, como se estivesse no território de Kyneston, chamando do outro lado do lago, embora ainda conseguisse sentir sua palma lhe afagando o rosto. — Silyen, espere! Você não pode fazer algo?

— Você sabe como funciona. — Veio a resposta, tão fraca que Leah se perguntou se a imaginara. — Ninguém pode trazer os mortos de volta. Nem mesmo eu.

— Ela não está...

Mas talvez Jenner tenha ido embora. E Gavar com certeza acalmara Libby. E o portal deve ter desaparecido, a luz da Habilidade extinta, porque tudo ficou silencioso e escuro.

1

Luke

Era um fim de semana de calor fora do comum em meados de junho, e o suor se acumulava na coluna de Luke Hadley, deitado de bruços sobre um cobertor no jardim da frente. Encarando uma porção de livros escolares com o olhar vazio. A gritaria o deixava distraído, e ela já acontecia havia um tempo.

Se fosse Abigail tentando revisar as matérias, Daisy e suas colegas jamais teriam conseguido permissão de fazer uma bagunça daquelas. Mas a mãe inexplicavelmente entrara na pilha para o aniversário de Daisy, que se transformara na festa do século. A irmãzinha de Luke e as amigas corriam em círculos atrás da casa, gritando no máximo de suas vozes enquanto alguma boyband imperdoavelmente horrorosa de c-pop reverberava alto pela janela da sala.

Luke enfiou os protetores de ouvido até onde podia sem romper os tímpanos, e aumentou o volume da própria música. Não funcionou. A batida grudenta de "Panda feliz" era acompanhada pelos vocais delirantes de meninas de 10 anos massacrando o idioma chinês. Gemendo, ele deixou o rosto cair nos livros espalhados pela grama à frente. Sabia quem culpar quando não passasse em História e Cidadania.

A seu lado, com as provas feitas há muito tempo, Abi estava perdida em um de seus romances *trash* preferidos. Luke olhou de soslaio e se encolheu com o título: *A escrava de seu mestre*. Ela estava quase no fim e já tinha engatilhado outro livro de capa horrorosa em tom pastel. *A tentação do herdeiro*. Ele não conseguia conceber como alguém tão inteligente como a irmã mais velha podia ler essas porcarias.

Ainda assim, ao menos aquilo a mantinha distraída. De um jeito que não era característico, Abi não tinha importunado Luke nem uma vez por causa da revisão, apesar de essas provas semestrais serem as mais importantes até o fim da escola, dois anos mais tarde. Ele se voltou novamente para o simulado. As palavras giravam diante de seus olhos.

Descreva a Revolução Igual de 1642 e explique como ela levou ao Tratado dos Dias de Escravo. Analise o papel de (i) Charles I, o Último Rei, (ii) Lycus Parva, o Regicida, e (iii) Cadmus Parva-Jardine, o Coração-Puro.

Luke resmungou com desgosto e rolou de barriga para cima. Esses nomes idiotas dos Iguais pareciam feitos para confundir. E quem realmente se importava por que os dias de escravo haviam começado, centenas de anos antes? Só importava o fato de que nunca chegaram ao fim. Todos na Grã-Bretanha, exceto os Iguais — os aristocratas com Habilidade —, ainda tinham de ceder uma década de suas vidas. Esses anos eram passados em confinamento, em uma das horríveis cidades de escravos à margem de cada cidade principal, sem pagamento e sem folga.

Luke percebeu um movimento com a visão periférica e se sentou, pressentindo distração. Um desconhecido subira pela entrada de carros e estava espiando pelas janelas do carro do pai. Isso não era incomum. Luke se levantou e foi até lá.

— Incrível, né? — disse ele ao sujeito. — É um Austin-Healey com mais de cinquenta anos. Meu pai restaurou. Ele é mecânico. Mas eu ajudei. Levamos mais de um ano. Hoje, provavelmente eu conseguiria fazer quase tudo sozinho, ele me ensinou muito.

— Verdade? Bem, imagino que vá ficar com pena de vê-lo indo embora então.

— Ir embora? — Luke estava confuso. — Ele não vai a lugar algum.

— Ahn? Mas esse é o endereço no anúncio.

— Posso ajudar? — Abi surgiu por trás do ombro de Luke e o empurrou gentilmente. — Volte para sua revisão, irmãozinho. Eu cuido disso.

Luke estava prestes a dizer a ela para não se incomodar e que o homem tinha se enganado quando uma debandada de garotinhas se lançou ao redor da casa e veio como um raio em sua direção.

— Daisy! — repreendeu Abi. — Vocês não têm permissão de brincar na parte da frente. Não quero ninguém correndo para a rua e sendo atropelado.

Daisy acelerou para se juntar a eles. Ela usava um grande emblema laranja com um "10" brilhante e uma faixa cruzada no peito ostentando as palavras "Aniversariante".

— Sério! — Daisy cruzou os braços. — Foi só um minuto, Abi.

O homem que viera por causa do carro olhava para Daisy de forma atenta. Era bom que não fosse algum tarado.

— Aniversariante, hein? — comentou ele, lendo a faixa. — Você tem 10 anos? Sei...

Ele pareceu achar graça por um instante, com uma expressão que Luke não conseguia decifrar. Então ele olhou para os três ali parados. Não era um olhar ameaçador, mas fez Luke passar o braço em volta da irmã menor e trazê-la mais para perto.

— Vou fazer o seguinte — propôs o homem. — Ligo para seu pai outra hora. Aproveite a festa, mocinha. Divirta-se enquanto pode.

Ele assentiu para Daisy, depois se virou e desceu o caminho lentamente.

— Bizarro — afirmou Daisy de um jeito expansivo, então deu um grito de guerra e levou as amigas em uma conga saltitante e animada de volta à parte de trás da casa.

"Bizarro" era o mundo como um todo, pensou Luke. Na verdade, o dia inteiro não tinha parecido muito certo.

As coisas só fizeram sentido à noite, deitado na cama. A venda do carro. O rebuliço com o aniversário de Daisy. A estranha falta de insistência com a revisão de matéria para a prova.

Ao escutar uma conversa sussurrada vindo da cozinha, Luke desceu na ponta dos pés e encontrou os pais e Abi sentados à mesa, verificando documentos. Então ele soube que estava certo.

— Quando planejavam contar para mim e Daisy? — perguntou ele da porta, sentindo uma satisfação horrível pela confusão no rosto dos três. — Pelo menos vocês deixaram a pobrezinha apagar as velas antes da grande revelação: Feliz aniversário, querida. Mamãe e papai têm uma surpresa: eles vão abandoná-los para cumprir seus dias de escravo.

Os três o encararam em silêncio. No tampo da mesa, a mão do pai segurou a da mãe. Solidariedade paterna, nunca um bom sinal.

— Então qual é o plano? Abi vai cuidar de mim e de Daisy? Como ela fará quando estiver na faculdade de medicina?

— Sente-se, Luke.

O pai era um homem tranquilo, mas sua voz estava firme, de um jeito que não era comum. Foi o primeiro sinal de alarme.

Então, ao entrar na cozinha, Luke notou a papelada que Abi reunia apressadamente em uma pilha. Uma pilha suspeitamente grande. A folha mais acima trazia a data de nascimento de Daisy.

A compreensão entrou aos poucos no cérebro de Luke e cravou seu sinal afiado por lá.

— Não são só vocês, é isso? — perguntou ele, em voz baixa. — Somos todos nós. Agora que Daisy fez 10 anos, é legal. Vocês vão nos levar junto. Todos nós cumpriremos nossos dias de escravo.

Ele mal conseguiu pronunciar as três últimas palavras. Aquilo lhe roubou o fôlego.

Em um piscar de olhos, os dias de escravo tinham ido de uma questão idiota de prova à década seguinte da vida de Luke. Arrancado de tudo e de todos que ele conhecia. Mandado à imunda e imperdoável cidade de escravos nos arredores de Manchester, Millmoor.

— Vocês sabem o que dizem por aí. — Luke não tinha certeza se estava repreendendo os pais ou implorando. — "Cumpra seus dias de escravo muito velho, e jamais sobreviverá. Cumpra seus dias de escravo muito jovem, e jamais os esquecerá." Qual parte não entendem? Ninguém faz isso na minha idade, muito menos na de Daisy.

— Não foi uma decisão que sua mãe e eu tomamos de forma leviana — respondeu o pai, mantendo a voz firme.

— Só queremos o melhor para todos vocês — completou a mãe.
— E acreditamos que é isso. Você é muito jovem para dar valor a isso agora, mas a vida é diferente para aqueles que cumpriram seus dias. Traz oportunidades melhores do que seu pai e eu tivemos.

Luke sabia o que ela queria dizer. Não se era um cidadão completo até ter cumprido os dias de escravo, e apenas os considerados cidadãos podiam ter certos empregos, ter uma casa ou viajar para o exterior. Mas empregos e casas estavam inimaginavelmente distantes, e dez anos de servidão em troca de algumas poucas semanas de férias no estrangeiro não pareciam um bom negócio.

A racionalidade dos pais apunhalou Luke, como uma traição. Isso não era algo que os pais pudessem escolher, como cortinas novas para a sala. Era a vida de Luke. Sobre a qual eles tinham tomado uma enorme decisão sem consultá-lo.

Embora, aparentemente, tivessem consultado Abi.

— Como ela tem 18 anos — continuou o pai, seguindo o olhar de Luke —, Abigail está na idade de tomar a própria decisão. E, obviamente, sua mãe e eu estamos muito felizes que ela tenha decidido nos acompanhar. Na verdade, ela fez bem mais que isso.

O pai colocou o braço em volta dos ombros de Abi e apertou de forma orgulhosa. O que a garota maravilha havia feito agora?

— É sério? — perguntou Luke à irmã. — Você foi aceita em três faculdades de medicina e está abrindo mão disso para passar a próxima década repetindo *nin hao* a cada cinco minutos, na central de atendimento do Banco da China de Millmoor? Ou talvez acabe na fábrica de tecidos. Ou no depósito de embalagem de carnes.

— Calma aí, irmãozinho — argumentou Abi. — Eu adiei minhas opções. E não vou para Millmoor. Nenhum de nós vai. Faça o que papai disse: sente-se, e vou explicar.

Ainda furioso, mas desesperado para saber como era possível cumprir seus dias sem ir a Millmoor, Luke obedeceu. E ele ouviu, com uma mistura de admiração e horror, enquanto Abi contava a ele o que fizera.

Era loucura. Era aterrorizante.

Ainda seriam dias de escravo, e, como Luke era menor de idade, não tinha escolha. Seus pais podiam levá-lo aonde quisessem.

Mas, ao menos, não iriam levá-lo àquele buraco do inferno que era Millmoor.

A mãe e o pai contaram a Daisy na manhã seguinte, e ela aceitou as notícias com uma calma que deixou Luke envergonhado. Pela primeira vez, ele se permitiu pensar que talvez o plano dos pais fosse o certo, e que todos passariam bem por aquele período, juntos como uma família.

Alguns dias depois, quando a poeira baixara, ele contou ao melhor amigo, Simon. Si deixou escapar um assobio baixo com a grande revelação.

— Existe esse departamento dentro da Divisão de Alocação de Trabalho chamado Serviços das Propriedades, onde os Iguais buscam seus escravos domésticos — revelou Luke. — Abi fez um requerimento para nós. Estamos sendo mandados ao sul, para Kyneston.

— Até eu já ouvi falar de Kyneston. — Si parecia incrédulo. — São os Jardine. Os bã-bã-bãns. Lorde Jardine é o Chanceler assustador de quando a gente era pequeno. Pra que raios querem vocês?

— Não faço ideia — admitiu Luke.

A papelada detalhava as funções para a mãe, o pai e Abi: respectivamente a enfermeira da propriedade, o mecânico de veículos de

Kyneston e alguma função administrativa. Mas não havia tarefa especificada para Luke ou Daisy, provavelmente porque eram menores de idade, explicou Abi. Talvez não tivessem um trabalho específico e lhes fosse simplesmente solicitado desempenhar tarefas sob demanda.

Luke se pegou imaginando o que essas coisas poderiam ser. Esfregar as privadas de ouro da mansão, talvez? Ou esperar pelos Iguais no jantar, o cabelo penteado, as luvas brancas, servindo ervilhas de uma terrina de prata? Nada disso parecia interessante.

— E Daisy — continuou Si. — Que utilidade os Jardine têm para uma criança tão pequena? Que utilidade eles têm para uma enfermeira, afinal? Achei que os Iguais usassem a própria Habilidade para se curar.

Luke pensou o mesmo, mas Abi, sempre querendo esclarecer e corrigir, argumentou que ninguém sabia realmente o que os Iguais podiam fazer com sua Habilidade, o que tornava particularmente empolgante servir em uma propriedade. Daisy tinha assentido com tanta força ao saber daquilo que fora um milagre a cabeça não ter caído. Luke duvidava que os Iguais conseguissem consertar algo assim.

O verão se arrastou. Em algum momento de meados de julho, Luke desceu as escadas com estrondo e encontrou um agente imobiliário mostrando a casa para possíveis locatários. Logo depois, o corredor se encheu de caixas para que os objetos da família pudessem ser levados ao depósito.

No começo de agosto, ele foi à cidade, com alguns poucos amigos do time de futebol da escola, e contou a notícia não tão feliz assim. As reações foram choque, simpatia e a sugestão de uma despedida no bar onde o barman era conhecido por avaliar mal as idades dos clientes. Mas, enfim, só deram uma volta no parque.

Não fizeram planos para se encontrar de novo.

A doze dias da partida, o sujeito que se interessara pelo carro voltou. Luke assistiu ao pai entregar as chaves, e precisou dar as costas, piscando. Ele não ia começar a chorar por um carro, de todas as coisas.

Mas ele sabia que não lamentava pelo veículo, mas pelo que ele representava. Adeus, aulas de direção no outono. Até logo, independência. Não vou vê-la tão cedo ao longo dos melhores anos de minha vida.

Abi tentou animá-lo, mas, alguns dias depois, foi a vez do garoto ver a silhueta da irmã na entrada da cozinha, a cabeça abaixada e os ombros tremendo. Ela segurava um envelope rasgado. Eram os resultados das provas. Luke esquecera completamente.

De primeira, pensou que Abi não obtivera o resultado esperado. Mas, ao abraçá-la, Abi mostrou a ele a tira estreita de papel. Notas perfeitas, garantindo a entrada em todas as universidades em que se inscrevera. Nesse momento, Luke percebeu do quanto a irmã mais velha abria mão para ir com eles.

Dois dias antes do Dia da Partida, a casa ficou aberta para que os amigos e a família se despedissem, e seus pais deram uma festa para poucos naquela noite. Luke passou o dia atracado ao videogame e aos jogos favoritos, porque, para onde iam, isso também não existiria mais. (Como os escravos se divertem em Kyneston? Jogando charada em volta do piano? Ou talvez não houvesse horário de descanso. Talvez você trabalhasse até cair, aí dormisse, aí levantasse e fizesse tudo de novo, todos os dias, durante uma década.)

Então o dia em si chegou. Lindo e ensolarado, é claro.

Luke se sentou no muro do jardim, observando a família resolver os últimos detalhes. A mãe havia esvaziado a geladeira e andado pela vizinhança, oferecendo as sobras de comida. O pai fora ali perto, deixar uma última caixa de objetos indispensáveis com um amigo que a levaria ao depósito, onde ficaria com o restante das posses da família.

As meninas tomavam sol na grama, Daisy aborrecendo a irmã com perguntas e repetindo as respostas.

— Lorde Whittam Jardine, Lady Thalia, Herdeiro Gavar — tagarelou Daisy. — Jenner. E não consigo me lembrar do último. O nome é muito simples.

— Você está quase lá, porque também começa com "Si" — disse Abi, sorrindo. — É Silyen. Ele é o mais novo, numa idade entre Luke e eu. Não tem nenhum Jardine tão pequeno quanto você. E se pronuncia Jar-*din* e *Kay*-neston, como em "pai". Eles não querem ouvir nossas vogais nortistas lá no sul.

Daisy revirou os olhos e se jogou de costas na grama. Abi espreguiçou as pernas longas e enfiou a barra da camiseta debaixo do sutiã para pegar um pouco de sol. Luke esperava sinceramente que ela não fizesse isso em Kyneston.

— Vou sentir saudades dessa sua irmã sarada — comentou Si no ouvido de Luke, assustando-o. Luke se virou para olhar o amigo, que viera se despedir. — Fique esperto para que seus amos e senhores não venham com alguma ideia engraçadinha sobre direitos.

— Sei lá — murmurou Luke. — Você viu os livros que ela lê. Talvez eles é que precisem de proteção.

Simon gargalhou. Os dois trocaram um bater de ombros e um tapinha nas costas meio esquisitos, mas Luke continuou sentado no muro, com Si de pé na calçada.

— Ouvi dizer que as garotas Iguais são umas gatas — comentou ele, cutucando Luke com o cotovelo.

— Ficou sabendo de fonte segura, é?

— Ei, pelo menos você vai ver umas garotas. Meu tio Jim conta que todos os locais de trabalho em Millmoor empregam apenas um dos sexos, então as únicas mulheres em sua convivência são as da própria família. É um belo lixo, aquele lugar.

Si cuspiu expressivamente.

— O Jimmy voltou de lá faz algumas semanas. Ainda não contamos a ninguém, porque ele não sai de casa e não recebe visitas. Ele está destruído. Quero dizer, literalmente. Ele sofreu um acidente, e agora seu braço...

Simon levantou um dos cotovelos dobrado e deixou o punho pender. O efeito foi ridículo, mas Luke não sentiu vontade de rir.

— Foi atingido por uma empilhadeira ou algo assim. Ele não falou muito a respeito. Na verdade, ele mal fala. É o irmão mais novo de meu pai, mas parece dez anos mais velho. Enfim... Ficarei longe de Millmoor enquanto puder; você se deu bem.

Si olhava para um lado e para o outro da rua. Olhava para qualquer lugar, menos para Luke.

Luke percebeu que o melhor amigo não tinha mais nada a dizer. Durante doze anos, os dois fizeram tudo juntos; praticaram esportes, pregaram peças e copiaram o dever de casa um do outro desde a primeira semana da escola primária. E aquilo acabava ali.

— Não vá pensando que esses Iguais são gente como a gente — aconselhou Si, em um último esforço de conversa. — Eles não são. Eles são bizarros. Ainda me lembro de nossa viagem para aquele parlamento, aquela Casa de Luz. O guia martelando sobre como era uma obra-prima, toda construída por Habilidade, mas aquilo me deu arrepios. Você se lembra daquelas janelas? Não sei o que rolava lá dentro, mas não se parecia com o conceito de "dentro" de qualquer lugar que eu já tivesse visto. Bem, se cuide, ok? E de sua irmã também.

Si deu uma piscada hesitante para Abi, e Luke se encolheu. O amigo era totalmente incorrigível.

Luke não o veria por uma década inteira.

Abi nunca mais ouviria as insinuações de Si porque, provavelmente, o garoto estaria casado e com filhos quando eles voltassem a Manchester. Teria um emprego. Novos amigos. Si deixaria sua marca no mundo. Tudo o que formava o universo de Luke naquele momento teria acabado, avançado dez anos em alta velocidade, enquanto o próprio Luke teria ficado parado.

A injustiça daquilo o deixou súbita e violentamente furioso, e Luke bateu tão forte com a mão na parede que esfolou a palma. Quando ele gritou, Si enfim olhou para ele, e Luke viu pena nos olhos do amigo.

— Tá certo então — emendou Si. — Vou indo. Tenha uns dez anos rápidos.

Luke o observou ir embora, a última parte de sua antiga vida, virando a esquina e saindo de vista.

Depois, como não havia mais nada a fazer, foi se juntar às irmãs, se espreguiçando no gramado ao sol. Daisy recostou o corpo contra o seu, a cabeça descansando pesadamente nas costelas do irmão enquanto ele puxava e soltava o ar. Luke fechou os olhos e escutou o barulho da televisão do outro lado da casa; o ronco do tráfego da rua principal; o canto dos pássaros; a mãe dizendo ao pai que não tinha certeza se preparara sanduíches o suficiente para o trajeto de cinco horas até Kyneston.

Algo pequeno rastejou da grama até seu pescoço. Luke esmagou o que quer que fosse, e se perguntou se poderia dormir pelos dez anos seguintes, como alguém em um conto de fadas, até acordar e descobrir que já pagara seus dias.

E, então, ouviu a voz do pai, intrometida, e a mãe dizendo:

— Levantem-se, crianças. Está na hora.

Os Jardine não enviaram um Rolls Royce com motorista, é claro. Apenas um velho sedã prateado comum. O pai mostrava a papelada à motorista, uma mulher com um suéter onde se lia "DAT", as iniciais da Divisão de Alocação de Trabalho.

— Vocês são cinco? — perguntava a senhora, franzindo a testa para os documentos. — Só tenho quatro nomes aqui.

A mãe deu um passo à frente, exibindo sua expressão mais tranquilizadora.

— Bem, nossa mais nova, Daisy, ainda não completara 10 anos quando preenchemos a papelada, mas agora ela tem, o que provavelmente...

— Daisy? Não, não. O nome dela está aqui. — A mulher leu a primeira folha da prancheta. — HADLEY, Steven, Jacqueline, Abigail e Daisy. Recolhimento: 11 da manhã, no número 28 da Hawthornden Road, Manchester. Destino: Propriedade de Kyneston, Hampshire.

— O quê?

A mãe agarrou a prancheta, com Abi se esticando sobre seu ombro para olhar.

Ansiedade e um tipo louco de esperança entrelaçaram seus dedos nas entranhas de Luke e puxaram em direções opostas. A papelada fora malfeita. Ele recebeu uma suspensão temporária. Talvez nem precisasse cumprir seus dias.

Outro veículo entrou na rua, uma minivan preta, exibindo uma insígnia no capô. Todos conheciam aquele símbolo e as palavras que o adornavam: *"Labore et honore"*. O lema da cidade de Millmoor.

— Ah, meus colegas chegaram — declarou a mulher, visivelmente aliviada. — Tenho certeza de que eles vão poder esclarecer.

— Olhe — sibilou Abi, apontando algo nos papéis.

A van estacionou na frente da casa, e um homem atarracado, com o cabelo raspado quase na máquina zero, desceu. Ele não vestia o uniforme da DAT, mas algo mais próximo de uma farda de polícia. Em seu cinto de utilidades, havia um cassetete pendurado que batia contra a perna enquanto ele andava.

— Luke Hadley? — indagou ele, parando em frente a Luke. — Imagino que seja você, meu filho. Pegue sua mala, temos outros quatro para buscar.

— O que significa isso? — perguntou Abi, empurrando a prancheta embaixo do rosto da mulher da DAT.

Várias folhas estavam dobradas para trás, e Luke reconheceu o próprio rosto na foto agora mais acima. A página estava riscada com uma linha vermelha grossa, com duas palavras carimbadas.

— O que significa? — A mulher riu nervosamente. — Bem, "Excedente: realocado" se explica sozinho, certo? A Propriedade de Kyneston não encontrou nenhuma atividade útil para seu irmão, então a ficha foi devolvida para realocação. Na condição de homem sozinho não qualificado, na verdade só há uma opção.

A ansiedade vencera o cabo de guerra e puxava as entranhas de Luke para fora, pedacinho por pedacinho, ajudada pelo medo.

Ele não era necessário em Kyneston. Eles o estavam levando para Millmoor.

— Não — argumentou ele, recuando. — Não, houve um erro. Nós somos uma família.

O pai se colocou de forma protetora na frente do menino.

— Meu filho vai conosco.

— A papelada diz outra coisa — declarou a mulher da DAT.

— Dane-se a papelada — retrucou a mãe, de modo ríspido.

E, então, tudo aconteceu horrivelmente rápido. Quando o sujeito de uniforme passou ao lado do pai de Luke em direção ao menino, o homem lhe acertou um soco no maxilar; o sujeito xingou e se desequilibrou, as mãos já procurando algo no cinto.

Todos viram o cassetete descer, e Daisy gritou. O bastão golpeou o pai na lateral da cabeça e o fez cair de joelhos na entrada da garagem, gemendo. Sangue escorria da testa, deixando vermelha a pequena faixa onde o cabelo ficava grisalho. Atônita, a mãe se ajoelhou ao lado do marido, verificando o machucado.

— Seu animal! — berrou ela. — Um golpe cego pode matar se o cérebro inchar.

Daisy irrompeu em lágrimas. Luke a envolveu nos braços, apertando o rosto da irmã na lateral do corpo, e a segurou firme.

— Vou dar parte do senhor — ameaçou Abi, apontando um dedo para o homem de Millmoor. Ela deu uma olhada no nome gravado no uniforme. — Quem o senhor pensa que é, Sr. Kessler? Não pode simplesmente agredir as pessoas.

— Você está bem certa, mocinha. — Os lábios de Kessler se repuxaram em um largo sorriso malicioso e cheio de dentes. — Mas temo que às 11h — ele verificou o relógio ostensivamente, virando o punho para que todos pudessem ver o mostrador, que marcava 11h07 — todos iniciaram seus dias de escravo e entraram em um estado legal de não individualidade. Neste exato momento, vocês são bens do estado. Para explicar à pequenininha aqui — emendou ele, olhando para Daisy —, isso significa que vocês não são mais "pessoas" e não têm mais absolutamente nenhum direito. *Absolutamente. Nenhum.*

Abi engasgou, e a mãe soltou um gemido baixo, apertando a mão contra a boca.

— Sim — continuou o homem, com seu sorriso fino. — As pessoas não costumam pensar nisso quando organizam as coisas. Particularmente não quando se acham algo especial, boas demais para serem escravas assim como o resto de nós. Então, vocês têm uma escolha.

Sua mão foi até o cinto e soltou algo. Parecia uma arma desenhada por uma criança: quadrada e intimidadora.

— Isto aqui dispara 50 mil volts e pode incapacitar cada um de vocês. Depois, é só carregá-los até o carro junto de suas malas. Vocês quatro ali, e você — ele apontou para Luke, depois para a van — ali. Ou todos podem simplesmente entrar nos veículos corretos. Simples assim.

Dava para recorrer nesses tipos de situações, não dava?

Abi tinha conseguido que todos fossem para Kyneston. Ela conseguiria tirá-lo de Millmoor. É claro que sim. Ela venceria a divisão de trabalho pelo cansaço só com a força da papelada.

Luke não podia deixar mais ninguém da família se machucar.

Ele afrouxou os braços ao redor de Daisy e lhe deu um empurrão delicado.

— Luke, não! — gritou a irmãzinha, tentando se agarrar a ele com mais força.

— Vamos fazer o seguinte, pequena Daisy — explicou Luke, se ajoelhando e enxugando as lágrimas no rosto da menina. — Vou para Millmoor. Vocês, para Kyneston, onde serão tão super-especiais-incríveis que, quando contarem a eles do irmão maravilhoso deixado para trás, eles mandarão o jatinho particular para me buscar. Entendeu?

Daisy parecia muito traumatizada para falar, mas assentiu.

— Mãe, pai, não se preocupem. — O pai fez um barulho de engasgo, e a mãe irrompeu em soluços altos enquanto ele abraçava os dois. — Será temporário.

Ele não podia fingir por muito mais tempo. Se não entrasse rápido na van, perderia totalmente o controle. Ele se sentia vazio por dentro, apenas um terror negro e amargo no fundo do estômago.

— Logo vou ver a todos — afirmou ele, com uma confiança que não sentia.

Então pegou a mochila e se virou na direção da minivan.

— E não é que você é um heroizinho — zombou Kessler, abrindo com estrondo a lateral do veículo. — Estou aqui chorando. Entre, Hadley E-1031, e vamos indo.

O bastão atingiu Luke com força entre as omoplatas, e o menino se estatelou para a frente. Ele teve a presença de espírito de puxar os pés antes da porta ser batida, depois foi jogado contra as pernas do banco quando a van partiu.

De cara no chão imundo do veículo, apertado contra botas fedorentas de desconhecidos, Luke não via como algo podia ser mais horrendo que o que acabara de acontecer.

Millmoor provaria que estava errado.

2

Silyen

A luz do começo de setembro transbordava pela janela da sacada do Pequeno Solar de Kyneston, caindo como um grosso tecido dourado sobre a mesa do café da manhã. Transformava a prataria disposta em frente a Silyen Jardine em uma constelação. A tigela de frutas no centro, um sol ofuscante, assomava com peras. Elas estavam frescas, colhidas das árvores no jardim de tia Euterpe. Ele puxou o prato em sua direção e escolheu um exemplar verde-avermelhado.

Com uma faca afiada de cabo de marfim, ele cortou a pera; estava madura, e ele observou o suco escorrer no prato para então secar os dedos.

Antes de ele sequer estender a mão para a xícara de café, o lacaio uniformizado à esquerda, um passo atrás, serviu um jato preto e fumegante de um bule polido. Gavar, seu irmão mais velho, havia deixado um escravo-doméstico com um olho roxo certa vez por ter lhe servido uma torrada queimada, mas a criadagem era mais rápida ao servir o Jovem Mestre. Silyen gostava daquilo. E deixar Gavar irritado era um bônus.

Mas, como sempre, Silyen e a mãe, Lady Thalia, eram as únicas pessoas no Pequeno Solar àquela hora. Como também era de costume, havia pelo menos meia dúzia de escravos zanzando com coisas do café da manhã. Ele os observava distraidamente. Tanto alvoroço, tudo aquilo tão desnecessário.

Naquele dia, a mãe acrescentava ainda mais ao quadro.

— Uma família inteira? — perguntou ele, sentindo que algum comentário era esperado. — Sério?

Os serviçais eram domínio de Jenner. A mãe acreditava que era importante dar ao irmão do meio um senso de utilidade e valor dentro da família. Silyen suspeitava de que Jenner sabia muito bem como a família o enxergava de verdade. Ele teria de ser idiota para não ver, ou não ter Habilidade.

Do outro lado da mesa, a mãe mordiscava um brioche e folheava papéis que exibiam o timbre da Divisão de Alocação de Trabalho.

— A mulher é o motivo pelo qual a divisão nos mandou os papéis. Ela é enfermeira com vasta experiência em cuidados intensivos, então vai assumir o tratamento de sua tia. O homem leva jeito com veículos e restaura carros clássicos, pode consertar algumas daquelas velharias que seu pai e Gavar insistem em colecionar. E como estão no início de seus dias, não vindo de alguma cidade de escravos, dificilmente — ela hesitou, à procura da frase certa — trarão vícios de comportamento.

— Não terão aprendido a nos odiar ainda, você quer dizer. — Silyen encarou a mãe com olhos negros, exatamente como os dela, por baixo dos cabelos escuros, também uma característica de seus ancestrais maternos, os Parva. — Você disse que era uma família, e quanto às crianças?

Lady Thalia acenou de um jeito desdenhoso, e uma das empregadas deu um passo à frente em busca de instruções, antes de perceber o erro e recuar. Os escravos que rastejavam ao redor dos Jardine executavam essa cansativa dança de servilidade muitas vezes ao dia.

— Bem, há uma garota inteligente de 18 anos. Jenner vem pedindo ajuda extra no Gabinete de Família, então irei designá-la a ele.

— Dezoito? Pretende contar a eles o que aconteceu com a última garota dessa idade a cumprir seus dias em Kyneston?

A maquiagem imaculada da mãe escondeu qualquer sinal de rubor, mas Silyen viu os documentos se agitarem em sua mão.

— Você não devia falar assim. Meus olhos se enchem de lágrimas só de pensar naquela pobre garota. Que acidente terrível, e ter sido seu irmão a atirar. Ele ainda está perturbado. Acredito que ele a amava muito, apesar de ser uma tola paixão passageira. Aquela linda bebezinha privada da mãe e da família.

Silyen ensaiou um esgar de lábios. Também foi bom Gavar não presenciar aquela negação de seu filho. Mesmo de má vontade, a criança tinha herdado o sobrenome Jardine, já que não houve negação de paternidade. Sua cabeleira acobreada proclamou o parentesco claro com Gavar e seu pai, Whittam. Mas a menina não herdou outros privilégios de sangue.

— Acho que essas boas pessoas podem cuidar disso — continuou a mãe.

Normalmente, Silyen demonstrava bastante interesse na filha ilegítima do irmão mais velho. Embora não fosse incomum bastardos nascidos de escravas entre as grandes famílias, em geral eles eram banidos assim como a mãe afrontosa. Felizmente, a morte de Leah tinha impedido que isso acontecesse à pequena Libby, dando a Silyen a oportunidade de estudá-la de perto.

Como a criança não tinha nascido de pais Iguais, as leis de hereditariedade supunham que ela não teria Habilidade. Mas nunca se sabe. Silyen ficou intrigado com o que acontecera no portal na noite em que Leah tinha tentado fugir. E fatos curiosos haviam acontecido antes em Kyneston, como a falta de Habilidade de Jenner, apesar da linhagem impecável de seus pais.

A organização dos cuidados de Libby, no entanto, não interessava tanto a Silyen. Naquele dia, ele tinha outras preocupações em mente.

Logo, o Chanceler chegaria a Kyneston: Winterbourne Zelston em pessoa. Zelston visitaria a irmã de Lady Thalia, de quem fora noivo na juventude. Supostamente, ainda estavam comprometidos, pois Zelston continuava muito apaixonado — e se sentia muito culpado — para terminar. Mas tia Euterpe não estava em condições de entrar na igreja. Nos últimos 25 anos, ela não estivera em condições de fazer absolutamente nada, a não ser respirar e dormir.

Bem, Silyen tinha novidades àquele respeito. Zelston acharia a visita memorável.

A impaciência queimava dentro do rapaz. Debaixo da mesa, ele sacudia a perna e tentava impedir o movimento pressionando a palma da mão no joelho. Em dias como aquele, Silyen podia sentir a Habilidade correndo dentro de si, procurando uma saída. Canalizar essa força era como tocar violino. Aquele momento que as vibrações das cordas explodiam em música: primorosa, irresistível. Ele desejava ansiosamente usá-la.

Ele não compreendia como a família era capaz de viver sem se incomodar com essa necessidade constante. Não entendia como Jenner, sem Habilidade, suportava simplesmente viver.

— Eles parecem pessoas honestas, de confiança — disse a mãe, tirando migalhas da boca sem borrar o batom. — Chegam por volta das quatro da tarde, por isso preciso de você. Jenner vai instalá-los. Aqui, dê uma olhada.

Ela deslizou uma fotografia pela extensão polida de nogueira da mesa de café da manhã. Havia cinco pessoas na praia inglesa varrida pelo vento. Um homem de meia-idade, com cabelo rareando e um sorriso orgulhoso, trazia o braço ao redor de uma mulher em forma, usando um top com zíper. Na frente de ambos, uma menininha sardenta fazia careta para a câmera. Flanqueando o trio, estavam duas crianças mais velhas. Uma garota alta, o comprido cabelo louro-escuro preso em uma trança, flagrada quando decidia se sorria ou não; e um envergonhado garoto louro, sorrindo maliciosamente.

A garota mais velha não parecia o tipo de Gavar, o que era um alívio. O garoto merecia uma segunda olhada. Ele parecia ter por volta da idade de Silyen, o que evocava possibilidades interessantes.

— Quantos anos tem o filho?

— Por volta de 17, acho. Mas ele não vem. Simplesmente não consegui pensar em nada que pudesse fazer. E, sabe como é, meninos dessa idade podem ser difíceis e transgressores. Mas não você, meu querido. Você, nunca.

Lady Thalia ergueu a pequena xícara em saudação ao filho preferido, embora não houvesse muita competição. Silyen sorriu de volta, com serenidade. Mas era frustrante que o garoto não viesse. Talvez uma das irmãs se revelasse adequada então.

— Também não consigo pensar em nada que a mais nova pudesse fazer.

— Concordo plenamente. Mas Jenner insistiu. Ele queria a família toda, disse que não poderíamos separar os pais dos filhos. Então, fizemos um acordo no qual aceitaríamos a menininha, mas não o garoto. Ele não ficou totalmente feliz, mas sabe que minha palavra é final. Do jeito que é, eu me preocupo que se identifique demais com esse tipo de gente. Não é algo que eu e seu pai desejemos encorajar.

A infeliz deficiência de Jenner e sua simpatia pelo povo eram tópicos constantes de conversa, então Silyen transferiu sua atenção de volta à pera no prato. A dissecação estava quase completa quando a campainha fez um ruído estridente no corredor além, acompanhada, horrivelmente, por um uivo estrangulado.

A tia-avó Hypatia devia ter trazido o bichinho de estimação. Enquanto Silyen escutava com atenção, o uivo deu lugar a um ganido baixo. Seria uma bênção matar a criatura um dia desses, embora pudesse ser mais divertido libertá-la.

— Devem ser o Chanceler e sua tia-avó — avisou Lady Thalia, rapidamente verificando a aparência na cremeira de prata antes de se levantar. — Seu pai a chamou até aqui para falar do casamento de Gavar. Quando soube que Winterbourne também viria, ela se convidou para acompanhá-lo no carro oficial. Só mesmo Hypatia para conseguir uma carona do homem mais poderoso da região.

Os visitantes aguardaram junto à porta de carvalho esculpido. O Chanceler Winterbourne Zelston exibia uma figura imponente, enquanto a tia-avó Hypatia estava deslumbrante em peles de raposa, cada uma de um animal caçado por ela. Uma terceira forma, imunda e magra, estava deitada entre eles, ofegante. Ela se coçava de vez em quando, como se estivesse com pulgas, embora o motivo mais provável fossem as feridas nas costelas ressaltadas. As unhas não estavam cortadas e se curvavam para baixo, arranhando a laje lisa.

— Lorde Chanceler — cumprimentou Lady Thalia, se abaixando em uma reverência.

Quando o Chanceler assentiu em reconhecimento, a luz do sol filtrada pelas imensas janelas da Grande Sala atingiu as contas presas às tranças arrumadas de seu cabelo, lançando brilhos pelas paredes de Kyneston. Silyen suspeitava de que havia muito o homem dominara a arte de se posicionar à procura de tais efeitos.

Zelston apertou a mão de Lady Thalia, anéis de platina cintilando nos dedos escuros. Um punho branco, imaculadamente engomado, despontava de baixo do rico tecido preto de seu casaco. Seu traje sugeria um homem de certezas absolutas. Mas sua política era menos definida. À mesa do jantar, o pai, o ocupante anterior da cadeira de Chanceler, frequentemente emitia críticas violentas a respeito das deficiências do atual encarregado.

— É uma honra estar de volta a Kyneston — murmurou Zelston. — Sinto muito que questões parlamentares tenham me mantido longe por tanto tempo. Senti falta dessas visitas.

— E minha irmã Euterpe sentiu falta do senhor — respondeu a mãe. — Tenho convicção, embora não possamos saber com certeza. Por favor, vá até ela.

O Chanceler não perdeu tempo. Dirigiu um rápido "Bom dia" à tia-avó Hypatia e, então, seguiu a passos largos aos recônditos íntimos da casa. Silyen se afastou da parede para segui-lo, passando com cuidado por cima da criatura trêmula no chão. Ofereceu à tia-avó o cumprimento habitual, que era não dizer absolutamente nada.

O Chanceler não precisava ser instruído quanto à direção. Ele visitava Kyneston desde antes de Silyen nascer. Seguiu pela larga galeria com retratos das famílias Jardine e Parva.

No fim da passagem, havia duas portas. A da esquerda revelava uma sala com um piano de ébano, uma espineta e prateleiras lotadas de partituras. A sala de música de Silyen, onde ele praticava bem mais que música.

Zelston, é claro, a ignorou. Ele estendeu a mão para a maçaneta familiar da segunda porta fechada e, então, hesitou e se virou. Contra a pele escura, os olhos pareciam injetados. Será que ele tinha chorado quando lera a carta de Silyen?

— Se tiver mentido para mim, vou acabar com você — ameaçou Zelston roucamente.

Silyen reprimiu um sorriso malicioso. Assim parecia mais normal. Os olhos do Chanceler examinaram seu rosto, procurando... O quê? Medo? Indignação? Falsidade? Silyen estava em silêncio, convidando o homem a examiná-lo. Zelston grunhiu e, em seguida, abriu a porta.

Quase nada no quarto de tia Euterpe mudara durante a vida de Silyen, incluindo a mulher que o ocupava. Deitada na grande cama branca, trazia o cabelo comprido penteado e espalhado pelos travesseiros. Os olhos estavam fechados, e a respiração, firme e constante.

As janelas de treliça do quarto eram mantidas destrancadas. E se abriam para um pequeno jardim simétrico. Malvas-rosa de cabo longo e agapantos se agitavam no peitoril, e glicínias ventavam ao redor do batente da janela, como se tentassem derrubar a casa. O pomar ficava além. Havia pereiras enfileiradas contra o muro de tijolo vermelho, os galhos distribuídos tão cuidadosamente quantos os membros de uma assistente de atirador de facas.

Uma mesinha de cabeceira abrigava várias garrafas, um jarro e uma bacia de porcelana. Ao lado da mesa, havia uma única cadeira de encosto reto. Zelston se jogou pesadamente sobre ela, como se seu corpo fosse um fardo. As cobertas estavam puxadas até o peito da pessoa que dormia, e um braço em camisola repousava por cima da colcha. Silyen viu quando o Chanceler apertou a pálida mão entre as suas e a segurou com mais força que qualquer enfermeira teria permitido.

— Então o senhor recebeu minha carta — começou Silyen, com a cabeça abaixada. — Sabe o que estou oferecendo. E sabe o preço.

— Seu preço é muito alto — respondeu o Chanceler, sem soltar a mão de Euterpe. — Não temos nada a discutir.

A veemência do homem disse a Silyen tudo o que precisava saber.

— Ah, por favor — retrucou de forma branda, dando a volta na cama para ficar na linha de visão de Zelston. — Não há nada que o senhor não daria por isso, e ambos sabemos disso.

— Isso me custaria a posição — afirmou o Chanceler, dignando-se a encarar Silyen. — Foi seu pai quem o incitou? Ele não pode ter o cargo de Chanceler uma segunda vez, sabe.

— Qual é a maior tragédia: uma carreira perdida ou um amor perdido? — perguntou Silyen, dando de ombros. — Tenho a impressão de que o senhor é superior a isso. Tenho certeza de que minha tia achava o mesmo.

Tudo no aposento parecia imóvel. O único som veio de um zumbido e, depois, da batida audível de uma abelha drogada de pólen contra o vidro da janela.

— Ela está inerte assim faz 25 anos — continuou Zelston. — Desde o dia em que Orpen Mote foi completamente destruída. Tentei tirá-la desse estado; sua mãe também, e até seu pai. Pessoas com mais Habilidade em trabalho mental tentaram e falharam. E então você, um moleque de 17 anos, vem me dizer que consegue. Por que eu deveria acreditar?

— Porque eu fui onde ela está. Tudo que preciso fazer é guiá-la de volta.

— E onde ela está?

— O senhor sabe. — Silyen sorriu. Era o sorriso da mãe, o que significava que era o de tia Euterpe também, dada à grande semelhança entre os membros da família. Zelston devia odiar. — Ela está exatamente onde o senhor a deixou.

Zelston se levantou de repente, derrubando a cadeira. O estrondo foi alto o suficiente para acordar os mortos, embora não, é claro, a mulher na cama. Ele agarrou as lapelas gastas de veludo do casaco de montaria de Silyen, o que foi um desdobramento imprevisto. Silyen escutou o tecido rasgar. Já passava da hora de ele ter um casco novo, de qualquer forma. A respiração do Chanceler soprava quente em seu rosto.

— Você é desprezível — cuspiu o homem. — O filho monstruoso de um pai monstruoso.

Zelston empurrou Silyen contra o batente da janela, e o ruído de seu crânio no vidro chumbado espantou passarinhos das árvores.

— Sou o único que pode lhe dar o desejo de seu coração — declarou Silyen, irritado com o timbre agudo em sua voz, embora a mão fechada de um homem ao redor da traqueia fizesse isso. — E não estou pedindo muito em troca.

O Chanceler fez um muxoxo e soltou o pescoço do garoto. Enquanto Silyen recuperava a dignidade ao ajeitar a gola rasgada, o homem mais velho falou:

— A Proposta do Chanceler me permite, a cada ano, apresentar para discussão uma nova lei diante do parlamento nos três Grandes Debates. E você me pede que, este ano, eu abuse dessa prerrogativa propondo a abolição dos dias de escravo, a base da ordem social do país. Sei que vários entre os Iguais acreditam que os dias são, de alguma forma, errados, e não meramente a ordem natural das coisas. Mas eu nunca o teria incluído entre eles.

"É bom que você saiba que uma Proposta assim jamais passaria. Nem mesmo seu pai e seu irmão votariam a favor. Eles menos que qualquer um. E uma Proposta dessas não apenas arruinaria minha carreira, ela arrisca arruinar o país. Se os cidadãos ouvirem falar disso, quem sabe o que poderia acontecer? Poderia abalar a paz da Grã-Bretanha.

"Eu lhe darei qualquer coisa a meu alcance. Posso fazer um dos sem filhos apontá-lo como herdeiro. Uma vez herdeiro de uma propriedade, depois lorde, você teria uma cadeira própria no parlamento e uma chance para o cargo de Chanceler um dia, algo que nunca vai alcançar como terceiro filho de Lorde Jardine. Mas isso não faz sentido. Absolutamente nenhum sentido."

Silyen olhou para o homem à frente. O rosto escuro de Zelston reluzia de suor, a gravata imaculada de seda branca estava torta. Era extraordinário ver tamanha emoção no Chanceler. Seria era um hábito de político, só para se exibir? Ou algumas pessoas de fato estavam sujeitas a tais tempestades frequentes de sentimentos? Gavar era assim, supôs Silyen. Devia ser exaustivo.

Ele fez um gesto para a cadeira virada perto da cama, e esta voltou a ficar sobre as quatro pernas. Zelston seguiu a deixa e se sentou, o que foi gratificante para Silyen. O Chanceler abaixou a cabeça e passou os dedos pelas tranças amarradas. Sua postura sugeria oração. Apesar de Silyen sequer imaginar para o que ou para quem rezava.

— Uma pergunta para o senhor, Chanceler: o que é Habilidade?

Zelston fora advogado antes da morte prematura da irmã mais velha. O infortúnio o elevou à posição de herdeiro, e, diante disso, uma ambição política da qual não se suspeitava se revelou. Advogados gostavam de perguntas, e, mais que isso, gostavam de respostas inteligentes.

Por entre os dedos, Zelston olhou para cima com cautela e assentiu. Fez uso da sistemática deixada pelos sábios séculos antes.

— É uma capacidade, de origem desconhecida, que se manifesta em uma fração bem pequena da população e é passada por nossas linhagens. Alguns talentos são universais, como restauração, ou seja, a cura. Outros, como alteração, persuasão, percepção e castigo, se manifestam em graus diferentes de pessoa para pessoa.

— Poderíamos chamar de magia? — ofereceu Silyen.

Zelston estremeceu. Era uma palavra fora de moda, mas Silyen gostava. Achava as categorias tradicionais secas e mal definidas. Achava que Habilidade não era um balaio de pequenos talentos, mas sim um esplendor que iluminava as veias de cada Igual.

Mas ele tinha de falar com o Chanceler em uma linguagem que o homem entendesse: a da política.

— Talvez se pudesse dizer que Habilidade é o que nos separa — ele apontou para si mesmo e para Zelston — deles. — Ele indicou a janela, além da qual dois jardineiros, escravos, murmuravam a respeito de gorgulhos nas maçãs. — Mas me diga: quando foi a última vez que usou sua Habilidade? Além de curar um corte feito por papel ao abrir uma carta, ou de exercitar um pouco de persuasão em questões políticas? Quando foi a última vez que usou sua Habilidade para de fato fazer algo?

— Temos escravos para fazer as coisas — rebateu Zelston, com desprezo. — Todo o propósito dos dias de escravo é nos deixar livres para governar. E você quer desmantelar esse sistema.

—Mas muitos países são governados por cidadãos: a França, onde as pessoas se rebelaram contra a aristocracia detentora de Habilidade, massacrando-a nas ruas de Paris. Ou a China, onde faz tempo nossos irmãos se retiraram para monastérios nas montanhas. Ou os Estados da União da América, que nos considera inimigos estrangeiros e nos exclui de sua "Terra dos Livres", apesar de seus primos nos Estados Confederados viverem como nós. O governo não é o que nos define, Chanceler. Nem o poder. Nem a riqueza. A Habilidade é o que nos define. Os dias de escravo nos fizeram esquecer disso.

Zelston olhou fixamente para ele, depois esfregou os olhos. Seu rosto exibia todos os sinais de um homem prestes a desistir. Apesar das belas palavras sobre a paz do país, ele jogaria tudo para o alto por uma chance de recuperar o amor perdido da juventude. Era quase admirável, se a pessoa fosse inclinada a admirar tais coisas. Silyen não era.

— E você acha que essa Proposta vai, de alguma forma, nos relembrar?

— Acho que ajudará — respondeu Silyen.

O que era verdade, até onde se podia dizer.

Zelston deixou o olhar encoberto recair sobre o rosto de tia Euterpe, depois estendeu a mão e acariciou seu cabelo.

— Muito bem. Vou apresentar a Proposta ao parlamento. Vamos debatê-la no Castelo Esterby, depois em Grendelsham. E, quando o Terceiro Debate vier a Kyneston na primavera, cumprirá seu lado do trato. Euterpe será devolvida a mim antes de eu convocar a votação. Que será contra você. Agora saia da frente.

Silyen fez uma reverência superficial e não conseguiu resistir ao ímpeto de bater a bota de forma insolente quando assumiu uma postura militar formal. Ele se virou antes de deixar o aposento.

— Ah, milorde Chanceler? O senhor não teria conseguido encostar um dedo em mim se eu não tivesse permitido.

Ele fechou a porta atrás de si.

Silyen foi até a sala de música adjacente. Só o piano seria suficiente naquele momento, algo grande e barulhento o bastante para tirar um pouco do rugido sem fim que a Habilidade produzia dentro do rapaz.

Ele abriu a tampa do instrumento. Enquanto suspendia os dedos sobre o teclado, escutou, na sala ao lado, o Chanceler Winterbourne Zelston começar a chorar.

3

Abi

No carro, todos sentiam-se meio entorpecidos. Falavam apenas para extravasar a raiva, soluçar ou, no caso de Abi, oferecer um plano atrás do outro a fim de reverter a situação de Luke. A mãe fez a mulher ao volante parar enquanto verificava se o pai — muito quieto — não sofrera uma concussão. Seu veredito tranquilizador acalmou Daisy e permitiu que Abi focasse no irmão. Pelo resto da viagem, Luke foi o único pensamento em sua cabeça.

Até que chegaram ao muro.

— Ali está Kyneston à esquerda — anunciou ao volante a mulher da Divisão de Alocação de Trabalho. Ela ficara em silêncio durante todo o trajeto, depois de deixar claro que não ganhava para comentar a respeito do desastre daquela manhã. — É o muro mais antigo e mais extenso do país: oito milhões de tijolos. A maioria dos Iguais não se incomodou em cercar tudo, apenas a casa e o terreno imediato. Mas não os Parva-Jardine. Eles muraram a floresta, tudo. Estão vendo?

Apesar de absorta, Abi desviou sua atenção. Ela abriu a janela do carro, como se aquilo fosse, de alguma forma, aproximá-la da fita de tijolos que cercava os viçosos campos verdes, embrulhando a paisagem da Inglaterra como um presente a ser aberto apenas pelos Iguais.

— Não é muito alto! — exclamou ela, com surpresa. — Sempre achei que seria bem mais alto que isso. Ele não parece capaz de manter os cervos do lado de dentro, muito menos escravos.

A mulher soltou uma gargalhada curta e aguda, como se Abi tivesse contato uma boa piada.

— Ele os mantém direitinho lá dentro. Mas não são os tijolos os responsáveis. Nem mesmo os Iguais podem entrar ou sair, a não ser quando o Jovem Mestre permite.

— O Jovem Mestre?

Devia ser o filho Jardine mais novo: Silyen.

Abi sabia que havia Habilidade entrelaçada na maioria dos muros da nobreza, um legado da Revolta de Black Billy de 1802. Revolta essa que começara em Ide, quando um ferreiro liderou um exército de trabalhadores contra seus lordes. O desfecho deu-se com o ferreiro sendo torturado até a morte com as ferramentas monstruosas forjadas por ele sob influência da Habilidade. Imediatamente depois, os Iguais começaram a erguer muros ao redor de suas propriedades. Dizia-se que algumas das famílias mais poderosas também tinham guardiães nas portas, para manter as camadas de centenas de anos de Habilidade defensiva. E os Jardine eram os mais poderosos de todos, eram a Família Fundadora.

Será que as histórias de guardiães nas portas eram verdadeiras? E, se fossem, Silyen Jardine, com apenas 17 anos, certamente era uma escolha estranha para tamanha responsabilidade. Era como confiar a única chave da casa a Luke, pensou Abi, e isso a fez sentir mais uma vez, como um golpe afiado, a ausência do irmão.

Para mortificação de Abi, a mulher da DAT tinha interpretado mal sua curiosidade.

— Não vá ficando interessada no Jovem Mestre, minha garota. Pelo que ouço, o rapaz é um tipo esquisito, mesmo entre Iguais. Jamais foi visto em um carro; vai a todo canto de cavalo.

Abi corou. Ela flagrou o olhar da mulher no espelho retrovisor e viu algo inesperado: preocupação.

— Não, não fique interessada por nenhum deles. É a única saída segura para pessoas como nós. Você não vê nada, não escuta nada e faz seu trabalho. As pessoas enxergam essas propriedades como uma opção fácil, mas ouvi histórias de arrepiar. Quando chegar minha hora, Millmoor vai ser boa o suficiente para mim, já que estarei entre minha própria gente.

Abi voltou a recostar no banco, mal-humorada e constrangida. Quem, em seu juízo perfeito, preferiria uma cidade de escravos a essa suntuosa e arejada região campestre? A brisa que entrava pela janela do carro batia fresca e doce em seu rosto. Não, a escolha certa fora levar a família a Kyneston, estava certa disso. E ela se asseguraria de que Luke também conseguisse vir.

As rodas do carro esmagaram o cascalho à medida que foram parando no acostamento da estrada. Não havia nada de especial no local, apenas mais estrada e muro, a mesma visão dos últimos dez minutos. A Propriedade de Kyneston devia ser enorme.

— Chegamos — avisou a mulher da DAT. — Podem descer, e boa sorte. Estamos meia hora adiantados, mas me será útil sair antes no retorno ao norte. Tenho certeza de que, depois de todo o esforço para chegar aqui, vocês não pensariam em desaparecer.

— Mas não há nada aqui — alegou Abi. — O que devemos fazer, só esperar? Alguém vai vir nos buscar?

— Não sei mais que você, meu amor. Minhas instruções eram trazer os quatro até aqui às quatro da tarde. Este é o local. Conforme o GPS.

— Bem, o GPS deve estar errado.

Mas a mulher não estava nem aí. Tinha voltado a ser uma funcionária, apenas cumprindo ordens. Como não havia razão em discutir, Abi abriu a porta, ajudou Daisy a sair, e depois foi ao porta-malas, de onde começou a retirar a bagagem.

— Que seus dez anos passem rápido — desejou a motorista.

E fechou as janelas do veículo muito rapidamente, quase como se o ar estivesse intoxicado. O cascalho voou debaixo dos pneus enquanto o carro dava a volta e partia.

A mãe se jogou em cima do pequeno amontoado de pertences, temporariamente sem forças. O pai ficou parado a seu lado, encarando a distância, ainda sofrendo com a humilhação e a impotência de não ter conseguido salvar o filho. Ao menos Abi esperava que fosse isso, em vez de uma concussão tardia. De toda forma, ambos tinham de sair logo daquele estado, ou bastaria uma olhada para que os Jardine os mandassem a Millmoor para se juntar a Luke.

Daisy se acomodou na divisa de grama aparada, fazendo um colar de margaridas. Abi a aconselhou a não vagar pela estrada, e recebeu um olhar de você-acha-que-sou-burra pela preocupação. Consultando o relógio, decidiu que haveria tempo para explorar brevemente o local. Dez minutos para andar rápido na direção de que tinham vindo, o mesmo tempo para voltar, e ainda sobrariam dez minutos antes das quatro horas.

O exercício provou-se vão. O muro se estendia, baixo e sem alterações, exatamente como a parte pela qual tinham passado de carro. Quando era hora de voltar, ela fez uma pausa a fim de inspecionar os tijolos, e ficou espantada ao descobrir um brilho fraco. Era quase imperceptível à luz do sol, mas à noite o muro iria reluzir.

Abi reuniu a coragem de tocá-lo, mas a mão recuou por iniciativa própria. Abi tinha esperado algo como um choque elétrico, percebeu, mas não acontecera nada. Com mais coragem, ela esfregou os dedos contra os antigos tijolos salpicados. Mas o muro parecia ser perfeitamente normal, fora a fraca luminescência. Será que aquilo era Habilidade? Abi se perguntou se poderia escalá-lo, mas provavelmente aquele não era o melhor momento para tentar.

Ela voltou até a família com tempo de sobra, aliviada por ver os pais, enfim, conversando. Os minutos restantes foram gastos ajudando Daisy com seu colar de flores. Abi o passou ao redor do pescoço da irmã. Para que os novos amos vissem que Daisy era apenas uma criança e, portanto, devia ser tratada como tal.

— Cavalos! — exclamou Daisy, escutando o som abafado das ferraduras e olhando ansiosamente a extensão da estrada.

— Não é aqui — afirmou Abi. — Estão na grama, do outro lado do muro. Alguém está vindo.

Seria o Jovem Mestre, que ia a todos os lugares a cavalo?

Ela ficou na ponta dos pés, e os quatro permaneceram juntos, de frente para o muro.

O que é idiota, pensou Abi, porque não havia nada naquele ponto além de tijolos sólidos. Ninguém passaria, a não ser que abrisse um buraco ou voasse por cima.

Mas Abi não conseguiu rir da imagem absurda, porque, na verdade, não fazia ideia do que os Iguais eram capazes. Ninguém fazia. As pessoas só os viam na TV ou na internet, ou em revistas de celebridades. Sinceramente, eram parecidos com pessoas comuns. Arrumados e maravilhosos, é claro, mas para isso era necessário apenas dinheiro, não Habilidade.

Informações sobre a verdadeira natureza dos Iguais simplesmente não existiam. Fora as famosas histórias da Revolução Igual — o assassinato do Rei Charles por Lycus, o Regicida, e a Grande Demonstração de Cadmus Parva-Jardine quando construiu a Casa de Luz —, os livros de história tratavam de questões de Estado, não de Habilidade. Em seus romances favoritos, lindos homens Iguais explodiam Ferraris e controlavam caras malvados com o poder da mente, mas dificilmente Abi lhes daria muito crédito.

As melhores pistas eram notícias oriundas de países, como a Grã-Bretanha, que eram governados por aqueles com Habilidade; como o Japão, onde todas as cerejeiras do país floresciam no mesmo instante a cada primavera, em uma demonstração pública do poder da Família Imperial; nas Filipinas, padres com Habilidade frequentemente repeliam condições meteorológicas ameaçadoras. Do que os Iguais britânicos eram capazes? Abi não tinha certeza.

Mas estava prestes a descobrir. Uma mistura de empolgação e apreensão fechou sua garganta. Era para desvendar o mistério que ela havia adiado seu futuro. Será que valeria a pena?

Então, aconteceu quase rápido demais para causar espanto. Daisy deu um grito agudo.

Um portal apareceu bem em frente aos Hadley. Sua estrutura era ornamentada por exuberantes pássaros e flores habilmente forjados em ferro dourado. O portal se erguia até o dobro da altura do muro e brilhava com uma luz estranha e intensa. Através da abertura ornada por um arabesco elegante, agora era possível ver duas figuras masculinas a cavalo.

Espantada, Abi percebeu que ambos tinham idade próxima a sua. Um deles usava um casaco de tricô azul-marinho e montava um belo alazão. Seu cabelo era de um ruivo magnífico, a famosa tonalidade dos Jardine, e o rosto, franco e bonito. O outro cavalo, um animal comum, era todo preto. Seu cavaleiro usava jeans preto enlameado e botas de equitação marrom claro, enrugadas. A gola do casaco estava rasgada e pendia frouxa. Com certeza o ruivo era o Jovem Mestre, e o outro, um escravo estimado, talvez um camareiro.

Mas o sujeito no cavalo preto foi o primeiro a acelerar a montaria em sua direção. Ele moveu os dedos de um jeito indiferente, e os pesados portões começaram a se abrir. Os dois cavaleiros passaram por baixo das iniciais entrelaçadas encimando o arco: o monograma da família Parva-Jardine. Para Abi, parecia que o topo da letra P beijava o J carinhosamente, enquanto a curva do J abraçava o P.

O jovem cavaleiro desleixado passou uma das pernas por cima da sela e pousou no chão com leveza. Então, deu as rédeas ao companheiro e andou até onde os Hadley estavam. Abi sentiu o poder irradiar do rapaz, como estática, levantando os pelos de seus braços e do pescoço, e soube imediatamente que entendera tudo errado.

Esse garoto, e não o outro, era o Jovem Mestre.

Ele não parecia grande coisa. Próximo à idade de Luke, era mais alto que o irmão de Abi, porém mais magro. Precisava urgentemente de um corte de cabelo. Abi sentiu o medo apertá-la por dentro enquanto ele se aproximava.

Ele parou em frente ao pai, que abriu e fechou a boca em silêncio, claramente desanimado.

O garoto estendeu uma das mãos e tocou o ombro do homem. Parecia o mais gentil dos gestos, mas Steve Hadley se curvou levemente, como se estivesse sem fôlego, e um gemido suave escapou de sua boca. A expressão do Jovem Mestre era quase entediada, mas por baixo do cabelo bagunçado, Abi viu os olhos se estreitarem em concentração. O que ele estava fazendo?

Daisy era a pessoa seguinte na fila improvisada. Abi se sentiu orgulhosa do destemor da irmãzinha enquanto o garoto abaixava a mão ainda mais levemente, e Daisy piscava e balançava, como uma flor na brisa. A mãe, quando tocada, apenas pendeu a cabeça e estremeceu.

Então, Silyen Jardine ficou parado em frente a Abi, e ela engoliu em seco quando ele estendeu a mão...

...e a sensação foi como a atração vertiginosa de olhar para baixo de um lugar alto; como a onda desconfortável de terror após roubar algo de uma loja só pelo desafio; como o milissegundo depois da insensatez de virar uma dose tripla de Sambuca no aniversário de 18 anos; como a alegria atordoada de abrir os resultados da prova na cozinha naquele dia, antes de se lembrar de que cumpriria seus dias e não iria para a universidade. O coração de Abi bateu descontroladamente, e, então, parou por apenas um instante.

De repente, Abi ficou gelada até a alma e se sentiu nua de uma forma que não tinha nada a ver com roupas. Foi como se algo a tivesse cuidadosamente virado do avesso e inspecionado tudo o que ela continha. E, então, não encontrando nada de útil ou interessante, a tivesse colocado de volta exatamente do mesmo jeito, pelo menos para quem olhasse de fora.

Quando a mão do rapaz se levantou do ombro de Abi, ela estremeceu e achou que iria vomitar.

O Jovem Mestre já estava de volta à sela, trocando palavras breves com o segundo cavaleiro antes de disparar em um trote largo pelo portal. Abi não ficou triste por vê-lo partir. Lembrou-se das palavras da mulher da divisão do trabalho a respeito da preferência pela "própria gente". Nem Abi, nem sua família estavam mais entre a própria gente.

O segundo cavaleiro foi em sua direção, guiando o lustroso alazão.

— Vocês devem ser os Hadley — anunciou ele, com um sorriso. — Sou Jenner Jardine. Vocês são muito bem-vindos à propriedade de minha família.

— Você é mais bonzinho que o outro? — perguntou Daisy.

Abi queria ser engolida pelo chão. O rosto da mãe ficou pálido. Mas, surpreendentemente, o jovem homem apenas gargalhou.

— Eu tento ser — declarou ele. — E peço desculpas pelo que vocês acabaram de passar. É desagradável, mas necessário. Eu peço a Silyen para, ao menos, prevenir às pessoas, mas ele nunca as adverte. Ele diz que acha as reações interessantes.

— Foi horrendo — comentou Daisy. — Por que não é você que faz? Talvez não fosse tão ruim.

Abi quis colocar as mãos na boca da irmã antes que saísse algo ainda mais imprudente.

— Não consigo. — Foi a resposta inesperada. — Quero dizer, nenhum de nós conseguiria fazer isso como Silyen, mas eu não consigo e ponto. Tenho tanta Habilidade quanto você, Daisy Hadley. Imagino que você seja Daisy, certo? — acrescentou ele, de forma cavalheiresca. — A não ser que seja Abigail e um pouco baixinha para sua idade, enquanto esta jovem Daisy alta aqui...

Jenner Jardine se virou para Abi enquanto Daisy gaguejava e dava risadinhas e garantia a ele que não, não, ele acertara.

Abi pediria desculpas ao descendente de Kyneston pela enorme boca de Daisy. E pretendia perguntar o que ele quis dizer com não ter Habilidade, porque todos eles tinham Habilidade, certo? Todos os Iguais.

Mas suas palavras morreram nos lábios quando ela olhou para Jenner Jardine. Não a distância em seu cavalo, ou com um dos olhos atento à irmãzinha indiscreta, mas diretamente para ele.

Jenner tinha calorosos olhos castanhos e cabelo acobreado. O rosto era todo salpicado de sardas, e, embora fosse mais larga que o normal para um homem, a boca era equilibrada por maçãs do rosto bem delineadas. Abi percebeu todos esses detalhes, apesar de nenhum deles ficar registrado. Sentiu-se tonta novamente, mais uma vez como se estivesse nua.

Mas nada disso era por causa de Habilidade. E isso não a deixou gelada. Definitivamente nem um pouco gelada.

Jenner a observava de um jeito estranho, e Abigail se deu conta de que o estava encarando. Enrubesceu.

Uma onda de vergonha estourou sobre seu corpo, pesada e humilhante. Ela estava parada diante desse homem, não como a garota inteligente, rápida e relativamente atraente que sabia ser, mas como uma escrava. Naquele momento, para Abi, aquilo parecia a coisa mais horrível e cruel que os dias de escravo podiam fazer. Ser escravo era uma condição que despojava a pessoa de tudo o que a individualizava. Somado a isso, experimente ser colocado diante de alguém a quem, sob circunstâncias totalmente diferentes, você se permitiria amar, e, quem saber, até ser amado de volta.

As palavras de Jenner foram gentis, mas ela não devia se iludir. Ele era um Igual. E, apesar de sua alegação inexplicável de não ter Habilidade, ele era um Jardine. Nunca veria Abi por quem ela realmente era. Era como aquele brutamontes de Millmoor dissera: para os Iguais, todos os escravos eram simplesmente bens pessoais, coisas para serem usadas, ou descartadas, como inúteis.

A humilhação foi consumida por uma explosão de raiva e culpa pelo irmão mais novo. Foi o plano cuidadosamente arquitetado de Abi que havia exposto Luke ao julgamento impiedoso dos Jardine. Seu banimento a Millmoor era todo culpa de Abi. Ela balançou a cabeça, tonta pela força dessa percepção.

— Você está bem?

Ela sentiu a mão firme no cotovelo. Jenner. Depois um braço ao redor dos ombros. O pai. A mão se soltou.

— A Habilidade pode afetar as pessoas às vezes — explicou Jenner. — Quem nunca foi exposto a ela precisa se aclimatar. A sensação é mais intensa com Silyen por perto, mas talvez você sinta isso de novo quando meu pai e meu irmão mais velho voltarem de Londres. Vamos levar vocês a sua cabana. Coloquei-os na Travessa, vocês vão gostar de lá.

Jenner os guiou. Em vez de a cavalo, foi andando ao lado do grupo. O pai levou suas bolsas e as de Abi nos ombros, enquanto a mãe carregou a própria e a de Daisy, uma em cada mão. Daisy correu para a frente e para trás, admirando o cavalo e perturbando Jenner com perguntas a respeito do rapaz. Abi caminhou sozinha, isolada em um dos lados, tentando dar um sentido a tudo o que a incomodava.

— Ah! — A exclamação de Daisy foi tão alta que o pequeno grupo parou, alarmado. — Olhem — disse ela, apontando de volta na direção de onde tinham vindo. — Desapareceu. Está invisível?

Agora havia uma única e intacta extensão de muro onde antes estivera o reluzente portal. Os Hadley olharam fixamente.

— Você estava certa sobre o "desapareceu" — afirmou Jenner, persuadindo seu cavalo a parar. — O portal só existe quando alguém de minha família o invoca, e ele pode ser conjurado em qualquer lugar ao longo do muro. É por isso que não existem caminhos nem estradas dentro da propriedade. Isso também explica porque meu pai vive estourando a suspensão dos carros clássicos que ele tanto ama, e porque Silyen e eu preferimos andar a cavalo. Gavar privilegia motos. Esse portal só pode ser aberto pela Habilidade. É por isso que ainda agora...

Ele se deteve.

— Por que está nos contando isso? — Quis saber Abi. — Esse tipo de coisa não é, sei lá, segredo de Estado ou algo assim?

Jenner remexeu as rédeas do cavalo, fazendo uma pausa antes de responder.

— Nem sempre Kyneston é um lugar fácil. Às vezes as pessoas pensam em partir. — Ele se virou para Abi. — Meu irmão me contou que, antes de nós chegarmos, quando você ainda estava do outro lado, explorou um pouquinho. Não, não se preocupe. — acrescentou, já que o pânico enrolara os dedos com força em volta do pescoço da jovem. — Você não fez nada de errado. Apenas... tente não se interessar muito pelas coisas. É mais fácil assim.

Ele ficou calado, e Abi suspeitou de que não falava de uma maneira geral, mas lembrando algo específico e perturbador. Era ridículo de sua parte querer confortá-lo?

Era.

— Tentar não me interessar muito? — repetiu ela, um pouco rispidamente. — O lema de sua família não é "*Sapere aude?*", "Ouse saber"?

— Confie em mim — pediu Jenner, com os olhos castanhos sobre ela. — Há certas coisas que é melhor não saber.

Ele se virou, e todos continuaram andando em silêncio. Cerca de quinze minutos depois — Abi podia ver pela cara de Daisy que ela estava prestes a fazer aquela pergunta "Já chegamos?" —, o caminho virou uma ladeira de inclinação leve. Quando alcançaram o cume, o que Abi viu lhe tirou o fôlego.

Kyneston.

Ela já vira fotos do lugar, é claro: em livros, na televisão e online. A sede da Família Fundadora. Uma vez o lar de Cadmus Parva-Jardine, Cadmus, o Coração-Puro, pacificador e criador do Tratado dos Dias de Escravo.

A parte pré-Revolucionária de Kyneston era feita de pedra clara, amarelada. Com três andares e janelas elevadas, tinha no alto um pequeno domo e, nas extremidades, um parapeito repleto de estátuas.

Mas o resto da edificação brilhava de modo quase insuportável. Da estrutura principal da casa, se estendiam duas grandes alas de vidro, cada uma delas tão larga quanto a fachada original. Foram forjadas pela Habilidade de Cadmus, assim como ele erguera a Casa de Luz, sede do parlamento dos Iguais. No sol baixo da tarde, as duas alas eram como estufas cheias de flores exóticas de fogo e luz. Primeiro Abi baixou os olhos, depois precisou desviá-los totalmente.

— Que lindo — elogiou Daisy. — E muito brilhante. Vocês moram lá?

— Sim — respondeu Jenner Jardine. — E sim, eu moro.

Ele sorria, genuinamente feliz pela felicidade de Daisy. Ele ama aquele lugar, Abi se deu conta. Mas, se o que dissera a respeito do portal e de sua falta de Habilidade fosse verdade, ele seria um prisioneiro tanto quanto a família de Abi.

— Veja — comentou o jovem Igual, direcionando o olhar de Daisy para uma pequena figura feminina aparecendo por trás de uma cerca viva de topiaria. — Aquela é minha mãe, Lady Thalia. Ela e eu tomamos conta da casa e do jardim. Ela faz tudo relacionado à Habilidade, e eu cuido do resto.

— E quem é aquela? — perguntou Daisy, quando uma segunda pessoa apareceu.

Então ela ofegou, um som baixo ferido e chocado que fez Abi pensar rapidamente se Jenner a beliscara.

Abi acompanhou o olhar de Daisy, para a segunda figura agora emergindo da linha da cerca viva. Era outra mulher, o cabelo em um penteado sólido como aço, os ombros cobertos pelo que pareciam dúzias de peles de raposas. Havia uma coleira enrolada em volta de uma das mãos enluvadas.

E, no fim daquela coleira, de quatro e nu, estava um homem.

4

Luke

Pela janela riscada e embaçada da van, Luke viu Millmoor encolhida sob uma nuvem que ela mesma produzia. Ele abriu um pouco a vidraça para ter uma visão melhor, mas não fez muita diferença. A sujeira não grudava no vidro. Estava no próprio ar. A luz era pálida e imunda.

Eles estavam a vinte minutos de carro de casa, mas, mesmo em Manchester, era possível experimentar Millmoor quando o vento soprava na direção errada. Às vezes era um fedor químico pungente, vindo da zona industrial. Às vezes, era uma corrente de ar, asquerosa e pútrida, da fábrica de processamento de carne. Em dias de muito azar e brisa muito forte, era um coquetel de ambos; algo de revirar o estômago. Nesses dias, a mãe mantinha todas as janelas fechadas.

Agora não haveria mais escapatória de Millmoor. A estrada tinha mergulhado e aumentado, e lá estava novamente a cidade de escravos, com o dobro do tamanho, preenchendo o horizonte. Chaminés arpoavam o céu, cutucando cruelmente grandes massas de nuvens e fumaça. Um duto distante brilhava com uma chama trêmula.

A van passou por um círculo externo de guarda, depois parou em um segundo posto de controle, onde todos desceram. Um jovem soldado inexpressivo, com uma arma presa de forma visível ao peito, perguntou o nome de Luke.

— Luke Hadley — respondeu ele, mas a sílaba final saiu como um suspiro quando o bastão de Kessler fez pressão em seu diafragma.

— Você é Hadley E-1031 — vociferou o homem. — Agora diga a ele seu nome.

— Hadley E-1031 — repetiu Luke, atordoado por mais que apenas a dor do golpe.

Do posto de controle, eles marcharam em fila pelo estacionamento de uma garagem. Do outro lado havia um prédio baixo, largo, com plástico branco imundo na fachada, um centro médico.

— Realmente não estou nem um pouco ansioso por isso — comentou um dos caras que chegaram com Luke, um sujeito acima do peso, pálido e com barba por fazer. — Deve ser a pior coisa.

— O que é isso? — perguntou Luke.

— Você não leu o folheto? — retrucou o homem. — Caramba, você não sabe nada sobre este lugar, moleque?

— Eu não deveria estar aqui — resmungou Luke, percebendo, não exatamente a tempo, que isso não era o melhor a dizer.

— Tá certo — disse Kessler, que estava lá de novo, o bastão cutucando Luke para frente. — O Hadley E-1031 aqui acha que é bom demais para vocês. Ele acha que deveria estar no sul, se misturando aos Iguais. Ele acha que *houve um erro*.

Ele imitou as palavras de Luke, fazendo-as soar afetadas e femininas, e o cara pálido riu, toda a simpatia acabada.

O conceito de "pior coisa" era por si só bem desagradável, mas Luke já tinha um pressentimento de que Millmoor atiraria algumas coisas em seu caminho para concorrer com aquilo. Uma enfermeira ergueu a manga de sua blusa, preparou a pele do antebraço e, então, pegou o que parecia ser uma arma de grampear. Mas, em vez de disparar apenas uma agulha, ela cravou uma dúzia delas bem fundo na carne de Luke. Quando o aparelho foi levantado, havia uma matriz nítida de sangue jorrando. Kessler não estava por perto, então Luke arriscou uma pergunta.

— É seu chip de identificação, querido — respondeu a enfermeira. — Ele se aloja bem fundo na carne. Para que eles saibam onde você está.

Ela fez um curativo com um quadrado de gaze no braço de Luke e depois o escaneou com uma pequena varinha retangular. Luke não conseguiu ver o painel com a leitura de dados, mas escutou um bip e viu uma luz verde.

— Pronto, acabou. Aqui, leve um desses. — A mulher puxou um potinho de doces de uma gaveta em sua estação de enfermagem. — Normalmente guardo isso aqui para as crianças, mas acho que você merece um. Só 16 anos e aqui sem a família. Não achei que fosse permitido.

Luke pegou um, pensando na irmãzinha. O braço magro de Daisy mal suportaria a pistola de chip. Ele a teria vigiado noite e dia nesse lugar. Ele sabia que Abi faria o mesmo em Kyneston.

Do centro médico, Kessler os pastoreou a pé pelas ruas de Millmoor. Não havia outros veículos a não ser ônibus largos e jipes cintilantes ostentando a insígnia da cidade de escravos, com "Segurança" escrito em vermelho vívido. Homens uniformizados ficavam parados nas esquinas, as palmas afagando os cabos dos cassetetes e as coronhas das armas atordoantes. Todas as outras pessoas usavam túnicas disformes, ou macacões, e andavam com a cabeça abaixada. Era difícil distinguir tanto idade quanto gênero.

Mesmo quando Luke conseguia capturar o olhar de alguém, a pessoa se virava rapidamente. Ele não conseguia acreditar nesse lugar. Os cidadãos de Manchester eram naturalmente exaltados, como era possível se mostrarem tão intimidados? Luke jurou que, independentemente do tempo que passasse em Millmoor, jamais pararia de olhar as pessoas nos olhos.

Sua nova casa era um dormitório de seis camas em um imenso bloco pré-fabricado. Uma fileira de jalecos estava pendurada com pregadores de roupas, como peles secas, como se Millmoor houvesse sugado a substância dos corpos que os vestiam. Em uma das camas, uma figura se agitava e se virava, com um cobertor puxado por cima da cabeça a fim de bloquear a luz. Provavelmente um trabalhador do turno da noite, pois Luke duvidava de que pegassem leve com os doentes em Millmoor. O ar era viciado e azedo. Muito suor e pouco sabonete, como diria a mãe.

Ele esvaziou a mochila no colchão da cama despida e abriu o envelope no locker ao lado. Era sua designação. O barracão de componentes na Zona D do Parque de Máquinas. Expediente: de segunda a sábado, das 8 da manhã às 6 da tarde. Data de início: 3 de setembro. O dia seguinte. Ele olhou para o papel sem acreditar.

Aquela tarde era toda a liberdade que lhe restava até domingo, dali a seis dias. Onde era o Parque de Máquinas? Como ele chegava lá? Onde podia arrumar algo para comer? Sentiu saudade dos sanduíches que a mãe fizera, tendo o cuidado de preparar os preferidos de cada um. As meninas estariam zombando dos delas naquele momento, a meio caminho de Kyneston. Ele sinceramente esperava que a família encontrasse algo melhor que aquilo ali no fim daquela jornada.

Havia um zelador sentado em um cubículo escuro ao lado da entrada do bloco de dormitórios, um senhor que devia estar para lá dos 55 anos, resistindo até o último momento, retardando seus dias até o instante final. Ele esboçou amavelmente um mapa rudimentar. Armado com isso e algumas vagas memórias de filmes exibidos nas aulas de cidadania, Luke saiu. Ele podia sentir cada alvéolo dos pulmões se contraindo em protesto conforme pisava na rua sufocada de poluição.

Millmoor era a cidade de escravos mais antiga do país, tão antiga quanto a própria indústria. Assim que algum gênio desenvolveu o maquinário de produção, os Iguais colocaram pessoas para operá-las sob árduo trabalho escravo. Até então, os dias de escravo lembravam o feudalismo, com todos cumprindo os dias como trabalhadores na fazenda, artesãos ou escravos domésticos, sob as ordens de seus senhores locais. Ilustrações em livros escolares tentavam passar a imagem de aconchego, camponeses agradecidos em cabanas iluminadas por luz de vela, agrupados do lado de fora do muro que brilhava por Habilidade de uma grande propriedade. Mas por trezentos anos, a realidade tinha sido Millmoor e as cidades de escravos que se espalhavam em sua semelhança, obscurecendo cada uma das cidades britânicas.

Luke checou o mapa. O velho esquisito desenhara algo como um tabuleiro de dardos, circular e dividido em quatro partes. O coração de Millmoor era seu centro de administração; em volta, ficavam os blocos residenciais. Além deles, as zonas industriais: o Parque de Máquinas, a Zona de Comunicações (galpões e mais galpões de *call centers*, pelos quais eles tinham passado ao entrar), o distrito de embalagem de carne e o velho quarteirão, onde se erguiam as primeiras fábricas e os galpões de tear. O zelador tinha riscado aquela parte com linhas cruzadas, explicando que estava abandonada.

O dormitório de Luke localizava-se na parte oeste, enquanto o Parque (Luke duvidava de que tivesse um lago com patos e placas de "Não pise na grama") ficava do outro lado, a leste, então ele zarpou no que esperava ser a direção certa. Mas as ruas se tornaram labirintos, se ramificando de novo, e logo estava totalmente perdido.

Luke entrou em um labirinto de pátios sem saída, ao redor dos fundos de vários blocos de acomodações em estado precário. Uma placa enferrujada no muro dizia Leste 1-11-11, o que era precisamente menos que nenhuma ajuda. Então, ele viu dois sujeitos parados, conversando no extremo mais longe do pátio, ao lado de uma estrutura arqueada de dutos de aquecimento e colunas de ventilação. Homens da manutenção. Eles lhe informariam a saída.

Mas algo o impediu de chamá-los. Eles não estavam conversando um com o outro. Estavam falando com uma terceira pessoa, escondida atrás do muro a suas costas, que podia ser vista entre eles, os dutos e o prédio decrépito. Luke foi se aproximando devagar.

— ...sei que você tem um pouco — disse o maior dos dois. — Já vi você trazendo por aqui. A vaca velha para de resmungar um pouco depois que você passa, o que é ótimo, mas alguns frascos de morfina pra uso próprio seria ainda melhor. Então, passe pra cá.

Será que ele tinha tropeçado em algum tipo de negociação ilegal? Luke estava prestes a se afastar quando o outro cara virou e ele teve um vislumbre da pessoa com quem os dois falavam: uma garota e, pela aparência frágil, mal era mais velha que Daisy.

Seus pés se grudaram no chão. Ele não ia a lugar algum até que tirasse a menina de perto desses esquisitões com o dobro de seu tamanho.

— Eu não tenho nada que dar pra vocês — disse a menina, de um jeito feroz. — A não ser isso aqui.

E, enquanto o cérebro de Luke ainda arquitetava um plano, ela partiu para cima de um dos homens e ele gritou.

— A vaca tem uma faca — berrou ele, enquanto o outro cara tentava dar um soco forte na garota e só encontrava o vazio.

Luke a viu. Ela estava no chão, se contorcendo de barriga para baixo até o espaço apertado debaixo de um duto, com a intenção de sair do outro lado. O homem que acertara se agachou e forçou os dedos na brecha, tentando agarrar um pedaço da garota. O outro tinha calculado que o único jeito de a pegar era dando meia-volta, então se virou e disparou, bem na direção de Luke.

Seguindo o instinto, Luke se agachou, agarrando às cegas quando o sujeito passou. A porção de tecido áspero foi instantaneamente puxada de seu punho fechado quando o cara caiu no chão e Luke tombou de costas.

Dedos pequenos se cravaram em suas axilas, puxando-o para cima.
— Ande.

A garota saiu correndo, os cabelos crespos voando, ao mesmo tempo que o sujeito que ela cortara olhou para cima e rosnou, o sangue escorrendo da mão. Luke não hesitou.

Nunca se sentira tão grato por todos aqueles treinos de futebol nos fins de semana, tremendo na chuva de short, porque a criança era rápida. Passava a mil por hora por entre becos e vielas, deslizando entre prédios, saltando sobre tijolos quebrados ou sacos de lixo abertos que derramavam detritos lodosos pelo chão.

— Por cima — gritou a jovem, enquanto se lançavam no que parecia um beco sem saída. Ela se jogou no muro na extremidade oposta, os dedos agarrando algo pequeno demais para Luke enxergar. Resolveu, então, correr e saltar, e quase deu de cara contra os tijolos quando sentiu os dedos dos pés rasparem em algo. Foi quando içou o corpo para cima desesperadamente, fazendo força para subir.

A menina aguardava do outro lado, as mãos no quadril, o peito estreito mal se mexia, apesar do esforço.

— Se acalme, fera — disse ela. — A gente despistou todos eles faz umas sete ruas.

— Quem eram aqueles caras? — perguntou Luke, ofegando, os ombros caídos. — O que eles queriam de você? Bem, essa parte eu ouvi. Morfina. Mas quantos anos você tem, onze? Doze? O que está fazendo com morfina?

A garota bufou de um jeito irônico.

— Treze, na verdade. E não é de sua conta. Apesar de que uma mulher naquele bloco vai passar uns dias difíceis até eu conseguir levar o Doutor até ela.

— O Doutor?

— Eu teria escapado de lá numa boa, mas obrigada por tentar. Não é todo mundo que arriscaria virar inimigo daqueles dois, então, ou você é muito corajoso ou é muito burro. Qual dos dois?

Os olhos castanhos turvos o avaliaram.

— Ah, nenhum dos dois. Você só é muito novo aqui. — Ela soltou uma gargalhada gutural, soando mais velha que sua idade. — Bem-vindo a Millmoor. Qual é seu nome?

— Hadley E-1031. E cheguei hoje. Como você sabe disso?

— Tenho Habilidade, né? — comentou a garota, apontando dois dedos para a testa e sacudindo-os misteriosamente. — Não, não, estou zoando. Seu curativo. Você acabou de ser chipado. E nada desses números, qual é seu nome, de verdade?

— Luke. — Ele estendeu uma das mãos, no melhor jeito prazer-em-conhecer. A mãe ficaria muito orgulhosa.

— Renie — respondeu a menina, com um olhar divertido para a mão esticada de Luke. Ele a recolheu. Millmoor provavelmente não era um lugar de boas maneiras. — Quase rima com "genie". E pode-se se dizer que eu sou mesmo um gênio, que realiza pedidos e tal. Bem, se cuide, Luke Hadley. Que seus dez anos passem rápido.

— Espere. Espere! — gritou ele, quando ela se virou. — Eu tentava achar um lugar: Zona D do Parque de Máquinas, barracão de componentes. É meu local de trabalho. Sabe onde fica?

— Zona D? Coitado de você. — As feições aflitas de Renie se suavizaram momentaneamente. — É, é isso. Meio difícil sentir saudades.

Ela apontou para além dos telhados do bloco de acomodações, para um prédio imenso envolto por um andaime. Ele parecia abrigar nada além de um fogo que se agarrava a cada janela, em busca de uma saída. Por todos os lados, altas chaminés soltavam uma fumaça negra e densa, como estacas encurralando monstros. Luke percebeu com horror que aquilo era a fonte dos rugidos e clangores que eram audíveis até mesmo ali, a várias ruas de distância.

— Boa sorte. Você vai precisar.

Renie-A-Gênia inclinou o queixo em um pequeno cumprimento e se foi. A escuridão que empoçava Millmoor no nível da rua a engoliu.

No fim das contas, havia um ônibus que ia dos dormitórios a oeste para o Parque de Máquinas, então, na manhã seguinte, vestido com o macacão e as botas encontradas ao lado da cama, Luke estava no portão para a Zona D em um bom horário.

Uma vez, Abi tinha mostrado a ele uma ilustração do portal de Kyneston, só um esboço, e não havia fotografias. Era uma monstruosidade forjada em ferro torcido. A essa altura, a família estaria do outro lado do portal. Luke ficara acordado na cama por horas, pensando neles, torcendo para que os pais não estivessem se corroendo de culpa e preocupação. Torcendo para que Abi bolasse um plano para resgatá-lo. Torcendo para que, qualquer que fosse a intenção dos Jardine com Daisy, fosse algo decente. (Eles não podiam obrigar criancinhas a limpar chaminés hoje em dia, podiam?)

O portão da Zona D era diferente: uma inserção arqueada de ferro, com uma faixa de escaneamento que registrava os chips de cada escravo. Quando a placa de identificação de Luke piscou no mostrador, um homem forte com queixo delicado se apresentou como Williams L-4770, colega de trabalho de Luke.

— Qual é seu nome de verdade? — perguntou Luke.

Williams expôs os dentes em um esgar que pareceu medo, e não falou nada. Então conduziu Luke por dentro da zona industrial. Passaram por vários prédios cavernosos de tijolo, cruzaram enormes baias de carregamento e viajaram pelo coração flamejante da oficina de fundição. O barulho piorava à medida que se aprofundavam, como se todos os sons mais altos do mundo estivessem reunidos sob um mesmo teto. De uma construção à frente vinha um ruído contínuo, que era tanto uma sensação quanto um som, o britamento de um gigante violento que abalava a terra.

— Barracão de componentes — balbuciou Williams L-4770.

E não seria mesmo essa a humilhação final, pensou Luke, de repente imaginar que limpar os banheiros de Kyneston parecesse a vida mais confortável possível?

A estação de trabalho era um conjunto complexo de guinchos presos a uma ponte rolante de guindaste. Esse mecanismo transferia componentes recém-moldados em uma pesada prensa (a fonte das batidas) para dentro, e depois para fora, da máquina de finalização preliminar. As instruções de Williams foram minuciosas e totalmente expressas por gestos. Sua interpretação do destino do parceiro anterior — a coluna esmagada quando um bloco de corrente solto lhe lançou uma turbina como uma bola de demolição gigante — atingiu Luke de forma excessivamente realista. Os macacões e as botas desgastadas não ofereciam nenhuma proteção.

Não era apenas o barulho que os fazia se comunicarem em silêncio. O trabalho era tão árduo que cada respiração de Luke era usada para impulsionar os músculos. Quando o chamado de Kyneston chegasse, ele sairia de Millmoor com o físico de um super-herói daqueles filmes banidos da União Americana. Supondo que ele não caísse de uma máquina, pois nesse caso ele não sairia de lá, muito menos andando.

Havia dois intervalos: um rápido almoço em uma cantina, que servia uma entrada insossa com um acompanhamento intragável, e uma pausa de dez minutos à tarde. No fim do turno daquele primeiro dia, com cada membro tremendo de exaustão, Luke se arrastou para fora do barracão de componentes na direção do ponto de ônibus. De volta ao dormitório, tão desesperado por comida quanto por sono, ele mancou escada acima até a repugnante cozinha comunitária. Precisava comer para suportar o dia seguinte.

— Luke?

Ele se virou do armário em que procurava uma lata de algo que soubesse cozinhar, ou apenas abrir, e viu um rosto vagamente familiar.

— O'Connor B-780 — apresentou-se o rapaz, quando o fracasso de Luke em lembrar-se de seu nome ficava constrangedor. — Quero dizer, Ryan. Eu estava alguns anos a sua frente na Academia Henshall. Comecei a cumprir meus dias logo depois.

— Me desculpe — murmurou Luke. — É claro que eu me lembro de você. É só que cheguei ontem. Ainda estou me adaptando.

— Sem problema — respondeu Ryan. — Não me surpreende que você ainda esteja confuso. Pode deixar, vou preparar alguma coisa para nós.

Àquela altura, Luke teria comido as próprias meias, então caiu matando as torradas com feijão que Ryan colocou na sua frente. Estava feliz por deixar Ryan falar, embora não houvesse muito a dizer sobre dois anos de escravidão. Seu antigo colega de escola considerava se converter à carreira militar: três anos de trabalho, seguidos por sete anos de serviço, como "espancador", depois um mínimo de dez anos no exército. Como espancador você ainda era um escravo e não tinha salário ou benefícios, mas saía na frente na hierarquia das forças armadas.

— O único aspecto negativo — comentou Ryan, depois de uma garfada de feijões — é que os espancadores pegam as tarefas mais perigosas. Não há nenhuma compensação se você for ferido ou morto, sabe.

No que diz respeito a aspectos negativos, Luke achou que aquilo não era insignificante. Ele não mencionou Kyneston, lembrando-se da provocação de Kessler e da reação dos homens com quem havia chegado. Mas como precisava falar algo, contou a Ryan sobre a menina que conhecera, aquela entregando remédio. Ryan franziu a testa.

— Morfina? Isso não cheira bem. Uma criança daquela idade não teria acesso a isso. Ela deve ter roubado e estar traficando. Você devia denunciá-la.

— Denunciá-la?

— É o mais seguro a fazer — aconselhou Ryan. — A segurança aqui é violenta. Você ganha infrações pelas menores coisas, e violações maiores acrescentam anos aos dias a cumprir. Para transgressões sérias, há vida de escravo perpétua. Aparentemente, os acampamentos de quem cumpre pena perpétua fazem este lugar parecer suntuoso. Mas é uma via de mão dupla. Se você sinalizar algo desonesto, isso te deixa com crédito com o pessoal da segurança.

Luke pensou naquilo. Estava bem certo de que a garota não comercializava a droga. Tinha soado mais como se ela estivesse a entregando para alguém que realmente precisava. E, enquanto o relato de Ryan sobre como Millmoor funcionava fazia muito sentido, contar o que vira também soava como dedurar alguém na escola.

— Onde você a viu? — exigiu Ryan.

Em sua memória, Luke distinguiu claramente a placa enferrujada aparafusada no muro, a palavra "Leste" e a fileira de cinco números "1".

— Não faço ideia — respondeu ele. — Era meu primeiro dia. Mal sei onde estou agora, apesar de saber que minha cama é dois andares acima. Obrigado pelo banquete, mas vou me recolher. A gente se vê por aí.

Luke empurrou a cadeira para trás e saiu. E, apesar dos milhões de pensamentos fervendo na cabeça, caiu no sono no mesmo minuto que a cabeça atingiu o travesseiro fino e cheio de protuberâncias.

Na quarta-feira, ele se levantou e fez tudo de novo. E na quinta. E na sexta. No sábado, comeu em tempo recorde o horror congelado do almoço e usou o restante do intervalo para ficar de bobeira em um canto da Zona D que não tinha visto antes (sujo e barulhento, como todos os outros investigados até então) quando uma voz falou das sombras.

— E aí, Luke Hadley?

Até onde Luke sabia, apenas quatro pessoas em Millmoor sabiam seu nome, e só uma era menina.

— Como você entrou aqui? — perguntou ele a Renie, que estava apertada no canto atrás de um depósito de ferramentas. — E, mais importante ainda, por que entrou aqui?

— Para fazer umas compras — respondeu Renie. — E por motivos sociais. Vim ver como você está passando. Bem, ainda tem todos os membros, então está indo bem.

Ela inclinou a cabeça para trás e deu sua inapropriada gargalhada rouca. Renie parecia fumar cinquenta cigarros por dia. Ou que morara a vida inteira em Millmoor, respirando o alcatrão que se passava por ar.

— Compras? O quê, uma nova turbina?

— Nada tão chique — sorriu Renie, e puxou a túnica para cima, revelando o que deviam ser metros de cabo enrolados na cintura. Era listrado de vermelho e branco, um tipo de excelente qualidade e superforte. (Era incrível como se aprendia rápido sobre cabos em uma semana confiando a vida a eles.)

Então ela realmente roubava coisas. Será que Ryan estava certo a seu respeito?

— Mas isso não é o mais importante. Estou aqui para pedir sua ajuda. Acho que me deve uma por ter tirado você daquele lugar sinistro no Leste-1.

Luke gaguejou, mas Renie continuou imediatamente:

— A filha de um de seus colegas de trabalho teve os óculos destruídos na semana passada. A menina é cega igual a uma toupeira, mas ela não precisa enxergar bem para fazer o trabalho de embaladora lá na fábrica, e coisas como óculos não estão no topo da lista de prioridades em Millmoor. Sendo assim, tcha-ram! Você seria meu entregador?

Ela tirou um estojo reto de plástico do bolso traseiro e o estendeu. Luke o abriu. Óculos. Ele tirou o paninho que o envolvia e apalpou para ver se encontrava algum compartimento secreto que pudesse esconder drogas. Mas era só uma estrutura de plástico duro.

— Está achando suspeito, né? — disse Renie. — Tudo bem. Mas você vai levar?

— Do que se trata tudo isso? — perguntou Luke. — Porque você é a fada madrinha mais improvável do mundo, e não acredito nem por um minuto que deveria estar com esses cabos. Posso ter acabado de chegar, mas não sou totalmente idiota.

— Não acho que você é idiota. Acho que é alguém que faria uma coisa boa por outra pessoa e ficaria feliz com isso. Millmoor transforma as pessoas, Luke Hadley. Mas o que a maioria nunca percebe é que dá para escolher como.

Luke hesitou, fechando os dedos em volta do pequeno estojo. Ele tinha assumido um peso estranho e desproporcional.

Ele o enfiou no bolso da calça do macacão. Renie expôs um sorriso maroto de dentes espaçados, e Luke não conseguiu evitar sorrir de volta.

Deixou instruções para a entrega antes de dar meia-volta e desaparecer nas sombras.

— Mande lembranças do Doutor — declarou sua voz em um ruído. E de repente tinha ido embora.

5

Bouda

A Casa de Luz — ou o Novo Palácio de Westminster, sede do Parlamento dos Iguais — tinha quatro séculos. Ainda assim, se erguia tão imutável e pura como no dia em que foi feita.

Quando o motorista parou o Rolls Royce abaixo do Portão do Último Rei, Bouda Matravers estendeu o pescoço além da ampla forma do pai a fim de admirar a construção. As torres ameadas eram tão imponentes quanto uma catedral francesa, e o teto dourado brilhava como o de um palácio russo. Mas só aqueles familiarizados com ela notavam tais detalhes. Turistas e estudantes em excursão se atinham, estupidamente, às paredes da Casa, meras extensões de vidro transparente e sem emendas.

No interior, a câmara de debate abrigava oito fileiras de assentos duplos, 400 no total. Ali sentavam o lorde ou a dama de cada propriedade, com o herdeiro a seu lado. Bouda era uma desses herdeiros. Mas qualquer pessoa espiando pelo lado de fora jamais os veria.

Isso acontecia porque as janelas da Casa de Luz davam para um lugar totalmente diferente: um mundo brilhante, no qual nada se distinguia. O fato mais curioso, testemunhado apenas pelos parlamentares Iguais e pela meia dúzia de observadores do povo com permissão para entrar na câmara, era que a vista das janelas era exatamente a mesma do lado de dentro. Em qualquer dos lados do vidro, aquele império misterioso e incandescente estava do outro.

Cadmus Parva-Jardine sabia o que estava fazendo quando, do nada, com sua Habilidade, ergueu aquela construção naquele dia de 1642, pensou Bouda ao colocar as pernas para fora do carro. A Grande Demonstração, como era chamada pelos livros de História. Com frequência, os cidadãos interpretavam mal o termo, pensando nele como uma mera exibição da incrível Habilidade do homem, uma ostentação de força. Mas Bouda sabia que era muito mais que isso. A Casa de Luz demonstrava a glória, a justiça e a inevitabilidade sublime do poder Igual.

Nada expressava melhor tal poder que aquela data especial no calendário parlamentar. A empolgação vibrava dentro da jovem à medida que conduzia o pai, Lorde Lytchett Matravers, para dentro da Casa e pelos corredores espaçosos, forrados de seda vermelha. O pai andava com certa instabilidade. A irmã de Bouda, Dina, o fizera entrar em algum tipo de dieta saudável novamente. No entanto, Bouda suspeitava de que os copos de suco de tomate consumidos pelo pai no café da manhã foram, na verdade, Bloody Marys, e dos fortes.

Era o Dia da Proposta, afinal, então talvez uma pequena comemoração fosse permitida.

A primeira Proposta do Chanceler tinha sido feita por Cadmus. E havia estabelecido a Grã-Bretanha como uma república, a ser eternamente governada por aqueles com Habilidade. Nos séculos desde então, as Propostas tinham variado das sensatas, como a suspensão de 1882 dos direitos legais dos cidadãos durante seus dias de escravo, às sensacionais. A principal entre as do último tipo era a "Proposta do Aniquilamento", de 1789. Ela impelira os Iguais da Grã-Bretanha a destruírem a cidade de Paris, e esmagar a revolução dos cidadãos franceses contra os mestres com Habilidade. Fora derrotada por pouco, um ato imperdoável de covardia, na opinião de Bouda.

A primeira Proposta que ela ouvira, e na qual votara, tinha sido a última de Lorde Whittam Jardine. Fora há sete anos, no final de uma década do Igual como Chanceler. Sem surpresa, Lorde Jardine propora retirar a restrição de tempo do cargo.

Bouda tinha apenas 18 anos e havia acabado de ser investida como herdeira dos Appledurham. Mas sua mira já estava firmemente apontada para um casamento com Gavar Jardine, por isso apoiara a Proposta. Seu pai fizera o mesmo. (O pai jamais fora capaz de recusar algo a ela ou Dina.) A votação foi contra Whittam. Mas, no fim, Bouda tinha atingido seu objetivo e agora estava noiva do herdeiro de Kyneston.

Mas não era Gavar que ela queria. Bouda não tinha se esquecido daquilo quando avistou o noivo. Ela e o pai atravessaram as grandes portas para entrar na câmara de debate, e ela sentiu a Habilidade formigando sob a pele. Gavar estava parado bem em frente, abaixo da estátua de mármore de seu ancestral, Cadmus.

Ele era bonito, como qualquer garota poderia desejar, mas a pele exibia manchas vermelhas de raiva e a boca estava marcada por um riso petulante. A seu lado, estava o pai. Ambos eram altos e com cabelo ruivo, os ombros muito rígidos. Mas, enquanto as emoções de Gavar apareciam estampadas no rosto, a expressão do pai não revelava absolutamente nada. Tudo o que Bouda conseguia decifrar da postura atenta de ambos era que não estavam felizes, e que aguardavam alguém.

E esse alguém era ela, percebeu, quando Lorde Jardine encontrou seus olhos.

Um frio lhe percorreu o corpo. O que havia de errado? Ela estava tão próxima de ser premiada com um casamento na Família Fundadora que não sabia o que faria se essa expectativa fosse frustrada.

Pensou nas possibilidades. Até onde sabia, nada que pudesse ameaçar a aliança acontecera. Ela não tinha acordado feia ou sem Habilidade de um dia para o outro, nem a riqueza do pai havia desaparecido. Na verdade, a única pedra no caminho do altar fora colocada ali por Gavar, na forma de uma filha ilegítima gerada em alguma escrava. A afronta de Bouda pela existência da pirralha só tinha sido superada pela fúria de Lorde Jardine, mas ela fora capaz de conter as emoções. O futuro sogro se impressionara com a calma reação de Bouda ao episódio desagradável.

Ela os cumprimentou com a cabeça e, em seguida, deu uma olhada em volta da câmara. Felizmente, Lorde Rix, o melhor amigo do pai, de seu padrinho e de DiDi, aguardava ao lado dos assentos dos Matravers. Ele era capaz de manter o pai entretido com as usuais anedotas sobre corridas de cavalos. Ela acenou para Rix e deu um beijo na bochecha do pai, um sussurro de "Estarei com você em um minuto", além de um empurrão delicado na direção certa.

Então se apressou em ouvir o que Whittam e Gavar tinham para lhe dizer.

Era algo que Bouda jamais teria imaginado.

— O senhor não pode estar falando sério — sibilou ela.

— Silyen só me informou disso na noite passada — afirmou o futuro sogro. Enquanto ele falava, Gavar observava a câmara para ver se eram notados, mas apenas Rix os observava, preocupação estampada no rosto. — Enquanto passava manteiga em um pãozinho na hora do jantar, tão casualmente quanto você possa imaginar. Garanto que foi uma surpresa para mim tanto quanto parece ser para você.

— Parece ser? — Bouda não se importou com a insinuação naquelas palavras. Mas ela não conseguia encontrar sentido no que Lorde Jardine acabara de lhe contar. — Silyen negociou com o Chanceler, usando Euterpe Parva, e pediu a Zelston para propor a *abolição*? Seremos motivo de chacota se isso vazar. Como o senhor pôde permitir isso?

— *Eu* permitir? — Os olhos de Whittam estavam vazios e fixos. — Você tem certeza de que sua irmã não tem nada a ver com isso?

— Minha irmã?

E ali estava, pensou Bouda, o único aspecto de sua vida que ela não conseguia controlar: a louca e querida irmã, Bodina. Dina era uma fashionista, uma festeira e inclinada a distribuir maços do dinheiro do pai a causas ridículas, como resgate de animais, assistência internacional à pobreza... e abolição.

A ingenuidade de Bodina ficava ainda mais clara quando o dinheiro gasto alegremente vinha todo da escravidão. A fortuna dos Matravers era mantida pela marca do pai, batizada BB por causa das filhas. O clã era especializado na produção em larga escala de produtos elétricos exportados para o Extremo Oriente. Dizia-se que metade das casas na China eram equipadas com secadores de cabelo, massageadores para os pés, panelas de arroz e chaleiras BB. Era o uso de trabalho escravo da BB — a empresa tinha fábricas em várias cidades de escravos — que mantinha os preços competitivos.

Bouda sentia imensa irritação por, apesar dos escrúpulos da irmã a respeito da escravidão, Bodina estar perfeitamente disposta a viver dos frutos daquilo. Com seu amor por viagens e alta-costura, DiDi torrava dinheiro.

— Por que raios Silyen faria algo por ordem de Dina? Eles mal se conhecem.

O rosto de Whittam se retorceu; ele não tinha resposta para aquilo. Sendo assim, era pura especulação. O alívio inundou Bouda. O acordo com os Jardine não terminaria naquele dia, por causa disso.

— Sua irmã é atraente. — O lorde de Kyneston deu de ombros. — Ela tem certo charme núbil que pode virar a cabeça de um rapaz.

— Se o senhor acha que isso teria algum efeito em seu filho, meu lorde, então obviamente pouco conhece seu caçula.

Do lado do pai, Gavar emitiu um som de escárnio. Bouda e o futuro marido podiam ter pouco em comum, mas algo em que concordavam era a antipatia mútua por Silyen.

— Não — pressionou ela, a indignação crescendo diante da tentativa descarada do futuro sogro de culpar sua família pelo ato ultrajante de Silyen. — Tudo em que Bodina está pensando no momento é no último relacionamento e na festa que irá ajudá-la a superar seu término. O senhor precisa procurar uma explicação mais perto de casa.

Era só uma questão de tempo: Jenner, uma aberração sem Habilidade; Gavar, pai de uma criança escrava; e agora Silyen, um abolicionista. Parabéns, seus filhos são um belo conjunto.

E, então, deu-se conta de que realmente não deveria ter dito aquilo. Frieza e controle em todos os momentos, Bouda.

Um rubor de raiva surgiu acima do lenço estampado de salamandras que lorde Whittam usava no pescoço, lhe tomando o rosto. Gavar cerrou os punhos. Os homens da família Jardine... tão explosivos.

— Peço desculpas sinceras — disse ela, inclinando a cabeça e revelando o pescoço de um jeito submisso. — Me perdoe.

Ela deu alguns instantes para a subserviência ser absorvida, e, então, olhou para cima e encontrou os olhos de Whittam. A seu lado, Gavar parecia pronto a estrangulá-la, mas, para seu grande alívio, o rosto do pai estava sereno.

— Você se desculpa como uma verdadeira política, Bouda — observou ele, depois de uma pausa durante a qual ela teve quase certeza de que absolutamente não respirou. — Imediata e elegantemente. Um dia talvez descubra que isso não é o suficiente, mas por enquanto basta. Discutiremos isso depois, uma vez que tenhamos certeza de que as palavras de meu caçula não foram uma brincadeira de extremo mau gosto. Vamos, Gavar.

Ele se virou, e Gavar o seguiu até o assento duplo de Kyneston no centro da primeira fileira. Ele ficava diretamente oposto à majestosamente esculpida Cadeira do Chanceler. A velha piada dizia que isso dava aos Jardine a menor distância possível até seu assento preferido na Casa.

Lorde Whittam pretendia que um dia Gavar se sentasse ali. Bouda sabia que sua fortuna fazia de si uma noiva aceitável. Mas, em sua arrogância, não ocorrera aos Jardine questionar por que Bouda poderia desejar tal associação.

Ela respirou calmamente e foi até o assento da propriedade Appledurham no centro da segunda fileira, bem atrás dos Jardine. A posição proeminente fora assegurada por meio de trabalho duro, não por herança. Nenhum dos ancestrais de Bouda estivera presente no dia em que a Casa de Luz ergueu-se das cinzas do majestoso Palácio de Westminster.

Não, a riqueza da família de Bouda era mais recente. Dois séculos antes, Harding Matravers, herdeiro de uma linhagem pobre e obscura, decidira dar um bom uso a sua ridicularizada Habilidade de manipulação do clima. Seu feito foi escandalizar a distinta sociedade Igual da época, partindo aos mares como capitão de um navio de carga e retornando das Índias como um homem obscenamente rico. Ninguém dera um pio quando ele repetiu a dose na estação seguinte.

No terceiro ano, metade das grandes famílias da Grã-Bretanha devia a ele. Pouco tempo depois, uma dívida não quitada significou que o assento dos Matravers na sétima fileira tinha sido negociado por outro muito mais bem situado, oferecido como garantia pelo lorde devedor.

Mesmo depois de todo esse tempo, a mácula do comércio ainda pairava sobre o nome dos Matravers. Só uma coisa poderia apagá-la, pensou Bouda.

Seu olhar pousou no pai e filho Jardine e se iluminou ao pairar sobre a forma angular da Cadeira do Chanceler. O assento raso e de espaldar alto era sustentado por quatro leões esculpidos. Havia uma pedra estilhaçada presa abaixo dele: a antiga pedra da coroação dos reis da Inglaterra. Lycus, o Regicida, a partira em duas. Esse tinha sido o trono do Último Rei, o único objeto poupado na incineração do Palácio de Westminster por Cadmus.

Nos séculos desde a Grande Demonstração, nenhuma mulher jamais havia sentado ali.

Bouda pretendia ser a primeira.

Chegando ao assento no qual seu pai se esparramava, os dedos entrelaçados sobre o colete de veludo vermelho-claro, Bouda se inclinou e lhe beijou a bochecha, cutucando-o de leve na barriga. Lorde

Lytchett arrumou a juba de cabelo amarelo-claro para trás e endireitou a postura a fim de dar espaço à querida filha. Ela deslizou facilmente pelo espaço estreito até o assento de herdeira à esquerda do pai.

Quando Bouda se sentou, alisando o vestido, um som trovejante ecoou pela câmara alta. Era a clava cerimonial, atingindo o exterior das espessas portas de carvalho. As portas se abriam apenas para aqueles que se qualificavam por sangue ou Habilidade: lordes, damas e seus herdeiros. Nem mesmo Silyen, com todos os seus supostos dons, seria capaz de entrar ali. Mas Cadmus tinha criado uma cláusula, uma que já deveria ter sido reformulada fazia tempo, pensou Bouda, para que somente uma dúzia de cidadãos testemunhasse a ata parlamentar.

— Quem busca permissão para entrada? — indagou o velho Hengist Occold, o Ancião da Casa, em uma voz trêmula, que não aprecia ser alta o bastante para ser ouvida do outro lado.

— O Povo da Grã-Bretanha busca humildemente permissão para entrada entre seus Iguais. — Veio a resposta formal, em uma clara voz feminina.

As mãos do idoso trabalharam no ar com destreza surpreendente, e as portas se abriram para permitir a entrada de um grupo de pessoas.

Aparentemente, não havia nada que distinguisse os doze bem-vestidos recém-chegados daqueles que enchiam a câmara. Mas eram apenas os OPs, os Observadores do Parlamento. Sem voto. Sem Habilidade. Cidadãos comuns. Não que fosse algo notável tendo em vista a forma como aquela vadia da Dawson, a Oradora do grupo, se emperiquitou à alta moda de Xangai, pensou Bouda.

Rebecca Dawson, uma mulher de cabelo escuro, na casa dos 50 anos, liderou seu grupo ao lugar destinado: o banco dos fundos do lado oeste da câmara. Ficava oposto às fileiras de assentos das propriedades e atrás da Cadeira do Chanceler. Ela se manteve perfeitamente ereta, apesar de usar altíssimas sandálias brasileiras. A Oradora e Bodina provavelmente podiam passar horas falando sobre sapatos, pensou Bouda. Sapatos e abolição. Ambos tópicos igualmente sem sentido.

Quando os OPs se instalaram, cornetas ressoaram novamente para anunciar a chegada do Chanceler. O som empolgava Bouda agora tanto quanto na primeira vez que o escutara. O encarregado atual, e indigno daquela grande posição, entrou com pose na câmara, e, com um gesto final do Ancião da Casa, as portas se fecharam.

Banhado pela luz cintilante filtrada pela janela do lado sul do mundo brilhante além, a figura preto e branca de Winterbourne Zelston subiu os degraus até a cadeira. Ele desafivelou o manto pesado de pele de arminho e veludo, e o estendeu para as mãos da Criança da Casa, o herdeiro mais novo presente.

O Chanceler se sentou. O parlamento estava em sessão.

Antes da Proposta, vieram os assuntos de sempre. Normalmente, Bouda dispensava grande interesse aos negócios de rotina do Estado, mas naquele dia estava distraída por pensamentos do anúncio porvir.

Lá embaixo no chão da câmara, Dawson estava de pé nas pernas de corça, tagarelando. Ela se opunha a um plano perfeitamente lógico de assistência àqueles que já estavam desempregados havia muito tempo, ao retorná-los à escravidão por mais 12 meses. Então Bouda se desligou da discussão e pensou no outro assunto. Silyen podia mesmo cumprir o que prometera e reviver Euterpe Parva? Zelston ainda amava tanto a mulher a ponto de arriscar sua posição com tal Proposta insana?

E isso era o mais difícil de entender: por que, considerando o fracasso certo da Proposta, Silyen faria esse pedido?

Ela revirou o que sabia sobre o rapaz, e, para sua surpresa, descobriu que não era muito. Silyen raramente estava presente nos eventos de Kyneston, nas festas nos jardins, nas caçadas ou nas noites intermináveis de ópera de câmara de Lady Thalia. Às vezes ele aparecia em jantares de família, comendo frugalmente e oferecendo comentários maliciosos e farpas. Que normalmente eram dirigidos ao irmão mais velho, e Bouda tinha de reprimir o riso. Toda a família sustentava que Silyen tinha enorme Habilidade, mas Bouda jamais vira nenhuma prova.

Apesar de ter havido momentos. Sensações. Ela nunca conseguira especificar exatamente, mas algumas vezes em Kyneston, tinha experimentado pequenas maldades. Conversas que ela não conseguia se lembrar direito. Objetos que não pareciam totalmente certos em suas mãos. Até mesmo o gosto do ar às vezes parecia estranho, parado e pesado.

Em geral, ela creditava essas sensações à generosidade de Gavar com o conteúdo da adega do pai. Bouda chegou a ponderar se era por causa da carga de energia estalando pelas vastas alas de Kyneston, forjadas por Habilidade.

Mas ela não podia ter certeza.

Quando soou o sino de recesso, o pai se alavancou para se dirigir ao Salão dos Membros e seu carrinho de bolos. Seu desaparecimento deu a Bouda a oportunidade de ter uma conversa havia muito adiada. Ela procurou por sua caça. Com certeza Lady Armeria Tresco estaria lá, na fileira mais afastada de assentos. Sozinha.

O assento Tresco na câmara combinava com a localização da propriedade que possuíam: periférica. Se o herdeiro de Highwithel não tivesse partido o coração de sua irmã, talvez um dia Bouda pudesse se tornar uma visitante frequente. Ela estava feliz que isso não fosse mais provável. A propriedade Tresco era uma ilha no coração de um arquipélago: as Ilhas Scilly. Eram o ponto mais ao sul das ilhas britânicas, na extremidade da Cornualha. Além do Fim da Terra.

Precisamente o melhor lugar para o imprestável Herdeiro Meilyr e sua mãe medonha.

Lady Tresco olhou para cima quando Bouda se aproximou. Ela remexia em uma bolsa gasta de couro. Possivelmente procurando por uma escova de cabelo, dada sua aparência desgrenhada, embora parecesse improvável que ela tivesse uma.

Armeria deu um sorriso agradável a Bouda, fechou a bolsa e a colocou no assento adjacente do herdeiro. O assento visivelmente vazio do herdeiro.

— Vejo que Meilyr ainda não está com a senhora — notou Bouda. — Alguma notícia do filho pródigo?

— Temo que não — respondeu a mulher mais velha. — Acredite, sua irmã seria a primeira a saber. Mas já faz mais de seis meses que ele se foi. Espero que Bodina já tenha superado um pouco o desapontamento?

— Ah, sim — disse Bouda. — Bem superado. Por ela, ele podia estar de volta em Highwithel faz tempo. Perguntei por curiosidade própria, pois mandarei os convites do casamento em breve. Só um único para os Tresco, então?

— Nunca se sabe — comentou Lady Tresco, inutilmente. — Então o casamento acontecerá logo? Parabéns. Sua estrela realmente está subindo.

— Obrigada. — Foi uma resposta automática. — E sim, em Kyneston, em março, depois do Terceiro Debate da Proposta e da votação.

— Do Terceiro Debate? Que conveniente para uma união tão política. Bem, devemos nos ver antes disso em Esterby para o Primeiro.

E, com isso, Armeria Tresco pegou a bolsa e recomeçou a procurar algo ali dentro.

Bouda ficou parada por mais um momento, espantada. Tinha acabado de ser dispensada? Parecia que sim. Ao menos, ninguém vira aquilo acontecer. Mas ainda assim. Ela sentiu as bochechas se inflamarem quando se virou e desceu para a segunda fileira. Tão corada quanto seu querido pai.

Pelo menos, havia garimpado algumas novidades para Dina. Ou, na verdade, novidade alguma, o que, definitivamente era bom, na opinião de Bouda. A paixão da irmã mais nova por Meilyr Tresco fora bem verdadeira, mas extremamente inapropriada. Meilyr era uma criatura afável, mas compartilhava da mesma convicção política absurda da mãe, e Bouda o considerava especialmente responsável por encher a cabeça de DiDi com entusiasmo abolicionista.

Até a forma como ele terminara o relacionamento com Dina fora vaga e insatisfatória. Ele simplesmente dissera que queria ir embora e "se encontrar", confidenciara DiDi, de coração partido. Com Meilyr fora da jogada, seria possível encontrar um marido mais adequado para ela. Dina precisava de alguém sério e confiável, que entendesse os interesses da família. Bouda tinha alguns candidatos em mente.

O pai estava de volta ao assento, um pedaço de bolo enrolado em um guardanapo, enfiado ao lado da cadeira, para emergências. Um guloso! Ela beliscou a bochecha do pai de forma indulgente e sussurrou em seu ouvido:

— Pelo que escutei de Lorde Jardine mais cedo, isso pode ser interessante.

E, então, as cornetas de novo; o Chanceler de novo. A câmara caiu em um silêncio ansioso.

Zelston andou até a cadeira, mas permaneceu de pé. Sua expressão estava severa, e, grudada em sua mão, havia uma única folha de papel. Ele começou sem rodeios.

— É minha prerrogativa como Chanceler apresentar uma Proposta de minha escolha para consideração da Casa. Fiquem todos cientes de que a apresentação de uma Proposta de um Chanceler não significa necessariamente que ele a apoie. Este é o caso de minha Proposta hoje.

A contradição despertou gracejos e vaias de alguns dos Membros mais encrenqueiros. "Que endosso!", gritou um de seu lugar na sexta fileira. "Então, por que o senhor se importaria?", zombou outro, de algum local bem mais perto da cadeira do poder.

O Chanceler não se dignou a dar uma resposta. Ele olhou ao redor da câmara, firme e sereno, apesar de Bouda ver o papel tremendo em sua mão.

— Na conclusão desta sessão, o Silêncio será imposto a todos os Observadores, e a Quietude aceita por todos os Membros.

Houve murmúrios de surpresa e desprazer dos Iguais reunidos. Bouda sentou-se mais para a frente, tensa e empolgada. Ela jamais testemunhara aqueles dois atos antigos, Silêncio e Quietude, aplicados publicamente.

É claro que chamá-lo de "Silêncio" era enganoso. O ato, na verdade, não silenciava uma pessoa; ele escondia suas próprias lembranças. Era proibido impor o Silêncio aos Iguais, embora praticá-lo obviamente não o fosse, concluíra Bouda havia muito tempo, caso contrário como alguém conseguiria dominá-lo? Todos os Chanceleres tinham de ser capazes de executá-lo, então, desde a infância, Bouda praticara na irmã. A querida DiDi não havia se importado.

O único uso permitido do Silêncio era dentro da Casa de Luz, quando aplicado aos cidadãos, aos Observadores. Às vezes eles eram privados de saber a respeito de Propostas ou outros negócios considerados muito delicados, ou muito incendiários, para o conhecimento público. Uma vez que o Chanceler tivesse imposto o Silêncio, os OPs não se lembrariam de nada da Proposta até que ele o suspendesse de novo.

Os parlamentares em si, os Iguais, aceitariam a Quietude. Era um ato inferior, mas ainda assim eficaz. A pessoa retinha suas memórias, mas não podia falar sobre elas ou compartilhá-las com aqueles fora do grupo autorizado, nesse caso, os Membros do Parlamento. Os rumores diziam que muitos segredos de família foram protegidos pela Quietude hereditária.

A Oradora Dawson parecia querer protestar. Bouda revirou os olhos. É claro que, historicamente, o Silêncio tinha sido usado de formas que talvez fossem menos que desejáveis. Possivelmente ainda era assim. Gavar e seus colegas haviam conquistado certa reputação em Oxford por dar festas frequentadas por garotas do povo e nas quais os convidados se viam estranhamente sem memória no dia seguinte. Mas ali na Casa de Luz, ambos os atos eram perfeitamente legítimos.

O Chanceler permaneceu impassível até que o rebuliço tivesse morrido. Então deu uma última olhada na folha em sua mão, como se quase não pudesse acreditar no que estava escrito ali.

Bouda observava ansiosamente, com mão apertada contra a boca. Até o pai tinha endireitado a postura e escutava com interesse.

Zelston anunciou:

— Eu proponho a abolição, completa e imediata, dos dias de escravo.

6

Luke

Era incrível o que se podia fazer em dez minutos.

Luke verificou o relógio, um troço barato de plástico, estampado com a logo espalhafatosa da BB, a edição padrão de Millmoor para todos os escravos, e, em seguida, deslizou para as sombras no lado do hangar, aumentando sua velocidade para uma corrida leve. Apesar de o intervalo ser curto, o movimento de trabalhadores pelo Parque de Máquinas fazia da pausa a oportunidade perfeita para todo o tipo de atividade clandestina.

Ele aprendera aquilo, e muito mais, sob a tutela de Renie. Depois que ele entregara os óculos a seu pedido, a menina tinha voltado alguns dias mais tarde com outro pedido. Depois outro. E Luke descobriu que, não importava o quanto estivesse totalmente moído depois dos turnos no barracão de componentes, ele conseguia reunir algumas últimas reservas de energia para cumprir a tarefa.

— Tenho certeza de já haver trabalhado o suficiente para pagar qualquer favor ainda devido — disse ele a Renie, depois de levar algumas peças para consertar um ar-condicionado que explodira em um repugnante bloco a oeste, já que os apelos dos moradores não tinham sido ouvidos, e as pessoas começavam a desenvolver problemas respiratórios. Inalar o ar dentro do edifício fora como sugar um escapamento. Luke achou que havia tossido pedaços do pulmão só ao fazer a entrega.

— É claro que já. — Ela deu o sorriso malicioso, cheio de lacunas. — Agora você só está fazendo isso porque gosta.

E Luke descobrira que sim.

Até onde podia enxergar, Renie-A-Gênia estava mesmo no ramo de realizar desejos. Não exatamente desejos, e sim simples necessidades diárias, que Luke não conseguia acreditar não estarem sendo atendidas pelas autoridades de Millmoor. Sim, ela operava fora dos canais oficiais. Mas Renie reunia muita informação sobre as necessidades do povo através de um médico de Millmoor, o que tornava aquilo parcialmente legal. E mesmo com todos os avisos de Ryan, Luke certamente não acreditava que seria condenado a uma vida de escravidão por levar remédios, livros e comida às pessoas.

Ele havia chegado à cantina. Faltavam seis minutos e meio. Três para encontrar o que precisava, depois três e meio para voltar até Williams em sua estação de trabalho.

Luke soltara uma risada quando Renie lhe passou sua tarefa mais recente: liberar comida das lojas da Zona D. Ele mal conseguia engolir as opções da cantina sem atirar aquilo longe. Com certeza os únicos a se beneficiar dessa ação seriam os trabalhadores da Zona D, que não teriam mais de comer aquela gororoba.

— É rica em calorias extras e proteína — explicou ela. — Para manter a turma do trabalho pesado funcionando. Você devia ver o que dão para as pessoas nas outras zonas. Tão nojento quanto, mas só enche a metade. E você conhece as porcarias nas cozinhas dos dormitórios. As pessoas desenvolvem escorbuto aqui, Luke. Não estou brincando.

Luke já pensara na própria Renie. Ela parecia muito pequena, até mesmo para uma menina de 13 anos; era esquelética, com sulcos na face. Sua pele escura não escondia os círculos ainda mais escuros ao redor dos olhos. Ela parecia malnutrida de um jeito impossível na

Grã-Bretanha atual. Será que ela viera para Millmoor com 10 anos? Era isso que três anos ali haviam feito com ela?

E como tinha feito muitas vezes no mês desde a separação, Luke agradeceu em silêncio que ninguém de sua família estivesse naquele lugar apavorante. Em especial, Daisy.

As prateleiras da despensa surgiram acima de sua cabeça quando ele se enfiou lá dentro. Cada uma delas estava etiquetada, mas não pareciam seguir qualquer sistema óbvio. Havia muitas caixas, várias de papelão. Ele andou em ritmo lento por uma fileira, olhando para cima e para baixo, verificando os rótulos.

Então bateu com força contra a quina de uma prateleira quando algo golpeou a parte de trás de seu crânio.

Luke caiu no chão, meio cego de dor. Será que algo de uma prateleira alta caíra em sua nuca?

Uma biqueira de aço o puxou pela omoplata e o virou.

A faixa de luz fluorescente do teto lançava halos pulsantes. Um deles formou uma trêmula auréola em tecnicolor ao redor da cabeça da figura acima do rapaz. Luke piscou para tentar firmar a visão. O que viu não foi bom.

— Dando uma voltinha, Hadley E-1031?

A bota cutucou embaixo de seu queixo. O olhar de Luke seguiu a perna até um peito troncudo, um pescoço de touro, uma cabeça quadrada, coroada com luz distorcida.

O anjo de dor particular de Luke: Kessler.

— Morrendo de fome, né? — continuou Kessler, olhando em volta das prateleiras da loja de comida. — Não estamos alimentando você a contento aqui em Millmoor, E-1031? Está desapontado por não comer cisne assado com seus mestres em Kyneston?

A ponta do cassetete foi empurrada fundo no espaço macio abaixo das costelas de Luke. Trabalhar na Zona D vinha lhe fortalecendo os músculos no abdômen, mas aquilo não era o suficiente contra os golpes de Kessler. O cassetete foi subindo — o sujeito compreendia anatomia tão bem quanto a mãe de Luke — e pressionou mais uma vez o corpo do garoto, dobrando-o ao meio. Deitado de lado, Luke tossiu e botou para fora os restos granulosos do café da manhã.

Luke gemeu e limpou fios pegajosos da boca com o punho da manga do macacão. Mesmo aquele pequeno movimento fez a cabeça doer. Ele se lembrou da mãe agachando sobre o pai na entrada da garagem. O que ela havia gritado? Algo sobre um golpe cego inchar o cérebro. Ele fechou os olhos.

— Espero que não tenha roubado nada, E-1031 — continuou Kessler. — Porque Millmoor não aprova o roubo. Anos acrescentados a seus dias, pode acontecer. Vou verificar, vamos lá?

Mãos ásperas tocaram os braços de Luke, descendo pelo macacão com batidinhas, puxando os bolsos com força. Quando ele achou que havia acabado, o guarda pinçou o queixo de Luke entre o dedo indicador e o polegar, forçando a boca a se abrir.

— Gosto de fazer um trabalho completo — comentou Kessler, forçando o indicador e o dedo médio da outra mão na boca de Luke. Luke teve ânsia de vômito e, quando a saliva se acumulou na boca, sentiu o gosto de sabão e antisséptico ardido. Será que as mãos de Kessler eram a única coisa limpa em Millmoor?

Kessler tirou os dedos e os enxugou na frente do macacão de Luke.

— Parece que você foi um bom garoto, E-1031. Mas foi descuidado de sua parte tropeçar e cair enquanto andava pelo Parque de Máquinas, hein? Isso pode ser perigoso em um lugar como este.

— Tropeçar? — grunhiu Luke, a raiva subindo enquanto a náusea diminuía. — Você me acertou, seu cretino. — Ele tossiu, esperando que um pouco de bile tirasse o gosto de Kessler de sua boca.

— Você tropeçou — repetiu Kessler. — E claramente precisa de uma liçãozinha para ser mais cuidadoso no futuro.

O cassetete se levantou, a luz cintilando sobre ele.

Isso pode matar, lembrou-se Luke de repente. Golpe cego na cabeça pode matar, se o cérebro inchar.

Mas a pancada acertou mais para baixo. Luke escutou algo, várias coisas, se quebrarem, e respirou com dificuldade. Inspirar foi doloroso, e tudo o que via era dor.

Desmaiou.

Quando voltou a si, o cheiro de antisséptico ainda estava presente. Mas, quando abriu os olhos, Kessler não estava à vista. Luke fora largado em uma cadeira no canto do que parecia ser a sala de espera de um consultório médico.

Por dentro, Luke era uma massa disforme de dor, como se todos os órgãos tivessem sido retirados e substituídos por vidro quebrado. Ele se curvou para a frente de forma vacilante e vomitou de novo no chão. Não havia muito dessa vez, e o que saiu era rosado. Com pontos vermelhos. Era difícil respirar.

— Como isso aconteceu?

Uma voz por perto. Baixa. Furiosa.

Uma forma se agachou, e Luke sentiu a palma da mão de alguém em sua testa. A reação foi encolher-se, mas não havia para onde ir.

O toque era frio, a mão delicada, e Luke deixou a cabeça cair sobre ela com um soluço de alívio.

— Sou o doutor Jackson e quero que tente ficar de pé — disse a voz. — Não pense que vai doer, talvez não doa. Venha comigo.

E, inacreditavelmente, Luke descobriu que conseguia. Apoiando-se no braço no jaleco branco, movendo-se como se um zero tivesse sido acrescentado a sua idade, Luke foi se arrastando pelo corredor. O médico o conduziu a uma pequena sala e o direcionou até uma maca.

— Vou dar uma olhada em você. Serei tão cuidadoso quanto possível. Tudo bem?

Ele fez um gesto na direção dos botões do macacão de Luke, que assentiu. Luke analisou a figura do homem, para se distrair da agonia certamente à espera. O médico tinha um corte de cabelo curto nas laterais, barba bem-feita. O rosto estava bronzeado e linhas de expressão no canto dos olhos se destacavam, pálidas, contra a pele. "Jackson

J-3646" estava bordado em azul no bolso do peito de seu jaleco. Ele parecia quase jovem demais para ser médico.

Provavelmente tinha começado a cumprir seus dias logo depois da universidade, imaginou Luke. Abi dissera que isso era comum entre formandos de medicina com mais ambição que escrúpulos. O governo o jogaria nas profundezas de uma cidade de escravos, onde, então, você ganharia muita experiência, sem ninguém para notar eventuais erros.

Mas esse cara sabia o que estava fazendo. Suas mãos puxaram a camiseta de Luke para cima com leveza, e levantaram o cabelo com cuidado para examinar o crânio. Cada vez que o médico pressionava com os dedos, Luke antecipava agonia, mas tudo o que veio foi uma pulsação fraca.

— Deixe-me adivinhar — disse o médico, deixando o tecido cair de novo na cintura de Luke. — Acidente de trabalho. Você tropeçou e caiu. Bem em cima de algo com o formato de um... cassetete da segurança?

Surpreso, Luke encarou o médico. Seria uma armadilha? É melhor ter cuidado, Luke.

Será que este sorridente doutor Jackson era amigo de Kessler e consertava todas as "liçõezinhas" do homem da segurança de forma negligente, mantendo-as em silêncio?

— Acidente de trabalho — concordou Luke. Jackson franziu a testa.

— É claro que foi. E, se quer saber, não está nem perto de ser tão ruim quanto a sensação. Acho que você bateu a cabeça quando caiu, o que deixou suas vias neurais hipersensíveis. Mas não é nada que não se possa consertar com alguns analgésicos fortes. Só um segundo.

Jackson se virou para remexer em um armário de prateleiras com espelho.

O médico estava certo: Luke já se sentia bem melhor do que quando recuperou os sentidos na sala de espera. Ele pensara que Kessler havia pulverizado algumas de suas costelas, mas, quando arriscou olhar para a região do diafragma, tudo o que conseguia enxergar eram hematomas. De um jeito meio estranho, fazia sentido. Kessler não podia sair por aí batendo nas pessoas quase até a morte. Os escravos podiam ser bens do estado, mas isso não queria dizer que seguranças sádicos podiam simplesmente arrebentá-los. Kessler devia saber exatamente o que fazia, desferindo cada golpe para a máxima agonia e o mínimo dano real.

Jackson se virou com um tubo grosso de unguento. Enquanto ele o espalhava com delicadeza pelo abdômen de Luke, o resto das dores se dissipou. Luke queria chorar de alívio e gaguejou seus agradecimentos.

— Imagine — rebateu Jackson, se endireitando e olhando Luke nos olhos. — É o mínimo que eu poderia fazer pelo amigo de uma amiga.

E lá ia o coração de Luke de novo, saltando contra a caixa torácica não-destruída-afinal-de-contas. O que o médico queria dizer? Luke não tinha amigos em Millmoor, só um colega de trabalho mudo, um antigo conhecido de colégio e um chefe que mal tinha saído da adolescência.

O doutor.

O doutor. Aquele que sabia das coisas. Que dirigia o espetáculo de Renie.

— Uma amiga? Seria, bem, uma de suas pacientes mais novas? Uma menina?

Jackson riu, um som baixo, tranquilizador.

— Renie nunca foi minha paciente. Aquela menina tem mais vidas que um gato. Pode jogá-la do telhado, e ela vai aterrissar de pé. Cuidar de você hoje é o mínimo que posso fazer depois de tudo o que fez por nós, Luke Hadley.

Luke enrubesceu com o elogio inesperado.

— Não fiz muita coisa. Nada que qualquer outra pessoa não faria.

— Temo que isso não seja exatamente verdade — comentou Jackson. — Não há muitos que veem este lugar pelo que realmente é. E ainda menos os que percebem os dias de escravo não como uma parte normal e inevitável da vida, mas sim como uma violação brutal da liberdade e da dignidade, perpetrada pelos Iguais.

Luke encarou o médico. Era isso o que Luke pensava? Não tinha certeza. Ele temera seus dias de escravo, ainda temia a década à frente. Ressentia-se dos Iguais e, ao mesmo tempo, ele os invejava. Odiava Millmoor e as crueldades e indignidades que via ali todos os dias, mas, exatamente como Abi e o resto de sua família, Luke jamais havia questionado o fato de que, em algum momento, teria de cumprir os dias.

— Não vou pegar pesado — declarou Jackson, sentindo a confusão do jovem. — Você encarou uma situação desgraçada essa tarde. Volte para seu dormitório e descanse. Mas existem alguns outros como Renie e eu, e às vezes nós nos reunimos no que chamamos de Clube Social e de Jogos de Millmoor. Se quiser se juntar a nós, ficaríamos felizes em vê-lo. Renie pode te avisar quando.

Com isso, Jackson abriu a porta e gritou para o corredor, chamando o paciente seguinte.

Para seu espanto, Luke acordou sem dor no dia seguinte, apenas com hematomas amarelados indicando onde Kessler o atingira. O que era bom, porque ele tinha um trabalho a fazer. Durante o intervalo, ele foi direto à despensa da cantina. Kessler não o estaria esperando de volta tão cedo, se é que esperaria. Luke então encheu os bolsos do macacão com tantos pacotes quanto foi possível esconder. Naquela noite, foi até o local de encontro marcado com Renie no fim do dia anterior, planejando esconder a comida por lá. Mas ela o estava esperando.

— Sabia que você viria esta noite — afirmou ela, abocanhando um chiclete definitivamente-não-aprovado-por-Millmoor. — O doutor falou que, se você viesse, era para eu te avisar que o próximo encontro do grupo será domingo. Encontre comigo no Portão 9 do pátio sul do conserto de veículos, às 11 da manhã.

Ela enfiou a comida surrupiada dentro do casaco e voltou a se misturar com a escuridão.

— Espere! — assobiou Luke. — Esse clube. O que Jackson quis dizer, social e jogos? O que vocês fazem, na verdade?

— Xadrez. Palavras cruzadas. — Ela deu de ombros. — A gente também tinha um Detetive, mas confiscaram por ser subversivo. Um jogo onde se mata gente rica em mansões... Vai que o assassino é um criado?

Notando a expressão frustrada de Luke, Renie jogou a cabeça para trás e gargalhou.

— Brincadeira. Logo você vai descobrir. E lembre-se: ninguém vai te obrigar a jogar. A gente pode ter te escolhido, mas você precisa escolher o jogo.

E, então, ela foi embora.

Luke ficou acordado na cama naquela noite, pensando na família e no clube do doutor Jackson. Por toda a vida ele estivera cercado pelo barulho das irmãs e dos pais, um som tão familiar a ponto de passar despercebido, como a respiração, até que não estava mais lá. Às vezes ele simplesmente falava com eles. O que não era nem um pouco esquisito.

Luke não teria notícias até, no mínimo, dezembro, quando completaria três meses em Millmoor e o período habitual de restrição na comunicação externa para todos os novos escravos teria passado. E é claro que não poderia contar a eles sobre o clube em uma carta, afinal. Uma conversa unilateral em seus pensamentos teria de servir.

O que eles iriam pensar sobre seu comportamento nas primeiras semanas em Millmoor e sobre o plano de acompanhar Renie no domingo? Luke tinha bastante certeza de que as atividades do clube não tinham nada a ver com jogos de tabuleiro.

— Esqueça isso, filho — aconselharia o pai de debaixo do capô do Austin-Healey, a mão estendida, aguardando uma chave de fenda. — Mantenha a cabeça baixa e siga trabalhando.

"Não se meta em encrenca", Luke podia ouvir a mãe dizer. E, com certeza, Abi iria lembrá-lo de que ele não sabia nada a respeito das pessoas com quem estava se envolvendo.

Daisy podia achar legal. Ela jamais foi do tipo obediente. (Embora Luke esperasse que ela estivesse sendo um pouco mais em Kyneston.) Será que Millmoor a teria transformado em uma espécie de Renie? Desafiadora e capaz de se defender nas ruas?

Luke viu que tudo se resumia a uma simples pergunta: se envolver com o clube valia o risco de levar outra surra de Kessler, ou algo pior? Possivelmente até colocando em perigo sua transferência para Kyneston?

A mãe e o pai diriam que não, sem hesitar nem por um instante. Mas eles não conheciam Millmoor nem tinham experimentado a vida naquele lugar. Luke se deu conta de que a decisão já não cabia mais aos dois. Como Renie prometera, a escolha era sua.

Perceber aquilo não o ajudou a dormir.

Na manhã de domingo, Luke chegou ao depósito de veículos meia hora adiantado. Ele espreitou em volta da cerca de arame, curioso. Havia uma fileira de 4x4s da segurança levantados em macacos hidráulicos para reparos na parte de baixo. Ele sabia o que o pai teria dito a respeito: era incrivelmente perigoso sem suportes para o eixo de rodas também. Será que as autoridades que dirigiam Millmoor eram assim tão ignorantes, ou simplesmente não se importavam com os escravos?

Ou era algo pior? Será que os muitos acidentes em Millmoor, como o que aconteceu com o tio de Simon, Jimmy, ou com o homem que fazia o trabalho de Luke, eram mais que episódios isolados de negligência? Talvez fossem parte da operação das cidades de escravos. Trabalho arriscado e condições de vida difíceis manteriam as pessoas focadas em si mesmas e nos próprios desafios, incapazes de enxergarem o todo.

Era isso o que o doutor Jackson vinha tentando dizer?

Será que Luke começava a enxergar Millmoor como realmente era?

Renie se materializou atrás de Luke. Ela assentiu ao vê-lo investigando o depósito, e o gesto virou um sorriso largo quando ele explicou como tinha consertado um carro com o pai.

— Sei que aqui não terei muita chance de usar o que sei — comentou Luke, pesarosamente. — Vou fazer 17 mês que vem. Eu devia estar aprendendo a dirigir. Na verdade, eu até já sei, mais ou menos. Mas não vou estar atrás de um volante ou debaixo de um capô tão cedo.

— Nunca diga nunca, Luke Hadley — replicou Renie, a mandíbula trabalhando furiosamente em um chiclete qualquer. — Ande. Vamos apresentar você ao clube.

Luke ligou seu GPS mental para tentar se lembrar da rota, mas depois de 15 minutos já estava perdido. Pegaram atalhos e se esgueiraram por prédios e pátios, tornando impossível manter um registro das ruas percorridas e esquinas pelas quais passaram. Será que Renie não confiava nele em relação ao local da reunião?

— Itinerário falso?

— Itinerário com a menor quantidade de vigilância — respondeu ela, ainda se apressando à frente. Pouco tempo depois, Renie mergulhou pela veneziana meio aberta da entrada de um armazém de mercadorias, e se dirigiu a uma porta no espaço cavernoso.

Luke nem teve tempo de passar a mão pelo cabelo e estampar sua melhor expressão de como-vai. Ele não precisava ter se preocupado. O Clube Social e de Jogos de Millmoor parecia ser meia dúzia de pessoas em alguma sala remota.

O grupo estava sentado em enormes cadeiras pretas de escritório, ao redor de uma mesa com rodinhas, cheia de latas de refrigerante, e uma fruteira vazia. Pareciam os jurados do show de talentos mais fuleiro da TV.

Havia duas mulheres de cabelo grisalho. Pareciam velhas até para os padrões de Millmoor, já na casa dos 70. Provavelmente eram resistentes e tinham adiado o cumprimento dos dias até o último momento; um cara magrelo balançava a cadeira nervosamente; um cara negro e de cabeça raspada estava ao lado de uma mulher pequena, de rabo de cavalo e aparência abatida. Seriam os pais de Renie? Mas ela não os cumprimentou de maneira especial. E depois, havia o doutor Jackson. A seu lado: dois lugares vazios.

— Oi, Luke — cumprimentou o doutor. — Bem-vindo ao Clube Social e de Jogos de Millmoor.

Os outros se apresentaram: Hilda e Tilda, Asif, Oswald ("me chame de Oz") e Jessica. As duas mulheres com nomes parecidos eram irmãs, mas Oz e Jessica não tinham parentesco com Renie.

— E este é Luke Hadley — declarou Jackson, dando uma batidinha tranquilizadora no ombro de Luke quando ele se sentou. Apesar da seleção francamente esquisita de pessoas, o garoto sentiu uma onda de empolgação.

— Então você já viu como a gente socializa, Luke — disse o Doutor, sorrindo. — Comida e peças de ar-condicionado são as coisinhas que fazemos no dia a dia. Mas não provemos só o essencial. Um livro ou uma música, ou uma carta de amor do lado de fora, que não tenha sido lida primeiro por um censor; qualquer coisa do mundo real que torne a vida aqui mais suportável, estamos dentro.

"Mas apesar de isso tudo ser importante, não muda a situação como um todo. E mudar as coisas é o lance do clube, Luke. Esse é o jogo que jogamos. Vamos mostrar."

Luke assentiu, tenso, mas intrigado.

— Se você decidir que não quer jogar, a gente vai entender — continuou Jackson. — Mas, se for esse o caso, a gente pede que não fale do clube ou de nossas atividades para ninguém. Jessica, por que você não começa e mostra a Luke como funcionamos.

No fim das contas, a fruteira não estava vazia, porque Jessica estendeu a mão e tirou dali um pedacinho de papel dobrado. Ela franziu a testa para ele.

— Sinceramente, Jack, sua letra é horrível.

Jackson levantou as mãos e falou:

— O que posso dizer? Sou médico.

— Mas esta é uma das boas — continuou Jessica, lendo o papel. — "Encontre e destrua as provas da segurança das acusações contra Evans N-2228." Escolho Hilda e Oz: ela para encontrar, ele para destruir.

Ela olhou para Oz. Eles podiam não ser os pais de Renie, decidiu Luke, mas rolava alguma coisa, o que era meio que bonitinho.

— Nos conte mais, doutor — rugiu Oz.

Jackson entrelaçou os dedos, assumindo de repente uma postura profisisonal.

— Barry Evans perdeu uma das mãos em um acidente na fábrica de processamento de aves domésticas. Fazia séculos que ele vinha avisando ao supervisor que o equipamento estava defeituoso, mas nada foi feito. No dia em que tem alta do hospital, Evans invade o local à noite e quebra todo o maquinário. Ninguém o viu, mas como foi flagrado pelas câmeras de segurança, irão condená-lo à escravidão perpétua. Vocês precisam encontrar e apagar a filmagem. E se certificar de que não fique nenhuma cópia nos servidores. E se eles tiverem mais alguma coisa incriminadora, façam com que desapareça também.

As duas mulheres se entreolharam, e Hilda bateu com a mão no tampo da mesa. Entusiasmo pela tarefa? Ódio pelo que tinha acontecido a Evans? Luke não sabia dizer. Na verdade, ele mal podia acreditar no que acabara de ouvir, mas eles já tinham seguido em frente, e Tilda esticava a mão para a tigela. Ela vibrou quando desdobrou o papel sorteado.

— "Entrevista ao vivo com a ABC Manhã", com os australianos do rádio, Doutor?, "terça, às 23h15, sobre as condições dentro das cidades de escravos britânicas." Asif, você fala, e eu vou descolar uma linha segura pela NoBird.

— Excelente — disse Jackson. — Vocês farão um ótimo trabalho. O que significa que ainda há um jogo para esta semana.

A sala ficou quieta. Asif parou de balançar a cadeira, e, portanto, o rangido parou; até Renie parou de mascar o chiclete. Todas as sete pessoas no recinto olharam para Luke.

Sem pressão.

— Você precisa saber — explicou Jackson, virando-se diretamente para ele — que o que fazemos traz consequências. A pena para as coisas discutidas aqui poderia somar muitos mais anos a nossos dias. Mas nós as fazemos porque acreditamos que as consequências para todas as outras pessoas, se não as fizermos, serão ainda piores.

"Eu gostaria que se juntasse a nós, Luke. Acho que poderia realizar grandes feitos pelo clube. Mas só você pode escolher se quer jogar ou não. Não há vencedores nisso, não até que tudo acabe. E o oponente nunca muda."

Luke observou a fruteira diante de Tilda. No fundo, um único quadrado de papel, dobrado do tamanho de um polegar.

Então encarou Jackson, enxugou as mãos suadas nas pernas do macacão e as firmou no canto da carteira.

Ele sempre gostou de jogos. E esse era um que valia a pena jogar.

Ele estendeu a mão para a tigela.

7

Abi

Daisy estava vibrando de alegria com o trabalho em Kyneston. Até mesmo a mãe e o pai se conformaram quando viram que a filha mais nova dava conta.

Mas, na humilde opinião de Abi, aquilo não acabaria bem.

Abi tinha sido a primeira a ver a cama portátil quando Jenner lhes mostrara a cabana. Ela perguntara o que aquilo fazia ali, no quarto que deveria ter sido de Luke.

Jenner ficara encabulado e prometeu explicar quando os orientasse sobre suas tarefas no dia seguinte. Ao entrar na cozinha naquela manhã, Abi se levantou para tirar tudo da mesa, já que de outra forma Daisy não pararia de se empanturrar de torradas. Era imprescindível que eles criassem a melhor impressão possível se quisessem ter Luke de volta rapidamente.

Ela não confiava em si mesma para voltar ao lugar, pois Jenner tinha ocupado a cadeira vazia logo ao lado. Em vez disso, Abi ficou perto da pia quando ele começou a falar. As designações de seus pais eram exatamente o que Abi havia esperado ao preencher os formulários para os Serviços da Propriedade. A mãe trabalharia como **enfermeira** para uma senhora na casa grande e, também, vistoriaria os escravos. O pai tomaria conta da coleção de carros antigos de Lorde Whittam e faria a manutenção dos outros veículos da propriedade.

— E acho que você será perfeita como assistente administrativa de Kyneston — dissera Jenner, olhando direto para Abi com aquele sorriso amável. — Espero que isso não pareça condescendente para alguém tão inteligente quanto você. De fato, não é. Eu mesmo assumi o Gabinete de Família quando saí da universidade no ano passado, e você não acreditaria na quantidade de assuntos com os quais lidar. Preciso de alguém em quem possa confiar para ter certeza de que tudo funcione.

Abi ficou muito vermelha. Ela trabalharia com ele. Era um pesadelo e um sonho embrulhados em um pacote empolgante e superconstrangedor. Por cima, um laço e uma etiqueta para presente dizendo *"crush"*. Ela viu Daisy dar um risinho e lançou à irmã um olhar feroz.

Então, a atribuição de Daisy roubou a atenção de todos, inclusive de Abi.

Daisy ia cuidar de um bebê. Um bebê nascido de uma garota que fora escrava na propriedade. A escrava teve um relacionamento impróprio com o irmão Jardine mais velho, explicara Jenner, mas morrera em um trágico acidente alguns meses antes.

Todos tinham muitas perguntas, mas estava claro que Jenner não queria falar a respeito. Ele afirmou "Isso é tudo que posso lhes dizer" de forma um pouco rabugenta, e Abi falou "Cale a boca" de maneira discreta na direção de Daisy.

Pouco depois, o Herdeiro Gavar aparecera. A expressão em seu rosto exibia fúria, como se ele tivesse ido acusá-los de roubo. Ele era ainda mais alto que os irmãos, grande e de ombros largos. O bebê parecera muito pequeno deitado na dobra de seu braço, mas dormia pacificamente; Gavar segurava a menina com tanto cuidado que se podia pensar que era uma boneca de porcelana.

— Essa é a garota? — perguntou ele a Jenner, apontando para Daisy. — Você está brincando, né? Ela mesma ainda é um bebê.

— Não comece — respondeu Jenner de forma cansada. — Você sabe como precisa ser.

O herdeiro resmungou algo grosseiro, e, antes de pensar melhor, o pai empurrou a cadeira para trás, como se fosse repreendê-lo pelo linguajar. A pobre Daisy parecia apavorada.

Gavar chamou a menina com um brusco "Venha aqui", mas Daisy parecia petrificada.

— Pode ir — encorajara a mãe, empurrando-a gentilmente. — Ele não vai te devorar.

E o coração de Abi transbordou de orgulho quando sua irmãzinha tomou a atitude mais corajosa de todos os tempos e caminhou até parar na frente de Gavar Jardine. Ele olhou para Daisy, como se seus olhos pudessem abrir buracos.

— Esta é minha filha, Libby — informou o herdeiro, inclinando o braço levemente. O bebê era adorável, com bochechas gordinhas e rosadas, cachinhos acobreados e longos cílios escuros. — Ela é a coisa mais importante de minha vida e agora será a coisa mais importante da sua. Você deve ficar com ela o tempo todo, e, quando eu estiver em Kyneston, virei encontrar as duas todos os dias. Saberei onde estão. Você está autorizada a falar coisas apropriadas a ela, nada de conversinhas idiotas. Brinque com ela. Mostre as coisas a ela. A mãe era uma mulher inteligente, e ela é uma criança inteligente. Você deve se dirigir a ela como "Senhorita Jardine" todas as vezes. Se algo acontecer a ela, você e sua família vão pagar por isso. Entendeu?

— Sim — respondeu Daisy, concordando enfaticamente com a cabeça. E depois: — Sim, senhor.

— Ótimo — declarou Gavar.

Ele entregou a criança.

Nas semanas que se seguiram, Daisy ficou mais confiante para lidar com sua pequena responsabilidade. E Abi fez uma pequena investigação para descobrir mais sobre Libby Jardine e sua mãe.

Ela ficou sabendo que uma das mais antigas escravas de cozinha tinha cuidado do bebê antes de os Hadley chegarem. Quando Abi apareceu com o pretexto de inventariar a despensa, a mulher se mostrou amável e disposta a falar.

— O nome verdadeiro da criança é "Liberty" — contou ela, balançando a cabeça. — Foi escolhido pela mãe, Leah. Era uma boa menina e muito apaixonada pelo Herdeiro Gavar. Mas, quando descobriu que estava grávida, os dois tiveram uma desavença e ele foi cruel com ela. Então, ela decidiu batizar a pequena com esse nome para provocá-lo, para esfregar em sua cara que ela era apenas uma escrava.

"Ele queria que a criança tivesse um nome distinto e chique como todos eles têm, algo como Amelia, Cecilia ou Eustacia, mas seus pais não davam ouvidos. Eles também não gostavam de 'Liberty', é claro. Lorde Jardine falou que era 'de mau gosto'. A solução veio de Lady Thalia, abençoada seja, e a queridinha passou a ser chamada Libby desde então.

"Mas é claro que eles não a enxergam como um deles. Libby tem zero Habilidade, embora Leah estivesse convencida do contrário. Pobrezinha. Acho que ficou um pouco louca no final. Porque isso seria impossível, é claro; todos sabem. É por esse motivo que Libby é cuidada por gente como nós em vez de ficar na casa. Mas o Herdeiro Gavar a ama demais."

E era mesmo verdade.

Ninguém sabia quando Gavar poderia aparecer para ver a filha. Ele surgia atrás deles de repente, na cozinha da cabana, enquanto Daisy colocava papinha na boca grudenta de Libby, cantarolando cantigas suaves. Ao espiar pela janela do escritório de Kyneston, com frequência Abi o vislumbrava andando na direção do lago onde Daisy havia levado Libby para ver os patos.

Enquanto se apressava pelos corredores do trabalho um dia, Abi escutou Gavar urrando furiosamente, algo a ver com desrespeito com a filha. Temendo pelo pior, Abi se desviou para a frente da casa, pronta para se jogar entre ele e Daisy. Mas ao abrir discretamente a porta, viu uma escrava de salão particularmente esnobe curvada sobre uma tapeçaria, a seus pés uma pilha de roupa de cama e mesa limpa e amarrotada. Gavar apontava um dedo gordo para o rosto da mulher. A outra mão estava no ombro de Daisy de forma protetora, pousada sobre o canguru em que ela costumava carregar Libby.

— E desculpe-se com a senhorita Hadley — exigiu Gavar de modo ríspido. — Mesmo que você a veja sozinha, ela estará a serviço de minha filha. Saia da frente dela, e não o contrário. Agora, diga.

— Me... me desculpe, senhorita Hadley — gaguejou a empregada. — Não vou fazer isso de novo.

Gavar resmungou, e Daisy inclinou a cabeça, como uma rainha diminuta. Perplexa, Abi fechou a porta em silêncio e voltou para sua incumbência.

A situação mais surpreendente aconteceu na semana seguinte. Não fazia um mês que chegaram a Kyneston, e os quatro estavam sentados para jantar. Daisy parecia mal-humorada de um jeito excessivo, mesmo quando a mãe abriu o forno e revelou um agrado surpresa: torta de maçã.

— O que foi, amorzinho? — perguntou o pai.

Daisy fungou de forma teatral e enxugou o nariz com as costas da mão.

— Estou com saudades de Gavar — respondeu ela, com voz fraca. — Vou subir e ver como Libby está.

E assim que a mãe colocou o prato de sobremesa na sua frente, Daisy se levantou e desapareceu para o andar de cima.

Os três se entreolharam, espantados.

— Onde está o Herdeiro Gavar? — perguntou a mãe, depois de um instante.

Abi suspirou e serviu um pouco de torta para si mesma.

— Ele e Lorde Jardine foram para o norte — comentou Abi. — Para o Castelo de Esterby. Para o Primeiro Debate, quando eles discutem a Proposta do Chanceler, sabe? Há um no outono, outro no meio do inverno e o Terceiro Debate será aqui em Kyneston, na primavera.

"Jenner diz que normalmente toda a família discute muito sobre as Propostas, mas que, esse ano, o pai e Gavar têm sido de poucas palavras. Silyen também está envolvido, mas não sei como. Jenner diz que o pai considera a Proposta tão ridícula que nem vale a pena ser debatida. Mas acho que Jenner não concorda."

— Jenner diz isso, Jenner diz aquilo — comentou o pai. — Será que minhas duas meninas estão ficando doidas por esses garotos Jardine? — Suas palavras eram provocadoras, mas o rosto estava sério.

— Controle-se, mocinha — avisou a mãe.

Qualquer resposta sarcástica teria começado uma enorme briga, então Abi mordeu o lábio. Seus pais estavam sendo ridículos. Ela mal citara Jenner.

Não, era com Daisy que deveriam se preocupar. O Herdeiro Gavar podia ser carismático, mas era um grosso, marrento e reclamão, insatisfeito com tudo e com todos, à exceção da filha.

E havia algo ainda pior. As fofocas na propriedade sustentavam que ele era o responsável pela morte da mãe de Libby. Leah tinha levado um tiro acidentalmente certa noite, quando Gavar estava fora, caçando.

Por que Leah estaria vagando pela propriedade depois de anoitecer? Abi não conseguia elaborar nenhum cenário convincente.

O que levava a uma pergunta inescapável: será que fora mesmo acidente?

De qualquer forma, não podia ser seguro para Daisy passar tanto tempo com o herdeiro de Kyneston. Todo o seu medo inicial havia sido substituído por um tipo de adoração. Mas Daisy só tinha 10 anos e, mesmo cuidando maravilhosamente de Libby, com certeza em algum momento cometeria algum erro ou deslize. Quando isso acontecesse, como Gavar reagiria? Não, era muito arriscado. Abi teria de convencer Jenner a realocar Daisy para qualquer outra tarefa.

Com esse pensamento, a culpa transbordou dentro de Abi de novo. Ela não estava mais próxima de conseguir a transferência de Luke de Millmoor. Nas primeiras vezes que tinha trazido o assunto do irmão à baila, Jenner não fizera comentários, e ela o considerou simplesmente preocupado. Mas, na terceira ocasião, ele virou para ela com arrependimento estampado nos gentis olhos castanhos.

— Sinto muitíssimo, Abigail, mas houve uma boa razão para seu irmão não vir a Kyneston, e essa razão ainda se mantém. Por favor, não me peça de novo.

E, então, ele se fechou em si mesmo, exatamente como tinha feito no dia em que chegaram, ou quando tinham perguntado pela primeira vez a respeito de Libby.

As palavras foram suaves, mas a recusa atingiu Abi com força. Mas era preciso continuar pedindo. A ideia de Luke preso em Millmoor, à mercê de pessoas como aquele guarda bruto por mais alguns meses, era horrível... A noção de que ele pudesse nunca mais se juntar a eles era impensável. Luke, sendo o único menino, podia se supor o protetor das irmãs, mas Abi era a mais velha. Cuidar dos irmãos era sua responsabilidade.

Qualquer que fosse essa "boa razão", ela teria de descobri-la. Superá-la.

Nesse meio-tempo, havia Daisy a se considerar.

O dia seguinte era um sábado, e, apesar de o tempo ter esfriado com setembro quase no fim, o céu estava ensolarado e lindo. Abi encontrou a irmã trocando a fralda do bebê, e sugeriu uma caminhada pelo bosque da propriedade. Seria a oportunidade perfeita para abordar, com gentileza, seu apego a Libby e Gavar.

— Podemos mostrar a folhagem para Libby e chutar algumas folhas — sugeriu ela à irmã. — Os bebês gostam de cor e barulho, isto estimula o cérebro.

— Gavar ia gostar disso — respondeu Daisy aprovando, enquanto Abi tentava não revirar os olhos. — Vou pegar o chapéu e as luvas.

O bosque era tão bonito de perto quanto parecera a distância. Próximo ao lago, havia um pomposo templo em miniatura. (Construções caras e inúteis tinham se tornado moda entre os Iguais alguns séculos antes, porque obviamente ter uma casa gigantesca não era ostentação o suficiente.) Então, surgia a faixa de árvores que se estendia até onde os olhos podiam ver. A propriedade de Kyneston era tão vasta quanto sua primeira impressão.

Abi liderou o caminho por baixo dos galhos, as botas fazendo barulho pelas muitas folhas caídas. A luz do sol era filtrada pelo dossel de árvores, deixando a folhagem colorida ainda mais vívida e reluzente, como um vitral modelado por alguém que só gostasse da primeira metade do arco-íris.

— Esta aqui é vermelha — observou Daisy, se abaixando para recolher uma folha e mostrando-a a Libby, que prontamente a deixou cair. — E esta aqui é laranja.

Mais à frente havia uma árvore alta, triangular, perfeitamente amarela. Abi se inclinou a fim de descobrir entre as folhas caídas um bom espécime para mostrar a Libby.

Sua mão atingiu algo firme, ainda que flexível. Peludo.

Afastando-se, ela agarrou Daisy e empurrou a irmãzinha e o bebê para trás de si, na direção do tronco forte da árvore.

Que idiota ela fora! Podia haver qualquer coisa nesse bosque. E daí que não devia mais haver lobos e ursos na Inglaterra. Também não devia mais haver homens nus em coleiras, mas Lady Hypatia trouxera um a Kyneston.

Mas nada saiu do chão da floresta. Nada de presas à mostra; nada de garras cortando o ar. Nada.

Abi esperou. As mãos tremiam.

Nada.

Por que a criatura não se movia? Ela atingira o corpo da coisa com força o bastante para acordar o que quer que fosse, até Luke.

Mal acreditando no que fazia, ela se arrastou de volta à pilha de folhas. Prendendo a respiração, Abi lentamente estendeu uma das mãos e sentiu.

Pelo grosso. Mas frio ao toque. E imóvel. Não era preciso ser um estudante de medicina para entender o que aquilo queria dizer.

Encorajada, Abi afastou o restante da folhagem. A criatura, logo identificada como um cervo, não se mexeu. Os olhos estavam arregalados e enevoados. Morto.

Mas como? Não havia feridas ou sinais de doença. O corpo parecia perfeito em todos os aspectos. A pelagem ainda estava grossa e brilhante. O corpo nem cheirava mal.

Na verdade, o aroma ali era agradável: doce e perfumado. Abi levantou a cabeça e procurou em volta, farejando. Ela viu e sentiu o cheiro da fonte ao mesmo tempo.

A uma curta distância, em uma clareira aberta ao céu, havia uma árvore. Uma cerejeira, a julgar pela profusão de flores cor-de-rosa. Os galhos se dobravam até o chão da floresta por causa do peso. No ar fresco de outono, o cheiro era inconfundível.

A visão era hipnotizante. Abi se moveu naquela direção, e sentiu Daisy a seguir. Ela estendeu as palmas e as passou pela eflorescência, se deleitando com as flores densas. A seu lado, Daisy tirara as luvas de Libby e a encorajava a tocá-las também.

— É tão lindo! — exclamou Daisy para o bebê de forma amorosa. — Não é lindo?

Mas também era muito errado, disse tardiamente alguma parte do cérebro de Abi. Estavam no fim de setembro, no outono. E não primavera, estação em que essas flores normalmente floresciam.

Ela sentiu um arrepio súbito que nada tinha a ver com a brisa. O cervo estava morto, mas não parecia. A árvore estava viva, florescendo, quando não deveria.

— Certo, meu amor — disse ela a Libby, tirando gentilmente o galho de alcance e lançando um olhar de confie-em-mim a Daisy. — Vamos embora agora. Faremos nosso piquenique perto da casa.

Ela só o viu quando se virou.

Estava sentado no chão a vários metros, as pernas estendidas à frente, e as costas apoiadas em um tronco de árvore. O cabelo estava despenteado, e ele o tinha afastado do rosto, que parecia magro e cansado. Mas os olhos brilhavam de curiosidade enquanto as observava. O Jovem Mestre.

Por um instante, ele não disse nada, e Abi também não. Então, ele ficou de pé, em um movimento suave, rápido, e andou até onde elas estavam. Ele estendeu a mão e ofereceu um dedo a Libby, que o agarrou e começou a morder entusiasmadamente. Abi sentiu Daisy se deslocar de forma desconfortável até seu lado. Ela obviamente queria se afastar, mas era incapaz de fazer isso sem desfazer aquele contato.

— Gostou de minha árvore? — Quis saber Silyen Jardine.

— Sua árvore? — repetiu Abi, de forma idiota.

— Sim. — Ele sorriu um sorriso reluzente e frio como o dia. — Ou, para ser mais preciso, minha experiência. Pelo barulho que acabou de fazer, imagino que também tenha descoberto minha outra experiência. Mas esta aqui é mais bonita, não é?

Ele estendeu a mão livre e apalpou as pétalas pensativamente.

— O cervo morto — constatou Daisy indignadamente. — Foi você?

— Morte. Vida — divagou Silyen, sacudindo o dedo na boca sem dentes da sobrinha enquanto ela soprava bolhas em volta. — Os truques de sempre. Na verdade, a pequena Libby aqui foi minha inspiração. Ou melhor, sua mãe foi, quando Gavar a acertou e ela morreu bem na nossa frente. Não houve nada que eu pudesse fazer, o que foi... intrigante. Não gosto de problemas que eu não consiga resolver. Tenho certeza de que sabe o que quero dizer, Abigail.

Abi sentiu arrepios ao ouvi-lo pronunciar seu nome daquele jeito. Mas as palavras anteriores de Silyen chamaram sua atenção. Ele assistira ao tiro de Gavar, o tiro que matara Leah. Não parecia exatamente um acidente de caça.

— O quê? — Daisy ficara alarmantemente rosada. — Gavar não. Ele não faria isso. Ele amava a mãe de Libby. Ele me contou.

— Está o defendendo? O talento de Gavar com as moças é lendário, mas não imaginei que começasse tão cedo. Sua irmã sabe que eu estou falando a verdade.

— Abi? — Daisy parecia histérica.

Abi rangeu os dentes. Ela quisera apresentar de forma suave à irmã a ideia de que Gavar Jardine podia não ser um herói. Não com essa informação chocante. Daisy sequer soubera que ele estava envolvido na morte da mãe de Libby, muito menos imaginara a versão bem mais dramática dos fatos contada por Silyen.

— Vamos conversar sobre isso mais tarde — argumentou ela. — De qualquer forma, já estávamos voltando. Então, se nos der licença, Mestre Silyen.

Ela inclinou a cabeça e fez um gesto para afastar Daisy, mas Silyen Jardine ainda não havia acabado com elas.

— Me conte — disse ele, tirando o dedo do aperto de Libby e olhando para ela de um jeito especulativo. — Ela faz algo... especial? Incomum?

— Com Habilidade, você quer dizer? — indagou Daisy. — Não. Ela é só um bebê.

— Ah, isso não nos detém. — Ele sorriu. — Aliás, a Habilidade dos bebês é muito mais perceptível, porque é mais descontrolada. Aparentemente, Gavar estilhaçava os pratos se nossa mãe tentasse alimentá-lo com algo além de bananas amassadas. Vinte e três anos, e ele mudou muito pouco.

— Não acredito em uma palavra do que você diz sobre ele — disparou Daisy. — Você tem inveja porque ele é o herdeiro.

Por favor, pensou Abi. Por favor, nos deixe sair deste bosque inteiras, para longe de animais mortos, dos truques de Silyen Jardine e da total falta de instintos de autopreservação de Daisy.

Mas Silyen apenas deu de ombros e se virou, o olhar retornando à árvore. Ele estendeu a mão para um galho e o balançou, exatamente como Daisy fizera, e observou as pétalas caírem no chão, franzindo a testa.

Silyen tirou a mão, mas as pétalas continuaram caindo, cada vez mais rápido, flores inteiras e perfeitas se desprendendo, até que os três ficaram afundados até o tornozelo. O aroma se desprendeu do solo da mata em uma opressora onda de doçura. Nos galhos, brotos verdes irromperam e se abriram. Logo a árvore estava coberta de folhas, tão abundantes quanto tinham sido as flores. Se momentos antes Abi quisera sair dali, agora estava presa, como se ela mesma tivesse raízes.

As folhas começaram a se enrolar. A árvore perdeu a vibração enquanto elas murchavam; amarelavam; caíam. Folhas mortas se empilharam no topo das flores.

Logo a árvore estava completamente desfolhada. Preta e esquelética, estendeu os longos galhos ao solo e começou a se arrastar tristemente entre os restos caídos do que fora sua beleza e vigor, parecendo ansiosa para reuni-los de novo.

Silyen Jardine não falou nada. Daisy não falou nada. A bebê Libby chutou com as perninhas e murmurou.

Silyen levantou a cabeça, como se ouvisse algo.

— Meu pai e meu irmão voltaram — declarou ele, virando-se para elas. — Gavar está desesperado para rever a filha. Ele virá direto até você. Seria melhor que não as encontrasse comigo. A saída mais direta é para lá.

Ele apontou para uma clareira no mato, indicando uma rota entre dois grandes carvalhos. Nenhuma das duas precisava que ele falasse duas vezes.

Daisy partiu, os primeiros frutos do carvalho sendo triturados sob seus pés, e os calcanhares delicados de Libby batendo contra sua cintura. Abi seguiu atrás. Ela não olhou para trás, nem para o Jovem Mestre, nem para a cerejeira morta ou para o bosque além, onde o cervo jazia sem vida e imóvel. Ao sair da fileira de árvores, piscou os olhos no clarão ofuscante da luz do sol. Seu coração estava acelerado, como se ela tivesse acabado de escapar por pouco, embora não soubesse do que exatamente.

Ao passarem da gruta do templo, Abi escutou o ruído fraco de uma moto. Daisy bateu as mãos com empolgação, e Abi se encolheu. Ela não fazia ideia de que as pessoas, de fato, faziam aquilo.

E, mais objetivamente, como Daisy ainda podia ficar tão animada em ver Gavar, agora que sabia o que acontecera à pobre mãe de Libby?

A moto surgiu e parou de repente, transformando a grama em lama. O herdeiro largou a moto em um suporte e se apressou até elas.

— Você está bem longe de casa — disse ele a Daisy severamente. Abi também não deveria estar ali.

Gavar exibia a expressão ameaçadora que levava as escravas domésticas a urinarem nas calças tamanho o terror, mas sua irmãzinha apenas abriu um largo sorriso.

— Estamos bem agasalhadas e temos tudo de que precisamos — informou Daisy, desfazendo os fechos do canguru e passando Libby ao pai. Gavar mimou a bebê com carinho por alguns instantes, esfregando o nariz contra o da bebê e fazendo-a gargalhar. Então olhou para Daisy e sua expressão era quase gentil.

— Senti saudades enquanto estava fora — declarou ele. — Mas eu sabia que ela estaria segura com você. Vamos nos sentar perto do lago, e você pode me contar o que andaram fazendo.

Ele grudou Libby contra o peito e pousou uma das mãos no ombro de Daisy, dirigindo-a para um banco próximo à margem da água.

— Você — falou ele por cima do ombro, sem se importar em olhar. — Leve a moto à garagem.

Abi lançou um olhar bravo enquanto ele se afastava, certa de que a Habilidade podia fazer muitas coisas, mas ainda não dava olhos na parte de trás da cabeça.

A moto era um pesadelo, um amontoado incompreensível de metal cheirando a gasolina e couro quente. Ela não fazia ideia de como colocá-la em movimento. Luke teria sabido.

— Excelente ideia! — escutou Daisy dizer e suspirar, um tom sonhador de aprovação na voz.

Abi se virou para ver o que Gavar, o Maravilhoso, fazia. No lago, um veleiro deslizava pela água. As portas do local onde normalmente era mantido, na margem mais distante, estavam escancaradas. Os remos descansavam sobre o casco, presos. Não havia ninguém no barco, nenhum meio visível de propulsão. Ele se dirigia para onde Daisy, Gavar e a bebê estavam sentados, como se fosse um brinquedo puxado por um fio.

Amparada pelo pai, Libby amassava os pezinhos na coxa de Gavar e trazia as mãozinhas unidas.

O barco emitia um leve som ao mover-se de forma suave. Perturbado, um pato negro grasnou e se afastou rapidamente. Todo o resto estava silencioso e parado. Por isso Abi escutou as palavras seguintes do Herdeiro Gavar de forma bem clara:

— Não estou fazendo nada.

Abi ficou paralisada, com uma das mãos agarrada de forma inútil ao redor do guidão da moto. Ela vasculhou os limites do bosque procurando por algum sinal de Silyen. Não conseguia ver nada, mas isso não significava que ele não estava ali, armando alguma brincadeira de mau gosto. As gralhas davam voltas no céu.

A proa bateu com suavidade na margem, bem em frente ao banco. Houve um ruído fraco de madeira quando os remos rolaram com o impacto. Então, o barco girou até que todo o seu comprimento estivesse ao longo da margem.

Era possível, realmente, que o barco tivesse escorregado do ancoradouro no depósito e deslizado. Só que o movimento era extraordinário. Deliberado.

Abi ouviu as palavras seguintes de Gavar, cheias de admiração, orgulho e o mais leve toque de descrença.

— Não sou eu, Daisy. É ela.

Contorcendo-se no aperto do pai, Libby Jardine dava risadinhas.

8

Luke

De seu poleiro, bem alto no parapeito do telhado, Luke conseguia enxergar o outro lado de Millmoor. Tão cedo alguém cobraria dez libras dos turistas para admirar a vista.

O que se destacava não era o formato ou o tamanho da cidade de escravos, mas sua cor. Ou melhor, a falta de uma. Tudo tinha uma aparência pouco atraente, esgotada, em especial naquele momento quando o crepúsculo descoloria o céu. Em parte, o efeito ocorria porque tudo ali era construído em concreto e metal. E também porque qualquer luz do sol simplesmente transformava a poluição do ar em uma mistura permanente de fumaça e neblina. Mas, o pior motivo, percebera ele, era porque aquilo estava dentro de sua cabeça.

Francamente, não era o cenário que ele teria escolhido para o aniversário de 17 anos. Nem as atividades dessa noite eram o que teria planejado para o grande dia.

Mas, enquanto estava ali sentado, aguardando por Renie e tentando ignorar o medo, a empolgação dando um nó no estômago, Luke pensou o quanto preferia fazer parte do jogo do doutor Jackson. A cada dia, ele enxergava mais claramente a injustiça dos dias de escravo e a resiliência daqueles que o suportavam.

— Sempre olhe para os indivíduos, não para o todo — dissera Jackson a ele. — Para o rosto, não para a multidão. Olhe para o mundo, não para o chão. Cada pequeno detalhe é uma vitória.

Por isso, enquanto balançava os calcanhares na beirada do telhado, Luke tentou fazer exatamente isso. Ele olhou para além dos baixos edifícios comerciais que o cercavam, na direção dos altos prédios residenciais além. Ele distinguiu a silhueta de um vaso de plantas no peitoril de uma janela; uma toalha com as cores fortes de um time de futebol pendurada em uma porta. Na luz amarelada do poço da escada de um dormitório, um casal se agarrava contra a parede. Rapidamente desviou o olhar. Perto de uma janela, uma menina lia. Aquilo o fez pensar nas irmãs. Ela parecia ter a idade de Daisy, e Abi raramente ficava sem um livro em mãos.

Se a família cumprisse os dias em Millmoor, será que ele estaria ali em cima no telhado, naquele momento? Luke não tinha certeza. Uma coisa era arriscar a si mesmo, outra era colocar aqueles a quem se ama em risco.

E muitas coisas tinham acontecido naquele mês, desde que havia estendido a mão até a fruteira do clube, tudo girando em torno do trabalho exaustivo na Zona D. Felizmente, os caras que dividiam o quarto com ele trabalhavam em turnos diferentes, então, entrar e sair em todos os horários passava despercebido. Quando chegava a vez de dormir, Luke simplesmente puxava as finas cobertas sobre a cabeça, enrolava os travesseiros com calombos em volta dos ouvidos e tentava ignorar tudo.

Na verdade, ignorar os fatos era um talento adquirido por cada residente de Millmoor. E Luke havia percebido como isso funcionava em benefício das autoridades da cidade de escravos. Não era provável que uma pessoa cuidasse das outras se sentisse a própria sobrevivência em risco.

Bem, ninguém poderia ignorar o que ele e Renie estavam prestes a fazer.

Um assobio baixo assustou Luke tão violentamente que ele xingou ao quase cair do telhado. Atrás do garoto, Renie emitiu um som para o qual a palavra "cacarejar" certamente fora inventada.

— Preste atenção aí! — exclamou ela. — Cair dez andares não é o melhor jeito de comemorar, aniversariante.

Luke girou o corpo para encará-la, puxando as pernas de volta à segurança.

— Muito engraçado — respondeu ele. — Haha. Tenho o que preciso, você também?

Ele deu um chute na trouxa enrolada a seus pés. Era um pedaço de corda, terminando em uma cama de gato de faixas e clipes ovais de metal. Ele tinha surrupiado o equipamento de um barracão na parte de trás da fábrica de fundição. As equipes de manutenção da Zona D usavam aquilo para fazer a limpeza dentro de algumas das máquinas maiores. Ele e Renie lhe dariam uma nova utilidade naquela noite.

— Estou com tudo aqui — afirmou Renie, batendo no bolso saliente da frente do casaco, fazendo-o chacoalhar. — Me deixe dar uma olhada nessa corda. É bom que você se lembre de seus nós, escoteiro.

— E é bom que você se lembre de como se escreve — retrucou Luke, irritado pela necessidade de Renie de fiscalizá-lo. — Imagino que você tenha passado tempo o suficiente na escola para aprender o alfabeto?

— Ui — disse Renie, mostrando o dedo médio. — Eu nunca frequentei a escola. Mas, sim, consigo escrever três malditas letras.

— Nunca frequentou a escola? — repetiu Luke, incrédulo. — E isso é possível? O conselho não foi atrás de você?

— Que conselho? — perguntou a garota, agarrando a manga de Luke com uma das mãos e se apoiando com cuidado sobre a beirada para verificar as ruas lá embaixo. — Não existem conselhos aqui, existem?

— Quê?

Luke tentou analisar as possibilidades, mas nenhuma se encaixava.

— Longa história — respondeu Renie. — Depois te conto, se você não me deixar cair. Mas agora está na hora de ir. Por aqui.

Ela desapareceu pelo telhado com um passo leve e confiante. Luke jogou a corda sobre o ombro e a seguiu. Era irritante não fazer ideia de para onde iam, mas talvez fosse melhor não ver a queda. O céu escurecia mais a cada minuto. Não parecia tão tarde, mas era começo de novembro e a escuridão caía depressa.

Como era um domingo, o distrito administrativo estava deserto. Não se confiava nos escravos para trabalhar no Hospício, o apelido dado ao quartel-general da administração de Millmoor. A equipe era toda formada por empregados livres, recrutados de partes distantes do país para que não houvesse risco de favoritismo. Eles iam embora ao fim de cada dia, e os escritórios ficavam trancados nos fins de semana. A segurança fazia a patrulha, mas Renie conhecia a rotina. Ela e Jackson cronometraram tudo com perfeição.

— Aaau!

Luke dera um encontrão direto nas costas de Renie, e a menina tinha todo o direito de parecer irritada, dada a precariedade do local onde pisavam. Eles haviam passado da relativa segurança do telhado para uma passagem estreita de grade, que unia o prédio ao vizinho. Não havia corrimão, apenas uma aba baixa de metal de cada lado.

— Concentração, ok? — repreendeu Renie, soando mais como a mãe de Luke que alguém de 13 anos teria o direito. Então pareceu se arrepender, provavelmente pela expressão envergonhada de Luke. — Não estou sendo má. É só que a gente não pode se dar o luxo de vacilar, sacou? Não até estar tudo feito.

— Tudo bem — concordou Luke. — Não vai acontecer de novo, desculpe. E desculpe também por ter dito o que eu disse mais cedo. Estou um pouco petrificado, para ser sincero.

— Tranquilo — disse Renie, as feições aflitas se suavizando um pouco. — Eu também. É porque isso aqui é muito importante.

Ela apontou para a escuridão à frente e continuou:

— Vamos nessa. O andar de cima é o Gabinete da Supervisora, onde fica a Supervaca, e depois todos os camaradas abaixo. É onde vou descer. E dar uma redecorada.

Renie se virou e cuspiu expressivamente por toda a calçada, depois se dirigiu ao local que indicara. Luke a seguiu, tomando cuidado para se manter dois passos atrás, nada mais, nada menos.

Como assim Renie não fora à escola? Como era possível que conhecesse intimamente cada esquina de Millmoor? Será mesmo que estaria ali havia anos? Isso explicaria muita coisa, não apenas os modos selvagens e a compleição esquelética.

Mais cedo, ela ajudara o Doutor a passar as instruções, descrevendo em detalhes como Luke podia subir até o telhado sem ser visto. Ela também esboçara a rota que Oz e Jessica seguiriam. Eles se encontravam bem longe, do outro lado de Millmoor, perto do depósito de veículos. Asif e Jackson foram para o maior complexo de *call-center*. Como será que todos estavam se saindo?

Não devo me distrair.

Foco, Luke.

Renie esperava por ele, se sacudindo para cima e para baixo na ponta dos pés. O negócio em seu bolso fazia um ruído surdo.

O telhado ali não tinha parapeito, só uma beirada que ia até a altura do joelho. Se ele perdesse o equilíbrio, não seria o bastante para deter a queda.

Ele puxou a trouxa de corda do ombro, colocou-a no concreto e começou a separar. Quando ele a chamou, Renie entrou no equipamento sem ter dúvidas. Ele era enorme para ela, é claro, mas Luke apertou as faixas o máximo possível até que ela estivesse bem presa. Ele localizara um bom ponto de ancoragem para sua ponta da corda, um tipo de escotilha de manutenção no telhado. Provavelmente os ocupantes do Hospício jamais tiveram de esperar o ar-condicionado ser consertado quando o filtro estourava.

E, então, deu atenção aos nós que ele aprendera cuidadosamente. Havia um nó de oito para travar o equipamento de Renie, com o laço na própria ponta a fim de que ele pudesse controlar a descida. Luke puxou com força as linhas que baixara, e praticou soltar a corda para ter certeza de que tudo correria com suavidade. Em seguida, passou as mãos pelas beiradas do prédio, verificando se havia algo que pudesse prender ou rasgar a corda. Renie o observava.

— Inspeção completa — declarou ela, em tom de aprovação. — Você está ficando bom nisso, dá para ver.

Luke devolveu o sorriso, passando a mão pelo couro cabeludo esfiapado. Um cara no dormitório tentara um corte à máquina dias antes. A mãe teria pirado com o resultado, mas Luke achou maneiro.

— Não posso deixar você cair, né? Nem o Doutor seria capaz de juntar os pedaços.

— Não tenha tanta certeza. — Renie verificou o relógio. — Vamos nessa, garoto. Chegou a hora.

Ele ia protestar por ser chamado de "garoto" por uma menina de 13 anos, mas Renie evitou qualquer resposta saindo de costas do telhado.

Luke cambaleou quando a corda se esticou, mas não cedeu. O coração batia forte debaixo das costelas: devia-ter-checado-de-novo- -será-que-eu-fiz-a-ancoragem-firme-o-bastante-e-se-o-nó-estiver- -frouxo-e-se...

— Mais! — A voz de Renie subiu da escuridão abaixo. — Três metros. Devagar.

Luke soltou a corda, pouco a pouco. Por cima da beirada veio um ruído quando Renie tirou a lata do bolso e balançou-a. Ele escutou o estalo da tampa de plástico saindo, depois o assobio enquanto ela pichava a letra o maior que podia. Luke se perguntou que cor de tinta Renie roubara. Algo neon seria bom. Ou vermelho-sangue. Ele imaginou a tinta escorrendo lentamente pelo prédio. Legal, belo efeito.

— Desce mais! — pediu Renie.

Luke fez o deslocamento para fornecer mais corda, e tremeu à medida que Renie escorregava pela beirada do telhado. Escutou mais uma vez o chiado da bilha dentro da lata de spray e o assobio do gás. Sentiu a conexão oscilar enquanto Renie girava o corpo. A corda machucava sua mão, mas não a ponto de cortá-la, e, sob nova demanda, ele liberou uma extensão final. Renie pairava 15 metros abaixo, e, apesar de seu peso de pardal, a tensão na corda era inacreditável.

A terceira letra. Ele ouviu um sopro de esforço enquanto a garota se esticava para desenhá-la no formato comprido e regular. Então a tampa de plástico voltou ao lugar. O cheiro de tinta fresca e aerossol emergiu das trevas, causando cócegas em seu nariz.

— Pra cima! — Luke escutou.

Ele apoiou o pé contra a beirada e se preparou para erguer o peso morto de Renie. Oz daria conta facilmente de Jessica, mas ele se perguntou se o Doutor e Asif tinham decidido no cara e coroa quem faria a parte pesada do levantamento na própria equipe.

É claro que não. Não havia moedas em Millmoor. Só mais uma coisa bizarra a respeito da vida aqui, pensou ele, enquanto resmungava e puxava. Nada de dinheiro. Ele costumava pensar nas histórias que lera nas revistas da mãe, a respeito de mulheres que iam à falência logo depois de terminarem de cumprir seus dias. Elas torravam as poupanças de uma vida em bolsas, sapatos, tralhas assim. Agora Luke compreendia um pouco melhor essa loucura.

Luke entendia uma porção de coisas melhor agora. Tinha acabado de fazer 17 anos, mas se sentia com, pelo menos, dez anos a mais.

Mas ali, parado, a idade não era a única coisa diferente em sua cabeça enquanto movia as mãos com firmeza pela corda. Logo os dedos de Renie rasparam a beirada do telhado. Luke estava ficando mais forte, os músculos, mais sólidos. Quem diria que tudo o que era necessário para ficar sarado era uma rígida dieta de cozinha de cantina e um pesado trabalho escravo? Era uma combinação certeira, embora provavelmente não fosse virar moda.

Millmoor o transformava por dentro e por fora. E ele se lembrou das palavras de Renie quando ele fizera o primeiro trabalho para ela: *Millmoor transforma as pessoas Luke Hadley. Mas o que a maioria nunca percebe é que dá para escolher como.*

— Isso aí! — comemorou a menina, quando ele agarrou suas mãos e a ergueu completamente. Luke a colocou na segurança do telhado, e Renie se agachou por um instante, enxugando o rosto com a mão.

— Vamos voltar à base — sugeriu ela. — Quero ouvir de Jackson por que exatamente nos conseguiu esse gentil serviço de pintura, nos marcos mais bonitos de Millmoor.

Ela saiu da escuridão, e eles se foram. De volta pela passagem, descendo a saída de incêndio, para dentro do poço da escada com fedor úmido e, finalmente, para a rua.

A iluminação era intermitente e fraca, mas Renie sabia onde ficavam todos os postes. A cada esquina, acabavam do lado não iluminado da rua. Durante todo o trajeto, Renie sussurrava comentários sarcásticos, oferecendo a visita guiada menos merecedora de gorjeta do mundo: atalhos aqui, câmeras do circuito interno de TV ali. Mas não era a respeito de Millmoor que Luke estava curioso.

— Como você sabe tanto? — perguntou ele. — Há quanto tempo está aqui? As crianças não podem começar os dias até completarem 10 anos, e, mesmo assim, só acompanhadas pelos pais. Os seus devem ter te trazido, mas jamais falou deles.

Enquanto as palavras deixavam sua boca, um pensamento terrível ocorreu a Luke e ele se arrependeu. E se os pais de Renie estivessem mortos, ambos falecidos em algum acidente horrível?

Mas, de alguma forma, era algo ainda pior que aquilo.

O queixo de Renie parou de trabalhar o chiclete. Quando ela se virou para Luke, a expressão estava feroz. Ele ficou feliz pela escuridão esconder aquilo.

— Todo esse negócio — declarou ela, arqueando os ombros, as mãos nos bolsos. — São as regras que contam pra você. As regras de pessoas como você. Não são regras pra todos nós.

"Meus pais eram pessoas decentes e tentaram fazer o melhor para mim e meus irmãos. Minha mãe era jovem, devia ter sua idade quando teve o primeiro de nós. E meu pai não era um sujeito com muita educação, por assim dizer. Mas eles se amavam, e a mim e a meus irmãos. Meu pai fez o melhor que podia pela família. Só não era exatamente de um jeito aprovado pela polícia.

"As coisas apareciam lá em casa, coisas maneiras, que ele roubava. Minha mãe falava para não tocarmos em nada; tinha medo de que a gente quebrasse algo, e que o negócio não pudesse ser vendido. A gente se mudava muito, então acho que meu pai nunca ficou muito marcado em um lugar. Mas alguma hora alguém percebe. Eu tinha uns 6 anos quando fomos capturados."

Ela andou devagar e olhou fixamente para as trevas à frente, como se procurando pela família entre as sombras.

— Eu não sabia o que havia acontecido com nenhum deles até Asif me ajudar a olhar meus arquivos uma vez, durante um dos jogos. Meu pai foi mandado para um campo de sentença perpétua; meus irmãos, minha mãe e eu fomos espalhados por todo canto. Eu morava em um bloco com alguns outros medades. Medades são crianças — acrescentou ela, ao ver o olhar confuso de Luke. — Menores Desacompanhados Abaixo de Dezesseis. Parece fofo, né? Não era. Fugi faz uns dois anos. Eu dei meu jeito, nunca fui pega. Arrumei esconderijo na parte antiga da cidade, no pedaço original que está todo abandonado, então ninguém jamais vai até lá.

"Mas eu precisava zanzar por aí, arrumar comida e outras coisas, então cortei fora meu chip de rastreamento. Não fiz um bom trabalho. — A menina levantou a manga, e Luke se assustou com a massa retorcida de cicatriz. Parecia que Renie tinha arrancado um bife da própria carne. — Infeccionou, e eu achei que ia morrer, mas pelo menos eu teria morrido livre. Não acabaria em um hospital para ser levada de novo. Foi quando o doutor Jackson me encontrou."

Luke estava horrorizado. Sempre diziam que não havia crianças sozinhas em cidades de escravo. Que as pessoas só eram condenadas à perpétua por crimes muito perversos, tipo assassinato ou estupro. Não existiam lares adotivos para meninas como Renie?

— Lares adotivos são para meninos e meninas que têm salvação — afirmou ela, de forma amarga. — Meninos como você, caso algo de ruim aconteça a sua família. Não crianças como eu, que já nasceram sem conserto. Você tem muito que aprender.

Tinha mesmo.

Luke já se acreditava integrado a Millmoor, e achava que no clube encontrara uma maneira de lutar contra as crueldades corriqueiras.

Mas parecia que por trás das crueldades corriqueiras havia crueldades ainda maiores. Piores. Os adultos tinham conhecimento daqueles fatos? Sabiam que crianças pequenas eram abandonadas em cidades de escravos, mas não falavam a respeito? Ou será que todo mundo vivia completamente na ignorância?

Luke não sabia ao certo se Renie se arrependia de ter compartilhado tudo aquilo, porque a garota ficou calada pelo resto do caminho de volta. Quando chegaram ao quartel-general daquele dia, onde Jackson e Asif já aguardavam, Renie se empoleirou em uma pilha de caixas de papelão sem dar uma palavra. Foi Luke que sinalizou com os dois polegares, respondendo ao inquérito do Doutor sobre o sucesso da missão.

— Agora vocês vão nos contar do que se tratava? — perguntou Luke. — Por que agora o Hospício tem a palavra "SIM" escrita a 3 metros de altura?

— E também o prédio 1 das Comunicações — acrescentou Asif. — Ele não me contou o motivo, mesmo quando estávamos lá.

— Vamos esperar até Jessica e Oz voltarem — pediu Jackson, com um sorriso. — Eles não vão demorar. E tenham certeza de que Hildinha e Tildinha também estiveram ocupadas.

Ele fez um gesto para as caixas. Elas não estavam lá quando o clube se reunira mais cedo.

As elusivas irmãs cambalearam porta adentro, trazendo mais uma caixa, depois despencaram em frágeis cadeiras de palha. Hilda jogou a cabeça para trás, olhando o teto, enquanto Tilda massageava o pescoço da irmã com as mãos. Pareciam acabadas. Logo depois, Jessica e Oz irromperam no cômodo. Estavam com os rostos suados e ofegavam, como se tivessem vindo correndo, mas, ainda assim, exibiam sorrisos triunfantes.

— Tudo feito, Doutor — declarou Jessica, colocando com estrondo uma lata de spray na prateleira mais próxima de Jackson.

— Agora desembuche — acrescentou Oz. — Tem "SIM" escrito por todo aquele depósito, Jessie se empolgou um pouco, e queremos saber por quê. A Supervaca pediu sua mão em casamento, e esse é seu jeito de mostrar o quanto a ama?

Até Renie, que ainda estava quieta, bufou.

— Bom palpite — disse Jackson, de esguelha. — Mas não. E, Asif, a resposta também é não para suas teorias. Todas elas. Especialmente aquela sobre ETs. Hilda, talvez você queira mostrar a todos o que vocês duas andaram fazendo?

Hilda assentiu e se levantou da cadeira. Abrindo a tampa de uma das caixas, ela puxou uma folha impressa.

— Senhoras e senhores — anunciou ela. — Eu lhes dou a Proposta do Chanceler: a abolição dos dias de escravo.

Jessica engasgou de verdade. Até Asif parou de se remexer.

Com certeza era algum tipo de pegadinha?

— É claro que ninguém tem voto na Proposta a não ser os parlamentares Iguais — explicou Jackson. — E fora alguns, talvez todos os outros votem "não". Mas acho que eles não percebem as consequências da simples existência do debate. Tudo o que seria necessário para extinguir os dias de escravo, a perda da liberdade, os abusos, o trabalho penoso e tudo o mais, é que algumas centenas de Iguais abram as bocas e digam "sim". Uma única sílaba depois do Terceiro Debate, na Ala Leste de Kyneston, na próxima primavera, e tudo termina.

Jessica soltou o elástico do rabo de cavalo com um estalo animado, um gesto que fazia Luke lembrar dolorosamente de Abi. Quando ela falou, o tom também era animado.

— Não quero ser estraga-prazeres, Jack, mas você tem certeza? Como sabe disso?

O Doutor fez uma pausa por um instante, olhando ao redor da sala. *Está se perguntando se pode confiar em nós*, percebeu Luke.

E foi quando ele se deu conta: a lealdade é uma via de mão dupla.

Quando tudo começou, Luke perdera o sono imaginando se podia confiar em Jackson. Se o clube não era algum tipo de armadilha. Mas, depois de participar de alguns jogos sem nenhuma visita de Kessler, nada de mãos puxando-o brutalmente da cama no meio da noite, ele se forçara a abandonar um pouco aquele medo. O Doutor era para valer.

Mas para Jackson, qualquer um deles podia traí-lo, a qualquer momento.

Bem, não Luke. Nunca.

— Estou em contato com alguém do lado de fora — revelou Jackson, enfim. — Um Igual. Mais que isso, alguém próximo ao poder.

Renie se balançou para a frente tão rápido que foi um milagre não ter caído das caixas. Hilda e Tilda trocaram olhares surpresos. Jessica colocou a ponta do cabelo na boca e o mastigou, como faria uma adolescente nervosa, não uma mulher adulta. Foi Oz que falou:

— Caramba, Doutor. É meio que uma surpresa seus contatos por lá. Se importa de explicar?

Jackson colocou as palmas das mãos na mesa e olhou para eles por um instante.

— Ele vê cada sombra na Casa de Luz — contou o Doutor, como se estivesse falando de alguém para quem apontasse do outro lado da sala em uma festa. — Ele acredita nessa causa, em nossa causa.

— E você confia nele? — indagou Hilda, bruscamente.

— Confio — respondeu Jackson. Ele abriu a boca, como se fosse dizer algo mais, e então decidiu se calar.

— Por que ninguém ouviu falar dessa Proposta? — perguntou Asif. — Assunto delicado demais? Apagão na mídia?

Jackson parecia um homem com vontade de sorrir, mas que tinha esquecido como fazê-lo.

— Mais ou menos — respondeu ele, enfim. — Existem atos de Habilidade chamados Silêncio e Quietude. O Silêncio faz as pessoas esquecerem as coisas. No fim da sessão da Proposta, o Chanceler o impôs a todos os cidadãos, os Observadores do Parlamento. Os Parlamentares Iguais se submeteram à Quietude. Eles se lembram de tudo, mas a Quietude previne que comuniquem o que sabem a qualquer pessoa que também não seja parlamentar, até mesmo à própria família. Vamos apenas dizer que encontramos uma forma de burlar isso.

O recinto caiu em silêncio.

Luke estava assustado. Os Iguais podiam tirar suas memórias? "Silenciar" uma pessoa com Habilidade? Era impensável. Eles faziam isso nos romances de Abi, é claro. Nos livros, herdeiros mal-educados seduziam garotas e depois as faziam esquecer tudo com um estalar de dedos. Mas nem em um milhão de anos Luke teria imaginado tal possibilidade.

Como ter esperanças de vitória contra esse tipo de gente?

Só que Jackson devia achar possível, porque se inclinou na direção do grupo, como um general comunicando planos de batalha aos oficiais de confiança.

O que, percebeu Luke, era exatamente o que o Doutor era. Ele se sentiu tonto, como se tivesse acabado de virar um drinque com uma dose de empolgação e duas doses de terror. Com gelo.

— Estou satisfeito que estejam chocados — declarou Jackson, observando cada um deles com os olhos azul-claros. — Significa que todos estão pensando na tarefa à frente. Pensando de verdade nela. Todos nesta cidade de escravos precisam saber dessa Proposta. Todos precisam entender como a abolição está perto; que poderíamos apenas estender a mão e pegá-la, se tivermos coragem. Essa pode ser a melhor chance que temos na vida de acabar com os dias de escravo.

Seus olhos encontraram os de Luke, que não conseguiu desviar o olhar.

— Esse é o campeonato — afirmou o Doutor. — Precisamos sair vencedores.

9

Abi

Se quisesse descobrir por que Luke não era bem-vindo em Kyneston, a única opção de Abi era Jenner. Mas ele a tinha prevenido sobre perguntar.

Como fazê-lo falar?

Talvez conquistando sua confiança. Sua admiração. Talvez até sua afeição?

Ela bufou diante de tal pensamento e se voltou novamente para a pilha de correspondência a ser aberta em sua mesa. Como diria a mãe, talvez ninguém no mundo fosse tão louco quanto uma garota inteligente apaixonada, mas Abi não era assim tão iludida. Ela realmente queria a afeição de Jenner, mas iria querê-la mesmo com Luke em Kyneston.

Ela pegou o abridor de correspondências, uma pesada faca de prata ostentando o selo da família Jardine — uma salamandra soltando fogo, protegida por um jardim circular —, e atacou a pilha de envelopes.

O quarto tinha uma letra cursiva que ela reconhecia. A própria.

Era o cartão de aniversário que enviaram a Luke, devolvido de Millmoor ainda fechado. "Inadmissível" fora carimbado no papel. Abi resmungou de frustração. Sequer trazia a marca de um censor. Sequer haviam se incomodado em abri-lo para ver que não era nada mais rebelde que um cartão feito por Daisy. O período de não comunicação de três meses para todos os recém-chegados a cidades de escravos ainda não terminara para Luke, então simplesmente o mandaram de volta.

Mas logo isso acabaria. Ela olhou para o calendário na mesa, o círculo vermelho ao redor de uma data no início de dezembro, dali a apenas alguns dias. Os três meses de restrição se encerrariam, e, assumindo um Luke tão desesperado para lhes escrever quanto se sentiam para saber dele, teriam notícias.

Abi esperava que o irmão fosse razoável e se sujeitasse às regras. Com certeza a vida em Millmoor não podia ser pior que ter um emprego ruim ou ter de dividir uma porcaria de apartamento no mundo real. Provavelmente, Luke passava os dias empacotando caixas em uma fábrica, e a essa altura já fizera uma porção de amigos.

Ao menos era o que Abi dizia a si mesma. Ela tentava não pensar naquele guarda, Kessler, no dia em que Luke fora arrancado da família. Ela não se aprofundava na ideia de que Luke, de que todos eles, eram apenas *bens do Estado* sem *absolutamente nenhum direito*. Abi afastou a imagem do pai de joelhos, sangue escorrendo no rosto, e Luke sendo empurrado para dentro da van com um cassetete.

O que quer que fosse necessário para Jenner Jardine levar Luke até ali, Abi pretendia fazer. Já começara com o que fazia melhor: trabalhar.

Em quase três meses de Kyneston, ela já havia melhorado o funcionamento do Gabinete de Família. Criara uma planilha anual da propriedade, com códigos por cor, toda preenchida com alertas e lembretes no calendário. Havia solicitado a algumas das pessoas-chave da equipe, se é que se podia chamar escravos dessa forma, que começassem auditorias mensais.

Fez o que pôde para não soar como uma mandona arrogante, e a maioria das pessoas compreendera que uma melhor organização era do interesse de todos. Seu argumento era que, quanto mais tranquilas as coisas na propriedade e na casa corressem, menos chances de Lorde Jardine e do herdeiro Gavar explodirem de raiva. Todos tinham visto aquilo acontecer com frequência o suficiente para concordarem prontamente. A empregada da casa parecia particularmente amigável, e Abi sempre era bem-vinda na parte de baixo para uma xícara de chá com bolinho. No entanto, ela sabia que o velho Mestre dos Cães não via com bons olhos uma moça do norte, e da cidade, trazendo suas ideias a essa antiga propriedade do sul.

E quanto ao próprio Jenner? Bem, ele era um sonho.

Era doce, divertido, trabalhador e zeloso. Uma lista de todas as formas como ele era maravilhoso seria ainda maior que a lista de tarefas de Abi.

Gavar provavelmente era o tipo pelo qual a maioria das garotas se apaixonaria, mas seu temperamento significava que o físico forte era mais intimidante que atraente. E o Jovem Mestre era simplesmente muito assustador para sequer pensar nesses termos. Então, sim, Jenner era o único dos três que não lhe dava medo. Não era a melhor forma de endossar algo, mas adicione a isto todos os pontos positivos e a senhorita Abigail Amanda Hadley estava bem a fim de alguém.

Será que algum dia ele sentiria o mesmo? A porção sensata do cérebro de Abi insistia que isso era impossível. Mas a porção ilógica (que evidentemente era bem maior do que ela jamais suspeitara) continuava a acumular pequenos momentos, da mesma forma que o fundo da gaveta em sua escrivaninha estava cheio de tampas de caneta e clipes. Um olhar; uma pergunta sobre sua família; um pretexto fajuto para mantê-la trabalhando até mais tarde; a mão no braço enquanto chamava atenção para algo.

Isoladamente, nenhum desses gestos corriqueiros significava algo. Mas juntos talvez indicassem algo mais, não?

Por isso, certa manhã, Abi ficou desapontada quando foi chamada por Jenner até o Grande Solar e encontrou o aposento repleto do que pareciam ser todas as escravas domésticas em Kyneston. Uma de suas amigas da cozinha lhe explicou que era a grande limpeza anual pré--natalina. Todos se engajavam. Abi estava, relutantemente, pegando um espanador quando Jenner apareceu a seu lado.

— Você não, senhorita Hadley, se é que posso chamá-la assim? Eu esperava que pudesse me ajudar na biblioteca.

Ele a conduziu até lá e, então, ficou na dúvida se fechava ou não a porta. Abi não era uma especialista em "ler os sinais", como uma amiga saidinha da escola uma vez dissera. Mas, de alguma forma, a situação parecia promissora.

Para esconder sua confusão, Abi se virou para olhar o que estava espalhado na mesa. Em cima de uma cobertura grossa de feltro cinza, havia três pinturas e uma tela sem moldura, vários porta-documentos e algumas caixas de livros feitas sob encomenda.

— Achei que gostaria mais disso que de espanar — disse Jenner, tendo enfim fechado a porta e se juntado a ela. — Com o casamento de meu irmão com Bouda Matravers no fim de março, assim como o Terceiro Debate, minha mãe sugeriu que exibíssemos alguns dos tesouros de família para os convidados. Afinal de contas, a cada geração, o herdeiro só se casa uma vez. Estive desencavando algumas possibilidades.

Abi estudou os quadros, todos retratos. Reconheceu os modelos das duas telas maiores, mas não fazia ideia de quem seriam as outras duas pessoas sentadas. Uma era uma mulher jovem de pescoço longo, usando um vestido do mesmo tom bronze do cabelo. Acariciava um lagarto enorme que se aninhava em seus braços. A outra, sem moldura, era um menino sério, de olhos pretos, com uns 7 ou 8 anos.

— Este é Cadmus Parva-Jardine, o Coração-Puro — declarou ela, com segurança, tocando o quadro maior na moldura dourada em formato de coroa de louros.

Jenner assentiu.

Os dedos da jovem passaram ao seguinte. Ela sabia o que aquele homem tinha feito. Será que era o suficiente para fazer com que sua imagem parecesse ao mesmo tempo orgulhosa e cruel, ou seus feitos realmente se mostravam no rosto?

— O pai de Cadmus, Lycus Parva. Lycus, o Regicida. Ele matou Charles, o Primeiro e Último.

Ela deu de ombros. Lycus não usara nada além de Habilidade para matar o Último Rei, e as histórias diziam que Charles tinha levado quatro dias para morrer no cadafalso em Westminster. Diz-se que o espetáculo foi tão terrível que todas as grávidas presentes abortaram e que os homens ficaram loucos.

— Esta é a mãe de Cadmus, Clio Jardine — esclareceu Jenner, apontando para a mulher com o vestido bronze. — O quadro foi pintado para marcar seu casamento com Lycus. Está vendo o jardim cercado logo atrás? É o emblema da família Jardine. E ela está segurando uma salamandra, o símbolo heráldico dos Parva. Hoje em dia, nosso brasão combina os dois, apesar do lema dos Parva ter caído em desuso. Silyen gosta dele, mas é um pouco modesto para os Jardine.

Abi olhou para a bandeira pintada. *Uro, non luceo. Eu queimo, não brilho*. Algo apropriado para a salamandra, uma criatura lendária que soprava fogo e se renovava em chamas, segundo a lenda.

Clio olhava de lado para fora da tela. O rosto estava emoldurado por madeixas falsas, as sobrancelhas pintadas em arcos fortes. Mas Abi já havia visto suas feições e seu colorido antes. Eram parecidos com os do jovem de pé a seu lado.

Abi olhou de Clio para Jenner, e foi como se um muro tão impenetrável quanto o de Kyneston tivesse se erguido entre os dois. Ele podia não ter a Habilidade, mas tinha o sangue. Esses nomes impossíveis dos livros de história eram seus ancestrais. Sua família. Seus tatatatataravós.

Jenner não percebeu sua reação e continuou a narrativa:

— Clio foi a única descendente na linha direta dos Jardine. Isso foi antes da sucessão feminina ser permitida, por isso ela não pôde herdar Kyneston. A casa devia passar a um primo homem. Mas, quando a incrível Habilidade de seu filho Cadmus se tornou aparente na adolescência, ele foi coescolhido como o herdeiro dos Jardine e lhe deram o sobrenome duplo Parva-Jardine.

"Cadmus era um homem estudioso e levava uma vida tranquila. Ele se casou cedo e, quando aquela primeira mulher morreu, foi tomado pelo luto e se enterrou na pesquisa. Você sabe o que aconteceu em seguida: a Revolução. Lycus, o pai, assassinou o rei. Cadmus, o filho, restaurou a paz. Ele botou o palácio abaixo e construiu a Casa de Luz, na Grande Demonstração. E depois de se tornar nosso primeiro Chanceler, casou-se de novo. Foi o filho mais velho desse casamento, Ptolemy Jardine, quem herdou Kyneston na sequência. Mas não deveria ter sido.

— Por que não? — indagou Abi, hipnotizada pelo desdobramento da história. — Quem deveria ter sido?

— Alguém sobre quem jamais falamos — respondeu Jenner, apontando para o último quadro. — Ele.

O menino tinha os grandes olhos pretos de Lady Thalia e do Jovem Mestre, mas nada da vivacidade da mulher ou da arrogância do homem. A expressão em seu rosto era suave e triste. A pintura não parecia particularmente bem-feita, as roupas não tinham relevo, e as mãos do garoto estavam erradas. Mas o artista captara uma tristeza profunda na criança.

— Meu pai não vai deixar que seja exposto — continuou Jenner, com um tom estranho na voz. — Teria sido destruído há anos, se não fosse a única imagem que temos pintada pelo próprio Cadmus.

— Quem é ele?

Abi estava hipnotizada pelo segredo; jamais lera algo a respeito em suas pesquisas sobre Kyneston e os Jardine. E outra parte de si, da qual se envergonhava, estava empolgada por Jenner compartilhar com ela essa história, claramente tão significativa.

— Sou eu. Ele é a única outra fruta podre na árvore da família. Era o único em nossa grande e gloriosa história sem Habilidade, até eu chegar.

E como se responde a algo assim? A cabeça de Abi procurou rápido por uma réplica, mas não encontrou nenhuma. Ela não entendia de pessoas, droga. Ela entendia de livros. Um mundo de diferença.

Voltou a pensar no dia em que chegaram a Kyneston, com Daisy abrindo sua boca grande e perguntando por que o Jovem Mestre os deixara entrar pelo portal, e não Jenner. A resposta fácil e corajosa do rapaz sobre a falta de Habilidade. Quantos anos ele vinha praticando aquelas falas até que as pudesse dizer daquele jeito? Como se não significassem absolutamente nada, quando sua vida obviamente estava envenenada até as profundezas por esse buraco terrível e inexplicável.

— Olhe com mais atenção — pediu Jenner, com insistência.

Havia vários objetos expostos em volta do menino. Uma gaiola vazia, com a porta fechada; uma tulipa em seu apogeu, ereta em um vaso, mas cinza e sem graça, como se morta havia uma semana; uma partitura, mas sem notas; um violino sem cordas. Abi espiou a palavra escrita no alto da folha vazia. O trabalho não existente tinha um título em latim: *Cassus*.

— Quer dizer "oco" — explicou Jenner. — "Vazio". De forma alternativa: "inútil" ou "deficiente". O que quer dizer, sem Habilidade. Tudo isso — ele fez um gesto para a flor, para a gaiola — é como meu mundo se parece, para eles.

Abi ainda não conseguia pensar em nada a dizer. Algo cuidadoso.

— Se ele devia ter herdado Kyneston depois de Cadmus, então ele deve ser... o filho mais velho de Cadmus?

Jenner a recompensou com um esboço de sorriso.

— Eu sabia que você ia entender, Abigail. Ele é o filho de Cadmus com a primeira esposa. Seu nome era Sosigenes Parva, mas você não vai encontrá-lo em nenhum livro de história.

So-si-ge-nes? Até para os padrões dos Iguais, o nome era difícil.

— Não é exatamente fácil de pronunciar, né? — comentou ela, e, então, ficou vermelha com a própria audácia. Mas Jenner riu, se iluminando um pouco.

— Não se preocupe — tranquilizou ele. — Eu seria o primeiro a concordar. É um nome que, se dependesse de meu pai, nunca mais seria ouvido. Nas atuais circunstâncias, depois que os diários de Cadmus foram perdidos no incêndio de Orpen, essa pequena pintura é a única prova da existência de Sosigenes.

Abi sabia sobre o grande incêndio de Orpen. O episódio tinha acontecido antes de ela nascer, mas Abi vira a filmagem tremida feita de um helicóptero que sobrevoava o muro da propriedade.

Orpen Mote fora a sede dos Parva, onde Lady Thalia Jardine e sua irmã Euterpe haviam nascido e sido criadas. Ela fora completamente destruída pelo fogo em uma única noite. As duas irmãs não estavam no local, mas Lorde e Lady Parva e toda a sua família morreram enquanto dormiam. O choque de descobrir a morte dos pais havia lançado Euterpe em um coma no qual ainda permanecia.

Porém, mais que uma casa e seus moradores tinham sido perdidos. A reputação dos Parva como sábios se estendera por séculos, e Orpen Mote abrigara a mais importante e conhecida coleção de livros sobre Habilidade em todo o mundo. Isso incluíra a biblioteca pessoal de Cadmus. Tudo destruído nas chamas.

Mas Abi jamais ouvira falar de diários mantidos pelo Coração-Puro. Que documentos seriam esses! Que cruel saber de suas existência e destruição no mesmíssimo instante.

Jenner se ocupava com as caixas na mesa. Ele puxou uma para perto e abriu a tampa. Havia uma espuma grossa por dentro, cortada para acomodar perfeitamente a pequena pintura. Ele manteve os olhos baixos enquanto falava:

— Ninguém nunca imaginou que haveria outra criança sem Habilidade. Cadmus era tão poderoso, sabe, que a família culpou Sosigenes pela condição do filho. Ela morreu no parto, então foi fácil especular sobre sua fraqueza. Na verdade, "Sosigenes" quer dizer "nascido em segurança", então talvez o nascimento tenha sido traumático para ele também. É uma explicação plausível.

— Seria possível? — indagou Abi, sem ter certeza se entrava em um território perigoso, mas muito curiosa para não perguntar. — E um parto difícil poderia ser a resposta para você também?

Jenner sorriu de novo, mas ainda sem a encarar.

— Minha mãe me expulsou em cerca de cinco minutos, se é isso que está perguntando. Aparentemente, Gavar era um bebê enorme, então Sil e eu viemos ao mundo de maneira muito fácil. — Ele fez uma careta. — Nunca senti necessidade de mais informação a respeito.

"Mas o engraçado é que, a princípio, ninguém percebeu. A meu respeito, no caso. Alguns bebês demonstram Habilidade muito cedo. Aparentemente, Silyen botou fogo nas cortinas do berçário quando tinha apenas alguns dias de vida. E a babá sempre encontrava pássaros empoleirados no berço, cantando para ele. Era preciso vigiá-lo o tempo todo. Mas também é perfeitamente normal não haver nenhuma demonstração forte até uns 4 ou 5 anos.

"Minha mãe jura que eu fiz algumas coisas que pareciam Habilidade, mas devem ter sido apenas acidentes, porque lá pelo quarto aniversário, nada. Nem no quinto. Nem no sexto. Aparentemente, apesar de eu não me lembrar disso, na época anunciei que não faria mais aniversários. Devo ter entendido que cada um era um importante marco de meu fracasso."

Ele tinha terminado de mexer na caixa. O quadro fora protegido, a tampa, fechada, a fita, passada. As mãos de Jenner descansavam em cima do embrulho, curvadas em volta de nada. Ele levantou os olhos, e Abi viu um brilho suspeito.

— A muralha ainda me reconhece, porque tenho sangue da família. O portal aparece para mim, mas não consigo abri-lo. É a mesma coisa para a pequena Libby. Quando eu era mais novo, houve até uma bobagem sobre se eu era mesmo filho de meu pai. Como se jamais pudesse haver dúvidas.

Jenner passou os dedos no cabelo, que era da mesma cor do de seu pai. Puxou com força, como se quisesse arrancar um pouquinho e mostrar a ela, como prova do parentesco.

— Enfim, sei que você deve ter se perguntado a respeito disso tudo. Vi em seu rosto. Então agora você já sabe. Nenhum grande mistério. — Ele forçou um sorriso. — A minha maneira, sou ainda mais notável que Silyen.

Abi sentiu como se o coração tivesse sido substituído por outro, grande demais para o peito. Deu um passo em direção a Jenner.

— Sim, você é — afirmou a ela. — Notável. Maravilhoso.

— Maravilhoso?

Ela lhe tocou a bochecha, sentindo-se culpadamente grata por ele não ter Habilidade. Se tivesse, com certeza a teria atirado pelas estantes de livro pela impertinência. Mas ele não se mexeu, só levantou os próprios dedos para colocar por cima dos dela, como se para confirmar a realidade do gesto.

Então Abi praticamente o estapeou quando recuou ao som da porta da biblioteca se abrindo.

A caixa foi derrubada da mesa, e Jenner se inclinou para recolhê-la. Isso deixou Abi com as bochechas em brasa, como a salamandra dos Parva, ao deparar com quem os interrompera.

Podia ter sido pior, mas podia ter sido bem melhor. Lady Thalia se aproximava, a barra do roupão de seda balançando enquanto, na entrada da porta, aguardava Lady Hypatia Vernay.

Conforme Lady Thalia elogiava o filho pela forma tranquila com que a limpeza profunda corria, a mulher mais velha encarava Abi de maneira cruel. Lady Hypatia estendeu o braço, e, sentindo-se afundar, Abi viu que a garra enluvada da Igual mais velha segurava a extremidade de uma coleira.

— Garota, leve este animal ao canil — ordenou ela. E, quando Abi hesitou, completou: — *Agora*.

Abi não ousou olhar para Jenner, simplesmente se curvou em uma mesura. Mantendo a cabeça baixa, ela buscou a coleira. O homem-cachorro estava deitado no tapete, no corredor do lado de fora. Abi saiu e escutou a porta se fechar firmemente atrás de si.

Ela vira o cão de Lady Thalia várias vezes desde aquele primeiro dia, mas apenas a uma certa distância. Ser confrontada com ele dessa maneira quase a congelou de choque.

Ele estava agachado de um jeito esquisito, as costas mais baixas que o natural para um humano de quatro, como se tentasse replicar a postura de um cão. Seu tronco parecia muito magro, e, embora as pernas e os braços fossem fortes, os músculos pareciam todos errados. Ele estava completamente nu, um pelo escuro e grosso cobrindo a maior parte das pernas, nádegas e quadris. O cabelo na cabeça era ralo e caía pelo pescoço em uma pelagem oleosa. A idade era totalmente impossível de adivinhar.

— Olá! — Abi tentou, quando sua voz ficou de novo sob controle. — Qual é seu nome?

O homem ganiu e tremeu. Se ele realmente fosse um cachorro, suas orelhas teriam se apertado contra o crânio, com o rabo entre as pernas.

— Não? Por quanto tempo está assim? Por quê?

As mãos do homem rasparam contra o tapete, as unhas puxando o fio audivelmente. Ele abaixou a cabeça e arriou os quadris, exatamente como um cachorro aflito.

— Você sequer consegue falar? O que fizeram com você? — Abi ficou com a boca seca de horror.

De novo surgiu o ganido, mais alto e mais urgente, quase se devorando. A última coisa que Abi queria era ser flagrada assim, como se fosse ela a atormentar o homem. O medo a levou a fazer o que a razão não levaria, e ela puxou a coleira.

— Então vamos. Vamos levar você ao canil.

Eles cruzaram o Solar, e Abi sentiu a cabeça dos outros escravos se virando para olhar. A jovem parou na grande porta principal de

Kyneston; mesmo fechada, sua soleira deixava passar o ar congelante, e Abi sabia que a geada lá fora acumulava no chão. Com certeza o homem pegaria um resfriado fatal.

Ela ficou parada de maneira incerta até o próprio homem-cachorro arranhar a porta, como se implorando para sair. Mal parecia possível, mas talvez ele preferisse estar no canil ao tratamento que recebia nas mãos de Lady Hypatia.

A geada não tinha passado e o frio era sufocante quando Abi saiu. Quando olhou para trás, a casa já estava escondida pela névoa, que pairava sobre ela, tal um lençol gigante de poeira branca. Até os sons estavam mudos. Ela e o cachorro de Hypatia poderiam ter sido as últimas coisas vivas.

Abatida, Abi se apressou na direção que acreditava abrigar os estábulos. A temperatura não estava muito acima de zero, e o homem tremia tão violentamente que a coleira balançava na mão da garota. Ela olhou para o couro com revolta. E se ela apenas a deixasse cair? Permitisse que ele desaparecesse e informasse tê-lo perdido no nevoeiro.

Mas como ele escaparia? O muro ainda estava lá, o portal perpetuamente escondido caso não houvesse um Jardine para invocá-lo.

O alívio a derreteu quando eles alcançaram o aglomerado do anexo. Atravessando o jardim de paralelepípedos, Abi entrou no canil comprido e baixo de frente para os estábulos. Ali estava mais quente, e o cheiro de cachorros era opressor.

Uma figura apareceu das trevas: o Mestre dos Cães. Ele se adiantou para encontrá-la, sem nenhum vestígio de boas-vindas.

— Ora, se não é a senhorita Mandachuva — zombou ele. Então viu o homem-cachorro. — Lady Hypatia está de volta.

Abi estendeu a guia, mas o homem não se moveu para pegá-la.

— Coloque-o no vinte. Eu o mantenho separado por causa do barulho que faz.

O número vinte era um pequeno cercado de metal, um de quatro em uma seção deteriorada, que não parecia em uso. Tinha um telhado de estrutura entrelaçada e uma porta com barras, trancada por fora. Do lado de dentro, uma fina camada de palha cobria o chão de concreto.

As mãos de Abi hesitaram na coleira. Então ela soltou a guia, e o homem-cachorro se retirou furtivamente para o cercado. Ele se enrolou na palha e enterrou a cabeça no peito nu. As solas dos pés estavam rachadas e sujas, e a pele, vermelha e ferida da caminhada congelante.

O chefe do canil voltou com duas tigelas de metal, uma com água e a outra com uma mistura de biscoitos secos e uma substância gelatinosa marrom-rosácea. Comida de cachorro. Ele colocou ambas no chão e deslizou-as para dentro do cercado com a ponta da bota, antes de arrastar a porta para fechá-la e prender o ferrolho.

— Você está com a correia? — perguntou ele, pegando-a da mão de Abi e pendurando-a em um prego. — Não dá para deixar com ele, sabe-se lá o que aquilo ia tentar, né? Não que eu o culpasse, sendo o cachorro de uma vaca como Hypatia.

Ele cuspiu expressivamente sobre o cercado. Seu ocupante agora bebia água. Não levantava a tigela com as mãos, mas bebia agachado sobre ela, lambendo, como um cachorro de verdade faria. O Mestre dos Cães notou Abi observando.

— Você nunca viu o produto do trabalho de Lorde Crovan antes, né? Lorde Jardine acredita que o homem podia ensinar algo sobre domesticar animais até a mim.

Ele gargalhou de forma desagradável, e Abi não conseguiu esconder o asco.

— Ah, não faça essa cara, mocinha. Esse aí estava Condenado, e corretamente. A dona pode ser cruel, mas ele merecia.

Com uma chacoalhada final na porta da gaiola para ter certeza de que estava segura, o chefe do canil passou um cadeado pelo ferrolho e o fechou. Ele tirou um anel com chaves do bolso e separou uma pequena, de alumínio, que jogou na palma de Abi. Depois saiu andando, assobiando. Quando ele desapareceu no canto, a matilha de cães de caça começou a latir e ganir com o retorno de seu rei.

Abi olhou para a chave, relutante até de fechar os dedos a sua volta. Ela não queria ser a guardiã dessa criatura, desse *homem*, ela se corrigiu. Ela levaria a chave de volta à casa e a entregaria a Lady Hypatia. Deixe que a ela faça com isso o que quiser.

Talvez a velha mulher ainda estivesse na biblioteca. Talvez Jenner também.

Sentindo-se grata, Abi deixou sua cabeça se encher de novo de pensamentos sobre o filho Jardine sem Habilidade. Sobre o que ele lhe mostrara, e o que aquilo significava. Sobre o que se passara entre ambos mais cedo. O que poderia ter acontecido se não tivessem sido interrompidos.

Por isso gritou quando a mão segurou seu tornozelo. Os dedos eram gelados e esqueléticos, mas fortes. Muito mais fortes do que ela imaginara.

— Psiiiu...

O som quase não era reconhecível como voz humana. Se lobos pudessem falar, soariam assim depois de uma noite uivando. Aquilo fez os pelos da nuca de Abi se arrepiarem. O aperto em seu tornozelo se intensificou, e unhas afiadas furaram sua meia até a pele.

A voz fez um ruído estridente de novo:

— Me ajude.

10

Euterpe

Ele lhe dissera que seu nome era Silyen.

Euterpe não sabia dizer com certeza por quanto tempo ele a vinha visitando ali em Orpen. Mas era apenas um menino da primeira vez.

Naquele dia, ela ocupava uma espreguiçadeira ao sol, procurando por Diabinho, provavelmente atrás de coelhos de novo. Ela escutou o som suave de violino em algum lugar ali perto. Parecia fazer séculos desde que vira alguém, então convidara o músico até o jardim. Logo depois, um jovem menino de cabelo escuro apareceu entre os arbustos de rosas e, quando Euterpe acenou, seguiu o caminho delimitado por uma cerca viva até onde estava sentada.

Ele ficara parado, encarando-a com espanto, e a surpresa da mulher não foi menos nítida. O garoto tinha uns 10 anos, e a semelhança com Euterpe e Thalia era impressionante. Quase como uma versão masculina de ambas. Por um instante passageiro e confuso, Euterpe se perguntou se a criança era seu irmão. Mas como seria possível ter um irmão sem saber?

Uma pulsação pesada começou na base de seu crânio — teria ficado muito tempo no sol sem o chapéu? Mas o desconforto foi colocado em segundo plano quando o olhar do estranho menino passou por ela e pousou na casa. Seu rosto se iluminou com admiração.

— Essa é Orpen? — indagou ele. — Orpen Mote?

— Sim. Você não a conhece?

Ela se virou para lhe acompanhar o olhar na direção de sua amada casa. O céu estava azul naquele dia, e o fosso parecia menos água e mais espelho, proporcionando um reflexo perfeito. As partes mais baixas de Orpen, desaparecendo na água, eram de pedra sólida; a metade mais alta, de reboco e madeira de lei. Havia pequenas janelas chumbadas inseridas aqui e ali em uma fileira torta. Às vezes a sequência subia por dois andares, às vezes três. A grande chaminé óctupla, oito canos em sequência, surgia sobre o Limite Norte. Mas não havia fumaça naquele dia. Na verdade, todo o lugar estava incomumente tranquilo.

— Mas Orpen foi perdida — argumentou o menino, parecendo relutante em desviar o olhar. — Acabou.

— Perdida? — comentou ela, intrigada. — Bem, você parece tê-la encontrado muito bem. Alguém o deixou passar pelo portal?

— Você deixou — respondeu a criança, estendendo a mão. — Sou Silyen, Silyen Jardine. E você é Euterpe Parva. Mas você está mais jovem.

— Mais jovem? Tenho 24 anos, o que faz de mim um pouquinho mais velha que você — confessou Euterpe. Ele era mesmo uma criança peculiar.

O menino, Silyen, franziu a testa e pareceu querer corrigi-la, então ela pegou rapidamente a mão oferecida e a balançou. Era pequena e magrinha, mas o aperto era firme, e ela sentiu os calos criados pelo arco do violino.

— Você é um Jardine? — perguntou ela. — Então somos parentes. Minha irmã Thalia está noiva de Whittam, herdeiro de Lorde Garwode.

Whittam era um bruto, e Garwode, um abusador, pensou Euterpe, mas ela não ia dividir aquela opinião com o visitante Jardine.

— Eles ainda não estão casados? — perguntou Silyen. Ele parecia desconcertado ao ouvir aquilo, apesar de ter recuperado rapidamente a compostura. O menino fez um gesto com a mão, desprezando casamentos, como só um jovem poderia fazer. — Não importa. Já somos parentes.

E Euterpe imaginava que era verdade. Os Jardine e os Parva eram conectados havia centenas de anos, por meio do próprio Cadmus Parva-Jardine e de seu pai, Lycus, o Regicida. Ambos tinham morado ali na propriedade, e seus retratos ainda ocupavam as paredes. Seus rostos eram tão familiares a Euterpe quanto os da própria irmã e dos pais. Na verdade, Silyen ostentava uma semelhança mais que passageira com eles, bem maior que com sua família de verdade, os Jardine ruivos e de olhos verdes.

— Gostaria de ver a casa? — perguntou ela ao menino. — Acho que você iria gostar de alguns dos retratos.

O sorriso do menino, inesperadamente, era tão travesso quanto o da irmã de Euterpe.

Silyen arregalara os olhos enquanto os dois vagavam pela casa, passando a mão por todos os objetos. Ele batera os nós dos dedos na armadura no hall e mexera nos fios das tapeçarias do corredor até ela o mandar parar. O garoto até tinha se detido para cheirar as flores que Euterpe colhera e colocara em um vaso na sala de jantar pela manhã. Era claramente uma criança inteligente, e ela julgou saber de que aposento ele gostaria mais.

Quando abriu as trabalhadas portas de carvalho da biblioteca, o menino praticamente correra para dentro. Ficou ali, girando em círculos, o rosto virado para cima com admiração, banhado na luz do sol filtrada pelas cortinas. Pegou livros das prateleiras e os abriu, segurando-os com cuidado pela lombada. Ele virava algumas páginas antes de substituir um tomo e seguir para outro.

Euterpe não se surpreendeu quando Silyen Jardine voltou muitas vezes para visitá-la depois daquela primeira ocasião. Ela leu livros amados para ele, como *Histórias do Rei*. Andavam pelo jardim e pela área juntos, e Euterpe chamava atenção para plantas ou detalhes interessantes da arquitetura. Silyen gostava particularmente de ouvir histórias da infância da amiga, e as situações complicadas na qual sua arrojada irmã caçula as colocava.

— Me conte de quando você e Thalia iam andar de patins — implorava ele.

Então ela contaria de novo a história da diversão preferida das irmãs: patinação no gelo no meio do verão. Thalia aparecia na porta do quarto de Euterpe nos dias mais quentes, segurando dois pares de patins brancos, e a arrastava até o fosso, não sem antes passar por seus pais entretidos. Chegando lá, Thalia segurava Euterpe, que se inclinava acima da borda e passava os dedos na água. Alguns instantes de vibração depois, o poço estaria congelado até o fundo, como um vidro verde e grosso. Então as meninas amarravam os cadarços dos patins e passavam o dia de agosto rodopiando para lá e para cá no gelo refrescante.

Mas, com o passar do tempo, Silyen foi parando de perguntar sobre essas memórias infantis. Euterpe também notou mudanças físicas no garoto. Ele ficou mais alto. Durante várias visitas a voz soava desafinada, até que certo dia ele falou com ela em um tom másculo e adulto.

O tempo devia estar passando, e às vezes Euterpe se perguntava como era possível que tão pouca coisa tivesse acontecido na própria vida. O casamento da irmã ainda não chegara, nem o seu com o querido Winterbourne havia se aproximado.

Mas Euterpe jamais via ninguém para perguntar o porquê. E, sempre que tentava resolver as coisas ela mesma, tudo ficava mais confuso. Uma dor lhe atingia a parte de trás da cabeça. Era mais simples apenas se sentar e aproveitar a brisa, observando as borboletas e pensando onde Diabinho se escondera, aquele danado.

Ela e Silyen logo entraram em uma rotina. Andavam ao redor do jardim e do fosso, onde sempre estava ensolarado e quente. Depois entravam, e o visitante se sentava à mesa da grande biblioteca, folheando um livro ou outro que havia subtraído das estantes. Euterpe se instalava em um assento sob a janela, com um romance ou um caderno de desenho.

A família nunca aparecia durante as visitas de Silyen. Uma pena, pois Euterpe teria adorado apresentá-lo a Thalia, que ficaria tão admirada quanto ela com a semelhança de Silyen com ambas. E era uma pena que também não tivesse sido possível apresentá-lo a Winterbourne.

O homem por quem se decidira era excepcional, dotado, contou ela orgulhosamente a Silyen. Ele fora o primeiro da turma de seu ano em Oxford, e agora estava no início do que, ela sabia, seria uma brilhante carreira no direito. Winterbourne era fascinado por política, mas, como segundo filho, jamais ocuparia um lugar na Casa de Luz.

Silyen tinha sorrido ante a declaração e observado que Winterbourne daria um ótimo Chanceler. E Silyen também sabia, todos sabiam, disse ele, o quanto Zelston era devotado à senhorita Euterpe.

Tempos depois, certa tarde de um verão muito longo, Silyen fechou o livro que lia. Sentou-se de novo na poltrona da biblioteca, levantou os braços acima da cabeça e se alongou. Era o comportamento inconfundível de quem completara uma corrida ou uma leitura exigente.

— Terminou? — perguntou ela.

— Terminei todos eles — respondeu Silyen, estalando os dedos. Euterpe escutou os ossos delicados rangerem, como um pássaro nas pequenas mandíbulas de Diabinho. — Este foi o último. — Ele afastou o livro de si.

— O último? — zombou Euterpe. — Nem mesmo um rato de biblioteca como você conseguiria ter lido tudo o que há aqui. Você está desistindo. Não o culpo, esse aí é muito chato.

— Eu percebi — disse Silyen. — Você só conseguiu chegar à metade do primeiro capítulo.

Euterpe olhou para ele com perplexidade.

— Como você sabe?

Silyen levantou o livro, aberto na primeira página. Havia um frontispício gravado, todo em latim. Este situava o texto como uma obra holandesa do século XVIII a respeito do uso de Habilidade para a conjuração de ventos alísios nas Índias.

Era o livro que havia inspirado a infame viagem de Harding Matravers, lembrava-se Euterpe. Ela achou que podia ser empolgante, mas a obra se provara tediosa ao extremo. Ela persistira por algumas páginas, atraída pela descrição do autor sobre a ilha de Java, mas abandonou o volume logo que se tornara técnico. Sua família tinha a reputação de ser sábia, mas Euterpe jamais se interessara pelo funcionamento da Habilidade. O grande poder oculto em si mesma a assustava, e ela o usava o mínimo possível.

Silyen virava as páginas do livro. Eram todas cobertas por uma tipografia densa, impressa de maneira a marcar profundamente o papel. Então, de repente, não havia mais inscrições, apenas vazio, cadernos de papel se amarelando. Euterpe piscou, surpresa.

— Você parou aqui — comentou Silyen. — Na página... — ele voltou à última folha impressa — 23. E essa aqui você não leu, né? Que pena.

Ele estendeu a mão pela mesa e puxou em sua direção um belo e pesado volume encadernado em couro verde. A inscrição na lombada estava em grego antigo, uma língua que Euterpe não entendia, embora reconhecesse o livro. Ela sequer o havia aberto.

— Pelo título, analisa se certos mitos gregos são relatos ou alegorias de Habilidade — declarou o menino. — Parecia intrigante, mas...

Ele abriu o livro em leque. Não havia nada impresso. Todas as páginas estavam vazias.

— Todos esses livros — disse ele, com frustração evidente no tom. — Perdidos para o mundo uma vez, e agora perdidos de novo, para mim.

O que ele queria dizer? Euterpe se levantou e foi até a mesa para examinar o livro.

E, então, a compressão lhe veio como uma pressão na base do crânio, como se alguém a segurasse pela nuca, como um gatinho sendo puxado abruptamente pela mãe indiferente. Ela esfregou os dedos no local e desejou que Silyen partisse; precisava de um tempo sozinha para descansar.

Mas o garoto não mostrou sinais de ir embora. Ele se recostou na poltrona e a estudou por baixo de pálpebras semicerradas, com aqueles olhos pretos vívidos tão parecidos com os de Euterpe.

— Esses não são os únicos livros aqui, são? — observou ele. — Há outros, trancados em uma caixa. E você deu olhada no conteúdo de todos, não é? Os diários de Cadmus Parva-Jardine.

Sem querer, a mão de Euterpe voou até a garganta. Seus dedos se fecharam ao redor de uma fina fita de veludo presa ali. No final da fita, enfiada na frente do vestido para que ficasse fora de vista, estava pendurada uma pequena chave de ferro.

— Como sabe disso? — indagou ela. — Há muitos rumores sobre esta biblioteca e o que ela abriga. Os cidadãos parecem acreditar que metade dos volumes aqui são escritos com o sangue de seus pares, e os pergaminhos, feitos de pele humana. Mas ninguém de fora de minha família, nem mesmo membros de sua família, sabe a respeito desses cadernos. São protegidos por uma Quietude hereditária. Nós, Parva, só podemos contar a nossos filhos, e só o filho do herdeiro pode passar o segredo adiante.

Silyen a encarou por um longo tempo antes de responder, como se pesando o que diria. Quando falou, o tom era cuidadoso e sua cabeça tombou para um dos lados, estudando-a.

— Minha mãe me contou a respeito.

A dor explodiu dentro da cabeça de Euterpe. Sua visão se encheu de faíscas, como o piso da lareira da Grande Sala quando o fogo enfim acendia e enviava um som estridente pela chaminé. Ela oscilou e apertou uma das mãos na têmpora, a outra agarrando a chave. A respiração ficou rápida e rasa, e Euterpe lutou para recuperar o controle.

Uma pergunta surgira em sua cabeça. Uma pergunta maluca, tola, mas ela não podia evitá-la.

— Eu sou sua mãe?

É claro que não era. Como podia ser? Tinham idades muito próximas. Ela fizera 24, e Silyen parecia um jovem de 15. Exceto que ele tinha 10 anos quando eles se conheceram, o que a deixaria com 29 agora — aquela não era sua idade, *sabia* que não. Ela era Euterpe Parva e tinha 24 anos. Sua irmã era Thalia Parva. Seu amor era Winterbourne Zelston. Seu Jack Russell, Diabinho, era o cachorro mais malvado do mundo, e ela morava em Orpen Mote com seus queridos pais.

E algo horrível tinha acontecido. Algo muito terrível para se pensar a respeito.

Ela cambaleou e sentou no banco predileto, sob a janela.

Então não pense a respeito. Não pense a respeito.

Euterpe fechou os olhos. Escutou Silyen empurrar a cadeira para trás, o estalo de uma tábua do assoalho quando ele foi até ela. Sentiu o toque da mão fria em sua testa, definitivamente não mais a mão de uma criança. Depois um braço passou por seus ombros, outro a sustentou sob os joelhos, e ela estava sendo carregada. Uma porta se abriu com um chute, depois outra; mais outra. Então a luz do sol banhou sua pele. Ela escutou as abelhas e sentiu o cheiro das flores. Quase chorando de alívio, Euterpe Parva deixou que a sensação levasse embora o pensamento.

Quando acordou algum tempo depois, estava na espreguiçadeira, sozinha.

Na próxima aparição de Silyen, ela o levou direto à biblioteca. Lá, no meio da mesa, estava a caixa de cedro. Ela a deixara a postos para sua visita. Não fora uma decisão fácil, mas, por alguma razão não totalmente compreendida, ela agora acreditava ser de extrema importância que outro par de olhos visse os cadernos.

Silyen parou diante da entrada. Sua expressão quando avistou a caixa lembrou a Euterpe do menino que ele fora quando se conheceram. Ele fitara Orpen Mote como se a propriedade tivesse sido evocada de um conto de fadas. Será que sentia como Euterpe quando Winterbourne entregara-lhe a taça de champanhe naquele dia no jardim, e ela encontrara um anel de diamante reluzindo no fundo do líquido? Silyen parecia extasiado, como se encarando a realização perfeita de sua esperança e de seus sonhos mais secretos.

De repente, Euterpe sentiu tantas saudades de Zelston que doeu.

— Gostaria que Winter estivesse aqui — comentou ela, incapaz de se conter. — Ou minha irmã. Sinto como se não os visse há tanto tempo. Sequer me lembro da última vez que vi meus pais. Você sempre visita, mas onde estão eles?

A expressão de Silyen era difícil de ser lida. Parecia preocupado, mas estranhamente impassível. Como um médico ao ouvir a declaração de melhora no quadro de um paciente que ele sabe ser terminal.

Será que ela estava doente? O pensamento lhe passara pela cabeça. Isso explicaria porque ela se sentia confusa com tanta frequência, por que passava tanto tempo sentada ao ar livre, deixada em paz e em silêncio. Será que estivera doente, e agora convalescia? Talvez Silyen fosse algum tipo de médico.

Mas não, ele era um garoto de 15 anos, e simplesmente o parente que disse ser. E ela precisava lhe mostrar algo. Sim.

Ela o conduziu até a caixa na mesa, pegou a pequena chave em volta do pescoço e a colocou no cadeado. Ela escutou o complicado mecanismo de quatro línguas fazer um clique e girar. Levantando a tampa, ela os retirou cuidadosamente, um por um. Onze volumes finos e encadernados com pergaminho opaco, cada lombada densamente estriada e entalhada com um número preenchido em preto. O aroma recende levemente a couro velho, cedro e tinta antiquada, feita de sabe-se lá o que. As capas tinham ficado com um brilho marfim por causa de séculos de manuseio.

As mãos de Euterpe estavam entre as que seguraram esses livros. Ela os tinha adorado desde menina. Ela abriu um deles, mostrando a Silyen. O texto estava escrito em uma caligrafia difícil de entender, torcida. Era como se o autor tivesse tentado encher o máximo possível de uma página, temendo não haver papel o suficiente no mundo para abrigar todos os pensamentos em sua cabeça.

Euterpe não entendia a maior parte das coisas descritas nos diários, mas estimava sua conexão com o famoso ancestral. Também amava os versos ocasionais que Cadmus compôs em memória da falecida esposa; ou suas observações rabiscadas sobre a natureza e as estações. Ela se encantava com os esboços vívidos de plantas e animais feitos a caneta.

Mais que tudo, gostava das passagens que transbordavam culpa e amor melancólico pelo jovem filho sem Habilidade, Sosigenes. O menino do qual eles jamais falavam, que era um segredo escondido, como uma carta de amor, no seio da família. Foi a condição de Sosigenes que levou Cadmus à exploração incansável, experimental e analítica da própria Habilidade e do que ela podia fazer.

Por toda a infância, Euterpe havia sentado em seu banco sob a janela, folheando os diários. Sentira empatia pelo tatatatataravô e o absolvera tanto dos atos atribuídos a ele, quanto das coisas escondidas que ele tinha feito. Euterpe passara cada página.

As mãos de Silyen tremiam, notou Euterpe, quando terminou de verificar os diários e colocou o último volume na mesa forrada.

— Obrigado — agradeceu ele, virando para ela. A voz de Silyen estava incomumente rouca. — Muito obrigado. Você não sabe o quanto isso é importante.

E assim eles retomaram a rotina, só que, em vez de livros da biblioteca, Silyen estudou os diários de Cadmus Parva-Jardine.

Algumas outras coisas também mudaram. Quando caminhavam ao redor do fosso, era Silyen que chamava atenção a detalhes e compartilhava anedotas dos cadernos. Ele recontava episódios do folclore familiar, notava alterações na construção e no jardim feitas por Cadmus, e repetia frases espirituosas do homem a respeito dos membros de outras grandes famílias. A memória de Silyen era prodigiosa, e, quando ela o provocava a respeito, ele confessava que estava decorando grande parte dos livros.

Silyen crescia também, embora não encorpasse com a mesma estrutura muscular dos Jardine. Euterpe pensava em Whittam, o noivo de sua irmã Thalia, e deixava para lá. A essa altura já deviam ter casado, imaginava ela. Mas, se o fizeram, por que ela não estivera no casamento?

Depois de um tempo, ela percebeu que Silyen acabara de ler todos os cadernos. Certo dia, muito quieto, Silyen se sentou na biblioteca e ficou apenas olhando para os diários espalhados à frente. Do banco sob a janela, Euterpe o observou, nervosa. O que mais ela podia mostrar para que o garoto continuasse visitando Orpen?

Mas a preocupação era desnecessária. Ele simplesmente recomeçou, dessa vez parecendo selecionar os livros de forma aleatória. Ou, então, emparelhava dois ou três, folheando para a frente e para trás, como se comparasse os fatos, conectando-os.

— O que está fazendo? — Quis saber ela, depois de várias visitas semelhantes. — A essa altura você já deve ter lido todos eles dez vezes.

Silyen ergueu o olhar, perplexo. Ela quase nunca falava quando os dois estavam na biblioteca.

— Estou tentando decidir o que ele entendeu certo e o que ele entendeu errado — respondeu ele.

Euterpe zombou, mas não de maneira indelicada.

— Cadmus sabia mais sobre Habilidade que qualquer pessoa que já viveu.

— É mesmo? Talvez ele refletisse mais a respeito. Mas saber mais? Há algo muito significativo que ele não sabia, e isso está bem claro nesse registro.

Euterpe encarou o amigo. Ele claramente queria que ela perguntasse, então, com um suspiro, ela cedeu.

— Por que o filho não tinha Habilidade — declarou Silyen.

Ela piscou, surpresa. Essas eram as partes dos diários que ela conhecia melhor, os trechos que a faziam chorar. O que Silyen descobrira que ela deixara passar? Que todos os outros herdeiros Parva também não conseguiram enxergar em suas leituras?

— É uma baita coincidência, não acha — comentou Silyen — que o homem com a Habilidade mais forte em toda a nossa história gerasse um filho com absolutamente nenhuma.

As palavras pairaram entre eles. Euterpe quase podia vê-las em redemoinho na resinosa luz do sol. Ideias presas em âmbar, perfeitas e imutáveis.

— Se não é coincidência — disse ela —, então o que é? Muita Habilidade em uma geração esgota a seguinte?

O menino teria indicado desaprovação se não tivesse sido tão bem-criado.

— Todos os outros filhos de Cadmus eram perfeitamente normais. Não, é muito mais simples que isso. Cadmus a roubou.

— Roubou? — Euterpe levantou-se de um salto, transbordando de indignação em nome do ancestral difamado. — Não seja ridículo. Ele amava aquele menino mais que qualquer coisa. Você leu suas palavras: ele foi assombrado a vida inteira pela falta de Habilidade do filho. Além disso, como é possível "roubar" Habilidade? Não posso acreditar no tanto de horas que perdeu com esses diários apenas para chegar a essa conclusão idiota.

— Você parece um pouco na defensiva — observou Silyen, naquele jeito desumano que às vezes tinha. Nessas ocasiões, o adolescente curioso de olhos pretos quase desaparecia, deixando apenas a operação mecânica de um cérebro analítico. — Eu me pergunto por quê. Sua irmã, Thalia: sua Habilidade é bem insignificante, não é? Ela mal consegue ferver uma xícara de água para o chá. O que me faz especular a seu respeito.

Euterpe não podia suportar aquilo. Ela não teria aquela conversa. Simplesmente, não. Ela jogou seu caderno de desenhos no chão e saiu correndo da biblioteca. Quando, algumas horas mais tarde, Silyen passou pela espreguiçadeira a caminho da ponte no jardim, ela apertou os lábios e não se despediu.

Mais tempo se passou. Apesar disso, Winterbourne não foi visitá-la. Apesar disso, Thalia não apareceu, com um prato de bolinhos em uma das mãos e uma jarra de limonada fresca na outra. Apesar disso, Diabinho malcriado não veio pulando, o rabo balançando, com um monte de penas soltas entre os dentes pequenos e afiados.

As dores de cabeça de Euterpe pioraram. A dor era ruim mesmo quando ela ficava sentada, quieta, na cadeira no jardim. O zumbido das abelhas parecia tão alto a ponto de ser insuportável. Ela se sentia tonta quando se levantava. Teve um vislumbre do próprio reflexo no espelho da sala de estar um dia, apenas para se espantar com seu aspecto. Mas o rosto que a encarou de volta ainda estava radiante, as bochechas coradas, sem sombras e sem rugas. Ela ainda tinha 24 anos e era linda.

Para sempre 24.

O medo lhe desceu pela espinha, como uma chave fria, parando sua respiração.

— O que aconteceu comigo? — indagou ela a Silyen, quando ele apareceu outra vez, descendo o caminho delimitado pela cerca viva, vindo de uma ponte sempre fora de vista no jardim. — Por que não estou envelhecendo? Por que nunca vejo ninguém, exceto você? Parece sempre verão. E minha cabeça está piorando. Mal consigo pensar.

Ela analisou o rosto de Silyen; as emoções corriam tão sem substância quanto nuvens pelo céu. Então, veio enfim aquele sorriso, como o sol, o mesmo que Euterpe vira no primeiro dia, havia tantos anos. Era o sorriso de Thalia, sem dúvida. E, de fato, anos se passaram desde que Silyen entrara pela primeira vez no jardim. Agora Euterpe se dava conta.

Anos em que ele se transformara, de menino a homem, e ela não havia mudado absolutamente nada.

O crânio de Euterpe parecia partir em dois, como um ovo estalando por dentro. Ela tinha pavor do novo ser que poderia surgir dessa ruptura, uma coisa nua e disforme.

— Isso vai doer — afirmou Silyen, estendendo ambas as mãos para ajudá-la a se erguer. — Mas está na hora. Também estou muito curioso. Minha mãe me contou a respeito, mas não toda a história. E Zelston jamais disse uma palavra.

Ele colocou as mãos nos ombros de Euterpe a fim de estabilizá-la. Então a virou devagar para a casa.

Orpen Mote era uma ruína chamuscada.

A casa de sua infância. Tudo o que ela possuíra: transformado em cinzas. Agora ela se lembrava. Havia sido um acidente. Uma brasa caída do piso da lareira enquanto a família dormia.

Ela e Thalia estavam fora naquela noite, em um baile no Lincoln's Inn. Winterbourne a sacudira até acordá-la nas primeiras horas da manhã, em um quarto de hóspedes frio. Ela se lembrou de como havia se sentido naquele momento: sem fôlego de desejo, imaginando que ele enfim a procurara, em vez de esperar a noite de núpcias.

Até que ela viu, pela expressão terrível de Silyen, que aquele não era absolutamente o motivo pelo qual ele fora até lá.

Seus pais tinham morrido por causa da fumaça, sequer acordaram; as Habilidades inúteis para salvá-los, os escravos ou a casa.

Euterpe ofegou com as lembranças repentinas. Oscilando, só ficou de pé graças ao apoio de Silyen.

— Veja — sussurrou ele a seu ouvido. — Lá.

Ela olhou para onde ele apontava. Três pessoas estavam paradas, juntas, e um cachorro pequeno, branco e marrom-claro, corria em círculos a seu redor, ganindo. Ela reconheceu a forma elegante de Thalia, a figura forte e sombria de Winterbourne, e lá, apoiada entre os dois, ela própria. Lágrimas corriam pelo rosto de seu outro eu. Seu cabelo estava solto e despenteado, e ela parecia incapaz de continuar de pé sob o peso do desespero.

Conforme Euterpe observava, os joelhos da menina arrebatada pela dor cederam. Winterbourne a pegou nos braços e a deitou no chão carinhosamente.

Euterpe se viu aconchegar o rosto na terra seca e coberta de cinzas. Ela se escutou soltar um grito inconsolável e se arrastar pela sujeira, como se esperando que, por algum milagre, descobrisse seus pais, inteiros e incólumes.

Então, o primeiro pássaro caiu do céu.

Nenhuma das três figuras observadas percebeu. Já estavam rodeados por muita devastação. Mas Euterpe e Silyen viram o que o trio não enxergou.

Eles viram o vento açoitar o ar parado, explodindo em uma coluna de cinzas, como um gêiser imundo. Escombros se moveram em espiral, formando um redemoinho, e uma árvore chamuscada e enegrecida, devastada pelo fogo, tombou até o chão.

Outro pássaro caiu pesadamente: um pato silvestre, voando do lago. O céu acima das ruínas de Orpen escureceu, e um tumulto de nuvens, guiado por mão invisível, se tornou tempestade. A chuva desabou. Outras aves mergulharam no chão.

Euterpe escutou Silyen inspirar fortemente.

— Você — disse ele. Ele soava quase empolgado. — Sua Habilidade. Incrível.

Euterpe não se sentia empolgada. O que sentia era enjoo. Sua Habilidade a aterrorizava e enojava.

— Olhe! — Eles dois escutaram Thalia dizer, conforme direcionava a atenção de Winterbourne para longe da jovem em seus braços. Ambos olhavam fixamente na direção do campo irrigado no lado mais distante do rio, que alimentava o fosso.

O rio criara uma barreira natural contra o alastramento do incêndio, e os campos ali permaneceram verdes e repletos de flores, mesmo enquanto a casa queimava. Mas agora o capim se dobrava, ondulando como se sob a influência de um vento próximo, e onde ele se curvava, morria.

— É ela! — gritou Thalia, erguendo a voz para ser escutada acima da chuva tamborilante. — Não é algo que ela consiga controlar, simplesmente acontece. Já vi ocorrer uma ou duas vezes antes, quando ela está realmente abalada. Mas jamais vi nada assim. Temos de detê-la.

Diabinho soltou um uivo estridente e se aconchegou mais perto da saia da jovem perturbada. Então sua respiração se esvaiu, as patas dobraram. Ele se enrolou perto da dona na morte, como fizera em vida.

De seu ponto de vista no jardim com Silyen, Euterpe soltou um soluço sufocado. Lágrimas rolaram quentes pelas bochechas.

— Faça ela parar! — gritou Thalia para Winterbourne, ela mesma parecendo meio louca. O cabelo grudara no rosto por causa da tempestade intensa. Em cima, um clarão de relâmpago iluminou o céu escurecido. — Eu não consigo. Não sou poderosa o bastante. Mas você sim.

Euterpe observou o namorado se inclinar sobre seu outro eu curvado. A garota tremia violentamente com a incontrolável Habilidade lhe percorrendo o corpo, manifestada em caos e destruição. Mas, mesmo assim, Winterbourne a levantou e a segurou junto de si, bem junto ao peito. Ele deu um beijo suave em sua testa.

Falou palavras muito baixas para serem ouvidas pelos observadores no jardim. Mas Euterpe as conhecia.

Lembrava-se delas.

— Quieta — disse Zelston, a voz carregada de Habilidade. — Eu te amo. Fique tranquila.

A jovem em seus braços ficou sem energia. Com uma brusquidão espantosa, a tempestade parou. Thalia esfregou as mãos pelo rosto de Euterpe e puxou o cabelo para trás. Ela olhou com descrença para a devastação à volta, para o céu muito azul acima.

No jardim encharcado de sol, a memória de Euterpe se abriu. Uma compreensão terrível brotou.

Ela sentiu as mãos de Silyen em seus ombros. O jovem, o filho de sua irmã, virou-a para ele, e ela ergueu os olhos para seu rosto.

— Então agora você sabe — declarou ele. — E logo será hora de deixar este jardim. Os dois a estão esperando. Eles a esperaram por anos.

11

Gavar

A cidade de escravos de Millmoor podia estar em chamas, mas Gavar Jardine não conseguia ver por que aquilo era seu problema. Particularmente não às oito da manhã.

Como alguns incidentes e prisões no norte demandavam uma convocação emergencial do Conselho de Justiça? O que podia ser tão importante para afastar Gavar de Kyneston e da filha às vésperas do Natal? Já era ruim o bastante a longa viagem para o Segundo Debate em Grendelsham. Agora essa ordem de comparecer a Londres...

Pelas janelas chumbadas da câmara superaquecida do conselho, Gavar viu a neve. Ficou pensando se a menina-escrava Daisy estaria brincando ao ar livre no jardim de Kyneston com Libby. Talvez fazendo um boneco de neve. Era melhor que ambas estivessem bem agasalhadas.

— Preste atenção.

O sussurro do pai em seu ouvido foi como uma rajada de vento frio soprada do além, e Gavar lutou para não encolher os ombros ou subir a gola. Ele sentiu um calafrio e tentou focar em quem falava no extremo da mesa. Seria mais fácil se a voz da mulher não fosse tão monótona, se o rosto não fosse tão irremediavelmente sem graça.

— ...literatura sediciosa — ela estava dizendo — distribuída pela cidade, incluindo dormitórios, locais de trabalho, até instalações sanitárias. Também conhecidas como banheiros — esclareceu ela.

Gavar bufou. Será que o povo achava que os Iguais jamais precisavam usar "instalações sanitárias"? Embora fosse verdade que alguns que ele conhecera mal enxergassem sua espécie como humana. Gavar não tinha feito nada para dissuadi-los. A ignorância alimentava o medo, como o pai gostava de dizer, e o medo fomentava obediência.

Porém algo dera errado com aquela máxima incisiva, se o que a mulher dizia fosse verdade.

Gavar tinha escutado com zelo o bastante pelos primeiros minutos. O conteúdo da Proposta estúpida de Zelston não só vazara, apesar do Silêncio, mas havia chegado ao menos a uma das cidades de escravos. Os habitantes de Millmoor estavam fazendo um rebuliço, exigindo que o parlamento votasse a favor da Proposta.

Aquilo tudo era ridículo demais para ser expresso em palavras. Que diabos achavam que iam conseguir? Nada, a não ser anos em seus dias de escravo. E, para os líderes da revolta, talvez uma vida de escravidão e uma generosa reeducação nas mãos de Lorde Crovan. Qualquer um maluco o bastante para arriscar aquilo era, por definição, um perigo para a sociedade.

Crovan era um membro honorário do Conselho de Justiça, mas felizmente nunca comparecia. Raramente deixava seu castelo escocês, Eilean Dòchais, que ficava em uma pequena ilha de um extenso lago. Morava sozinho, fora alguns escravos domésticos, e os Condenados, os piores daqueles sentenciados a uma vida inteira de escravidão.

O que quer que Crovan fizesse a eles (ninguém jamais perguntava) o mantinha bem ocupado. Ele só aparecia em Westminster uma vez por ano, para a abertura do parlamento, o que na opinião dos Iguais já era muita coisa. Até a Casa de Luz parecia mais sombria quando ele estava presente. E, é claro, o homem sempre comparecia ao Terceiro Debate em Kyneston.

Quando Gavar se tornasse Chanceler, teria necessariamente assuntos a tratar com Crovan, pensou de forma desgostosa, se desligando da narrativa monótona da Supervisora de Millmoor. A sentença de

Condenação era sempre proferida pelo Chanceler, antes que o prisioneiro fosse entregue ao novo senhor.

Gavar não tinha certeza de quando a prática de entregar os Condenados a Crovan começara. Teria sido iniciativa de seu pai? Mas, de qualquer forma, Crovan estava presente em todas as ocasiões de sentenças, ávido por reclamar sua nova propriedade. A situação era levemente desagradável, e uma razão a mais para questionar se o cargo máximo era tudo aquilo que se exaltava, apesar da insistência do pai de que a Chancelaria era um direito inato dos Jardine.

O ponto-chave do direito inato, pensou Gavar com ressentimento, e não pela primeira vez, era que chegava até você automaticamente. Não era preciso fazer nada, exceto ser quem se é. Do jeito que o pai falava, a Chancelaria era uma prerrogativa dos Jardine tanto quanto um lugar no Domus College de Oxford. Então, se ela chegaria a ele de qualquer forma, por que esse aprendizado político tedioso era necessário? Ele precisava mesmo comparecer a conselhos, comitês e intermináveis debates legislativos?

Seus olhos vagaram pela mesa com indiferença. Os suspeitos de sempre. Seu futuro sogro, Lytchett Matravers, trazia os olhos fechados em uma expressão que visava a exibir intensa concentração, mas que quase certamente eram gases presos em virtude de um desjejum tomado às pressas. A seu lado, sentava o amigo íntimo de Lytchett, Lorde Rix, que parecia tão entediado quanto Gavar. Ele percebeu o olhar de Gavar e revirou os olhos de forma camarada.

Rix era ok, mas, sentada de seu outro lado, estava a rainha-vaca e noiva de Gavar. Fazia anotações, como se qualquer assunto ali tratado realmente importasse. Bouda se aboletara ao lado de Zelston, na cabeceira da mesa. Se o pai estivesse enganado e manter a Chancelaria demandasse uma quantidade módica de esforço até para o herdeiro Jardine, Gavar tinha certeza de que a futura esposa manteria tudo funcionando.

Afinal de contas, tinha de haver algum benefício em se casar com uma sanguessuga como Bouda. Afinal, como o pai tinha lembrado a ela no dia em que Zelston soltou a pequena bomba em forma de Proposta, não era como se os Jardine precisassem, de fato, dos milhões dos Matravers. E, no momento, Gavar também não obtinha nenhum outro benefício. Bouda quase estapeara Gavar quando ele fizera uma sugestão perfeitamente razoável após o jantar do Primeiro Debate. Era tão mais fácil com as garotas do povo, a quem nunca era preciso se dar o trabalho de perguntar.

A não ser que, de fato, você se importasse com elas.

Gavar cerrou os punhos embaixo da mesa. Não pensaria em Leah. Aquilo só o deixava furioso, e fora isso o que causou aquela confusão horrorosa, em primeiro lugar.

Ele inspirou profundamente, sentindo o peito se espremer contra a camisa branquíssima. Então relaxou de novo, soltando os ombros.

Ali em Londres era mais fácil. A raiva parecia muito pior em Kyneston. Ele não sabia por quê. Talvez fosse o fardo da expectativa. Havia a casa que ele ia herdar; os retratos de ancestrais mortos com quem ele teria de conviver. E para quê? Para que pudesse assistir ao próprio herdeiro se arrastar pelo mesmo caminho e, no tempo adequado, passar a propriedade a ele, assim como o pai faria com ele, como o avô Garwode havia feito com Whittam.

Tudo era absolutamente sem sentido.

— E o que pode nos dizer sobre os perpetradores? — Ele escutou uma voz indagar.

Era Rix. Gavar jamais escutara alguém soar tão desinteressado com a resposta à própria pergunta. Tinha perguntado para aliviar o tédio, imaginou ele.

— Temos um sob custódia — reportou a Supervisora de Millmoor, deslizando uma fotografia de dentro de um envelope de papel pardo e passando-a para o centro da mesa. — Ele estava na cena de uma sabotagem do Setor Leste da Divisão de Alocação de Trabalho.

Acredita-se que uma mulher não identificada estivesse conduzindo a intrusão. No entanto, ao serem surpreendidos por uma patrulha de segurança, o suspeito usou de força e isso permitiu que ela fugisse. O homem foi subsequentemente dominado e apreendido.

Será que essa serviçal era incapaz de um linguajar normal? O cara tinha lutado com os guardas para ganhar tempo e a mulher escapar. Sob outras circunstâncias, poderia ter sido algo honrável a fazer.

Gavar deu uma olhada na fotografia. Mostrava um negro musculoso, um dos olhos bem fechado, o que lhe conferia um aspecto assassino. A pele muito escura escondia qualquer ferimento, mas a camiseta estava fortemente manchada de sangue. Ele parecia ter a mesma idade de Zelston, embora a cabeça fosse raspada e ele não usasse roupas elegantes e adornos chiques, como o Chanceler.

O acidente do nascimento, pensou Gavar, lembrando-se de outra das frases favoritas do pai. O acidente do nascimento dera a esse escravo criminoso e ao homem mais poderoso da região a mesma pele por fora, mas talentos muito diferentes por dentro. E, por causa daquela diferença, seus destinos tinham se afastado.

Libby tinha a pele de Gavar por fora. Seu cabelo. Seus olhos.

Ele se lembrou do barco deslizando pelo lago em sua direção. Será que ela realmente tinha os mesmos talentos por dentro?

— Você disse "patrulha de segurança"?

A voz intrometida de Bouda invadiu os pensamentos de Gavar. Ele simplesmente sabia que aquele som o irritaria pelo resto da vida.

A Supervisora assentiu, com uma expressão cuidadosa. Bouda claramente havia percebido algo que a mulher torcia para passar despercebido.

— Suponho que você queira dizer patrulha de rotina? — perguntou a garota loura. — Em outras palavras, depois de várias semanas de múltiplos incidentes, incluindo a desfiguração do próprio centro de operações, vocês pegaram um perpetrador, *por acaso*?

A expressão da cidadã passou de cuidadosa a atemorizada. Gavar quase riu.

— Você compreende — o pai sentou mais à frente da cadeira, fazendo ranger levemente o assento de couro vermelho muito estofado — que a autoridade do Gabinete do Supervisor em Millmoor não é sua. É *nossa*. De seus Iguais e do governo desse país. E, sendo assim, esses ataques, que vocês não conseguiram prevenir, são ataques diretamente contra nós.

Gavar tinha de dar crédito ao pai: o homem sabia como causar uma impressão. De repente, a sala pareceu muito mais fria. Ele não teria se surpreendido de ver a condensação virando gelo por dentro das janelas.

— Naturalmente — prosseguiu Whittam —, essas afrontas não podem continuar sendo toleradas. Agora que você tem um dos perpetradores sob custódia, confio que tenha tomado todas as providências para descobrir seus comparsas?

— Bem...

Mesmo Gavar podia ter dito à mulher que aquela não era a resposta certa.

Whittam se recostou de volta na cadeira, unindo os dedos e olhando fixamente por cima deles. Era uma postura que, em uma ocasião humilhante na infância, fizera Gavar molhar as calças. Ele jamais esquecera a expressão nos olhos do pai enquanto o líquido quente escorria tristemente pela perna. Não fora raiva, apenas desprezo.

Desprezo por uma criança. Ninguém nunca olharia para Libby daquele jeito. Gavar mataria a pessoa primeiro.

Como não era um menino de 5 anos, a mulher atarracada não fez xixi nas calças, mas ficou bem pálida. Então ergueu o queixo muito lentamente, e encontrou o olhar de Whittam. Talvez tivesse alguma determinação, afinal de contas. Pelo que Gavar escutara, as cidades de escravos eram buracos do inferno. Provavelmente era preciso ser durão para se chegar ao topo de uma.

— Com todo respeito, meu lorde, é por isso que estou aqui. O perpetrador foi interrogado minuciosamente, usando todos os meios à disposição, mas até agora não forneceu respostas satisfatórias. Vim aqui hoje para buscar aprovação e assistência do conselho para implementar medidas especiais dentro de nossa instalação de segurança.

Houve um barulho à esquerda de Gavar que podia ter sido Lytchett fungando em seu sono ou um bufo de menosprezo de Rix. O que eram "medidas especiais"? Gavar não fazia ideia. Mas ele se lembrava da determinação do pai: "Nunca demonstre ignorância". Ele não se exporia perguntando. Ao lado de Zelston, Bouda assentia sabiamente. Era provável que ela soubesse do que se tratava, mas podia estar blefando. Era impossível saber com a rainha-vaca.

— Medidas especiais não devem ser usadas indiscriminadamente.
— Veio uma voz incisiva do lado oposto de Zelston.

Armeria Tresco, quem mais? A maldita velha puritana estava sempre martelando a respeito dos direitos dos homens do povo; sem dúvida seria a única pessoa a votar a favor da Proposta no Terceiro Debate. A não ser que seu herdeiro, Meilyr, aparecesse, com o rabo entre as pernas. Mãe e filho poderiam ser párias juntos. Que meigo.

— O uso de Habilidade para entrar na mente de outra pessoa é inescrupuloso — afirmou Armeria. — Todos nós sabemos dos efeitos nocivos que medidas especiais podem ter. Eles estão bem documentados. Algumas vítimas ficaram mentalmente incapazes para o resto das vidas. Quando o ato é realizado por um Igual inexperiente na tarefa, pode até matar.

Então era disso que as medidas especiais tratavam. Gavar empalideceu. Parecia horripilante. Ou a ideia de um calmo divertimento vespertino na opinião de Silyen.

— Armeria — disse Bouda de forma repressiva, como se falasse com uma criança voluntariosa. — Estamos falando de um *escravo*. Escravos não constituem entidades legalmente reconhecidas, assim o conceito de "dano" não se aplica.

Bouda tinha sido a estrela do curso de direito em Oxford no ano deles. Foi uma das razões pelas quais Gavar optara por estudar economia nacional, embora "estudar" talvez fosse um exagero.

— Não dou a mínima para se esse homem — Armeria bateu de leve na foto — é uma "entidade legalmente reconhecida", Bouda. Ele é um ser humano. Se quiser falar de aspectos técnicos, gostaria de lembrar que o estatuto de medidas especiais afirma que elas só podem ser empregadas em situações de risco de vida.

"Da forma como entendo o fato, o homem foi capturado ao forçar, muito criativamente, a entrada na rede da Divisão de Alocação de Trabalho, restaurando a condição de todos para "Cidadão Livre". Ele também pode ter se envolvido em dano à propriedade da administração de Millmoor, fuga de custódia de vários escravos mantidos por crimes menores e pintura de slogans políticos em marcos de Millmoor. Nada disso é exatamente trivial, mas não vejo provas de que a vida de alguém foi posta em risco como consequência."

Gavar assistiu à troca com certa satisfação. Não era fascinante, pensou ele, o quão rapidamente a pele pálida e leitosa de Bouda podia ficar vermelho-vivo?

— Armeria está certa — murmurou Zelston com soberba, virando-se para Bouda. — O estatuto é bem claro, e é o estatuto que devemos considerar *a priori*. A questão mais ampla do status de escravos *in rerum natura* não é imediatamente relevante.

O que quer que aquela baboseira afetada significasse, Bouda claramente não gostou. Bem feito, pensou Gavar. Se algum dia ela tentasse usar aquele tom com Libby, ia sentir as costas de sua mão, esposa ou não.

— Não sou a favor de medidas especiais — anunciou Rix.

Várias cabeças giraram para encará-lo, com surpresa. O Igual grisalho arqueou uma sobrancelha.

— Que foi? Ninguém está morrendo nas ruas, então por que um de nós deveria ir a Millmoor cuidar deles? Achei que faziam o trabalho sujo por nós, não o contrário.

Lytchett gargalhou e deu um tapa nas costas do amigo pela gracinha. Rix abriu um sorriso malicioso. A política seria mais divertida, pensou Gavar, se houvesse mais pessoas como ele na câmara.

— Então parece... — começou Zelston, olhando ao redor da mesa.

— Parece — cortou o pai — que uma consideração adicional se justifica. A ilustre Lady Tresco cita o estatuto corretamente: "sujeitas a levar à perda da vida". No entanto, em seu entusiasmo habitual, ela negligencia o fato de que não se trata de perda da vida *imediata*, mas *possível*. Nesse caso, considero alto o risco eventual.

Ele olhou ao redor para os colegas, as mãos frouxamente entrelaçadas e descansando no tampo liso da mesa. Quando mais novo, Gavar passara horas diante do espelho, praticando aquele olhar dominador. Jamais conseguira reproduzi-lo totalmente.

— O uso de especiais medidas salva-vidas — continuou o pai. — Acho que todos estão cientes de que, quando era mais jovem, fiz parte do destacamento do Comando Conjunto dos Estados da União da América. Durante os anos de conflito no Oriente Médio. Eles estavam suficientemente desesperados a ponto de apelar a nós e aos irmãos Confederados, pedindo para endossarmos sua força militar com nossa Habilidade. A mesma Habilidade que haviam declarado uma abominação, crença que os fez dividir seu grande continente ao meio com uma guerra civil dois séculos atrás.

As histórias de guerra de Lorde Whittam Jardine. Gavar escutara algumas ao longo dos anos, em geral quando o pai havia bebido demais. O homem tinha as medalhas como prova, medalhas que ele guardava numa caixa e nunca usava, mas que também jamais jogara fora.

Uma vez, Gavar perguntara, quando o pai estivera fazendo confissões de um jeito que não era característico — ou seja, completamente bêbado — por que ele trabalhara com os americanos da União. Afinal de contas, ele manifestava com frequência seu desdém pela nação que abolira a escravidão à custa da Habilidade.

— Aquilo me deu uma oportunidade — dissera o pai, com os olhos azul-esverdeados injetados, mas não menos penetrantes. — Uma oportunidade de usar minha Habilidade sem que, de outra forma, deixasse minha família escandalizada. Eu estava curioso. E descobri que gostei.

Então ele contou uma anedota detalhada de como exatamente tinha usado sua Habilidade. Aquilo fez Gavar largar o copo de uísque e não o tocar de novo por toda a noite. Ele nunca mais pediu para ouvir as experiências do pai no deserto.

Whittam não entrou em detalhes naquele momento, felizmente. Ou os escravos teriam de limpar vômito do tapete da sala do conselho por dias. Mas teve a atenção dos companheiros quando continuou:

— Meu papel era aplicar o que chamamos de "medidas especiais" a detentos selecionados. Em mais de uma ocasião, a informação obtida frustrou planos que teriam causado milhares de vítimas e devastado infraestruturas civis. Quero dizer, cidades — esclareceu ele. — Filadélfia e Washington, para ser exato.

"Às vezes, os indivíduos de posse de tais informações não eram quem se poderia esperar: professores, e não líderes militares; lojistas, e não líderes religiosos. Todas as maneiras de conseguir essas informações deviam ser exploradas por quaisquer meios necessários. É um erro considerar que alguém seja incapaz de atrocidades ou esteja acima de suspeita. Até a criança mais nova."

Gavar se lembrou daquela parte das memórias do pai e sentiu o gosto de bile na boca. Às vezes ele se perguntava se Lorde Jardine não era meio maluco. Também se perguntava se havia herdado do pai a própria tendência a perder o controle.

A ferir as pessoas.

De fato, às vezes se perguntava se podia botar a culpa de cada coisa que dera errado em sua vida no pai. Seria covardia? Talvez. Mas não significava que não fosse verdade.

Os Iguais à mesa tinham ficado em silêncio. A mulher do povo olhava boquiaberta para Lorde Jardine, como se ele fosse algum tipo de deus. O próprio Gavar já vira aquela expressão no rosto das mulheres e, de vez em quando, usava aquilo em benefício próprio, mas em geral só lhe causava repulsa.

— Então o que exatamente está propondo, Whittam? — indagou o Chanceler. — Está se voluntariando para ir a Millmoor ver o que pode ser obtido desse suspeito?

Zelston fez um gesto para a fotografia, mas seus olhos estavam em Lorde Jardine. O olhar atento de Bouda corria ansiosamente entre os dois. Até Rix estava franzindo as sobrancelhas.

— Ah, não, não — respondeu ele, o sorriso se abrindo um pouco mais. — Estou voluntariando meu filho e herdeiro, Gavar.

O resto da reunião passou em um borrão.

A Supervisora de Millmoor transferiu sua expressão faminta para Gavar. Rix ganhou sua gratidão, reiterando a opinião de que Iguais não deviam se rebaixar com visitas a uma cidade de escravos. Mas a intervenção do pai assegurou uma conclusão prévia. Quando veio a votação, o uso de medidas especiais no prisioneiro detido em Millmoor foi aprovado. O resultado foi 11 a 1; apenas Armeria Tresco discordava.

A mão de Bouda Matravers fora a primeira a se levantar.

Depois, enquanto seguia o pai pelo corredor, Gavar escutou os saltos no tapete espesso enquanto Bouda se apressava atrás deles. Parou diante de Lorde Jardine, bloqueando o caminho.

— Cinco minutos — pediu ela. — Precisamos conversar.

A expressão do pai era indecifrável, enquanto Gavar experimentava uma fugaz esperança de que ela se voluntariasse para ir à cidade de escravos em seu lugar. Até parece. Bouda compartilhava a aversão dos políticos em sujar as próprias mãos.

— Muito bem.

O pai passou por ela e abriu a porta de uma sala adjacente. Bouda começou a falar no minuto que a maçaneta se fechou.

— Como isso aconteceu? — Quis saber ela, dirigindo-se inteiramente a Whittam, Gavar podia nem estar ali. — Os observadores estão sob o Silêncio, e todos nós aceitamos a Quietude. Como algo pode ter vazado? Zelston deve ter feito alguma besteira. Executado os atos errado, ou simplesmente não foi poderoso o bastante.

Bouda fez uma pausa. O comentário tinha sido tão óbvio que não podia ser o motivo de ter puxado Lorde Jardine e o herdeiro para uma sala vazia a fim de uma conversa particular.

O pai apenas observava e aguardava. Gavar notara, ao longo dos anos, que isso em geral fazia as pessoas falarem, não importava o quão relutantes estivessem em compartilhar o que lhes passava pela cabeça. Infelizmente, ele duvidava de que funcionaria com o prisioneiro de Millmoor.

Seu estômago se revirou de novo ao pensar na tarefa que lhe fora designada. Qual seria a sensação de levá-la adiante?

Qual seria a sensação de falhar?

Ele vivera quase duas décadas e meia como o filho mais velho de Lorde Whittam Jardine. Não restava dúvida sobre qual opção devia ser mais temida.

— Isso me faz pensar que Zelston não é adequado para ser Chanceler.

Gavar encarava Bouda fixamente enquanto ela despertava seus pensamentos reprimidos.

— Essa Proposta jamais deveria ter sido feita. Por que Zelston não previu algo assim? Mesmo que o problema em Millmoor acabe aqui, Portisbury pode ser a próxima, ou Auld Reekie, na semana seguinte. A notícia está circulando, e não podemos impor o Silêncio a todo o país. Hoje, até o senhor intervir, Zelston não teve sequer o pulso para tomar as medidas necessárias.

Ela fez uma pausa e inspirou com rapidez.

— Ainda lhe restam mais três anos no cargo. No momento, não estou convencida de que isso seja o melhor para a Grã-Bretanha.

Whittam a observava.

— O que está sugerindo, Bouda?

— Sugerindo?

E agora que ela dissera o indizível, Gavar viu Bouda recuperar a compostura, enrolando-a de novo a sua volta, tão elegantemente como um casaco de grife.

— Não estou sugerindo nada. Apenas compartilhando minha humilde opinião. — Ela foi em direção à porta; abriu-a. — É melhor eu ir até papai antes que ele encontre o caminho até o carrinho de bolo. Isso nunca dá certo. Ah, e Gavar? Boa sorte.

Vaca!

Só que ele deve ter dito isso em voz alta, pois o pai se virou para ele. Sua expressão era tão ameaçadora que Gavar recuou um passo.

— Ela é uma política duas vezes melhor do que você jamais será — declarou Whittam. — Assim como seu irmão. Eu sempre soube que Silyen era meu filho com mais Habilidade, mas também devo dar a ele o crédito de estrategista mais competente. Ele está com o Chanceler em mãos, enquanto você me faz correr para arrumar as consequências de seus atos.

Sendo honesto, será que algo havia mudado desde que ele tinha 5 anos, pensou Gavar. Qualquer coisa? Mas agora ele era um homem, e ele mesmo um pai. Quando seu pai o trataria como um? Ele encarou Whittam. O homem precisava erguer um pouco o rosto para fitar o filho, mais alto.

— Rix está certo — argumentou Gavar. — Por que devemos correr? Somos Iguais, da Família Fundadora, não policiais do povo. Por que devo ir?

Aquela não era a pergunta certa.

— Você vai porque a informação desse escravo é indispensável — respondeu Whittam, chegando mais perto, fechando a lacuna que Gavar tinha criado entre eles.

"Você vai porque estou dizendo para ir. Porque as pessoas ainda fofocam sobre a morte daquela garota escrava em seu suposto 'acidente de caça'. Isso pode ser sua reabilitação. E você vai porque, como chefe dessa família, eu tenho o poder de decidir se aquela sua pirralha bastarda será criada em Kyneston ou mandada a uma casa de medades. Ao menos desse jeito sua mãe e eu não teríamos de olhar aquilo e ser lembrados todos os dias da desilusão que você é."

O rosto do pai estava a apenas alguns centímetros do seu, mas, ainda assim, Gavar percebeu que mal podia enxergá-lo. Sua visão estava inundada em vermelho e preto. Ele tinha 5 anos de novo. Mas o que jorrava dele agora, quente e pegajoso, não eram pingos de medo e vergonha. Era uma torrente de ódio.

Essa não foi a resposta certa, pai.

Não foi mesmo a resposta certa.

12

Luke

Desde a captura de Oz, dois dias antes, Luke vinha esperando pela batida no ombro, o aperto em volta do braço. Ou, possivelmente, apenas o cassetete na cabeça.

Mas, apesar de se esperar por isso, o coração ainda meio que saía do peito quando acontecia.

Ele tinha acabado de terminar o turno e trocara o calor cauterizante do barracão de componentes pelas ruas congelantes. Já escurecera, e rajadas densas de granizo reduziam a visibilidade a quase nada. Ele estava a apenas alguns blocos dos portões da Zona D quando sentiu a mão em sua manga. A pulsação de Luke explodiu, e ele disparou.

Mas não tão rápido que não ouvisse um "Sou eu!" sibilado atrás de si.

Ele derrapou no chão molhado e se virou.

— A gente vai soltar ele hoje à noite — informou Renie. Ela estava parada no beco, o granizo engrossando a seu redor sob a luz amarelada do poste. — Oz. Precisamos de uma carona. Um dos transportes que eles usam para o lado de fora. Achei um pra gente. Está no depósito de consertos, então você precisa se certificar de que ele esteja funcionando, e de eliminar o GPS.

Luke se espantou com ela. Ajudar o pai a consertar um carro antigo não fornecia exatamente as habilidades para esse tipo de coisa.

— A gente precisa fazer isso — disse Renie. — Por ele.

E assim foi.

A van era exatamente como a que transportara Luke para Millmoor. Trazia péssimas lembranças, tanto daquele primeiro dia quanto de Kessler na despensa. Ele ficou momentaneamente paralisado com o medo de um flagrante.

Luke fechou os olhos com muita força e ordenou às mãos que parassem de tremer. Disse a si mesmo que podia confiar em Renie para ficar de guarda, assim como a garota confiara nele para ancorar a corda no telhado do Hospício.

Ao perceber isso, algo dentro de si foi despertado para a ação. Uma conexão leve, mas crucial, que fez os mecanismos de sua coragem ganharem vida. E, depois, aumentar a velocidade e rugirem.

A confiança torna tudo possível. A confiança dá a você os olhos de outra pessoa, os braços fortes de outra pessoa, um cérebro rápido. Ela o engrandece. A confiança era a base do funcionamento do clube. Era o que permitiria que esse sonho maluco de abolição pudesse funcionar, se as pessoas simplesmente se unissem e se mantivessem calmas. Nem mesmo os Iguais, nem mesmo suas Habilidades, seriam mais poderosos.

Consertar a van, em si, foi quase fácil. Os detalhes dos reparos necessários estavam em uma prancheta pendurada na parede. A chave do veículo pendia de uma fileira de ganchos. A segurança parecia bem relaxada, apenas algumas câmeras do circuito interno de TV; Renie se mantivera fora do alcance ou as desativara.

— Rá — disse ela, quando ele chamou atenção para esse aspecto. — Tirar esse troço do depósito não vai ser a parte difícil. Difícil vai ser tirá-lo de Millmoor. Três postos de segurança e duas verificações de chip, como vocês têm na Zona D.

O que fazia aquilo soar impossível.

— É aí que entra Anjo, comandante da estrada de ferro Riverhead. Retirar pessoas clandestinamente dos lugares é sua especialidade. Mas, em geral, ela não faz assim. Normalmente usa caminhões, compartimentos escondidos, com motoristas de confiança, esse tipo de coisa. Mas nosso colega Oz é uma entrega especial, então Anjo vem aqui pessoalmente. Hoje à noite.

— Anjo? Não é um nome totalmente tranquilizador.

Renie ergueu a cabeça, divertida.

— Não é seu nome de verdade. Nenhum de nós sabe qual é. Mas a gente a chama de nosso Anjo do Norte. Sabe, como aquela grande escultura com asas lá em cima em Riverhead. E também... Bem, você vai ver. — Renie deu uma risada. —Enfim, acabamos por aqui?

Sim, eles tinham acabado. Luke guardou as chaves no bolso.

Renie os guiou pela cidade até o ponto de encontro, um almoxarifado empoeirado onde uma papelada abandonada jazia em caixas de arquivo. Lá encontraram apenas Jackson, quieto e calmo, e Jessie, andando para lá e para cá, como se quisesse fazer um buraco no chão para Oz se arrastar até a Austrália.

— Por que a gente ainda está esperando, Jack? Sabe-se lá o que estão fazendo com ele.

Jess enxugava as lágrimas que brotavam dos olhos com uma violência que era metade fúria, metade desespero. Culpa também, suspeitava Luke, já que ela havia escapado. Seu estado apertou o coração de Luke.

— Todos nós sabemos do combinado, Jessica — afirmou o Doutor. — Nada de tentativas de resgate nas primeiras 48 horas. Os prisioneiros são vigiados muito de perto, e o tempo não é suficiente para estabelecer rotinas de segurança. Hilda vem monitorando as câmeras pelo celular, então sabemos que Oz está bem. Não ótimo, porque estão lhe dando umas boas surras, mas nada incurável. Além do mais, temos de planejar sua retirada da cidade. Anjo vai chegar aqui a qualquer momento, e aí nós vamos.

— Você acha que ela vai conseguir? — perguntou Jess, fungando e com a voz tão rouca como se tivesse cumprido alguns turnos direto nas salas das caldeiras da Zona D.

Algo incompreensível se passou pelo rosto de Jackson.

— Até hoje ela nunca fracassou com ninguém. Não faz nem um ano que estou em Millmoor, mas ela faz isso há bem mais tempo. Confio minha vida a ela e, o que quer dizer bem mais, a vida de todos vocês. Luke já arrumou o veículo, agora preciso que você leve Anjo até ele. Não pode ficar aqui, e não vou arriscar que nos acompanhe.

— Não acredito que vai levar esses garotos e me deixar aqui — explodiu Jessica. — Eu juro, se aqueles filhos da mãe da segurança tiverem feito alguma coisa a ele...

— Que é exatamente por que não vou levá-la. Sente-se, Jessie. Respire fundo. Esse resgate vai acontecer, e vamos tirar Oz daqui.

Agachado no chão, ouvindo a conversa, o cérebro de Luke ficou martelando com o que Jessica tinha acabado de dizer. *Levar esses garotos.*

Os únicos jovens no recinto eram Renie e o próprio Luke. Eram as únicas pessoas no recinto, ponto final. Renie dissera a ele que Asif e as irmãs elusivas estavam fazendo suas magias tecnológicas em lugares separados, monitorando remotamente o centro de detenção. Jackson usava um tipo de escuta que, às vezes, estalava quando eles falavam com ele.

Jessie desabou em uma pilha de caixas, com a cabeça baixa. Fora sua respiração irregular, o local estava silencioso. Jackson andou até Luke, que de repente ficou superconsciente do olhar de Renie.

— Não vou levá-lo a lugar nenhum que não queira — declarou Jackson. — Mas Jess está certa. Eu gostaria que nos acompanhasse. Oz é um cara grande e pode precisar de ajuda para ficar de pé e andar.

Jessica soltou um soluço.

— Precisamos entrar e sair o mais rápido possível. Não vou ser capaz de prestar qualquer atendimento médico até que a gente esteja longe do prédio. Se encontrarmos com alguém, vou ter de me virar. Com sorte, isso não vai acontecer, porque Asif e as garotas monitorarão tudo para informar quando o caminho estiver limpo. Mas isso significa que você vai precisar cuidar de Oz.

— Não vai parecer suspeito você entrar lá com uma criança? Digo, com alguém tão jovem quanto Renie? — comentou Luke.

— Renie vai esperar na entrada para nos alertar de qualquer eventualidade que os outros não peguem nas câmeras e no sistema de rádio da segurança. Você é grande o bastante para se passar por segurança. Renie fez umas compras e descolou um uniforme que vai servir. Luke, não vou deixar isso dar errado.

— Não faça promessas que não pode cumprir — disse Jess de forma amarga.

— Ah, não é uma promessa — pronunciou uma voz baixa e não familiar com apenas um traço de um sotaque de Newcastle. — É um fato. Olá, doutor Jackson.

O Anjo do Norte.

Quando ela se juntou a eles sob a faixa de luz bruxuleante, Luke entendeu imediatamente a outra razão para o apelido.

Ela era alta, loura e absolutamente linda. Tipo uma imagem saída de uma revista, aquelas que, segundo os professores, eram retocadas e, por isso mesmo, um modelo irreal para garotas normais. Mas a mulher diante deles era perfeita exatamente como era. Perfeita como um anjo em um vitral de igreja ou anúncio de lingerie. Um único floco de neve imaculado caído nas ruas imundas de Millmoor.

— Oi, Renie — cumprimentou Anjo, com um gesto de reconhecimento. — E você deve ser Jessica. Sei que está terrivelmente preocupada com Oswald, mas vamos salvá-lo. E você deve ser Luke. Ouvi tudo sobre você.

— Você é... Anjo — concluiu Luke, oferecendo a mão para ela apertar. E, sério, quem diria que era possível sua palma suar tanto em apenas dez segundos? O toque formigou pela mão, como eletricidade. — Eu perguntei... — Ele riu de maneira nervosa. — Eu perguntei para Renie por que te chamavam assim. Mas acho que agora eu sei.

Ela sorriu. Luke achou que não podia haver nada mais mágico no mundo que aquele sorriso, nem mesmo a própria Habilidade. Seu rosto esquentou, como se ele estivesse no barracão de componentes. Ela era mais velha que ele. Mas não muito. Com certeza não muito?

Não fazia sentido perguntar, Luke Hadley. Anjo estava fora de seu alcance em todos os níveis possíveis e inimagináveis.

Se essa missão de resgate desse certo, será que ela ficaria impressionada?

Se fracassasse, ela voltaria para acabar com ele?

— Eu estava avisando ao Doutor que estou pronto — disse Luke a ela. — E consertei o veículo. Para você. Não vai dar problema.

Ele esperava sinceramente que aquilo fosse verdade.

O dispositivo no ouvido de Jackson assobiava. Concentrado no que Asif dizia, as linhas no canto de seus olhos se enrugaram. E, então, ele olhou para cima.

— Há um breve intervalo sem ninguém em 28 minutos. Então vamos fazer o seguinte.

Eram quase nove da noite quando eles chegaram ao centro de detenção. Oz fora mantido isolado dos outros, no corredor de alta segurança da ala da detenção preventiva. Isso era bom, pois haveria menos pessoas para notá-los; mas também era ruim, pois qualquer um que encontrassem estaria ali pelo mesmo motivo: ver Oz.

Renie deslizou para a escuridão quando chegaram à entrada.

— Boa sorte — sussurrou ela. — Vejo vocês daqui a pouco.

E, então, estavam do lado de dentro, apenas ele e Jackson.

Os seguranças, assim como os empregados da administração, não eram escravos. Os arquitetos do sistema tinham sido cuidadosos ao se certificar de que não haveria algo comum entre escravos e carcereiros. Isso significava que não havia um portão registrando os chips. Em vez disso, uma equipe na entrada utilizava equipamentos portáteis para verificar os braceletes tanto dos seguranças quanto dos escravos trazidos como prisioneiros.

— Há dois scanners diferentes — explicara Jackson. — Eles veem o uniforme da segurança e usam o dos braceletes.

As pernas de Luke estavam tão bambas quanto da vez que levou Daisy a um rinque de patinação no gelo e morreu de vergonha ao cair. Como se pudessem disparar em direções opostas e derrubá-lo sem nenhum aviso. Mantenha a calma, pensou ele, tensionando os músculos para lembrar a si mesmo que ainda estavam lá.

— Estamos aqui por causa de Walcott G-2159 — informou o Doutor ao guarda na entrada, estendendo o braço direito para ser escaneado. Usados por todos os trabalhadores livres de Millmoor, os braceletes eram colocados nas estações mais externas de entrada das cidades de escravos, e retirados quando eles iam embora. Luke se perguntou como o clube tinha conseguido os dois usados por ele e Jackson.

— Não estava mesmo me lembrando de vocês — declarou o guarda. — Vocês são especiais do Hospício, certo? Como é servir a gloriosa líder em pessoa? Deixe pra lá, nem respondam. Não quero saber. — Ele riu para si mesmo. — Tínhamos um aviso de que alguém viria por causa de Walcott. Mas não sabíamos exatamente quando. Acho que a Supervaca não vai conseguir arrancar muita alegria dele hoje, pelo estado em que está.

O homem gargalhou de novo, como se essa observação fosse igualmente divertida. Será que eles recrutavam deliberadamente pessoas sem compaixão, ou fazer esse tipo de trabalho as deixava assim?

Luke também levantou o punho obedientemente para ser escaneado. Então eles estavam aguardando alguém para buscar Oz. O clube era bom a ponto de já ter plantado autorizações falsas no sistema de segurança?

Mas não parecia, porque, quando chegaram aos corredores do centro de detenção, o rosto de Jackson ficou tenso de preocupação. Luke o escutou levar as mãos em concha à boca e sussurrar algumas palavras para o dispositivo no ouvido. A resposta estalante o fez balançar a cabeça em frustração.

O prédio parecia árido e impiedoso. O chão era de concreto polido e fazia um eco tão alto sob as botas que Luke se encolheu. Seu cérebro começou a entoar um canto traiçoeiro no ritmo dos passos: *Fu. Ja. Fu. Ja.* Ele ficou meio espantado por ninguém mais escutar. Certamente não havia esperança de sucesso?

Mas não. Ele se lembrou de uma conversa com Asif. O sujeito era um mago da tecnologia; construía as próprias matrizes de computação desde a infância. A tecnologia, Asif dissera, era algo simples que todo mundo havia se convencido ser complexo. Era falível, mas todos acreditavam ser perfeita. As pessoas tinham delegado o bom senso, e os sinais enviados pelos próprios sentidos, ao poder da tecnologia. Se era possível enganar a tecnologia, não era preciso se preocupar em enganar as pessoas.

Então seus uniformes e braceletes de identidades os levaram por uma segunda porta protegida e, em seguida, a um terceiro ponto de verificação. Ali eles tinham de pressionar as braçadeiras contra um conjunto de painéis em uma parede. O último estágio era a entrada na ala de alta segurança.

— Vocês estão ansiosos, hein? — comentou o guarda, quando pegou um molho de chaves antigas. Elas destrancavam dois conjuntos de portas gradeadas com ferrolhos duplos, similares a jaulas de um zoológico. — Só recebi a ordem há dez minutos. Então onde está o lorde e senhor, aguardando lá no Hospício com sua chefe, né? Acho que decidiu que este local não era de seu agrado. Muito próximo do povo, né? Pelo menos usando a Habilidade, ele não precisa se preocupar em sujar o tapete de sangue. Embora eu ouse dizer que Papai Jardine tenha grana o suficiente para pagar por um novo.

Felizmente o cara estava inclinado sobre as fechaduras enquanto falava, porque até a compostura de Jackson evaporou. Seus olhos se estreitaram, concentrados, enquanto ele tentava entender o que fora dito.

O cérebro de Luke também estava girando. O nome "Jardine" o distraíra, fazendo Luke pensar em Kyneston e na família, mas uma coisa estava clara pelas palavras do guarda e pela reação do Doutor: não eram os únicos atrás de Oz.

As grades das celas não barravam o mau cheiro, uma mistura rançosa de tudo de repulsivo que podia sair de um corpo humano. De primeira, Luke se esforçou para distinguir a forma amontoada de Oz no chão. Quando conseguiu, realmente desejou não o ter feito. O guarda mirou um facho de luz tão intenso que foi como apontar uma arma no rosto de Oz. Por compaixão, os olhos estavam completamente fechados pelos hematomas. Oz não conseguiria tê-los aberto naquele clarão cegante mesmo que quisesse.

— Levante-se — ordenou o guarda, cutucando Oz com o cassetete. — A Supervisora e o herdeiro Gavar Jardine requisitam a honra de sua companhia em uma festa para um. E você nem se incomodou em se vestir para a ocasião. Tsc, tsc.

Os punhos de Luke se cerraram. Oz não se mexeu.

— Não sei se ele consegue ficar de pé — declarou o guarda. — Acho que vocês vão ter de arrastá-lo.

— Vou cuidar disso — disse Jackson, indo para a frente.

Ele se agachou ao lado de Oz. Será que o amigo sequer conseguia reconhecê-lo? Oz não deu sinais, mas produziu um gemido repentino e poderoso, e rolou para ficar de quatro. O Doutor devia ter lhe injetado uma dose de adrenalina.

— Fique de pé — ordenou Jackson, fazendo sua voz soar dura e indiferente. E então para Luke: — Faça ele andar.

Luke agarrou Oz pelas costas do macacão e o arrastou. Oz levantou devagar, mas ao menos em parte com a própria força. Graças a Deus. Não havia nada quebrado.

Fora o nariz, talvez. Provavelmente um osso malar. Quiçá uma órbita do olho. Jessica jamais teria conseguido lidar com o fato de vê-lo daquele jeito, ali.

— Nós vamos indo — informou Jackson ao guarda. — Não queremos deixar nossos superiores esperando.

O guarda da cela deu de ombros e falou:

— Já vai tarde, esse aí. Ele ficou em silêncio nos interrogatórios, acho que se julga um cara durão. Mas, quando estava sozinho, eu o ouvia chorando como uma garotinha. Espero que seu chefe arranque mais dele que o pessoal aqui conseguiu.

Felizmente, as mãos de Luke estavam grudadas no macacão de Oz, o tecido duro e grudento, porque tudo em si clamava por acertar aquele canalha.

Ao atravessar as grades, Jackson e Luke apoiaram Oz pelos corredores. De algum jeito, Oz conseguira abrir uma das pálpebras e uma pupila preta e minúscula, nadando na esclerótica injetada de sangue, os espiava, como um olho de uma criatura das profundezas do mar. Será que ele conseguia enxergar claramente o bastante para reconhecê-los? Luke esperava que sim.

O dispositivo no ouvido de Jackson assobiou a uma altura diferente de antes. Devia ser Renie.

— Continue andando — avisou o Doutor, quando o som parou. — E não hesite. Do outro lado do segundo posto de controle, vamos encontrar umas pessoas. Ignore-as. Você conhece o ponto de resgate. Vamos levar Oz direto para lá. Se me detiverem com qualquer coisa, continue. Não espere por mim. Leve-o para dentro daquele veículo e para fora.

Um caroço de medo do tamanho de um punho se alojou na garganta de Luke, mas ele o engoliu. O rapaz deixou o olhar levemente fora de foco, emulando aqueles olhos de peixe morto que a segurança quase sempre exibia. Ele *era* a segurança. Ele tinha a identidade para provar.

No segundo posto de controle, Luke não falou nada quando levantou o bracelete. Não se deixou estremecer quando Oz gemeu enquanto o guarda agarrava seu braço para passar o sensor de chip.

— Você recebeu o alerta? — perguntou o Doutor, enquanto submetia o punho. — Acho que as notícias correm mais rápido por nossa rede que pelos intercomunicadores gerais. Porque você não vai querer deixar de saber. Faça uma besteira, e eles te colocam na antiga cela deste aqui.

Jackson cutucou Oz, que tropeçou, depois riu de uma maneira nojenta.

— Alerta? Qual? — O guarda contorceu o rosto ansiosamente.

— Você não escutou? Tentativa de resgate. Parece que os comparsas de Walcott têm escutado nossa porcaria de canal e estão a caminho para libertá-lo. Foi por isso que nos mandaram às pressas. Vou ficar chateado de perder. Eles têm um cara posando como o próprio Herdeiro Jardine. Mas acho que eles nunca examinaram as fotos porque estão tentando passar um sujeito ruivo. Todo mundo sabe que os Jardine são louros.

— São? — O rosto do homem empalideceu. Ele remexeu no bracelete e passou o mostrador. — Nenhuma notificação. Por que nós sempre somos os últimos a saber? Como vou impedi-los?

— É melhor dividir a informação com seu colega na entrada — aconselhou o Doutor. — Se eu fosse vocês, deixava os caras entrarem e os mantinha trancados. Vocês os terão capturado sozinhos, e eles estarão onde vão terminar mesmo, na ala de segurança máxima. Dever cumprido.

O alívio no rosto do homem era palpável.

— Isso aí, isso aí, ótimo. Obrigado.

E assim eles seguiram em frente, deixando o guarda ligando para o colega pelo microfone no capacete. Logo à frente, veio a pancada e o eco do piso de concreto. Era difícil dizer quantos pares de pés vinham em sua direção. Três?

— Estamos no espaço geral de detenção preventiva — disse Jackson, baixo e rápido. — Então nosso prisioneiro poderia ser qualquer um. Com quase toda certeza, Gavar Jardine estará com a segurança pessoal da Supervisora, então eles também não vão reconhecer Oz. Não que a própria mãe fosse reconhecê-lo com essa aparência. Continue andando.

Eles estavam a uma curva da entrada quando os outros apareceram, virando o corredor. E os pelos dos braços de Luke se levantaram no instante que o viu.

Gavar Jardine era um monstro de homem. Bem mais que 1,80 metro, com um sobretudo de couro preto caindo dos ombros largos até o alto das botas de motociclista de couro. Luvas pretas.

Mas o visual psicopata era a coisa menos assustadora. O herdeiro Jardine podia vestir um pijama de panda feliz, e ainda seria a pessoa mais aterrorizante que Luke já vira. Abi havia mostrado fotos a todos eles, mas nenhuma imagem podia preparar alguém para a realidade de um Igual em carne e osso. E havia toda uma família deles. Abi trabalhava em seu escritório. A mãe era enfermeira de um deles. Tomara que Daisy ficasse distante.

— Vamos seguir em frente. Olhos baixos — sibilou Jackson.

E assim os grupos se cruzaram: Luke e Jackson juntos, Oz meio escondido entre eles; Gavar Jardine avançando. Os dois homens da segurança pareciam tão concentrados em acompanhar o passo que não desperdiçaram um segundo olhar para eles.

Parecia que os ossos de Luke tinham sido substituídos por pilhas instáveis de rolamentos. A qualquer momento, ele desmoronaria.

Mas ainda não. Não até que conduzisse Oz à segurança.

O sujeito na entrada estava de olhos arregalados, pronto com dois escâneres.

— Vocês viram? — sussurrou ele, e o Doutor assentiu. — Vocês chegaram bem a tempo. Mas eles têm coragem, isso a gente precisa admitir. O reforço está a caminho quando eles forem detidos. E vocês entreguem o prisioneiro corretamente.

Jackson assentiu, e, num piscar de olhos, eles estavam do lado de fora, na noite congelante.

Quando cruzaram a rua, uma pequena sombra se deslocou e os seguiu. Eles andaram por duas ruas, e, então, Jackson escorou Oz contra um muro. Ele pegou o rosto do enorme homem entre as mãos e, de forma ainda mais cuidadosa, levantou suas pálpebras com os polegares.

— Estamos quase lá, amigão. Agora você está seguro.

A simples presença de Jackson devolveu vida a Oz. As pálpebras inchadas se forçaram a abrir. Uma língua passou por lábios inchados e rachados. Renie colocou uma garrafa d'água na boca do amigo, e este engoliu avidamente. Sua mão subiu para sentir o rosto.

— Não é como se eu já tivesse sido bonito algum dia — brincou Oz, em uma voz baixa e rouca, e Luke pensou que jamais ficara mais feliz em ouvir uma piada tão horrível.

E, então, da direção do centro de detenção, o som abafado de uma explosão foi ampliado pela noite vazia.

— Leve-o, Luke — instruiu Jackson. — Você também, Renie. Conduzam-no até o ponto combinado o mais rápido possível. Não há nem um minuto a perder.

— Por quê? — Renie arregalou os olhos. — O que foi aquilo?

— Aquilo foi Gavar Jardine.

Jackson se virou e correu de volta pelo caminho de onde vieram. Havia gritaria atrás deles agora. Barulhos confusos. O ar úmido e com granizo estalava.

— Por aqui — indicou Renie. — Anjo está esperando na van.

Luke tinha meio empurrado, meio arrastado Oz pela distância de mais uma rua quando ouviu o som de tiros. Uma. Duas vezes. Na segunda vez, houve um grito terrível.

Luke não podia ter certeza, mas parecia muito com Jackson.

— Não era ele — afirmou Renie ferozmente, puxando a manga de Luke. — Não era.

A van estava na quarta rua. Enquanto eles se apressavam em sua direção, uma figura apareceu, correndo. Jessica.

Ela se jogou em Oz, como se pudesse mantê-lo em pé sozinha. Ela não podia, é claro. Renie empurrou a massa confusa dos três na direção da van, depois puxou o braço de Jessica para que Luke tivesse espaço para colocar Oz no banco de trás. Jess soluçou e apertou o rosto no macacão sujo, e, da escuridão da van, uma enorme mão dilacerada se estendeu para acariciar os cabelos da mulher. Jessie a pegou e beijou.

— Precisamos ir, Jess.

E, então, o rosto de Renie foi iluminado por um brilho intenso e esquisito quando uma coluna de fumaça de substâncias químicas se ergueu mais alta que os prédios, a vários blocos de distância. Uma fumaça asquerosa e acre flutuava até eles, e Luke sentiu o gosto enquanto escutava o tamborilar dos escombros caindo, como chuva, em um telhado ali perto.

— Hora de partir — anunciou uma voz do banco do motorista.
— Feche a van, Renie.

Anjo. Luke se esquecera completamente dela. Olhando para aquele rosto enquanto ela se inclinava para fora da janela, se perguntou como aquilo fora possível. O cabelo louro da garota estava enfiado em uma toca de lã, e as duas mãos agarravam o volante.

— Agora ele está seguro, prometo. Não se preocupem com Jackson, ele também vai ficar bem. Apenas cuidem de vocês mesmos. Se separem. Vão para casa. Peguem caminhos diferentes, não naquela direção, óbvio.

Anjo indicou com a cabeça o local de onde vinha a fumaça. O céu estava iluminado por tons desagradáveis de azul e laranja, lembrando um espetáculo de fogos para daltônicos.

O motor já estava ligado. Enquanto ela testava o acelerador, Luke ficou parado de maneira idiota, olhando fixamente pela janela aberta do motorista.

Então ela estendeu o braço e, inacreditavelmente, tocou sua bochecha com os dedos. Ele sentiu aquele formigamento elétrico de novo, e não conseguia tirar os olhos do rosto perfeito da jovem.

— Se cuide, Luke Hadley — disse Anjo.

Ela acelerou o motor, e o veículo disparou na noite.

13

Bouda

— Eles usaram Habilidade?

— Foi o que eu falei.

Seu futuro marido cruzou os braços, o rosto rubro com a desconfiança da noiva.

Bouda suspirou. Era assim que seria a vida de casada? Um truculento Gavar a mais leve provocação? "Era geleia de laranja que você queria, meu bem?" *Olhar furioso.* "Foi o que eu falei." "Sua tia-avó vem para o chá hoje, meu amor?" *Cara feia.* "Foi o que eu falei."

Muito em breve ela descobriria. No dia seguinte era o Segundo Debate, em Grendelsham. Eles se casariam em Kyneston depois do Terceiro. Mais três meses.

Como teria sido se o destino houvesse lhe mandado um dos outros filhos Jardine: Jenner ou Silyen? Jenner estaria fora de cogitação, imaginava ela. Se ele fosse o mais velho, Whittam o teria deserdado. E Silyen? Bem... talvez houvesse coisas piores que o pavio curto de Gavar.

E talvez as estratégias que ela aprendesse tendo de lidar com ele fossem úteis quando tivesse filhos.

— Mas pelo que seu pai falou — ela olhou para Whittam em busca de apoio, e ele fez um gesto de confirmação com a cabeça —, a fuga pode ser explicada inteiramente pelos próprios protocolos negligentes de segurança de Millmoor.

Ela contou as falhas nos dedos, se assustando com o esmalte turquesa chamativo em cada unha. Dina voltara de Paris de madrugada, barulhenta e cheia de sacolas com besteiras de grife e cosméticos absurdamente caros. Ela havia insistido em fazer a manicure da irmã depois do café da manhã, apesar de existirem escravas para aquele tipo de coisa, "Porque políticas também podem ser bonitas!" Esse era outro acidente feliz do nascimento, imaginou Bouda. Imaginem se DiDi tivesse sido a herdeira dos Matravers...

— Os criminosos usavam braceletes de identidade verdadeiros. E como posaram como seguranças da administração, o fato de serem desconhecidos dos guardas da prisão não levantou suspeita. — Ela dobrou dois dedos, contando. — Seu pai acabou de receber a confirmação de que eles também comprometeram as câmeras do circuito interno de TV. Também estavam monitorando os canais de rádio da segurança, por isso sabiam sobre sua chegada.

"E, acima de tudo, eles se controlaram. Se a fuga de Walcott não fosse tão irritante, eu aplaudiria o descaramento. Saindo com o prisioneiro enquanto diziam aos imbecis de serviço que eram vocês os invasores. — Ela dobrou o último dedo. — No fim das contas, são motivos mais que suficientes para explicar como arrancaram o prisioneiro de baixo dos narizes daqueles incompetentes."

Gavar não cedeu, chegando a sua frente no sofá. Bouda não se intimidou. Eles estavam na sala de estar compacta do pequeno refúgio de Mayfair de seu pai. Tudo ali era tão confortavelmente superestofado quanto o próprio pai, e Bouda se sentia segura. Era território familiar.

— Foi mais que isso — insistiu Gavar. — Suponho que a segurança de cidades de escravos não seja recrutada pela inteligência, mas esses guardas terem caído em um truque tão simples? E eu? Passei por eles. Sequer os olhei.

E aquilo, pensou Bouda, era a coisa mais simples de todo aquele negócio ridículo. Gavar Jardine permite uma fuga bem debaixo de seu nariz. E, para acobertar a própria idiotice, começa a enxergar Habilidade na história. Em uma cidade de escravos, nada menos. Bouda vira como Gavar estava agitado diante da ideia de usar medidas especiais no prisioneiro. Provavelmente tinha bebido sem parar desde o momento que seu carro deixou Londres. Todo mundo sabia das garrafas aninhadas no banco traseiro do Bentley dos Jardine.

— É uma hipótese interessante — comentou Lorde Whittam, apoiado contra a cornija da lareira, observando a troca. — Mas não uma necessária. O veículo roubado foi encontrado abandonado dentro do Distrito do Pico, submerso até a metade em uma mina a céu aberto. Ele está sendo recuperado, embora não pareça provável conseguirmos muita coisa. Não é o tipo de estratégia a que uma pessoa com Habilidade recorreria.

— Sabemos quem dirigia o veículo? — perguntou ela a Whittam. — O próprio fugitivo ou um cúmplice?

— A segurança fez uma checagem de chips no perímetro cerca de cinco minutos depois de a fuga ser descoberta. Ela revelou que todos os indivíduos microchipados fora do limite tinham se ausentado sob autorização, exceto pelo prisioneiro Walcott. O veículo passou por vários postos de controle internos. Os guardas em cada um relataram que a identidade estava em ordem e que a motorista era uma mulher caucasiana, apesar das descrições serem inutilmente vagas.

— Mulher e sem chip? — observou Bouda. — A esposa... Por acaso está do lado de fora? Livre?

— Morta — declarou Whittam, indiferente. — Câncer de mama há três anos. Parece que foi o que motivou Walcott a começar a cumprir seus dias.

— Estou dizendo a vocês — Gavar estava cerrando os punhos. — Foi Habilidade.

Bouda estava certa de que a única Habilidade usada em Millmoor na noite anterior foi a do próprio Gavar. Furioso ao ser preso dentro do centro de detenção por um guarda que o julgou um cúmplice do resgate de Walcott, Gavar simplesmente explodira seu caminho de saída. A ala de segurança máxima da prisão fora reduzida a entulho, e vários indivíduos lá dentro ficaram seriamente feridos. Tudo foi muito excessivo, embora um lembrete em boa hora aos insurgentes de Millmoor do poder que tentavam desafiar.

Gavar, então, perseguira alguém pelas ruas com seu amado revólver, aparentemente acreditando que era Walcott ou seu cúmplice em fuga. Gavar Jardine, o herói. Ela sorriu para si mesma. Ele era um garotinho.

Mas ela não queria Gavar jogando todos os brinquedos para fora do carrinho de bebê assim tão cedo. Ela passaria os dois dias seguintes com o pai e filho Jardine, afinal de contas. Talvez fosse hora de usar um tom mais suave.

— O que aconteceu com a pessoa em quem você atirou? O que quer que tenha alertado você, Habilidade, intuição ou ouvidos atentos — ela deu seu sorriso mais apaziguador a Gavar, apesar de ele parecer tristemente imune —, seus instintos a respeito da tentativa de resgate estavam certos.

— Eu não atirei *nele* — disse Gavar. — Eu o atingi. Eu o escutei berrar.

Gavar estava sensível em relação à perícia de sua mira. Tinha ficado desde as fofocas sobre o acidente de caça, aquele que matou a escrava e mãe de sua filha. Bouda não tinha ficado genuinamente com pena daquele incidente em particular.

— Mas, chegando ao local do suposto alvo, você não encontrou um corpo ou qualquer sinal de sangue?

— Não. — Gavar balançou a cabeça, o tom petulante. — Já discuti tudo isso com meu pai.

Ela o viu lançar um olhar mudo a Lorde Whittam, como se pedindo apoio. Nada em retorno. Nada jamais vinha em retorno. Era realmente quase digno de pena.

— Bem, mesmo que Gavar o tenha acertado, parece que o homem foi embora. Mas, se era um cúmplice, ainda deve estar em Millmoor. As clínicas devem ser monitoradas — sugeriu ela ao sogro. — A equipe médica deve ser questionada. E, mesmo que o ferimento não tenha sido grave e a vítima esteja se cuidando, os administradores e chefes de seção devem ser instruídos a ficar de olho. A equipe dos blocos residenciais precisa prestar atenção em sangue em lençóis ou toalhas.

— Boas sugestões — elogiou Whittam, e Bouda não pôde evitar um pouco de vaidade com a aprovação.

Seria demais esperar que ele pudesse reconhecer como ela era mais adequada à alta posição que o filho? Infelizmente, era provável que sim. A única coisa que Whittam Jardine louvava acima do mérito era o sangue. Ainda assim, um dia, pelo menos os filhos de Bouda se beneficiariam da franca devoção do lorde à primazia da família.

— Então esses são os fatos — analisou Whittam, no tom em que costumava concluir reuniões oficiais, incluindo aquelas nas quais o Chanceler estava presente. — O criminoso Walcott escapou do centro de detenção com a ajuda de dois homens, provavelmente com Habilidade.

Ele inclinou a cabeça na direção do herdeiro de um jeito condescendente. Será que ele não conseguia enxergar, se perguntou Bouda, o ressentimento nos olhos do filho? Gavar era como um cachorro embrutecido que sabe exatamente o tamanho de sua corrente... e anseia pelo dia que o dono esquecer.

— Acreditamos que um de seus cúmplices, ou o prisioneiro, foi baleado e ferido. Não sabemos a localização atual dessas pessoas. No entanto, após o ocorrido, o prisioneiro deixou Millmoor em um veículo dirigido por uma mulher não identificada e sem chip. Correto?

— Do que vocês todos estão falando? — Veio uma voz sonolenta da porta. — Querem tomar café? Pedi para Anna passar um pouco. Minha culpa voltar para cama no meio da manhã. Foi tão divertido em Paris, mas estou absolutamente moída.

Era Dina, parecendo detonada. Um roupão de caxemira pendia solto de seus ombros, e ela abraçava Fedido, seu pug gordo. Bouda nem ouvira a irmã abrir a porta, de tão focada que estava na discussão.

Whittam parecia mortífero. Bouda sabia que ele achava Dina uma menininha mimada e um ponto fraco. Era um azar ela ter entrado nessa conversa, dentre tudo o que eles poderiam estar discutindo. Bouda teria de explicar, de novo, que a maneira de DiDi desafiar o regime era se dirigir aos escravos pelo primeiro nome. Isso e desperdiçar o dinheiro do trabalho duro do pai com ditas organizações de direitos humanos que, sem dúvida, detonavam cada centavo em escritórios sofisticados e coquetéis para a mídia internacional.

Ela foi até a irmã e passou um braço em volta de seus ombros para conduzi-la de volta à cozinha.

— Estávamos nos preparando para o debate de amanhã, querida, mas já acabamos. E, sim, eu adoraria um pouco de café antes de partirmos para Grendelsham.

— O Fedidinho me acordou — contou Dina, olhando ansiosamente para a irmã. — Ele está com dor de barriga. Acho que eu não deveria ter dado tantos escargôs para ele. Acho que lesmas não fazem bem a ele. Ou alho.

Bouda olhou para o cachorro com preocupação. Fedido tinha merecido seu nome mais que dez vezes em sua curta vida. O pug olhou de volta, os olhos espantados girando com uma culpa evidente.

— Por que você não o coloca no chão? — sugeriu ela. — Deixe ele dar uma voltinha pela sala. Tenho certeza de que isso vai ajudá-lo a melhorar.

Pegando o cão dos braços da irmã, Bouda o colocou no chão. Ela deu uma cutucada brusca na barriga do animal com a ponta do sapato, que ela esperava que Dina não percebesse. Aquilo mandou o pug ganindo e deslizando para dentro da sala onde estavam o lorde e seu herdeiro.

Então Bouda fechou a porta.

Depois do café e das despedidas, veio o longo caminho para o sul do País de Gales e Grendelsham. Assim como o Primeiro e o Terceiro Debates aconteciam nos grandes equinócios do outono e da primavera, o Segundo Debate ocorria no solstício de inverno, o dia mais curto do ano. Bouda sempre programava sua chegada para o pôr do sol.

Quando o carro fez uma curva, a vastidão de areia da Península Gower se estendeu à frente. E, lá no topo dos despenhadeiros, banhada pelo último fogo do sol poente, estava Grendelsham. A mansão lembrava uma caixa de luz pura, pulsante e rosada. Construída por Habilidade, era toda feita de vidro. Deslumbrante e totalmente impossível, era o primeiro e único exemplo do chamado estilo Terceiro Revolucionário. Apelidada de "Casa de Vidro", lembrava o tipo de instalação de arte pretensiosa que Dina gostava de patrocinar nas galerias de Southbank. Exceto que essa era centenas de vezes maior e mais empolgante.

Bouda não conseguia desviar os olhos. Era impossível saber de que cor a Casa de Vidro estaria: azul como o céu em um dia de verão; amarelo amanteigado na luz madura do sol; lilás gelado ao amanhecer. E a cor ainda estava mudando à medida que o sol se punha. O rosa corado tornava-se mais profundo, escurecia, um vermelho quente e poderoso, inconfundivelmente sangue.

Bouda se encolheu de volta no banco, subitamente desanimada. Com um golpe em um botão, ela ergueu o vidro manchado da janela do carro. Ela fora lembrada da foto do prédio da administração de Millmoor pintado grosseiramente com enormes "S", "I" e "M" escarlates. A pintura fora feita em spray em grandes cortes, como se esculpindo a palavra na pele. Depois havia os panfletos confiscados. "NÓS SANGRAMOS sob o CHICOTE", trazia um deles. Puro lixo propagandista, pensara Bouda. Como se alguém usasse chicotes hoje em dia.

Ela ficou satisfeita que estivesse enfim escuro quando o carro estacionou e, sob o céu negro, Grendelsham brilhasse reluzentemente. Bouda atravessou a multidão de Iguais, dando e recebendo cumprimentos e beijos enquanto seguia para a sala que lhe fora designada. Os quartos e banheiros de Grendelsham também tinham paredes de vidro (embora, felizmente, com cortinas). O Segundo Debate era notório pelas indiscrições e pela intriga. Bouda se lembrou de trancar a porta aquela noite, caso Gavar Jardine ficasse inspirado pela reputação da casa.

Ela convocou uma escrava para ajudá-la a entrar no vestido cujo decote descia até a base das costas. Era tão justo que Bouda não sabia como colocá-lo; alta-costura trazida de Paris por DiDi... ela não tivera coragem de recusar. Bouda não precisava ter se preocupado, porque a peça deslizou resplandecente em prata dos ombros até o chão, um efeito tão agradável que Bouda sequer castigou a escrava quando começou a expressar sua admiração sem ser solicitada.

Ela gostou da atenção ao voltar à recepção no andar de baixo e mergulhou na multidão de smokings e vestidos de gala. Seu pai e Rix estavam apreciando drinques em um sofá cromado de couro, que parecia desconfortável. O pai já estava completamente embriagado, enquanto o padrinho gargalhava com o relato dos últimos acontecimentos em Millmoor.

— Um escravo fugitivo, hein? — disse Rix, com a fumaça fragrante de seu charuto saindo pelas narinas. — Não podemos colocar os cachorros em seu encalço? O de Hypatia, talvez.

Bouda fez uma careta. O cão de Hypatia teria de ser mantido rigorosamente enclausurado durante o Terceiro Debate e em seu próprio casamento, ou, melhor ainda, nem estar em Kyneston. Crovan fizera seu trabalho muito bem, e a coisa era algo horrível de se ver. DiDi se sentiria tentada a criar uma confusão a respeito.

Ela se sentou entre os dois homens no jantar, depois se separou discretamente e começou a interagir de forma entusiasmada com as pessoas. Sua parte favorita da noite.

O fiasco de Millmoor havia se espalhado, e seus Iguais estavam loucos para saber mais. Ela foi reservada, abordaria a questão em seu breve discurso como Secretária do Conselho de Justiça, no dia seguinte. Mas, aqui e ali, ela deixava escapar um ou outro detalhe, uma pequena semente para ser regada por fofoca e especulação. Junto da informação, ia um toque de arrependimento, de irritação e de dúvida, até. O que o Chanceler estivera pensando ao fazer uma Proposta tão irresponsável, tão aberta a interpretações equivocadas? E ela escutava os murmúrios de concordância antes de ir embora.

Que frutos essas pequenas sementes poderiam, em algum momento, render?

Conforme foi ficando tarde, a multidão começou a diminuir. Entretanto, o barulho não reduzira proporcionalmente, já que os convidados restantes agora estavam bem mais bêbados. Um solo mais pedregoso para suas pequenas sementes. Hora de se recolher e repassar o discurso uma última vez. Talvez uma pausa para ar fresco antes, a fim de desanuviar a cabeça.

Avançando entre risadas, grupos de Iguais flertando e o eventual Observador do Parlamento, ela observava quaisquer pessoas mais próximas. Essa hora da noite podia não ser ideal para compartilhar as informações que tinha, mas ainda podia conseguir algumas novas. Bouda se dirigia à enorme porta emoldurada de bronze de Grendelsham, estava perto o suficiente para ver a praia banhada pelo luar, quando foi puxada tão forte que ficou sem ar.

Ela girou, furiosa, pronta para bater em Gavar ao vislumbrar o cabelo ruivo, mas se viu cara a cara com o futuro sogro. O aperto de Lorde Whittam lhe esmagou fundo o braço enquanto a arrastava para perto. Desequilibrada pelo salto alto, Bouda tropeçou e caiu contra o peito do homem, seu outro braço a enlaçou pela cintura. O copo de vidro lapidado em sua mão se fincou na lombar exposta da jovem.

Ela sentiu o cheiro de uísque que ele bebia. O rosto estava tão próximo que, quando ele falou, foi como se expirasse as palavras diretamente de dentro dela, como um deus animando um boneco de barro.

— Você está um espetáculo nesse vestido.

Para dar ênfase, Whittam arrastou o copo pelo comprimento da coluna nua. Ele parou no pescoço de Bouda e roçou o polegar em sua garganta. Ela inclinou a cabeça para trás para evitar o toque, mas aquilo só a deixou se sentindo mais exposta. Houve uma onda em seus ouvidos que poderia ter sido seu sangue pulsando ou o mar além. Mas eles estavam cercados de pessoas. Ela não podia fazer uma cena.

— Isso não é apropriado — a respiração dele fazia cócegas em sua clavícula, o polegar apertado com um pouco mais de força — para um membro de minha família.

O vestido prateado e escorregadio era traiçoeiramente sem substância. Ela sentia cada alteração do corpo do homem contra o seu.

Quando uma onda de frio a varreu, ela se perguntou se tinha desmaiado ou se Whittam cometera o abuso máximo de usar Habilidade sobre ela para deter seus esforços. Mas ela abriu os olhos (quando os tinha fechado?) e viu que a grande porta de vidro havia se escancarado. Uma forma escura estava parada ali, uma sombra marcada por um ponto quente e minúsculo de luz. Vinda de um cigarro, percebeu ela, enquanto a fumaça flutuava em sua direção. As mãos de Whittam se afastaram, e Bouda deu um pequeno passo para trás.

— Está tudo bem por aqui?

Uma voz de homem. Educada. Desconhecida.

— Eu só estava dando uma palavrinha com minha filha — respondeu Whittam, calmo, levantando o copo para dar outro gole no uísque. Um pouco tinha escorrido pelas costas de Bouda, e ela o sentia secando ali, grudento.

— É claro, Lorde Jardine. Espero, de fato, não estar interrompendo. Apenas vi a senhorita Matravers tropeçar, e me perguntei se ela poderia se beneficiar de um sopro de ar. Embora quando eu diga "sopro de ar" — o orador fez uma pausa pensativamente — é claro que me refiro a uma "ventania uivante no topo do despenhadeiro". O efeito é bem estimulante. Senhorita Matravers?

O estranho abriu a porta totalmente, ficando parado na passagem, como se convidando-a para fora e, assim, se colocando entre Bouda e o sogro.

Uma rajada de vento soprou, e cabeças começaram a se virar, vozes pedindo de forma irritada para a porta ser fechada. Então ela fez a coisa mais simples: levantou a barra do vestido e passou pela soleira da porta. Atrás dela, estava ciente de Whittam se virando para se afastar, se misturando de novo a seus pares.

O que tinha acabado de acontecer?

Seu salvador, não que ele fosse aquilo, pois Bouda era perfeitamente capaz de cuidar de si mesma, deixou a porta bater para se fechar. Eles não estavam exatamente de pé em uma ventania, mas o vento uivava forte e Bouda estreitou os olhos. Fazia um frio congelante, e, enquanto isso não era desconfortável para os Iguais, Bouda não tinha certeza se sua companhia inesperada era um da própria espécie ou um cidadão comum. Ela não o reconhecera na porta.

Quando sua visão se ajustou à escuridão, ela analisou as feições do homem. Definitivamente não era um Igual. Mas também não era um OP.

Bouda fez um beicinho quando se deu conta. Que infame.

— Você é Jon Faiers — comentou ela. — O filho da Oradora Dawson.

— Não vou usar suas conexões familiares contra você — o cigarro apontou descuidadamente na direção em que Whittam Jardine desaparecera — se você não usar as minhas contra mim. Enfim, eu estava aqui esperando havia séculos.

— Esperando?

Ela estava tão pasma com a impertinência que mal conseguiu pronunciar aquela única palavra.

— Você vem aqui fora antes de comparecer a cada Segundo Debate, independentemente de como esteja o tempo. Você gosta deste lugar, não?

Ele fez um gesto para a extensão brilhante da casa, e, quando se virou para a luz, Bouda viu seu rosto, o cabelo castanho raspado. Os olhos eram azuis. Ela vira Grendelsham banhado naquele mesmo azul, em um dia sem nuvens no verão, anos antes.

— Não culpo você — continuou Faiers, sem prestar atenção ao escrutínio. — É incrível. Lindo. Nossos melhores engenheiros civis não conseguiram construir algo assim mesmo hoje em dia, e sua espécie o fez com Habilidade, séculos atrás.

Ele estava tentando fazer alguma insinuação? Embora houvesse uma sinceridade estranha em seu tom.

Ainda assim, o que era aquilo para ela?

— O senhor está correto, Sr. Faiers. Mas realmente não acho que estes sejam a hora e o local para uma discussão de caráter arquitetônico.

— Ah. — Faiers virou de costas, o rosto mergulhado para a escuridão. Seu cigarro cintilou com um trago final profundo, depois ele o deixou cair e amassou a guimba na sola do sapato. — Eu não estava discutindo arquitetura.

Ele fez uma pausa e pareceu contemplar a vista. A lua brilhava alta e cheia, e seu brilho iluminava o mar agitado. Seria essa a deixa para que fizesse um galanteio desajeitado sobre seu vestido?

— Muitos de minha classe, minha mãe, por exemplo, pensam apenas no que vocês, Iguais, nos tiram. Nosso trabalho; nossa liberdade; uma década de nossas vidas. Mas há alguns entre nós que estão cientes do que nos dão: estabilidade, prosperidade. Uma grandeza que outros países invejam. Uma lembrança de que há mais no mundo que apenas o que pode ser visto.

Obcecado por Habilidade, então? Bouda sabia que pessoas assim existiam, cidadãos comuns maníacos por Habilidade e pelo que ela podia fazer. Às vezes, algum maluco tentava assassinar um Igual em um ritual para roubar sua Habilidade, algo impossível, é claro. Se não fossem mortos pela vítima pretendida, esses malucos eram Condenados. E, então, podiam passar o resto da vida aproveitando exatamente demonstrações pessoais do que a Habilidade podia fazer, nas mãos de Lorde Crovan.

Faiers não parecia louco, mas nunca se sabe.

— Você deve estar ficando com frio aqui fora — comentou ela, brevemente. — Então se puder ser objetivo...

Bouda tentara repreendê-lo, mas Faiers simplesmente sorriu.

— Ouvi falar de Millmoor — declarou ele. — E acho que logo vocês também vão ouvir falar de outros lugares. Riverhead ou Auld Reekie. Então talvez a cidade depois dessas não seja sequer uma de escravos, apenas um lugar normal.

"E nesse dia, senão antes, vocês podem se lembrar de que há alguns de nós, cidadãos comuns, que também gostam deste mundo da forma como ele é. Que se beneficiam dele e não querem ver as coisas mudarem."

O olhar de Faiers se moveu rápido para o interior iluminado de Grendelsham, como se procurando um vislumbre de cabelo ruivo entre os poucos convidados remanescentes. Seu lábio se torceu.

— Nem sempre seus aliados são quem você pensa, senhorita Matravers. E nem seus inimigos.

Então o filho da Oradora fez uma grande mesura, se virou e partiu, noite tempestuosa adentro.

14

Luke

O Clube Social e de Jogos de Millmoor estava preparando a maior festa de Ano-Novo que a cidade de escravos já vira.

Seria um tumulto.

O Natal tinha sido menos insuportável do que Luke temera. Até os escravos tiveram o dia de folga, e Ryan fora seu guia durante as escassas festividades de seu bloco de dormitórios: ficar na cama até mais tarde, um almoço de frango assado e legumes empapados, e depois a exibição da mensagem de Natal do Chanceler, na sala de recreação principal. O que foi seguido por filmes e especiais na televisão. Conforme o dia avançava, garrafas de bebida ilícita eram produzidas e passadas adiante. Luke se juntou a uma partida amigável, e de vez em quando arriscada, de futebol de rua contra o bloco vizinho.

Não houve presentes, é claro. Nem mesmo um cartão da família em Kyneston porque, embora os três meses sem contato enfim tivessem terminado, Millmoor estava com a comunicação bloqueada desde a façanha de grafitar o "SIM". Mas levar Oz à liberdade era o único presente de que Luke precisava.

A semana seguinte trouxera outro presente atrasado: a visão de Jackson, ileso.

— Achamos que você tinha sido atingido — disse Jessica. — Escutamos alguém gritar e achamos que fosse você, já que estava desarmado.

Jackson exibia uma expressão de desculpas.

— Eu estava tentando atraí-lo para longe de vocês. Peço desculpas se ficaram preocupados.

— E aquela explosão — comentou Luke. — Aquelas chamas. O que foi aquilo?

— Aquilo foi Habilidade, Luke. E só uma pequena demonstração do que os Iguais são capazes.

— Bem, o que eles não conseguem fazer é manter dois olhos abertos — zombou Renie. — Aquele ruivão passou direto por vocês na prisão.

— Ele não esperava nos ver, nem Oz, saindo — argumentou Jackson. — Então não viu. É assim que as pessoas funcionam, incluindo os Iguais. Elas veem o que querem ver. Garanto a vocês que não devemos subestimar Gavar Jardine. Nenhum deles.

— Esse "Jardine" é do mesmo clã a que minha família serve como escrava, certo? — comentou Luke. — Ele é um deles. Minha irmã nos fez aprender todos os nomes.

— Isso. E o plano ainda é levar você até a propriedade para se reunir a sua família o mais breve possível. Você não deveria estar aqui sozinho, Luke.

Mas Luke não estava sozinho, estava? Ele tinha o clube.

Ele tinha amigos. E um propósito.

Mas ele também tinha família. Irmãs.

E se Daisy e Abi tivessem de ver Gavar Jardine todos os dias? Se o cara conseguia explodir uma prisão só com a força da mente, com Habilidade, quem sabe o que ele podia fazer com uma escrava que o desagradasse.

Não, o lugar de Luke era com a família. Mas era estranho como a necessidade profunda de se juntar a eles tinha se tornado menos urgente conforme o tempo passava.

— O que acha, Luke? — A voz de Jackson o puxou de volta ao presente. — Devemos planejar uma festa de Ano-Novo bem especial para a Supervisora e seus colegas?

É claro que o termo "festa" não chegava nem perto.

Era extraordinário, pensou Luke, olhando para os outros sentados ao redor da mesa, como o Doutor conseguira reunir um grupo de pessoas com todos os talentos de que o clube precisava. À medida que fora conhecendo melhor os outros, percebera que, por trás do viés externo do cotidiano, havia algumas capacidades impressionantes. Como as irmãs elusivas. As duas foram policiais, mas levou um tempo até ele descobrir exatamente de que tipo.

— Crime cibernético — contara Hilda um dia, com pena das tentativas de adivinhação de Luke.

— Pegando pervertidos — completara a irmã. — Traficantes de drogas da internet. Gente agradável do tipo. Então sabemos onde encontrar as coisas e como esconder as coisas em basicamente todos os sistemas.

— Além disso, temos algumas ótimas piadas que sua mãe não aprovaria — finalizou Hilda.

E assim foi com os outros. Jess havia sido uma professora de ginástica, mas usara suas economias para bancar uma carreira como corredora semiprofissional. Ela havia começado os dias de escrava quando em declínio, ao perceber que não estava mais em nível de competição, "A pior decisão que meu ego e eu jamais tomamos", dissera ela, com pesar.

Asif era professor de ciência da computação recém-formado, que odiava a sala de aula. ("A garotada me apavora. Imagine uma sala cheia de trinta Renies". Luke conseguia entendê-lo.) Ele ficara fascinado pelos protocolos de restrição de internet das cidades de escravos. Depois de passar dois anos experimentando hackear para dentro, ele decidira encarar o desafio maior de entrar e hackear para fora.

— Você começou seus dias para se propor um desafio? — perguntou Luke, incrédulo.

— O que posso dizer? — Asif deu de ombros. — Sou nerd, assumo.

Luke não sabia ao certo como poderia contribuir. Ele fora útil, consertando a van da fuga, mas ninguém podia ter previsto a necessidade de suas habilidades por lá. Ele também estava preparado para correr riscos pelo que era certo. Isso lhe fora natural, embora Luke já estivesse em Millmoor tempo o suficiente para perceber que aquela não era a escolha que a maioria das pessoas fazia.

Então isso o colocava como minoria. Mas, com certeza, apenas um fato a seu respeito era único: a família estava em Kyneston.

Para onde, apesar de tudo o que construíra em Millmoor, Jackson ainda o queria enviar.

Será que o Doutor tinha algum motivo para isso?

Nenhuma resposta se apresentou imediatamente, então Luke deixou o pensamento para lá e se engajou no planejamento da festa.

Ficaram sentados, falando e discutindo por horas, até chegarem a um dia de verdadeiro caos em Millmoor. Renie mascou tanto chiclete que era de admirar como seus dentes não estivessem reduzidos a pedacinhos; Jessica parecia viva de novo pela primeira vez desde a captura de Oz; Hilda e Tilda devem ter bebido um balde de chá, e Asif ficou se sacudindo na cadeira, parecendo totalmente ligado em absolutamente nada.

— Imagino que a gente não deva envolver ninguém de outras cidades de escravos? — perguntou Luke, enfim. — Tipo Riverhead, talvez?

Renie entendeu na hora o pretexto evidente para ver Anjo de novo, e gargalhou sem piedade. Até Jess sorriu.

— Que é? — protestou ele, o rosto corando. — Só estou falando. Eles podem ter algumas... pessoas incríveis, só isso.

Jackson observou seu constrangimento e, enfim, falou, com um sorriso malicioso:

— Riverhead tem as próprias prioridades.

— Ok, ok — Luke sabia quando era derrotado.

O Doutor resumiu a reunião. Agora, tudo o que o clube precisava fazer era botar os planos em prática.

E, de alguma forma, Luke tinha bolado o plano mais ambicioso de todos, uma greve de um dia inteiro, que pararia a Zona D.

Era decididamente mais intimidador que qualquer uma de suas realizações até então: ser escolhido para o time sênior de futebol, comandar o projeto da turma para o festival comunitário e conseguir acertar *varial kickflips* com o skate. Ele não podia simplesmente pedir adesão à greve. A segurança iria capturá-lo rapidamente. E, mesmo que não o fizesse, quem seguiria um plano arriscado assim, liderado por um garoto de 17 anos? Mas Luke sabia por onde começar.

Àquela altura, ele já conhecia seus colegas na Zona D. Tinha notado os que falavam mais alto na fila da cantina. Os que estavam sempre com um monte de caras ao redor, sempre envolvidos em alguma brincadeira, na camaradagem, apesar de existir um cronograma montado para tornar isso impossível.

Um deles era um sujeito chamado Declan, que conhecera o tio de seu amigo Simon, Jimmy. Era uma conexão muito superficial, mas ajudaria Luke a encontrar um caminho mais profundo até a rede de confiança e amizade que existia entre os colegas de trabalho. Passada de homem a homem, a notícia de uma revolta se espalharia.

Pela primeira vez, ficou grato pelo estrondo constante na Zona D, pois, de outra forma, Declan com certeza escutaria as batidas de seu coração, mais altas que qualquer máquina. Luke puxou a manga do homem enquanto eles passavam perto do almoxarifado, e o arrastou para um canto.

— O que você acha dessa greve que não paro de ouvir falar? — indagou Luke. — Parece incrível, mas assustadora. Você está dentro?

Declan pareceu não entender, porque, é claro, não havia greve, ainda não, e nenhuma falação, embora logo fosse haver. Então Luke explanou o plano, como se fosse algo de que ele tivesse ouvido falar, e Declan escutou com interesse.

— Não ouvimos nada a respeito na sala do agito — respondeu ele. — Deve ser algum cabeça-quente do setor de componentes que está agitando isso. Mas é uma boa ideia. Vai ensinar uma bela lição à Supervaca por nos negar sequer uma palavrinha de nossas famílias no Natal. Sem falar nessas patrulhas rastejando por toda parte esses últimos dias. Você disse que será na terceira sexta-feira? Vou falar com os outros.

E, quando Luke encontrou Declan de novo, soube que, apesar de nenhum dos colegas ter ouvido falar da greve, todos estariam dispostos a aderir.

— Não é como se eles pudessem punir a todos — argumentou Declan, segurando o ombro de Luke de forma tranquilizadora. — Então segure sua onda e junte-se a nós, rapaz.

— Quer saber do que mais? — comentou Luke, sorrindo. — Acho que vou mesmo.

O dia primeiro de janeiro veio e foi embora sem fogos de artifício. Logo haveria alguns. Só não do tipo que a Supervisora e os Iguais esperavam.

Luke teve mais algumas conversas, e não demorou muito para que as respostas começassem a mudar. Outros caras também tinham ouvido falar da greve, lhe diziam. Muitos deles. Todo mundo estava dentro.

O tempo não variava de um dia sombrio a outro, mas lá pelo meio do mês, a atmosfera na Zona D e de toda Millmoor tinha mudado de uma forma não identificável, mas importante. Então a semana da festa do clube chegou.

Na segunda de manhã, Williams murmurou algo inaudível enquanto ele e Luke operavam as engrenagens de sua estação.

— O quê?

— Você ficou sabendo? — repetiu Williams, parecendo que queria arrancar a própria língua.

— Sabendo de quê?

Luke desviou o olhar, acompanhando o lento progresso da enorme peça de metal agora balançando sobre suas cabeças. Talvez, se não olhasse para Williams, Luke podia ignorar o falatório de fato. A velha história de, se não se vê, não é real.

— Nada de aparecer. Sexta. Você está dentro?

— Estou. E você?

Houve uma longa pausa. Juntos eles destravaram os ganchos de segurança e soltaram o componente enorme na armação de sustentação. Luke lambeu o suor acumulado no lábio superior e sentiu gosto de metal.

— Estou.

O homem parecia apavorado, mas Luke não conseguia esconder a alegria. Se até um cara tímido e avesso à confusão, como Williams, sabia da greve, a notícia devia ter corrido a Zona D inteira.

E Luke quem orquestrara isso.

Pensar nisso fez sua cabeça girar. Era quase como Habilidade, conjurar algo do nada.

— Não há mágica mais poderosa que o espírito humano — dissera Jackson na terceira e última reunião do clube. Luke agora ousava acreditar.

Enquanto ele e Williams transitavam em uma suave parceria pela estação de trabalho, Luke se perguntou como os outros estavam se saindo com seus planos.

Na maior parte, eram coisas a serem realizadas no dia. Eles tinham repassado tudo naquele último encontro. Hilda e Tilda apagariam o sistema de precificação eletrônica de estoque nas lojas de Millmoor para que nenhum crédito por compras feitas fosse deduzido da conta de ninguém. Eles esperavam que a notícia se espalhasse rapidamente no dia, e as lojas ficassem cercadas. Renie estava sabotando a frota de veículos da segurança, um servicinho estilo "faca nos pneus", enquanto Asif ia se divertir com o odiado sistema público de radiodifusão.

— Vou sintonizar na Rádio Livre Para Todos — anunciou ele, se referindo a uma estação online que acreditava-se operar de uma barcaça na Holanda. — Nada como um pouco de C-Pop com o agitprop.

Luke suspirou.

— Só me prometa que você vai puxar o fio se eles começarem a tocar "Happy Panda".

Por um momento, a memória o catapultou de volta ao verão anterior: Daisy e as amigas saltitantes ao redor do jardim, cantando uma música chinesa abominável. Era praticamente sua última lembrança da vida pré-Millmoor. Era de apenas meio ano antes, mas parecia tão distante quanto a história dos Iguais que tanto estudava naquele dia.

Se algo desse errado na festa do clube, será que algum dia ele veria a família de novo?

Mas não: se pensasse assim, jamais faria nada. Nunca faria diferença para todas as outras Daisys que não tinham uma Abi despachada o bastante para tirá-las de Millmoor.

De volta aos planos, Luke.

Renie mostrara a Jess como alterar as configurações de energia nas armas de atordoamento usadas pela segurança, portanto ela entraria sorrateiramente no depósito de equipamentos e as reiniciaria. O Doutor tinha vários pôsteres prontos para adornar os marcos da cidade. Mas o ato principal seria uma reunião em massa no Hospício.

A segurança se distrairia com os acontecimentos menores: acalmar as coisas nas lojas, retirar os pôsteres, talvez capturar trabalhadores da Zona D e levá-los de volta a suas estações. Então eles esperavam que não percebessem a movimentação no Hospício até uma enorme multidão surgir ali. O que aconteceria depois dependeria da própria multidão.

— Você não vai fazer um discurso nem nada? — perguntara Renie ao Doutor.

— Não — respondera ele, para surpresa de todos. — Isso tem de ser algo espontâneo, não é algo que a gente possa fazer acontecer.

— Mas não foi isso que a gente organizou nessas últimas semanas? — comentou Tilda. — O fazer acontecer?

— Não exatamente. — Jackson coçou a barba. — Estamos dando permissão ao povo, se preferir. Reduzindo o risco aos indivíduos, criando uma massa na qual possam se perder. Se algo mais acontecer, será porque as pessoas de Millmoor querem.

As pessoas de Millmoor.

Agora Luke era uma delas.

E algo estranho e apavorante acontecera nas semanas desde aquele primeiro dia de planejamento: Luke começara a pensar que devia ficar na cidade de escravos.

A ideia surgira em sua cabeça pela primeira vez, totalmente formada, quando ele tivera uma daquelas conversas casuais com um colega que semeou a greve. Depois do que ele estava fazendo em Millmoor naquele exato momento, será que podia mesmo voltar a ser apenas o filho de seus pais e o irmãozinho de Abi? Um serviçal humilde, em uma grande propriedade, repetindo "Sim, senhor" e "Não, senhor" o dia inteiro.

Uma vez chegada, a ideia estranhamente relutava em partir.

Ela passava todos os dias em sua cabeça enquanto Luke trabalhava ao lado de Williams. Não tinha mais sorte em expulsá-la na privacidade não existente do quarto, à noite. Ele recorrera ao truque de criancinha: puxar o cobertor por cima da cabeça. Tentou enganar a si mesmo, dizendo que, se não pudesse ver os colegas de quarto, eles também não o veriam, ali deitado, sem pegar no sono.

Na escuridão, todas as tentativas de usar lógica lhe superaqueciam o cérebro até quase rasgar o cobertor em pura frustração. Sua família no sul, e seus amigos ali. O esplendor de Kyneston, e a miséria de Millmoor. Escravidão lá, e escravidão ali. Mas ali, havia uma chance de fazer algo. De mudar algo.

Talvez até de mudar tudo.

Não, isso era ridículo. Ele era só um adolescente. Se trocasse a cueca usada por outra limpa a cada dia, já estava em vantagem. Sua família o queria em Kyneston. Até Jackson queria que ele fosse.

Mas... se o doutor mudasse de ideia, se apenas pedisse a Luke para ficar... ele ficaria?

Na quinta-feira, Luke não acordou descansado e se arrastou pelo turno, longe de uma resposta. Ansiedade e empolgação com os acontecimentos do dia seguinte nauseavam seu estômago. De volta ao dormitório naquela noite, ele foi à cozinha preparar seu especial do chef: *espaguete sobre torrada*. Mas estava sem apetite e só ficou lá parado, olhando o fogão enferrujado.

— Tudo bem? Achei que encontraria você aqui.

Luke se virou. Era Ryan.

Às vezes os dois se encontravam na sala de recreação nas noites de sábado, ou no refeitório de café da manhã, e batiam papo. Na verdade, não tinham muito em comum, em especial não agora, que Ryan havia se decidido pelo caminho militar e se alistado como espancador. Sua conversa relatava as sessões de treinamento e os companheiros cadetes. Mas era legal simplesmente ter alguém para fazer piada sobre o improvável brilho de nostalgia que rodeava sua tosca e velha escola, a Henshall.

Luke não via Ryan desde o Natal. Foi bom ele ter aparecido naquele momento. Um pouco de distração para o cérebro agitado de Luke.

Ryan puxou uma cadeira de uma das mesas da cozinha e se sentou, parecendo confortável. Aparentemente era Luke quem bancaria o anfitrião, então pegou a chaleira e colocou no fogão, e tirou um saquinho extra de chá da jarra empoeirada.

— É meio como estar na faculdade, né? — comentou Ryan, indicando vagamente as duas xícaras que Luke colocara na pia. — Meu primo estudava na Staffs, e uma vez fui ficar com ele. Ele estava morando em alojamentos, e eles tinham cozinhas como esta.

Luke encarou Ryan. A escravidão era como a faculdade? Porque tinha cozinhas comunitárias? Ele estava maluco?

Era isso o que Jackson quis dizer quando mencionara que as pessoas em Millmoor tinham de querer se rebelar? Ryan estava apoiando as costas na parede, observando o teto. Parecia tão pronto a se rebelar e crescer quanto um dos bolos solados de Daisy.

Luke preparou um pouco de chá e levou as duas xícaras à mesa. O que ele não daria por um biscoito.

Ryan parecia um pouco tenso, e Luke se perguntou o que estaria lhe passando pela cabeça. Talvez tivesse conhecido uma garota? Uma cadete bonitinha. Filho da mãe de sorte. Luke considerou contar a ele sobre Anjo, mas sabia que teria de disfarçar com tantas meias-verdades que não valeria o esforço. E ele ficaria tão apavorado de deixar algo escapar que só seria mais estresse, em vez de um alívio.

Se pelo menos ele tivesse alguém com quem pudesse falar sobre tudo o que estava acontecendo, alguém que não estivesse bem no meio de tudo.

Mas Ryan começou a falar e Luke descobriu que era bom apenas escutar, se perder nos detalhes mundanos da vida de outra pessoa. Metade do cérebro seguiu o relato de Ryan a respeito da nova rotina de exercícios e algo chamado Treino Básico. A outra metade se sentia incrivelmente sonolenta. Talvez ele fosse de fato conseguir dormir um pouco essa noite.

Então a adrenalina correu por seu corpo, como se alguém tivesse cravado uma seringa entre suas omoplatas, tal o Doutor fizera com Oz na noite em que o libertaram.

— Você o quê? — perguntou ele a Ryan, piscando os olhos na luz fluorescente. Na verdade, o amarelo doentio não deixava a sala nem um pouco mais clara.

— Eu falei, amanhã é o grande dia?

O que diabos aquilo queria dizer? A garganta de Luke fechou, mas ele ergueu a xícara de chá para ganhar tempo. Descansou o cotovelo à mesa no caso de a mão tremer.

— Grande dia? — comentou ele, tentando sorrir. — Isso aqui não é a Academia Henshall, Ryan. Amanhã é só sexta, não tem nada de mais. Minha semana não acaba até sábado à noite.

— Ah, sim — observou Ryan. Seu olhar atento correu pela pia, aparentemente fascinado pelos utensílios escassos. Ele se fixou em uma pilha particularmente interessante de panelas. — É só que escutei...

Luke abaixou a xícara. Estava perdendo a batalha de manter a mão firme, e o chá espirraria em um minuto.

Ryan hesitou.

— Aqui não é fácil, né? Você deve ter raiva por terem transferido sua família, mas você não.

Luke ficou gelado. Ele não conseguia acreditar. Ryan estava sondando, tentando fisgá-lo. Ele tinha certeza.

Então o que sabiam, quem quer que fossem? Estavam de olho especificamente em Luke — o que seria ruim, porque significaria alguma conexão com o clube — ou só tinham ouvido falar de algo na Zona D? E Ryan, como um bom cadete novato, tinha se voluntariado para tentar arrancar algo do colega que trabalhava lá?

Seu colega. Não mais. O canalha.

— Tenho esperanças de que minha família consiga me transferir logo para Kyneston — informou Luke. Que Ryan pensasse ser esse o desejo pelo qual ele andaria na linha, como um bom menino. — Estou contando os dias, para ser sincero. Quem diria que eu sentiria saudades de verdade de minhas irmãs?

Ryan soltou uma risadinha fraca e se virou de novo para Luke. Ele parecia acabado.

— Então você não escutou nada fora do comum no trabalho ultimamente? Nada estranho?

Ryan claramente abandonara a abordagem sutil. As palmas de Luke estavam suando. A negação completa seria suspeita. Melhor esconder uma grande mentira em uma pequena verdade.

— Olhe, não sei como é em sua área de manutenção, mas a Zona D é bem barra pesada. Reclamar é o único jeito de lidar com aquilo. Eu escuto uns troços intensos o tempo inteiro. Caras falando sobre quebrar as máquinas, fugir ou encher os guardas de porrada. É como eles aliviam a pressão.

Ryan franziu as sobrancelhas.

— Você não denuncia nada disso?

— É só da boca pra fora, Ryan. Seria o mesmo que denunciar uma ida ao banheiro ou tirada de meleca. Você sabe muito bem como é por aqui: rígido e entediante. Você fez bem em virar espancador. Fez uma boa escolha. Eu também faria, se fosse ficar.

Ryan olhou para a mesa. Ele tinha bebido ainda menos do chá que Luke. Talvez nada. Então empurrou a cadeira para trás, parecendo mais animado que quando chegara.

— É melhor eu me deitar. Foi uma semana longa, e ainda não acabou. Obrigado pela bebida.

Ele deu um tapinha nas costas de Luke quando passou.

Filho da mãe. Traidor.

Luke escutou os passos de Ryan no corredor, na direção da escada. Era difícil dizer com o eco do poço da escada e o barulho de outros homens circulando e falando, mas parecia que Ryan estava descendo.

Não para cima, para o quarto em um andar mais alto, para se deitar. Para baixo e para fora. Para fazer seu relatório, talvez?

Luke ficou à mesa por alguns instantes, sem ousar se levantar até que as pernas parassem de tremer.

O que deveria fazer? Asif era o membro do clube mais perto, já que a maioria dos homens solteiros em Millmoor ocupava os blocos de dormitórios do oeste. Será que ele também recebera a visita de um "amigo"? Mas, se alguém estava de olho em Luke, procurar Asif seria uma ideia incrivelmente ruim. Se eles soubessem do clube, isso só confirmaria a conexão entre os membros. Se não soubessem, daria a eles uma nova pessoa para investigar.

O mesmo valia para todos os outros.

Talvez Renie estivesse se escondendo pelas ruas?

Ele sabia que não. Ela estaria do outro lado da cidade, furando pneus. Mas ele queria tanto não estar sozinho que lavou as duas xícaras, colocou-as no escorredor e foi depressa pelo corredor a fim de descobrir.

Quase alcançara as escadas antes de pensar em Ryan. Então parou. E se o antigo colega de escola não tivesse ido a lugar algum para dividir os detalhes de sua conversa? Talvez a pessoa a quem ele se reportava tivesse ido até ali, e eles estivessem conversando do lado de fora naquele exato minuto.

Além disso, com certeza era tarde demais para fazer algo agora. Ou os homens da Zona D iriam para o trabalho... ou não. Tudo mais aconteceria como o planejado... ou não. Luke girava, considerando as opções, mas não parecia de fato ter alguma.

Então foi para a cama.

O sono não veio facilmente. Ele foi sacudido logo antes das 7 da manhã por um dos colegas de quarto que trabalhava nos barracões de frango e pegava o ônibus perto do horário de Luke.

— Você vai se atrasar, meu filho.

— Não estou bem — resmungou Luke no travesseiro. — Não vou.

— Sua cabeça é seu mestre...

Quando o homem se afastou, Luke puxou o cobertor de volta para cima e tentou cochilar de novo. Incrivelmente, ele conseguiu.

Acordou de repente pela segunda vez algum tempo depois — uma olhada no relógio informou que eram 9 horas — graças a um som alto e horroroso de retorno do sistema de anúncios públicos. O sistema era instalado em cada prédio e em cada rua, a intervalos regulares. Enquanto Luke esfregava os olhos, a caixa de som em seu quarto fez um som alto de peido e, depois, crepitou em uma fala.

Luke reconheceu a voz. Será que alguém tinha avisado Jessica?

— Olá, povo de Millmoor — cumprimentou Oz, em um estrondo. — Aqui é Oswald Walcott, e falo em nome da Rádio Livre Para Todos a fim de desejar a todos uma ótima manhã. Vai ser um dia incrível. Vamos começar com um pedido especial a um amigo meu.

Houve um momento de pausa, como se Oz estivesse se entendendo com os controles, e, então, o ar se encheu com os inconfundíveis primeiros acordes do sintetizador chiclete de *paopaotang*.

Luke enterrou o rosto no travesseiro e resmungou conforme a batida familiar começava.

A música encheu o quarto e se espalhou pelo corredor, onde encontrou uma corrente de fofura vocal saindo de outros alto-falantes no bloco do dormitório. Ela ecoava nas ruas, em um padrão rítmico demente.

— É "Panda feliz"! — anunciou a voz grave de Oz de modo triunfante. — Vamos começar essa festa, pessoal!

15

Abi

A noite no Grande Solar começara, como muitas noites em Kyneston, com Gavar Jardine atirando um copo de uísque na lareira. Talvez terminasse com a explosão de uma das estantes de livros com porta de vidro ou de uma peça premiada de porcelana da mãe, tendo em vista que nenhuma das duas coisas era uma ocorrência rara para ele.

Nessa noite, Abi não tinha apenas visto Gavar estilhaçar o copo, ela estivera ao lado da lareira quando ele o fez. Jenner meio que se levantou da cadeira e admoestou o irmão para que tomasse mais cuidado, mas Gavar só gargalhou com desdém. Sentada do outro lado, sozinha em um sofá de dois lugares, Bouda Matravers apertou os lábios, como alguém assistindo a uma criança fazer birra em um supermercado.

Probabilidade atual de felicidade conjugal para esse par, pensou Abi: quase zero.

Abi ganhara mais uma tarefa em sua descrição de trabalho algumas horas antes, a de cerimonialista. Ela e Jenner deviam solicitar mais detalhes de Gavar e Bouda, pois agora faltavam apenas dois meses para a cerimônia. Bouda tinha entrado silenciosamente no Solar depois do jantar e se sentado, alisando a saia, e depois verificou o relógio cravado de diamantes, avisando a Jenner que tinha sua atenção até às nove da noite. Gavar havia chegado de maneira relaxada logo depois.

Abi se sentia fascinada por estar em tal proximidade com a herdeira dos Matravers. Ela vira fotos de Bouda antes, é claro, em revistas. Tinha admirado bastante sua figura. A jovem parlamentar parecia sempre equilibrada e elegante, uma inteligência fria evidente nos olhos azul-claros. Ela era uma mulher, abrindo seu caminho sem pedir licença, em um mundo dominado por homens. (Abi fora mais rápida ao folhear as fotos da irmã de rosto meigo, invariavelmente retratada na farra, saindo de boates munida de um cachorro minúsculo e uma bolsa gigantesca).

Bouda Matravers ao vivo era totalmente outra coisa. A inteligência transparecia, com certeza. Mas não era fria, era congelante. O tipo de frieza capaz de queimar. Não que ela fosse notar um escravo no recinto, para começar. Bouda fazia parte daquelas Iguais para quem os cidadãos comuns eram simplesmente irrelevantes. Invisíveis. Abi se perguntou, brevemente, o que seria necessário para chamar sua atenção. Uma estocada na perna com um lápis afiado, talvez. Ela não tinha intenção de tentar.

— Ignore-o — sugeriu Bouda a Jenner, propositadamente desviando o olhar de Gavar, que tinha parado de andar para lá e para cá, e agora encarava o fogo melancolicamente. — À tarde, o Conselho de Justiça votou para mandá-lo de volta a Millmoor esta noite. Negócios inacabados da última viagem fracassada. Por isso ele está de mau humor e já meio bêbado, caso você não tenha percebido.

Abi se atrapalhou com o lápis, pegando-o desajeitadamente antes que caísse no chão.

Millmoor? Por que Millmoor?

Posicionada em um dos lados da poltrona de Jenner, ela não conseguia ver seus olhos. Mas ele sabia o quanto ela estava preocupada com Luke, em especial porque o bloqueio nas comunicações significava ausência de notícias desde o dia em que Luke fora arrancado da família. Por isso ela podia ter abraçado Jenner quando ele perguntou, de leve, o que estava acontecendo na cidade de escravos.

— Nada — respondeu Gavar, remexendo na arca de bebidas em forma de tambor. — Boatos. Um prisioneiro escapou logo antes do Natal, e agora houve uma nova informação, então meu pai e Bouda colocaram na cabeça que algo vai acontecer amanhã. Zelston não teve coragem de autorizar o uso de força letal, então seu querido aqui está sendo enviado para lá — e neste momento Gavar se virou, agarrando com força uma garrafa verde e retangular, e imitou a fala vibrante do Chanceler — *a fim de tomar a decisão no local.*

Ele destampou a bebida e bebeu direto da garrafa, virando-a.

— Força letal? — O tom de Jenner foi brusco, mas não chegou perto de captar o medo de Abi.

Por favor, permita que Luke fique a salvo. Por favor.

— O único com algum bom senso foi Rix — resmungou Gavar. Ele enxugou o queixo com o dorso de uma das mãos e se dirigiu à futura esposa. — Ele chamou atenção para o fato de que ninguém está atacando as propriedades com cabos de vassouras e facas de cozinha, então não entende por que devemos intervir. E ele está certo. A equipe de segurança da cidade de escravos é composta de gente do povo. Por que deveríamos nos preocupar caso se voltem uns contra os outros?

Bouda jogou as mãos para o alto com irritação, então, quase que instantaneamente, ela as fechou e colocou de volta no colo. Cada gesto, cada palavra era controlado, percebeu Abi. O que seria preciso para Bouda Matravers perder o controle? Ela não gostaria nem de pensar.

— Não podemos lhe contar mais — disse Bouda a Jenner. — Estaríamos quebrando a Quietude. Digamos apenas que essa é a chance de Gavar brilhar e, como sempre, está fazendo o melhor possível para desperdiçá-la.

— Ah, é claro. E seu pai realmente brilhou esta tarde — rebateu Gavar. Ele se virou para Jenner. — O *papai querido* — e ali ele zombou da voz rouca de Bouda — deu um ataque com Armeria Tresco por corrigir alguns equívocos da parte de minha futura esposa. De repente sua Habilidade começa a fervilhar, e ele racha a mesa do conselho em duas. Uma monstruosidade de mogno que deve pesar algumas toneladas. Jamais soube que Lorde Toucinho tinha algum poder.

Bouda se ergueu de um pulo. As mãos de novo para cima, apertadas e girando na frente do corpo, como se uma estivesse tentando estrangular a outra até a morte.

— Não — falou de modo ríspido. — Meu pai não. Não ouse...

— Ou o quê?

A voz de Gavar estava arrastada, provocadora. Ele de fato parecia excepcionalmente bêbado, percebeu Abi.

— Ou você vai se arrepender — avisou Bouda.

E Abi viu, viu o momento que, com um leve aperto nos dedos, Bouda Matravers deteve as palavras na garganta de Gavar Jardine. Gavar ficou mudo, e a mão esquerda subiu para agarrar o colarinho. A outra mão largou a garrafa, que caiu pesadamente, espirrando o conteúdo pelo chão de carvalho e fazendo surgir um aroma nauseante de anis. Gavar se apoiou desajeitadamente na moldura da lareira, derrubando no chão um porta-retratos de prata. Na foto, uma Lady Thalia mais nova com três meninos pequenos, dois ruivos e um de cabelo escuro.

— Onde estávamos mesmo? — comentou Bouda, alisando o rabo de cavalo comprido sobre o ombro e sentando-se de novo. — Já sei. Rosas cor-de-rosa para meu buquê e para a lapela, ou marfim? Melhor cor-de-rosa, não acha, meu amor? Vai combinar com sua pele.

O som que irrompeu de Gavar Jardine foi um urro sem forças. Uma expulsão simultânea de som e tomada de fôlego.

— Vaca! — berrou ele.

E, enquanto Abi assistia, horrorizada, Bouda Matravers foi agarrada por absolutamente nada e arremessada pelo ar. Ela bateu contra a parede, e houve um estalo repugnante quando a cabeça colidiu com a moldura dourada de uma pintura gigantesca da paisagem serena de Kyneston. Abi viu uma ferida profunda se abrir ao longo da linha de cabelo louro-pálido e sangue claro se empoçar quando Bouda caiu no chão.

Antes que Abi pudesse gritar, a porta do Solar se quebrou em estilhaços.

Lorde Jardine estava ali parado, o braço estendido para pegar a maçaneta que sua Habilidade e fúria haviam mostrado ser supérflua. Seu rosto estava tão vermelho quanto o de Gavar, mas sua voz, quando ele falou, estava tão controlada quanto a de Bouda:

— O que está acontecendo aqui?

Bouda se levantou. Ela deveria estar inconsciente, com certeza, ou no mínimo sem equilíbrio. Mas não estava nem um pouco. O sangue manchava metade de seu rosto e pingava no decote do vestido azul como o céu, mas a ferida no couro cabeludo já não se discernia.

Não estava mais lá, percebeu Abi, com espanto. Então era verdade. Os Iguais conseguiam curar a si mesmos. Como sequer era possível?

— Divergência de opinião sobre os planos do casamento — informou Bouda friamente. — Gavar não concordou com minha escolha do padrão de cores.

E será que os Iguais conseguiam matar usando Habilidade, perguntou-se Abi? Porque Gavar Jardine deveria ser uma mancha fumegante de cinzas no tapete a essa altura se pudessem.

— Gavar — disse o pai. — Por que ainda está aqui? Você devia estar a caminho de Millmoor. Vá.

Lorde Jardine chegou para o lado no vão da porta e fez um gesto através dela. Pai e filho se encararam por um instante, antes de Gavar dar um rosnado alto, abaixar a cabeça e sair, chutando a pilha de estilhaços.

Bouda Matravers olhou fixamente sua saída com uma expressão de triunfo. Que não durou muito.

— Bouda — advertiu o futuro sogro. — Você não deve provocá-lo.

A garota loura abriu a boca, mas Lorde Jardine a interrompeu.

— Não discuta. Gavar é meu herdeiro até o momento que eu e essa família tenhamos um melhor. Sua tarefa é controlar Gavar, não o aborrecer. Espero que a execute de forma melhor. Agora, venha.

Ele fez um gesto, e Bouda foi para seu lado.

Ela não está, de forma alguma, se casando com Gavar, Abi se deu conta. Ela está se casando com o pai. Com a família. Com a casa. Com o nome Jardine. E ela está se entregando a um homem que despreza para conseguir isso tudo.

Lorde Jardine colocou a mão na base das costas de Bouda e a guiou pelo corredor.

— Ah, só um instante — disse a garota loura, olhando por cima do ombro. — Enquanto estamos resolvendo as coisas. Não quero nenhuma fofoca sobre isso lá embaixo.

Suas garras manicuradas agarraram algo: um falcão pegando um rato.

— Não — pediu Jenner, dando um passo à frente. — Não é necessário.

Mas a Habilidade de Bouda Matravers já estava dentro do crânio de Abi. A Igual a forçou, como um atiçador, e ficou rodando com ele, queimando a memória do que acabara de acontecer no Grande Solar, depois cauterizando a perda. O choque fez a cabeça de Abi recuar com tanta força que ela mordeu a língua, e seu grito borbulhou pelo sangue que lhe enchia a boca. Coágulos escuros nadavam diante de seus olhos.

Então tudo estava acabado, e ela, sentada na poltrona com Jenner e Lady Thalia observando-a com preocupação. Ela piscou: uma, duas vezes. Os olhos ardiam, ela andara chorando?

Abi tentou se levantar, mas as pernas estremeceram. Ela estendeu a mão para se agarrar no braço de Jenner e se firmar. Mas ele tirou cada um dos dedos com suavidade e lhe transferiu a mão da manga para a tapeçaria vermelha da cadeira. Embora delicado, seu ato se pareceu, de forma inconfundível, com repúdio, e Abi sentiu a pele ao redor dos olhos formigar de vergonha. Sua cabeça doía terrivelmente. O cheiro de álcool pairava no ar.

Ela olhou em volta do aposento, estavam no Grande Solar, mas não conseguia ver nada fora do lugar. A porta estava fechada, os móveis arrumados com perfeição. Os únicos itens chamativos foram uma garrafa vazia apoiada na cornija e a fotografia emoldurada que Lady Thalia segurava. O caderninho e o lápis de Abi estavam arrumados no chão. Os objetos não ajudavam a formar uma lembrança coerente.

O que ela fizera? Será que se embebedara? Tinha passado vergonha? A ideia era insuportável. Ela não teria mais permissão de trabalhar com Jenner. Talvez até a mandassem embora para Millmoor.

Ao pensar na cidade de escravos, um espasmo final de agonia vibrou em seu cérebro e ela ofegou.

— O que aconteceu? — perguntou Abi, olhando de Jenner para a mãe do rapaz. — Não me lembro. Sinto muito. Espero que eu não tenha feito nada errado?

Mãe e filho trocaram olhares. Abi sentiu as entranhas se contraírem, como uma onda de náusea quando não há mais nada a vomitar.

— É claro que você não fez, pequena — tranquilizou Lady Thalia, colocando a fotografia de volta entre as estatuetas de porcelana de Meissen e as bugigangas adornadas com joias. Ela colocou a mão no rosto de Abi. Os dedos estavam frios contra a pele, e seu perfume era leve e floral.

"Você estava aqui, tomando notas dos planos do casamento de meu filho. Mas deve ter prendido o pé na grade da lareira ou nesses nossos tacos velhos soltos, porque tropeçou feio e bateu a cabeça. Você nos deu um belo susto. Mas agora está bem."

— Ainda me sinto um pouco estranha — admitiu Abi. — Espero que não tenha sido inconveniente?

Ela olhou ansiosamente para Jenner, que exibia uma expressão infeliz.

— Não se preocupe com isso — comentou Lady Thalia, com um sorriso brilhante. E Abi sentiu que por baixo da demonstração de preocupação, ela estava sendo repudiada. — Gavar teve de partir em negócios parlamentares, de qualquer forma. Acho que seria melhor se você voltasse para a casa de seus pais e deitasse cedo. Jenner vai acompanhá-la até lá.

Sob outras circunstâncias, Abi teria ficado muito feliz com a companhia de Jenner na longa caminhada até as cabanas onde moravam as famílias escravas. Mas, naquele início de noite, ele não disse uma palavra. Só enfiou o queixo na echarpe e as mãos nos bolsos enquanto iam na direção da Travessa, sempre vários passos a sua frente. Abi sentiu-se como se caída em desgraça, embora, por qual ofensa, não fazia ideia.

A noite estava fria e limpa, o céu, mais estrelado que escuro, e a respiração se condensava enquanto andavam. Abi colocou as mãos nas têmporas devagar. Ela não conseguia saber exatamente onde havia batido a cabeça. Talvez Lady Thalia a tivesse curado, pensou ela. Só que não muito bem. A senhora de Kyneston tinha uma Habilidade fraca, apesar de a mão perita em consertar objetos quebrados pelo filho mais velho nos acessos de raiva.

Com aquele pensamento, uma onda fresca de dor queimou o interior de seu crânio e Abi gemeu, parando onde estava. Aquilo fez Jenner se virar, e, quando a viu, ele voltou imediatamente.

— O que foi? — indagou ele. — Qual é o problema?

E Abi não conseguiu se controlar. Ele estava bem ali a seu lado, tão preocupado. E era algo tão inocente. Ela estendeu a mão para ele de novo.

Mas ele se afastou. O movimento foi deliberado, e não feito debaixo dos olhos atentos de sua família. Abi sofreu com a decepção.

Jenner esticou as mãos, como ela o vira fazer com seu cavalo Conker quando o animal ficava nervoso.

— Abigail — declarou ele, de forma tranquilizadora. A suposição de que ele pudesse acalmá-la, como fazia com um animal, cravou um prego de raiva em sua angústia. — Por favor, pare com isso. Você é uma garota adorável. Nós formamos uma bela equipe de trabalho. Mas acho que está ficando confusa. Já vi isso acontecer antes, com outras meninas por aqui. Apesar de não poder dizer que já tenha acontecido comigo.

Ele deu uma gargalhada autodepreciativa, e, mesmo sentindo cada nervo formigar de vergonha, Abi quis lhe dar um tapa por ter uma opinião tão ruim de si mesmo. Ele era o melhor de todos. O único verdadeiramente bom e gentil.

— Você é uma escrava — continuou Jenner. — Eu sou um Igual. Você não prefere passar dez anos rápidos no escritório a ser banida à cozinha ou à lavanderia, ou mandada a Millmoor porque uma das pessoas de minha família acha seu comportamento inapropriado?

Será que dava para morrer de humilhação? Abi achou que fosse bem possível. Ela seria a primeira na literatura médica. Eles poderiam abri-la e estudá-la, os ganchos de metal do patologista tirando primeiro seu cérebro, demasiado grande, depois seu coração, pequeno e encolhido. Ela sentiu lágrimas quentes escorrendo pelo rosto, e colocou a mão na testa, se retraindo, como se a dor tivesse voltado. Mas não era a cabeça que doía.

— Me desculpe, Abigail — pediu Jenner baixinho. — Mas, por favor, entenda, é mais fácil desse jeito. Acho que você sabe o caminho a partir daqui, agora não está longe.

— Eu sei o caminho — confirmou ela. — Obrigada. Estarei a minha mesa às 8h30, como de costume.

Abi se virou com o tanto de dignidade que conseguiu reunir. Ela se esforçou para ouvir o instante que ele rumou para casa, para ao menos ter a ilusão de que ele tinha ficado lá parado, observando-a ir embora, mas a grama amorteceu os sons.

Enquanto andava, Abi desejou que as pessoas tivessem um botão de "desligar". Algo que bastasse virar para desativar o pensamento e o sentimento, deixando a memória muscular cuidar dos movimentos de colocar um pé diante do outro. A confusão em seu coração estava além da capacidade de processamento do cérebro. Que problema em um livro escolar era mais difícil que esse? Nenhum.

Os alojamentos da Travessa ainda estavam fora de visão, além do aclive do precipício. Abi se arrastava pela subida quando algo monstruoso e rosnando mergulhou em sua direção, vindo do cume. Ela se jogou para um dos lados quando a moto de Gavar Jardine passou voando, o feixe de luz do farol ofuscando-a por um instante aterrorizante.

O herdeiro estava a caminho de negócios parlamentares, dissera Lady Thalia. Então o que fazia ali? Com a suspeita surgindo na cabeça, Abi se apressou declive acima.

Do alto, ela viu a linha comprida de cabanas caiadas, quase luminosas ao luar. E, se movendo naquela direção, estava uma forma tão grande e cheia de protuberâncias que, de primeira, Abi achou estar enganada, até que entendeu.

— Espere — chamou Abi, e sua irmã se virou, parando.

Daisy tinha vestido cada casaco dos ganchos do hall: o próprio, por cima o de lã do pai e a jaqueta que a mãe vestia por baixo. Ela carregava um imenso ninho de cobertores no qual a forma enfaixada de Libby Jardine mal era distinguível.

— O que está fazendo aqui fora? — Quis saber Abi. — Está um gelo. Por que deixou que ele arrastasse as duas para cá?

— Ele não me arrastou a lugar algum — declarou a irmã, de forma impassível. — Foi minha ideia. Ele está sendo mandado a Millmoor de novo e veio se despedir de Libby. Eu falei que a levaria para fora, e falei para ele esperar depois do fim da Travessa.

— Para que, meu Deus?!

Daisy estreitou os olhos. Teria sido cômico se o que ela falou em seguida não tivesse sido tão perturbador.

— Eu queria falar com ele em particular.

— Sobre o quê?

— Nada. — Sua irmãzinha balançou a cabeça. — Pode nem acontecer. Se rolar, você vai saber.

Daisy não falaria mais nada. Ela se inclinou sobre os cobertores, se alvoroçando sem necessidade.

— Você sabe como é Gavar — repreendeu Abi, com a frustração enfim encontrando um escape. — Sabe o que Silyen nos contou sobre a mãe de Libby. Ele não é alguém com quem você deveria conversar clandestinamente. Não seja uma bebezinha; não estamos no playground agora.

Daisy olhou para ela.

— É *Herdeiro* Gavar — declarou ela. — E ele sempre foi bom comigo. Eu sou grata. Você pode dizer o mesmo?

Daisy pisou duro de volta à cabana, mas Abi não tinha resposta para aquilo.

Era estranho, ela estivera tão certa de que uma propriedade seria a melhor forma de manter a família unida, segura e confortável durante os dias de escravo. E, ainda assim, lá estavam eles, divididos e vulneráveis como nunca: Luke em Millmoor, Daisy sob o controle do herdeiro inconstante de Kyneston.

O que você conseguiu conquistar, Abi Hadley?

Não muito, disse ela a si mesma. Nem perto do suficiente.

Ela enfiou uma das mãos no bolso do casaco e tateou. Lá estava, o quadradinho de metal gelado na ponta dos dedos.

Pelo menos uma coisa do que ela estava realizando fazia diferença. Ela virou as costas tanto para a Travessa quanto para a casa grande e começou a andar pela grama congelada.

Dentro do canil, o homem fazia flexões, os músculos se agrupando nos braços e nas costas. A gaiola era muito pequena para ele ficar de pé, e esse era o único exercício possível. Quando a sombra de Abi o alcançou, o homem imediatamente caiu no chão, imóvel. O que significava que sua rotina de exercícios era secreta.

O que significava que ele não estava totalmente derrotado pelo cativeiro.

— Sou eu — informou ela, chegando mais perto. A luz estava ligada nos aposentos do Mestre dos Cães, o que queria dizer que o canil estaria sem funcionários, mas ele estaria perto o bastante, no beiral, para ouvir qualquer desordem.

— Eu trouxe seus antibióticos. E algo para ajudar a engoli-los.

Dedos fortes forçaram através do cercado e pegaram a mão cheia de comprimidos. Ignoraram a maçã oferecida. O homem-cachorro jogou a medicação na boca e deu um gole da tigela de água.

— Achei... — hesitou Abi, sem ser capaz de acreditar totalmente no que fazia. — Achei que a gente podia dar uma volta. Não com a coleira, quero dizer. De pé.

Os olhos dele, quando olharam para ela, estavam alertas.

— Sim — respondeu ele com um ruído estridente, enfim.

— E você não vai fugir? Ou... ou me machucar?

Ela se odiava por ter de perguntar aquilo. Mas durante suas visitas ao canil, ela percebera que o que quer que tivesse sido feito com o homem-cachorro — ela ainda não sabia seu nome, porque ele não conseguia se lembrar — havia lhe arrancado não apenas a humanidade, como a sanidade. Às vezes, em visitas anteriores, ele rosnara para ela. Uma vez ele tinha até mordido sua mão. Abalada, ela não voltara por quase uma semana.

Aqueles olhos encontraram os dela. Humanos. Na maior parte.

— Não vou machucar — rosnou ele. — Você. Não vou machucar você.

— Ninguém — insistiu Abi. A mão tremeu. O que ela estava pensando? Não tinha ideia do que ele fizera para ser sentenciado dessa forma, a ser Condenado. Tudo o que sabia era o que o Mestre dos Cães lhe contara: que ele tinha merecido sua punição nas mãos de Lorde Crovan. E dado o horror daquela punição, ela não queria adivinhar a atrocidade dos crimes.

— Estou confiando em você — disse ela, colocando a pequena chave no cadeado.

— Confie — falou ele, com a voz rouca, antes de ser tomado por um acesso medonho, a respiração ofegante.

Era uma risada, percebeu Abi um instante depois, se sentindo nauseada.

Ela podia ir embora agora e o deixar no cercado. A fechadura fora aberta, mas ainda estava presa pelo gancho, mantendo a porta fechada. A mão de Abi pairou ali.

Então ela se lembrou da rejeição velada de Lady Thalia. De Jenner tirando seus dedos da manga. A confusão em sua cabeça quando ela recobrou os sentidos no Grande Solar. A dor, depois, enquanto os pensamentos e lembranças nadavam por seu cérebro, tentando, sem sucesso, se conectar.

Algo acontecera naquela sala. Algo tinha sido feito a ela pelos Iguais. O quê?

— Vamos levar você para fora — disse Abi. Ela removeu o cadeado, levantou a porta da gaiola levemente na dobradiça, para que não raspasse no chão, e a escancarou.

Por um instante, o homem simplesmente encarou. Então ele se arrastou para fora de quatro e se deitou no concreto úmido. Ele rolou de barriga para cima e espreguiçou os braços acima da cabeça, esticando a ponta dos dedos. Ele parecia um homem sofrendo muito. Todas as costelas estavam visíveis; o abdômen um prato raso; o pelo na virilha denso e emaranhado. O rosto estava contorcido com o que podia tanto ter sido dor quanto êxtase.

Virando de volta de barriga para baixo, ele se arrastou nas mãos e joelhos. Os dedos se agarraram ao lado da gaiola para subir até que ele estava de joelhos. Ele fez uma pausa ali por um momento, o diafragma se enchendo. Então, com um movimento horrível de ossos quebrados, ele arrastou cada perna em um agachamento.

E, em silêncio, embora ele com certeza tenha querido gritar, porque estava na cara o que aquilo lhe custava, o homem ficou de pé.

Ele cambaleou ao redor. Era horroroso de assistir. Como uma paródia do andar feita por algo inumano. E, todo o tempo, ele não emitiu som algum.

Houve um grito do lado de fora, e Abi congelou. Acima, uma janela se escancarou e o Mestre dos Cães berrou algo obsceno antes de fechá-la de novo.

— Au — ofegou o homem-cachorro.

Abi verificou o relógio. Era mais tarde do que imaginava.

— Sinto muito, mas é melhor você voltar para o cercado. Preciso ir para casa. Mas vou voltar logo, prometo. Deve haver algo que a gente possa fazer. Se eles o virem andando e falando, se puderem vê-lo se recuperando... Com certeza não podem fazê-lo continuar vivendo assim, o que quer que tenha feito.

O homem ofegou de novo. Aquela risada melancólica. Ele se jogou no chão, ficou de novo de quatro e engatinhou para dentro. Virou-se.

— Você... também... está... no cercado. — Ele espiou por entre as barras, encarando Abi com olhos brilhantes. — Só... que eu... enxergo... minha gaiola... minha coleira.

As mãos de Abi tremiam enquanto ela fechava o cadeado rapidamente.

16

Luke

Luke nunca imaginou que ficaria tão empolgado ao ouvir "Panda feliz" de novo. A batida grudenta ainda fazia *uh-uá-uá-uá-uá* em sua cabeça enquanto trotava escada abaixo. Só de ouvir a voz de Oz, seu passo ganhou ânimo e ele desceu os degraus de dois em dois ou três em três, ansioso para ver como o dia se desenrolaria.

Ele se lançou pelas portas da frente. A pintura estava descascada, surrada pela pressão diária de centenas de mãos. Homens saindo para trabalhar, homens voltando. Uma nova demão de tinta a cada poucos anos. Outro lote de homens para preencher as oficinas de fundição e as fábricas, para trabalhar nos turnos de manutenção e recolher o lixo. E, então, quando estes acabavam: mais homens, mais pintura.

Será que aquele dia seria o primeiro passo para acabar com isso tudo?

Estava um gelo do lado de fora, e Luke subiu a gola da jaqueta muito fina e enfiou as mãos embaixo dos braços na tentativa de conservar o calor do corpo. Seu macacão era desconfortavelmente quente dentro do barracão, mas, do lado de fora, o fizera passar um frio desconfortável por meses, apesar de janeiro se provar o pior. Provavelmente, planejavam o traje com cuidado a fim de garantir a máxima ineficiência termal em todas as condições.

A respiração condensava no ar gelado. A única fumaça limpa em Millmoor era a que saía da própria boca. Depois de alguns minutos, ele se ajustara o bastante à temperatura a fim de levantar a cabeça e endireitar as costas, evitando a corcunda instintiva para conservar calor.

Normalmente, não havia muito que valesse a pena olhar em Millmoor, apesar de ele ainda fazer o exercício do doutor Jackson de procurar por detalhes. Mas naquele dia era diferente.

Aquele dia era de festa.

Com uma semana de trabalho de seis dias, Luke jamais vagara pelas ruas em uma sexta-feira. Pareciam mais cheias que aos domingos, quando ele participava dos negócios do clube.

Bem a sua frente, um casal seguia de mãos dadas. O homem tinha colocado o casaco nos ombros da garota. Devia estar morrendo de frio. O cabelo escuro raspado na parte de trás da cabeça parecia arrepiado, e o pescoço exibia um aspecto inflamado e vermelho. Havia um som batendo enquanto andavam. Luke o identificou como saltos de botas femininas bambos. Aquilo não ia proteger muito em um dia chuvoso.

A mulher parou, incerta, e o homem passou o braço com força ao redor de seus ombros. Em algum lugar acima, havia um tumulto de vozes e gritos raivosos. O casal desviou, pegando um caminho diferente, mas Luke achou que sabia o que estava acontecendo.

Seus pés o tinham levado inconscientemente à loja mais próxima, a várias ruas do dormitório. Parecia que Hilda e Tilda tinham conseguido ativar o truque do crédito ilimitado, porque devia haver umas cinquenta pessoas reunidas em volta da loja.

Portas de correr de aço foram baixadas na fachada, e dois sujeitos aparentemente nervosos, não muito mais velhos que Luke, ficaram diante delas. Eles usavam o uniforme da segurança de Millmoor e empunhavam cassetetes. Eles observavam a extensão da rua, como se esperassem reforços improváveis.

Um deles tentava ignorar um homem furioso, que gritava e gesticulava. O dedo do homem estava na cara do guarda. Algo assim teria feito Kessler subjugar a pessoa no chão, com um punho quebrado e a calça molhada, mas o guarda em questão só se encolheu.

Dois caras de uns 20 anos tinham surrupiado uma tampa de lixeira e um pedaço de cano de metal de algum lugar e tentavam erguer as portas de aço. Um grupo de mulheres buscava convencer o outro guarda a abrir. Uma delas flertava de forma não exatamente sedutora, mas que, com certeza, desviava a atenção.

Pela primeira vez, Luke entendeu devidamente o que as irmãs elusivas haviam feito. Deixar as pessoas terem coisas grátis era apenas uma pequena parte daquilo. Em cada loja de Millmoor, a cena seria mais ou menos a mesma. Dúzias de guardas sendo deslocados para tal patrulhamento. E os mais jovens e inexperientes não eram muito bons em parecer ameaçadores, o que podia deixar as pessoas mais corajosas, mais dispostas a arriscar a rebeldia. Se houvesse uma súbita confusão generalizada em um dos lugares, com sorte a segurança também não seria capaz de chamar reforços, graças à noite ocupada de Renie com sua faca.

Tudo isso conquistado de forma remota, com apenas uma pequena estratégia digital. Luke assobiou baixo. Impressionante.

Ele se apressou, doido para ver mais do desenrolar dos planos do clube. Ele se manteria afastado da Zona D por enquanto. Será que o local estaria sinistramente quieto ou as pessoas teriam amarelado no último minuto e aparecido para trabalhar? Ele não tinha certeza se queria saber.

Mas ele sabia onde podia admirar um dos pôsteres de Jackson: em seu setor da Divisão de Alocação de Trabalho. Os mesmos filhos da mãe que aprovaram a designação para ele ir sozinho a Millmoor, apesar da exigência de que menores de 18 anos só cumprissem seus dias com um dos pais ou guardião legal. Os mesmos, ele descobrira durante os meses no clube, que foram responsáveis por muitas outras decisões abusivas.

O pôster estava meio pendurado quando Luke chegou. O Setor Oeste da DAT era um prédio de concreto com uns seis andares. Não era tão alto quanto os blocos superelevados de acomodação que cercavam os subúrbios de Millmoor, mas ainda era mais alto que os prédios administrativos em volta. A pequena mensagem do Doutor estava pendurada no último andar, como uma vistosa bandana.

Tinha sido solta no canto superior direito, e dois membros nervosos da segurança seguravam um terceiro cara por cima da beirada do telhado. Ele devia estar se divertindo menos ainda. Estava cortando a amarração na parte de baixo com uma lâmina presa a um cabo de vassoura. O pôster pendia, mas a palavra ainda estava clara, com uma letra tão perfeita que devia ter sido feita por Asif: "DES-IGUAL".

Uma pequena aglomeração se formara para observar, e uma mulher mais à frente reclamava. Sua pele, de alguma forma, parecia muito grande para o corpo, como se ela tivesse sido grandalhona na vida pregressa e submetida a uma dieta escrava ao chegar a Millmoor. Mas o lugar não tinha conseguido encolher sua voz.

— Que vergonha! — gritava a mulher para o telhado. — Cês tão tudo policiando gente igual a vocês. Vão arrumar trabalho direito. Se cês fosse meus filho, iam levar surra de cipó!

Ela cuspiu enfaticamente no chão. Vários outros na multidão começaram um coro de "Vergonha! Vergonha!"

Talvez por medo ou porque ele realmente se sentia envergonhado, o guarda de cabeça para baixo se atrapalhou com a vareta e ela lhe escorregou dos dedos. O grupo de espectadores chegou para trás a fim de evitar a lâmina, depois se lançaram à frente e a cobriram. Luke não viu nem o que aconteceu com o cabo ou com a faca no tumulto que se seguiu. Mas, quando a multidão se separou de novo, não havia nada no chão.

— Peraí! — berrou a mulher para o telhado. — Vão lá falar pros senhores de vocês que nós preparamos umas boas-vindas de Millmoor se eles algum dia vierem visitar!

Ótimo.

Luke sabia que não deveria ficar surpreso. Os cidadãos de Manchester eram um bando de exaltados. Mas quando tudo o que se via, entra dia sai dia, era gente parecendo exausta e com fome, de alguma forma esquecia-se disso.

Luke sorriu. Decidiu fazer um circuito pelo Setor Sul para ver o que mais estava acontecendo.

Para todo lugar que se virava, algo chamava sua atenção. Parou de repente ao ver uma mulher parada na entrada de um bloco de dormitórios com alguns amigos.

Ela estava de vestido.

Quase tinha idade suficiente para ser sua mãe, e não era um vestido exatamente bonito. Na verdade, parecia ter sido feito de lençóis. Mas ele não vira uma mulher de vestido desde que chegara a Millmoor. Na maioria das vezes, as mulheres escapavam do macacão, que era para trabalho pesado. Mas calças e túnicas eram a ordem do dia, e roupas fora do regulamento estavam banidas. O vestido podia não ser um manifesto de bom gosto, mas certamente era um manifesto político.

Uma das amigas da mulher notou Luke olhando, e riu quando apontou para ele, indicando aos demais. Luke se sentiu corar e quis desaparecer correndo, mas a dama de vestido se virou e o viu. Um sorriso envergonhado, mas orgulhoso, iluminou o rosto cansado e ela alisou as pregas da saia, o que foi meio bonitinho.

Ele perdeu a conta do quão longe sua caminhada o levou depois daquilo. Tinha deixado as áreas com as quais estava bem familiarizado e vagava por distritos desconhecidos. Mas já devia ter passado bastante da hora do almoço, pois uma brisa súbita de algo delicioso fez seu estômago doer de fome.

O aroma vinha de uma janela no segundo andar nos fundos de um bloco de dormitórios. Era um de "unidades para famílias pequenas", o que significava pais solteiros com poucos filhos, capaz de abrigar a família toda em um único cômodo. Aparentemente, "poucas crianças" podiam ser tantas quanto três.

Uma mulher colocou a cabeça para fora da janela, abanando fumaça, a pele marrom brilhando.

— Desculpe, querido — gritou ela para baixo, quando o viu lá parado. — Uns franguinhos escaparam da fábrica ontem, mas não temos nenhum sobrando, mesmo para um rapazinho direito que nem você.

Ela deu uma gargalhada profunda, gutural, e desapareceu para dentro de novo. Luke não levou a recusa a mal, só ficou lá se deleitando com o aroma.

Então outro rosto apareceu na janela: uma menina, talvez no começo da adolescência, com uma cabeleira crespa que duas tranças mal podiam conter. Ela colocou os dedos nos lábios, depois levantou o que parecia um monte de lenços de papel e jogou aquilo para ele. Luke pulou rápido para pegar. Na verdade, era papel higiênico, mas, escondido no meio, como um prêmio improvável no final de um jogo de passa-anel, estava um pedaço quente de frango salpicado de sal e pimenta.

Luke o enfiou na boca e olhou para cima para agradecer à menina. Mas ela estava olhando fixamente por cima da cabeça do garoto, para algo atrás. Então ela quebrou seu autoimposto silêncio.

— *Corre*!

Espantado, Luke olhou por sobre o ombro.

Seus pés zarparam antes de o cérebro acompanhá-los, e, quando isso aconteceu, ele já tinha percorrido alguns blocos. Mas ainda conseguia escutar as botas atrás de si. Vinham surpreendentemente rápido dado o tamanho do homem.

Luke sabia o que tinha visto quando olhou para trás. Só havia uma pessoa em Millmoor que usava aquele uniforme e tinha aquela constituição física, apesar do enorme pescoço de touro ter sido apenas um vislumbre. Além disso, Luke conhecia a voz que rosnara seu nome logo que saiu fugindo.

Kessler.

Luke teve de diminuir um pouco o passo. O trabalho na Zona D podia tê-lo deixado mais forte, e as voltas ilícitas por Millmoor, mais esperto em relação ao mapa da cidade, mas nada disso o deixara mais rápido.

Kessler não estava mais perto, ainda. Será que ele conseguiria despistá-lo?

Só que o homem soubera muito bem onde ele estava. Seria muita coincidência ele ter simplesmente topado com Luke tão longe na extremidade do sul, nas profundezas dos blocos de família. Como ele soubera?

O chip. A porcaria do microchip! Luke agarrou o braço enquanto corria, como se pudesse arrancar o negócio fora.

O que a perseguição por Kessler queria dizer, justo nesse dia? Pense, Luke. Pense!

Luke se perguntou se havia algum sangue em seu tronco. Todo ele parecia fluir freneticamente para as pernas e para o cérebro. E, no momento, as pernas recebiam a maior parte.

Kessler vinha procurando por ele. O que podia significar a incapacidade de Luke em enganar Ryan na noite anterior. Ou talvez a Zona D tenha ficado deserta o dia inteiro, e, para conseguir pistas melhores, eles levariam o rapaz para ser interrogado por alguém, de fato, apto a fazê-lo.

Ou talvez soubessem a respeito do clube.

Com os dois primeiros cenários, Luke teria simplesmente de lidar. Mas, se fosse o último, precisava avisar aos outros. E só havia, pelo menos até onde podia pensar, um meio de fazê-lo: encontrar Jackson.

Precisava chegar ao Doutor antes de Kessler, então Jackson poderia alertar os demais. Ajudá-los a se manter discretos, de alguma forma.

Ele deu uma espiada no relógio. O mostrador digital nojento da BB era difícil de ler, mas o próprio céu informava Luke do passar da tarde. A reunião no Hospício tinha sido marcada para às três. Era onde Jackson estaria, mesmo que não fosse fazer nenhum discurso. Com sorte, Luke despistaria Kessler na multidão tempo o suficiente para encontrá-lo.

Não era um grande plano, mas era tudo o que ele tinha.

Luke correu pelas ruas o mais rápido possível, sem se exaurir. A garganta e os pulmões começaram a queimar. Ele estava inspirando ar muito gelado, muito rápido. Pelo menos Kessler não estaria achando mais fácil. Luke não conseguia mais ouvir o homem em seu encalço.

Ele estabeleceu um passo regular, como praticar cross-country na escola, e, enfim, os arredores se tornaram familiares. À frente, viu a aglomeração de escritórios responsáveis pelo funcionamento de Millmoor: Abastecimento, Saneamento e o vasto bloco da Administração. À direita estavam os enormes quartéis vazios da Segurança de Millmoor.

As ruas pareciam estranhamente vazias, mas, sobre o barulho de seu coração e da respiração entrecortada, Luke podia ouvir uma cacofonia de muitas vozes.

Devia ter funcionado.

O plano do clube devia mesmo ter sido bem-sucedido. Aquilo soava como centenas de manifestantes. Talvez mais.

À medida que se aproximava do Hospício, as ruas começaram a se encher de gente. Inicialmente vinham em pequenos grupos e aglomerações esparsas, porém, mais à frente, as pessoas formavam uma densa multidão. E, além disso, pareciam constituir uma muralha sólida. Não havia guardas na retaguarda. Deviam estar todos na frente, mantendo os manifestantes afastados do Hospício e de outros prédios importantes.

Luke se apressou em avançar, primeiro costurando entre as pessoas e, enfim, se empurrando no meio delas.

Como encontraria Jackson?

A multidão se estendia ao infinito. Preenchia a área limitada em frente ao Hospício — um espaço de proporção mal projetada, jamais pensado para abrigar celebrações ou manifestações públicas — e jorrava até as avenidas mais ao longe. Luke revisou sua estimativa de números. Devia haver alguns milhares ali. Com certeza soava dessa forma.

Seu rosto foi espremido contra casacos e macacões, cabelo e pele enquanto abria caminho. Ele inspirou suor e o odor cáustico do sabão padrão distribuído a todos. E aqui e ali sentiu o cheiro de algo mais fedorento: uma onda de bebida destilada ilegalmente, ou algum mau cheiro do local de trabalho que nunca desaparecia, não importava o quanto se ficasse debaixo do chuveiro.

Também havia algo mais. A raiva podia ter cheiro? Luke achou que sim. Algo liberado pelo corpo, como feromônios. Porque a atmosfera estava infundida com algo mais que palavras. Ela era composta de algo maior que as vaias, o escárnio, as chamadas e respostas de um lado da multidão ao outro. Ouviam-se gritos de "DES!" e "IGUAL!", de "VOTO!" e "SIM!" Também era mais que apenas os punhos levantados, cerrados, e os ombros curvados, a pressão e a agitação impacientes da multidão.

Essas não eram pessoas como as que encontrara nos distritos afastados; silenciosamente subversivas ao usar roupas não autorizadas ou fritar um pouco de comida roubada. Não. Essas eram como as que tinham se reunido ao redor da loja naquela manhã, incomodado os guardas retirando o pôster. Elas estavam com raiva. E determinadas.

Ao avançar até a frente, vira mais que alguns rostos conhecidos da Zona D. Então, pela primeira vez, Luke teve uma boa visão do Hospício em si. Ele já tinha ganhado uma nova pintura durante a noite: "DES-IGUAL", em uma tinta em spray amarelo-vibrante na fachada.

O prédio estava cercado por guardas. Eram os caras mais velhos: veteranos grandes, durões. O chefe da segurança estava parado na galeria acima do pórtico largo do prédio. Ele era um homem esguio, sólido, chamado Grierson, e, diziam, tinha sido das Forças Especiais. A seu lado estava a Supervaca. Há que se dar crédito à mulher, ela não parecia assustada, só absurdamente irritada.

Ao lado dela havia outra pessoa que Luke reconheceu.

Gavar Jardine.

O canalha designado para torturar Oz. Que tentara atirar em Jackson. De volta em busca de mais. O herdeiro de Kyneston estava lá, de pé com o sinistro casaco de couro, os olhos azuis vazios e entediados com o espetáculo à frente. Luke imaginou aquele homem dando ordens a Daisy, repreendendo-a, e sua pele formigou.

A Supervaca avançou um passo e advertiu a multidão:

— Esta é sua última chance. Sabemos a identidade de cada um aqui presente.

Ela levantou um pequeno dispositivo com uma tela, supostamente ligado ao que quer que rastreasse os chips implantados.

— Aqueles que começarem a se dispersar *imediatamente* receberão apenas sanções leves: seis meses adicionais. Aqueles que permanecerem vão encarar uma punição mais severa.

Houve alguns resmungos, alguns gritos de xingamentos. Luke foi apertado quando algumas pessoas começaram a empurrar para recuar. Mas, pelo que ele podia ver, não eram tantas. Centenas ainda permaneciam.

— Até parece! — berrou a voz de um homem no meio do bando.
— Você vai jogar todos nós na escravidão perpétua? Onde vai botar todo mundo?

A Supervaca de fato sorriu. O efeito não foi agradável. Luke imaginou que ela não fazia aquilo com frequência.

— Sempre podemos encontrar espaço — respondeu ela.

— Traidora! — Veio outra voz, feminina dessa vez. Trêmula, como se não conseguisse acreditar na própria ousadia. — Oprimindo o próprio povo. A gente não pede muito. Um pagamento justo por uma jornada de trabalho justa. Não é difícil entender.

— Mas contrário à lei — afirmou a Supervisora.

— Leis de merda! — devolveu a mulher.

— É lamentável que pense assim — disse a mulher atarracada na galeria. — Bem. — Ela olhou o relógio. — Por mais fascinante que isso seja, já tivemos o bastante. Como não se mostraram dispostos a se dispersar voluntariamente, será necessário encorajá-los.

— Você e que exército? — gritou o primeiro homem. — Não vejo muitos de seus valentões por aqui.

— Ah — declarou a Supervisora. — Não preciso de um exército. Sabe, neste país existe algo chamado autoridade natural.

Ela deu um sorriso afetado para o ruivo esquisito. Luke sentiu o medo agarrá-lo pelo cangote e sacudi-lo até tremer.

Tudo pareceu acontecer muito rápido depois daquilo.

Houve uma agitação na turba bem em frente a Luke. Ele reconheceu a mulher que estivera reclamando na Divisão de Alocação de Trabalho. A seu lado, um cara alto e magrelo investiu com algo na mão, um cabo de vassoura com uma faca na extremidade. Ele o arremessou na galeria.

A Supervisora foi atingida, só de raspão pelo jeito, mas houve sangue e ela fez um estardalhaço. Grierson avançou até a beira da galeria, levantou o rifle e disparou.

Uma vez: no homem que tinha atirado a lança improvisada. De novo: na mulher ao lado.

O tiro deve tê-la atingido na cabeça, porque um arco de sangue respingou nas pessoas atrás. Os olhos de Luke se fecharam em reflexo, mas ele sentiu algo quente espirrar na bochecha e teve ânsia de vômito.

Ele esfregou o bracelete para se limpar e, então, viu Jackson abrindo caminho na direção das duas pessoas atingidas.

Agora havia gritaria e pânico. A multidão, antes uniforme, tinha se separado. A maioria tentava dar meia-volta e escapar, mas muitos corriam na direção da fina linha de guardas em volta da entrada do Hospício.

Eles podiam conseguir, pensou Luke. Havia pessoas o bastante.

— Atirem! — berrou Grierson. — Atirem!

Luke escutou mais tiros e mais pessoas gritando, mas, mesmo assim, ele e outros continuaram avançando. Era isso, pensou ele. Eles não teriam uma segunda chance depois daquele dia.

— Não!

A voz viera de cima, da galeria, e só havia uma pessoa a quem podia pertencer. Fez as ameaças da Supervisora e as ordens de Grierson parecerem tão irrelevantes quanto uma criança tentando dominar os pais.

Mas não havia mais tempo de analisá-la. Luke se curvou com a dor que o atingiu com força, tão pesada e aterrorizante como a grua da estação de trabalho. Ele uivou e escutou um animal ferido ganindo na própria voz. Tentou se endireitar para minimizar a agonia, mas ela estava em toda parte, em cada célula do corpo.

Desejou ardentemente, apenas por um instante, morrer para que aquilo tivesse fim.

Então a onda de sofrimento passou por cima, deixando Luke estendido do outro lado, estirado de costas, ofegando e com lágrimas escorrendo dos olhos. O abdômen se erguia, como se abrigasse um alienígena prestes a ser expulso. Ele tossiu, e aquilo enviou ondulações excruciantes por todas as partes. Ele precisava cuspir, e virou a cabeça de forma cuidadosa, como se o pescoço fosse de vidro.

De seu ponto de vista lateral, Luke percebeu que, até onde podia ver, estavam todos no mesmo estado. A praça estava cheia de gente caída, se contorcendo e gemendo. Os guardas da segurança também, pelo jeito, embora sua visão estivesse muito embaçada para ter certeza.

Então aquilo era Habilidade, pensou Luke, quando se viu capaz de raciocinar. A mágica sexy e misteriosa dos livros de Abi. A Habilidade com a qual os Iguais atraentes seduziam mulheres, elaboravam ilusões extraordinárias e puniam aqueles que tentavam ferir suas garotas.

Na vida real, uma agonia tão dolorosa que você desejava estar morto.

Como se podia lutar contra aquilo? Como se podia ganhar de pessoas capazes daquilo? Pessoas não, monstros. Não importava que não houvesse muitos. Não precisava haver.

Jackson precisaria bolar um plano melhor que o daquele dia, com certeza.

Luke deixou a cabeça cair no chão arenoso. Por toda a volta, ele podia escutar pessoas soluçando, xingando, algumas vomitando.

Então em sua visão periférica, movimento. Um par de botas parou ao lado de seu rosto. A ponta de uma delas se insinuou debaixo de sua bochecha e virou sua cara. Ele encarou o rosto carnudo de Kessler quando o homem se inclinou sobre ele.

— Desejando que eu tivesse pegado você mais cedo, Hadley?

A ponta de um longo cassetete batia na fila de ilhoses das botas de Kessler. Não com impaciência, mas lentamente. Como se ele tivesse todo o tempo do mundo.

— Sabe de uma coisa engraçada — continuou Kessler. — Hoje mais cedo, quando estávamos testando os atordoadores em alguns encrenqueiros, percebemos que não faziam o efeito de sempre. Parece que algum safado andou mexendo nas configurações. Mas não se preocupe. Posso fazer isso do jeito tradicional.

Kessler deu um sorriso malicioso, os lábios se estreiteceram, como os de um cachorro. O cassetete parou de bater. Luke viu a barra negra ser levantada acima de sua cabeça.

— Vou sentir sua falta, E-1031. Mas eles vão tomar conta direitinho de você para onde está indo.

Luke fechou os olhos antes que o braço de Kessler descesse.

Quando ele voltou a si, a cabeça parecia ter o dobro do tamanho. Ele não conseguia enxergar. Por um momento aterrorizante, ficou convencido de que o golpe de Kessler acarretara um estrago terrível, soltado algo em sua cabeça que não teria conserto. Então ele achou que seus olhos afundaram.

Foi só quando a visão se ajustou que ele percebeu o espaço apertado, sem janelas.

E este se movia.

17

Luke

Luke estava na parte de trás de um veículo. Um pequeno. Não era uma viatura de transporte de prisioneiros, mas também não era a van roubada de Anjo.

Estava deitado no que parecia ser uma lona dobrada, que protegia o corpo amolecido da estrutura dura do veículo, e envolto por dois cobertores. Também estava com um curativo em volta da cabeça. Então alguém se importava com seu estado.

Mas seria apenas para suportar o interrogatório quando chegasse ao destino?

Além disso, suas mãos e tornozelos estavam bem amarrados. Quem quer que o aprisionara acreditava em uma tentativa de fuga.

Os outros sentidos de Luke não tinham muito com o que contribuir. As rodas sussurravam em vez de retumbarem pela superfície da estrada, o que provavelmente significava uma via expressa. Isso era reforçado pelo fato de o veículo não fazer mudanças frequentes de direção. Ele conseguia ouvir uma das estações nacionais de rádio vindo baixinho da cabine, o que queria dizer que ainda estavam na Grã-Bretanha. Nada de conversa, por isso quem quer que estivesse dirigindo devia estar sozinho.

Seu nariz não lhe dizia absolutamente nada. O espaço ao redor cheirava simplesmente a van: aquela mistura masculina de metal, jornal e trapos sujos de óleo. Uns cantos da garagem do pai eram exatamente iguais.

Não havia mais nada que pudesse descobrir sem ser libertado. Luke brigou com as cordas em volta dos punhos, mas o esforço fez sua cabeça latejar. Ele também não queria alertar ninguém para o fato de ter acordado. Aquilo podia lhe dar um elemento-surpresa quando as portas fossem abertas.

Mas o que ele ia fazer, amarrado daquele jeito? Dar uma pancada com a cabeça no motorista, ou mirar um chute com os pés na virilha? Luke tinha quase certeza de que essas façanhas só funcionavam nos filmes.

O melhor dos cenários: Kessler estava, de alguma forma, ligado ao clube e tinha tirado Luke de Millmoor por um motivo. Para tanto, o gosto do homem por infligir lesões corporais graves teria de ser um tipo de disfarce profundo e meio louco, mas não era completamente impossível. Afinal de contas, ele catalisara seu encontro com o Doutor. E a recuperação rápida de Luke da surra na despensa mostrou como tudo parecera pior do que realmente foi. Mas, ainda assim, era improvável.

O pior dos cenários: os outros membros do clube também tinham sido capturados e estavam, naquele exato momento, amarrados dentro de outras vans. Todos podiam estar sendo levados a um breve julgamento, seguido de uma longa sentença, em um acampamento de perpétua. Mais provável. O que não era tranquilizador.

O cérebro de Luke alternava entre essas duas possibilidades e mais algumas além. Mas ele não optara por nenhuma quando sentiu os movimentos do veículo mudarem e a velocidade diminuir.

E, então, pararam.

Seu pulso disparou. Ele conseguiu rastejar, como uma lagarta, até as portas, então rolou de costas e se arrastou até as pernas estarem dobradas e os pés, apoiados contra a porta. Ele ouviu passos ao lado da van; o estalo de uma maçaneta. Quando ela se abriu, ele chutou forte...

...no ar vazio e caiu da traseira da van. Ele pousou aos pés de alguém que recuou com um grito.

Luke ficou se contorcendo no chão, gemendo. Tudo doía. Estava um breu e absolutamente congelante. Ele abriu os olhos e encarou um céu noturno cheio de estrelas. Centenas, milhares. Ele não as via desde que fora para Millmoor.

— Quem diabos é você? — perguntou a voz.

Uma voz que, aparentemente, não esperava encontrar um adolescente amarrado na parte de trás de sua van.

— Eu ia perguntar a mesma coisa — grasnou Luke, tentando manobrar para se sentar. — Onde estamos?

Ele não conseguia enxergar o motorista claramente. A escuridão era quase total, exceto por um brilho silencioso logo atrás das árvores ao longo da estrada. Seria uma daquelas luzes de segurança inúteis, que se acendiam como um farol quando um gato pulava em uma cerca a quase um quilômetro de distância?

— Não recebi ordens para falar nada — disse o motorista. — Nem sabia que existia um "você". Só fui informado sobre uma entrega aqui. Recebi um número para o qual ligar quando chegasse.

Ele sacou um celular com um post-it colado. Dando uma olhada no número, o homem discou e explicou, para quem quer que tivesse atendido, que havia feito a entrega.

Luke o escutou repetir "Deixar isso aqui? Você sabe o que 'isso' é, né?"

Então a conversa terminou, e o entregador começou a voltar ao veículo.

— Espere! — chamou Luke. — O que está acontecendo? Você não vai simplesmente me abandonar? Vou congelar até a morte.

— Não é problema meu — respondeu o homem, apesar de ele ter puxado um dos cobertores da traseira e o jogado na direção de Luke. Ele caiu a vários metros de distância. Filho da mãe.

Então ele subiu na van e foi embora.

Luke esperou alguns instantes para ter certeza de que ele não estava voltando, então começou a procurar ao redor por qualquer coisa que pudesse cortar o fio de plástico prendendo seus punhos e tornozelos.

A margem da estrada não era promissora, mas ele se arrastou até a árvore mais próxima, onde encontrou uma pedra encaixada entre as raízes. Ela não tinha exatamente uma extremidade, mas, se ele conseguisse fazer um pouco de fricção, podia estar livre pela manhã.

Luke não achava que tinha até a manhã.

Ele não fizera nenhum progresso quando a luz além das árvores tremeluziu, depois morreu. Houve som de metal rangendo e guinchando, como dobradiças se abrindo. Droga. Ele devia ter fugido, pulando pela estrada, e se escondido enquanto podia. Ele se curvou contra o tronco da árvore e tentou se deixar o menor possível.

A luz mudou, e ele escutou um som abafado, que lembrava cascos de cavalos. Dois cavalos? Depois passos. Vieram direto em sua direção, como se soubessem exatamente onde estava. Era tarde demais para qualquer fuga.

A voz, quando falou, estava ainda mais próxima do que imaginava.

— Olá. Está um pouco tarde para permitir uma entrada, mas eu gosto quando meus irmãos me devem uma.

A voz era masculina, o tom esquisito e o sotaque superelegante. Ainda assim, algo a seu respeito fez Luke querer cavar um buraco na terra em vez de ver a quem pertencia. Ele apertou as costas de volta no tronco da árvore, escorregadio por causa da geada, e tentou controlar o pânico crescente.

O sujeito tinha Habilidade. Luke podia sentir pelo seu modo de falar, bem como com o Igual em Millmoor. Suas palavras podiam *concretizar* fatos. Fazer coisas acontecerem.

— Vamos dar uma olhada em você, então.

Uma claridade fraca e fria encheu o ar, como se alguém tivesse ligado a luz das estrelas, e Luke se percebeu capaz de enxergar.

Dedos gelados levantaram seu queixo. Era um gesto de propriedade. Luke rosnou e jogou a cabeça para trás, depois encarou o cara esquisito que o tocara.

Ele não era o que Luke esperava.

Era jovem, talvez nem fosse mais velho que o próprio Luke, embora mais alto. O cabelo totalmente bagunçado salvou Luke de precisar ver muito de seu rosto. Luke vislumbrou um lampejo de olhos escuros que o fez estremecer. Era como se alguém tivesse empurrado dois buracos bem na cabeça do sujeito e a noite surgisse do outro lado.

Luke desviou o olhar enquanto o Igual o estudava atentamente. Quem era esse cara, e onde eles estavam?

— Bem, eu estava certo quanto a uma coisa — afirmou o esquisitão, sorrindo de um jeito oposto ao de tranquilizador. — Você tem potencial. E está em mau estado, sendo assim, vamos começar do começo.

O rapaz estendeu a mão e tirou a bandagem ao redor da cabeça de Luke. Ele envolveu o crânio de Luke com delicadeza bem onde o cassetete de Kessler acertara. Por um breve instante foi terrível, depois não mais. O couro cabeludo e o rosto de Luke formigaram. A cabeça parou de doer. Na verdade, nada mais doía. Ele sequer se sentia cansado. O aristocrata o observava atento, esfregando os dedos meticulosamente na manga.

— Está melhor? — perguntou o Igual. — Não vai gostar muito da próxima parte.

Ele não gostou.

Todos tinham escutado histórias de terror na escola, ou as repassado tarde da noite, em acampamentos, enquanto os adultos dormiam em outra barraca. Os contos sempre deixaram Luke arrepiado. Histórias de pessoas que acordavam no meio de cirurgias, mas muito paralisadas para alertar. Mochileiros embriagando-se em bares na praia, depois acordando em uma banheira de gelo, sem alguns órgãos vitais. Cientistas psicopatas que fizeram experimentos em prisioneiros vivos e conscientes durante o período de guerra.

A violação foi no nível profundo. Como se aqueles dedos gelados estivessem dentro de seu corpo, dentro de sua alma cuja existência Luke jamais analisara até então. Eles estavam remexendo cuidadosamente em partes que nenhuma outra pessoa veria ou conheceria. Luke tinha certeza de que ia vomitar. Provavelmente não estava próximo o suficiente para que os respingos caíssem nas botas do Igual, mas ele podia tentar.

— Interessante — disse o esquisito, de um jeito que Luke imaginava não ser nada bom para ninguém, muito menos para ele mesmo. — Imagino que...

Os olhos do garoto se fecharam. Mas, antes que Luke pudesse experimentar qualquer alívio por ser poupado daquele olhar enervante, ele se sentiu, de alguma forma... relaxar. Era como se ele fosse uma máquina ainda montada, mas com todas as partes desaparafusadas.

Ele sentiu o Igual entrar e lhe tirar algo.

Ou acrescentar algo? Será que uma nova parte fora colocada bem lá no fundo, onde jamais lhe parecera faltar nada? Algo tão essencial que era impossível ter funcionado sem isso?

Ele não sabia dizer. E, então, a intromissão tinha acabado e Luke se curvou em uma bola no chão, congelado. Engasgou-se com o medo e vomitou-o pelas raízes das árvores. O Igual apenas ficou ali parado, observando.

— Acabou? — Quis saber o garoto, sem nenhum fragmento de preocupação, conforme Luke enxugava a boca com as costas das mãos.

Luke não se daria o trabalho de uma resposta. Tudo o que sabia era: odiava aquele esquisito. Muito. Ninguém deveria ser capaz de fazer o que quer que aquele garoto tivesse acabado de fazer. Era obscena a existência desse tipo de gente.

— Enfim — continuou o Igual, como se eles estivessem falando dos resultados do críquete ou dos programas de televisão da noite anterior. — Meu irmão chegará em um minuto para todo o blá-blá-blá "Bem-vindo a Kyneston" de sempre.

Kyneston.

Esse não era um local de detenção da segurança. Não era um acampamento de perpétua. Era a propriedade na qual sua família morava.

O alívio foi tão grande que Luke não conteve as lágrimas. Ele abaixou a cabeça, sem querer que o Igual as visse, e esfregou as bochechas com a manga do macacão.

— Como eu vim parar aqui? — perguntou ele, quando se recompôs.

O esquisito deu de ombros.

— Agradeça a sua irmã Daisy. Gavar e ela se entenderam de cara. Quando escutamos sobre mais confusão na cidade de escravos, e com a volta de meu irmão para lá, ela implorou a ele que o resgatasse. Gavar é meu irmão mais velho — esclareceu o garoto. — Acho que você estava na plateia de seu pequeno espetáculo em Millmoor.

Gavar Jardine.

O Igual que explodira a prisão depois de libertarem Oz. Que tinha imposto agonia a centenas de pessoas, como se não fosse absolutamente nada. Aquele mesmo Gavar Jardine tinha tirado Luke de Millmoor porque Daisy pediu?

Luke balançou a cabeça, sem compreender.

— A ideia que Gavar faz de um plano parece envolver força bruta e uma van de entrega — continuou o garoto, dando um sorrisinho malicioso. — Mas ok. Com certeza Jenner contará tudo a respeito. Acabei por aqui. Por enquanto.

Ele saiu andando na direção do que Luke julgou ser o portal da propriedade. A luz brilhou de novo, e Luke escutou o murmúrio de vozes. Então um conjunto de cascos surgiu em um trote, e o outro foi devagar em sua direção, acompanhado pela luminosidade de uma tocha.

Luz de tocha normal, não uma luz mágica bizarra.

— Você deve ser Luke Hadley — disse outra voz elegante, que pertencia a um sujeito amaldiçoado tanto por cabelos ruivos quanto por sardas superabundantes. Ele conduzia um cavalo que bufava no ar gelado. — Sou Jenner Jardine. Peço desculpas por tudo isso. Não é agradável, mas é necessário. Bem-vindo a Kyneston. Vou levá-lo até sua família; vão ficar muito felizes em vê-lo.

Jenner puxou um canivete e o passou pelas amarras de Luke, depois lhe entregou o cobertor, que Luke enrolou em volta dos ombros, como um poncho. O Igual o conduziu por um enorme portal elegante, cheio de arabescos e iluminado como uma árvore de Natal, posicionado em um muro levemente brilhante.

Depois, andaram pelo que pareceram quilômetros e mais quilômetros de campos. Uma vasta área da Inglaterra escondida do povo, que nunca andaria por ali ou sequer veria o lugar. Na verdade, isso era roubo, pensou Luke. Roubo de algo que deveria pertencer a todos, trancado para o gozo de poucos.

Eles contornaram um bosque, e Luke se abaixou e xingou quando um morcego voou direto para ele. Jenner riu, não de forma grosseira, contudo, e explicou como as criaturas usavam a linha das árvores para navegar. De algum lugar distante, veio um guincho arrepiante; segundo Jenner, uma coruja. Coisas sussurravam entre as árvores. Raposas? Ou talvez doninhas? Tudo ali parecia ocupado, caçando todo o resto: os animais com asas e garras indo atrás dos animais sem nenhuma das duas.

Apropriado.

Enfim chegaram a uma fileira de cabanas pequenas, todas feitas de pedra e habilmente caiadas, iluminadas pelo luar. Era ridiculamente bucólico. Mamãe devia adorar.

Jenner bateu na porta, e, depois de alguns instantes, o pai a abriu, vestido com um roupão. O pai demorou a reagir a algo tão inesperado. Quando o fez, puxou Luke para um abraço de homem, daqueles de quebrar o pescoço, deu batidinhas em suas costas, depois a mãe e as meninas se aglomeraram na porta. Por um momento breve e radiante, Luke se esqueceu de todo o resto, exceto sua família. Todos pareciam seguros, bem e felizes em vê-lo novamente.

O sentimento era mútuo.

O relógio da cozinha marcava quase uma da manhã, mas eles conversaram por séculos ao redor da mesa. Em certo momento, um bebê começou a chorar, e Daisy pediu licença para acalmá-lo. A criança era a filha do Herdeiro Gavar, informou o pai, como se fosse a coisa mais natural do mundo ter a filha de um psicopata mágico dormindo em um berço no andar de cima.

Luke se lembrou da primeira visão do herdeiro, rumando pelo corredor do centro de detenção enquanto ele e o doutor arrastavam Oz à liberdade. Naquele momento, lembrou Luke, ele torceu para que o caminho da irmãzinha jamais cruzasse o de Gavar; quase gargalhou com a ironia.

Mas quando seus pensamentos rumaram para centenas de quilômetros ao norte, para Jackson e Millmoor, depois para o clube e os manifestantes, Luke não conseguiu voltar à reunião de família.

A mãe percebeu como ele parecia desligado, e mandou todos para a cama, dizendo que Luke devia estar exausto. Ele não estava, é claro. O Igual no portão, Silyen Jardine, disse Abi, cuidara disso. Mas Luke não insistiu.

Ele ficou deitado no escuro, tentando — e fracassando — organizar os pensamentos rodando em sua cabeça. O que tinha acontecido na frente do Hospício depois do ataque de Kessler com o cassetete? Onde estava o doutor? Será que Renie, Asif e os outros estavam a salvo? Machucados? Capturados? O que Silyen Jardine fizera com ele?

E o último pensamento antes de adormecer: o que aconteceria com ele agora?

Luke passou o fim de semana deitado, aproveitando o luxo da cama macia e a privacidade de um quarto só seu, tentando se ajustar às novas circunstâncias. A mãe ficou por perto, levando tigelas de sopa e sanduíches. O pai contou a ele sobre a coleção de carros antigos de Lorde Jardine e de um problema ardiloso no carburador, que ele resolvera na semana anterior. Daisy levou a bebê para mostrar a ele.

Luke preferia que ela não tivesse feito aquilo. É claro que a menina parecia bem normal. Fofa, até. Mas será que tinha Habilidade? Era um pensamento assustador. Todo aquele poder dentro de algo tão pequeno.

Tudo indicava que não, porque a mãe da criança não era Igual, era só uma escrava. (E como *aquilo* tinha acontecido, pensou Luke sombriamente? Será que Gavar Jardine vira algo de que gostou e simplesmente se apoderou?)

— Então cadê a mãe? — perguntou ele, quando a bebê fora colocada de volta no berço e não podia mais escutar.

— Morta — respondeu Daisy, sem expressão.

O cenário que Luke já havia imaginado em volta das origens de Libby Jardine ficou um tom mais sombrio.

— Não foi assim — reclamou a irmã. — Por que todo mundo fica contra Gavar? É por causa dele que você está fora de Millmoor, Luke.

Era por Daisy ser tão inteligente que ele estava fora de Millmoor, e Luke disse isso a ela antes de puxá-la para um abraço forte. A irmãzinha o esmurrou por comprimi-la com tanta força, mas ele não se importou. Percebeu que por um tempo, na cidade de escravos e depois na van, ele tinha acreditado genuinamente que nunca mais veria a família de novo.

No café da manhã de segunda-feira, Jenner apareceu e explicou que Luke trabalharia como jardineiro. Abi entrou na cozinha enquanto Jenner estava lá, mas, quando o viu, ela logo parou, deu meia-volta e saiu. O que era peculiar, considerando que trabalhava com ele.

Então o relacionamento de Abi com Jenner se juntou à amizade de Daisy com Gavar na longa lista de assuntos com os quais Luke se preocupava enquanto trabalhava em seu novo emprego.

"Jardineiro" significava um tipo de lenhador com status, sob a direção de um velho miserável chamado Albert. Albert não falava muito, o que estava ótimo para Luke. Os dois trabalhavam por toda a propriedade, com frequência a vários quilômetros da casa principal, o que também estava ótimo para Luke. Era frio, molhado e exaustivo, e, no fim de cada dia, Luke estava moído, exatamente como ficava em Millmoor. Isso também estava ótimo porque a exaustão do corpo era a única forma de forçar seu cérebro sobrecarregado a desligar a cada noite.

Ele estava em Kyneston havia nove dias quando a bolsa com seus pertences apareceu na cabana. Será que aquilo significava que a Supervaca aprovara sua partida não programada? Luke rasgou toda a bolsa procurando por um bilhete ou mensagem do Doutor ou de Renie. Algo costurado no forro, talvez? Ou enrolado e enfiado na alça? Mas não havia nada.

Ele observou o patético conteúdo da bolsa, agora espalhado na cama. Meias pretas e cuecas cinza, uma escova de dentes, uma foto com os colegas de turma no último dia do semestre já com cara de história antiga. Ele não tinha nada a exibir do meio ano na cidade de escravos. As únicas coisas importantes — as amizades, tudo o que ele tinha feito e arriscado, a pessoa que se tornara — foram deixadas para trás.

— Como funciona o correio por aqui? — perguntou ele a Abi alguns dias mais tarde. — Eu conseguiria mandar uma carta a Millmoor?

Quando ela perguntou o porquê, ele respondeu qualquer coisa sobre um "obrigado" a um médico que havia cuidado dele após um acidente.

— Para que ele saiba que estou bem.

Abi franziu a testa e disse a ele que não achava uma boa ideia, e, além disso, o correio para Millmoor ainda não voltara a funcionar.

A segunda semana em Kyneston acabou. Depois uma terceira. Semanas nas quais, embora cercado pela família, Luke se sentiu mais sozinho que jamais se sentira na vida.

Será que Jackson e o clube já tinham se esquecido de Luke? Não faltariam novos recrutas com raiva em Millmoor, por isso ele poderia ser facilmente substituído. Então se lembrou dos jogos que tinham feito juntos: invadira locais com Jessica, fizera às vezes de vigia para

Asif, havia pendurado Renie do telhado. Todos haviam confiado suas vidas uns aos outros. Não se esquece simplesmente de alguém depois de partilhar tais coisas.

Ele decidiu que havia três possibilidades. Os amigos tinham sido presos. Ou planejavam entrar em contato com ele, mas ainda não haviam conseguido. Ou acreditavam que ele estava feliz em Kyneston, com a família.

Quando começou a tarefa daquela manhã, derrubar uma cerejeira podre bem no interior do bosque, Luke testou cada hipótese. A primeira não se manteve. Se a existência do clube e seu papel no tumulto tivessem sido descobertos, Luke também teria sido levado para interrogatório, estivesse ele ou não em Kyneston. A segunda possibilidade também era improvável. Jackson e Anjo conseguiam tirar um homem de Millmoor, então não deviam ter dificuldade em levar uma mensagem a Luke, mesmo ali. Só restava a terceira opção: o clube agora o acreditava fora da jogada.

O que era tão errado que Luke não sabia por onde começar. Ele podia contribuir com tanto para a causa trabalhando em Kyneston. Os Jardine eram a família mais poderosa da região, e ele estava bem no meio deles. Muitos ali não prestavam mais atenção aos escravos que a um móvel, criando todo tipo de oportunidade para escutar conversas. Sua irmã trabalhava no Gabinete de Família e tinha uma chave. O Terceiro Debate, quando a Proposta de Abolição seria votada, aconteceria bem ali.

Frustrado, Luke cravou o machado contra o tronco abalado da árvore, fazendo-a se desprender do solo e tombar. As raízes estavam secas e mortas, como se toda a vida tivesse sido drenada. Ele virou a tora e começou a cortar as gavinhas murchas uma por uma. Era só minimamente terapêutico.

Certa vez, Luke desconfiara de que Jackson gostaria de vê-lo em Kyneston. "O plano é colocar você na propriedade", tinha dito o Doutor na primeira reunião depois do resgate de Oz.

Bem, ali estava ele. Exceto que por obra de Gavar Jardine, a pedido de Daisy. Absolutamente nada a ver com qualquer plano de Jackson.

Luke cortou a lateral do tronco com o machado, praguejando quando a madeira simplesmente se esfarelou em sua mão. Algo lhe estava escapando. O que era?

Eis um ponto curioso: Gavar Jardine também fora essencial na fuga de Oz. Ele passara bem a seu lado na prisão, quando parecia impensável que não os notasse. E Jackson tinha voltado na direção do Igual, deixando Luke e Renie para levar Oz até Anjo. Houve disparos e um grito, mas o Doutor não se feriu. Será que os dois encenaram tudo?

Luke se lembrou das palavras chocantes de Jackson no dia em que contou ao clube a respeito da Proposta. Quando ele admitira que tinha um aliado entre os Iguais.

"Alguém próximo ao poder", revelara o Doutor. "Ele vê cada sombra na Casa de Luz."

Quem estava mais próximo ao poder que Gavar Jardine? Um parlamentar. Um membro do Conselho de Justiça. Um herdeiro que parecia ele mesmo destinado à Chancelaria um dia.

O cérebro de Luke disparou, farejando mais pistas. O homem tinha uma filha nascida do povo. Ele usara, sim, sua Habilidade para derrubar a todos no Hospício, mas só depois que aquele maníaco do Grierson tinha mandado atirarem na multidão. Gavar Jardine podia ter causado sofrimento, mas havia salvado vidas.

E por mais fofo que fosse pensar em Gavar tirando Luke de Millmoor a pedido de Daisy, não era muito plausível que uma menina de 10 anos, mesmo uma tão esperta quanto sua irmã, tivesse surgido com aquela ideia. Será que o herdeiro tinha plantado a sugestão, sabendo que seria um bom disfarce?

Luke não tinha certeza. Mas, por enquanto, parecia ser o único cenário que explicava tudo.

Tudo, menos uma pergunta crucial.

Para que ele era necessário ali em Kyneston?

18

Abi

Tudo daria certo, mesmo. Eles teriam dez anos rápidos.

Abi se preocupara com Luke inicialmente. Durante as primeiras semanas ali, ele parecera fora do ar. E não tinha falado muito sobre seu tempo em Millmoor, além dos fatos facilmente deduzíveis. Um, não tinha sido muito divertido, dois, ele não queria falar a respeito.

Pelo menos ele chegara inteiro, apesar de todos os boatos de agitação e daquela vaga menção a um médico e a um acidente. Mais que isso, Luke amadurecera muito em Millmoor. No dia terrível em que fora separado da família, havia demonstrado uma força de caráter da qual ela nunca suspeitara, e aquilo só parecia ter se aprofundado durante o tempo separados. Ele também tinha encorpado, e Abi ficava feliz por seu irmãozinho estar a salvo das garras das devoradoras de homens que eram suas colegas na escola.

No fim das contas, ela era uma irmã mais velha orgulhosa e aliviada. E agora que Luke estava com eles, esperava que as coisas enfim se assentassem e os Hadley pudessem seguir em frente, cumprindo seus dias.

Exceto que Jenner continuava agindo friamente.

E Abi ainda não tinha uma lembrança clara do que acontecera naquela tarde, no Grande Solar.

Além do mais, o homem-cachorro não lhe contava o que fizera para supostamente merecer a humilhação nas mãos de Lady Hypatia. Não contava ou não podia contar.

A maneira como os outros escravos de Kyneston pareciam satisfeitos em fingir que o homem não existia era francamente nojenta.

— Você precisa esquecer isso, meu amor — declarou a arrumadeira certa tarde, enquanto tomavam uma xícara de chá. — Ele não é flor que se cheire, e nada de bom pode resultar disso.

Quando Abi perguntava por que, a resposta era sempre a mesma: porque ele tinha sido punido por Lorde Crovan, um destino reservado apenas aos mais perversos. Será que eles não conseguiam enxergar que era o oposto? O rigor da punição não era prova de que o homem a merecia.

— Venha comigo — disse ela a Luke em um começo de noite, quando acabaram de lavar e secar a louça. Daisy estava no andar de cima, lendo, enquanto Libby dormia, e a mãe e o pai tinham ido visitar amigos na Travessa. — Quero que conheça uma pessoa.

Luke sorrira, feliz por lhe fazer a vontade. Algo dentro de si havia relaxado, se desenrolado naquelas últimas semanas. No começo ele parecera agitado, quase como se sentisse saudades de Millmoor. Ela ficara pensando se ele tinha conhecido alguma garota por lá e estava sofrendo de saudade, mas ele zombara da ideia. Talvez o irmão só precisasse de tempo para se ajustar.

Lady Hypatia não aparecera em Kyneston desde o Ano-Novo. No entanto, logo estaria de volta, não sem antes enviar à frente um grupo de seu próprio assento de viúva em Ide, e um de Appledurham para seguir com os preparativos do casamento. Aquilo significava que o homem-cachorro não tinha saído do canil desde a chegada de Luke. Será que o irmão sequer sabia de sua existência?

Aparentemente não.

— Por favor me confirme o que estou vendo aqui — pediu ele, furiosamente, enquanto Abi hesitava na entrada do canil, pensando em como exatamente fazer aquilo. — Porque se parece terrivelmente com um homem nu em uma gaiola minúscula.

A voz de Luke soava tensa e afrontada. Abi poderia tê-lo abraçado. Ela sabia que não estava enlouquecendo. Sabia que era inacreditável e muito errado manter alguém daquela forma.

— Temos de tirá-lo daqui — declarou Luke.

— Não é tão simples assim.

Abi o colocou a par da situação, falando rapidamente, sempre atenta à presença do Mestre dos Cães nos aposentos acima. O guardião do canil gostava de uma bebida, descobrira. Por isso, havia duas semanas que a jovem tinha surrupiado várias garrafas de uísque das adegas e lhe dado, fingido serem presentes de agradecimento dos Jardine. Ele parecera desconfiado, obviamente os Iguais não tinham o hábito de demonstrar consideração pelos escravos, mas as aceitara, de qualquer forma. Depois disso, Abi respirava um pouco mais aliviada quando fazia suas visitas noturnas.

— Se eu conseguir fazê-lo falar, andar — disse ela ao irmão —, então talvez eles o deixem cumprir seus dias normalmente, como o resto de nós.

— Isso não vai acontecer, Abi. Você sabe que não vai. Isso não é apenas punição. É muito vingativo. Você está pensando muito pequeno. O único jeito de acabar com isso é tirando-o de Kyneston. Se quiser mudar algo, precisa pensar grande.

Seu tom era sincero, como ela jamais ouvira em Luke antes. Ele realmente acreditava no que dizia.

E um pouquinho de medo pelo irmão se infiltrou em seu coração. Quando Luke tinha se tornado tão... destemido?

Talvez a agitação em Millmoor tivesse a ver com isso. Talvez Luke tivesse escutado as pessoas declamando esse tipo de frase feita idealista. Lindas palavras. Belas ideias. Tudo totalmente impossível.

Luke arrancou a chave dos dedos da irmã.

— Vamos tirá-lo desse canil por algumas horas, pelo menos. Ficar de pé não é o bastante, ele precisa ser capaz de andar por aí, de correr. Vamos para o bosque. Ninguém vai nos ver por lá.

E, antes que Abi conseguisse impedi-lo, Luke estava de joelhos em frente à gaiola, levantando a porta do jeito exatamente certo. Ela o escutou sussurrar, consternado, enquanto o homem-cachorro rastejava para fora. Era por causa da aparência e do cheiro da criatura? Ou apenas devido à impossibilidade de sua existência: um homem que a Habilidade destituiu de toda humanidade?

— Sou Luke Hadley. — Ela escutou o irmão dizer naquela nova voz confiante.

— Oi, Luke Hadley — cumprimentou o homem Condenado, com a voz rouca.

— Não sei seu nome.

Os ombros do prisioneiro balançaram. Aquele jeito de rir horrível, vazio. Ainda fazia Abi estremecer.

E se tivermos entendido errado? Abi de repente quis alertar Luke. E se tivermos cometido um terrível engano? E se o motivo para não lhe restar humanidade não for porque a roubaram, e sim porque jamais existiu, em primeiro lugar?

— Nem... eu. Sua irmã me pergunta... a mesma coisa. Por que não... me chamam... de "Cachorro"?

— "Cachorro"? Você não se lembra de seu nome? — indagou Luke.

— Eu só me lembro... do que ele... me deixa. Só das... coisas ruins.

— Ele?

— Ninguém... sabe. Alguém que eu espero... que você nunca conheça. Meu carcereiro.

— Lorde Crovan — observou Abi. Luke balançou a cabeça. O nome não significava nada para ele. — Algum tipo de sádico com permissão oficial — esclareceu ela.

— Há muitos desses.

Cachorro levantou de repente, como um animal se equilibrando, com esforço, nas patas traseiras. Agora que havia ali outra pessoa para comparar, Abi podia ver que o homem devia ter sido alto antes. E forte.

Ainda era forte. Não se notava quando estava de quatro, mas os músculos continuavam lá, claramente marcados nas coxas magras, e poderosamente desenvolvidos nos braços. Quantas flexões ele fazia ali todos os dias?

— Roupas — disse Luke. — Vamos achar algo para você.

— Ele consegue suportar o frio.

Abi não queria o irmão circulando por ali, perturbando os cães ou seus donos.

— Tenho certeza de que sim. Mas três pessoas andando à noite vão chamar um pouco mais de atenção se uma delas estiver totalmente nua que se todas estiverem, sabe, *vestidas*.

Quando Luke ficou tão sábio? E tão respondão.

Não, espere. Ele sempre tinha sido.

Era tão bom tê-lo de volta. Era assim que deveria ter sido desde o início.

O tempo passado ao ar livre com o homem-cachorro — Cachorro, como ela supunha que deveria chamá-lo agora, e que, de certa forma, parecia pior — foi um sucesso. Eles o devolveram para a gaiola sem incidentes, e Luke ficou ansioso para repetir a visita em breve.

Mas isso ficaria mais difícil, porque o grupo antecipado para o casamento havia chegado. Não só Lady Hypatia, mas também seu filho mais velho e a família, os Vernay de Ide, um jovem ramo da linhagem Jardine. Abi não sabia nada sobre eles, somente que Ide fora o alvo da revolta abjeta e condenada de Black Billy mais de dois séculos antes. Com eles vieram o pai viúvo da futura noiva, Lorde Lytchett Matravers, e seu amigo íntimo, Lorde Rix.

Os dois últimos eram uma dupla que não combinava: um era gordo, cheirava a xerez e pleno de alegria; o outro, muito magro e cortês, dado a deixar rastros perfumados de fumaça de charuto por onde passava. A outra coisa que parecia segui-los por toda parte era a gargalhada, uma mudança agradável, para variar.

Sua relação com Jenner continuava distante e formal. Mas, em todos os outros aspectos, Kyneston, ou seria a própria Abi?, parecia abandonar a tristeza do alto inverno. Mudando a pele, como uma salamandra no fogo. Eu queimo, não brilho, pensou ela.

— Você não é daqui, é?

Lorde Rix estava apoiado na parede com painéis do corredor. Ele a observava, uma cigarrilha fina entre os dedos e um sorriso nos lábios.

Abi estivera instruindo um par de escravas domésticas a respeito das decorações que transformariam a câmara de debates da Ala Leste de Kyneston em um local para casamento. Ela tentou amenizar suas vogais do norte. Mas elas escapavam quando estava exaltada, o que era o caso ali, ao encarar duas pessoas que aparentemente desconheciam a diferença entre "tiras de pano" e "grinaldas".

— Não, meu amo. De Manchester.

— Manchester? — Rix ergueu uma sobrancelha.

Abi não conseguia se lembrar do nome do assento do homem, mas achou que era em algum lugar na parte leste. Informações privilegiadas direto da cozinha atestavam que Rix tinha uma porção de cavalos de corrida, mas nenhum filho, e era padrinho das duas meninas Matravers.

— Ah, já sei, seu irmão deve ser aquele garoto que Gavar tirou da cidade de escravos. Um resgate bem ousado. Você tem de me apresentar a ele um dia para que me conte tudo. Não tem mais muita coisa empolgante acontecendo por aqui, né?

Abi duvidava de que o relato do irmão sobre suas seis horas na traseira de uma van fosse tão entusiasmante quanto o Igual esperava, mas ela assentiu de forma obediente.

— Vou avisá-lo quando o encontrar. Mas temo que ele quase nunca apareça na casa. Ele é jardineiro. Se o senhor estiver do lado de fora e vir um adolescente louro com um machado grande, é ele.

— Um machado, é? — O Igual ergueu as mãos em terror fingido. — Imagino como seus senhores estão confiantes de que ele não tenha adquirido nenhuma ideia imprópria no seu tempo em Millmoor. Haha. Enfim, você parece uma jovem ocupada. Não vou tomar seu tempo.

E Rix saiu agitado para o Pequeno Solar, procurando o amigo. Dispensada, Abi.

O Igual tinha razão: ela estava ocupada. Sua lista de tarefas era longa, e havia uma coisa que ela estava desesperada para fazer. Mas, primeiro, precisava achar outra garota que pudesse ser liberada das tarefas gerais. Ela seria necessária a fim de ajudar a criada de Lady Thalia a remexer no guarda-roupas de sua ama e em vários baús com roupas antigas de Euterpe Parva.

Isso porque, em algumas semanas, a dormente de Kyneston acordaria. E, quando o fizesse, aparentemente tinha um casamento ao qual comparecer.

O que, com certeza, era uma impossibilidade médica. As pessoas não saíam do coma em data marcada.

— Possibilidades médicas não vem ao caso — respondera a mãe. — O Jovem Mestre fará isso. E Lady Parva está extraordinariamente em boa forma. Não há perda de tônus muscular que eu consiga detectar. Lady Thalia se senta todos os dias com ela e, aparentemente, usa a Habilidade para manter a irmã forte. De um ponto de vista mecânico, não há nada que impeça Lady Euterpe de levantar daquela cama e fazer uma caminhada de 8 quilômetros.

Abi entendia o que a mãe não estava dizendo. Silyen Jardine podia ser capaz de restaurar a consciência da tia, mas como estaria seu estado mental? As pessoas não saíam de comas de vinte e cinco anos e simplesmente retomavam de onde tinham parado.

A estudante do primeiro ano de medicina em Abi queria desesperadamente ver Euterpe Parva destruir os livros a respeito de possibilidades reais. A curiosidade sobre o funcionamento da Habilidade, psicologicamente falando, era uma das razões pela qual ela sonhara em cumprir seus dias em um lugar como aquele. Mas, até que visse com os próprios olhos, ela não ia acreditar.

Não foi difícil encontrar uma voluntária para passar a manhã se debruçando sobre vestidos de baile. Outro trabalho riscado da lista. Mas ainda havia mais entre ela e a caixa na biblioteca.

Lorde Matravers insistia em provar todos os pratos selecionados para o banquete de casamento, então Abi negociou uma data com a cozinheira. A casa estava a todo vapor, em preparação para as centenas de convidados que compareceriam aos três dias de extravagância debate-baile-casamento. Vans de entrega chegariam sem parar nas semanas seguintes.

No andar dos criados, Abi ficou espantada ao cruzar com Luke saindo.

— Estou sendo escalado para as festividades — explicou ele. — Todo mundo está, a cada ano, aparentemente. Até Albert, para você ver como estão desesperados. Vou carregar malas e servir drinques, então alguém precisava tirar minhas medidas para um uniforme. Escute, vai estar uma loucura total. Uma boa oportunidade para... você sabe.

— Eu não sei de nada — rebateu ela, de forma dominadora. O efeito de seu melhor olhar de irmã mais velha se perdia um pouco agora que ela precisava olhar para cima a fim de encarar Luke. — Conversamos em casa de noite.

E então, incrivelmente, sua lista de tarefas virou uma lista cumprida. Por isso ela correu para a biblioteca.

O aposento estava trancado em virtude do que fora temporariamente armazenado ali dentro. Mas Abi tinha a chave-mestra do Gabinete de Família. Ela verificou o corredor antes de entrar, embora essa fosse uma parte perfeitamente legítima de suas tarefas. Ok, ninguém lhe pedira para fazer aquilo, mas isso era ser proativa, certo?

Alguém já estivera ali porque o objeto se encontrava fora da caixa.

Na biblioteca, tão perto que Abi podia tocá-la, estava a Cadeira do Chanceler da República Igual da Grã-Bretanha. Ela era trazida todo ano a Kyneston para o Terceiro Debate da Proposta. Era menor e mais bonita do que imaginara.

Estava virada de frente para a lareira. Feita de carvalho e com mais de sete séculos de uso, a madeira tinha escurecido a uma cor e brilho de ébano.

Abi se aproximou devagar. A cadeira emanava presença quase como uma pessoa. Imponente. Majestosa.

As figuras esculpidas no espaldar — bestas e homens — tinham perdido a nitidez, mas isso não diminuía o encantamento. Abi se curvou para estudar as imagens. Um dragão. Um homem coroado. Uma mulher alada segurando uma espada. Um sol cercado de estrelas. Linhas onduladas que podiam ser água ou algo totalmente diferente.

Ela estendeu uma das mãos. Hesitou, como tinha feito meses antes ao tocar no muro de Kyneston, então esfregou as pontas dos dedos pela madeira lustrosa. Ela alisou o topo triangular com a palma, então a desceu pelo braço da cadeira.

Quando passou os dedos pela lateral, recebeu um choque que a fez gritar e quase tropeçar para dentro da lareira.

A cadeira estava ocupada.

— Tenha cuidado, Abigail — repreendeu a pessoa contemplativa, sentada de pernas cruzadas no assento de madeira. — Seria um transtorno ter de puxá-la para fora das chamas.

Silyen Jardine a observava de forma indulgente.

— Você quase me matou do coração — rebateu ela, perplexa. — O que está fazendo aí sentado? Testando o tamanho?

Se existisse um guia intitulado *Como escravos jamais devem se dirigir a seus mestres*, a frase estaria escrita na página um. Abi começou a balbuciar um pedido de desculpas, mas o Jovem Mestre fez um gesto para que esquecesse.

— É um pouco forçado, claro. Não sou herdeiro. Não estou nem na fila, embora ouse dizer que meu pai me preferiria a Jenner, se chegássemos a esse ponto. Não, jamais serei Chanceler. Mas, é claro, essa nem sempre foi a Cadeira do *Chanceler.*

Para enfatizar seu ponto, Silyen descruzou as longas pernas e bateu os saltos das botas na pedra fixada debaixo do assento. Era a antiga pedra da coroação dos monarcas da Grã-Bretanha, quebrada por seu ancestral, Lycus, o Regicida.

O que Silyen estava sugerindo? Abi sabia o que parecia, mas isso seria loucura, até para ele.

— Suponho que não esteja planejando restabelecer a monarquia — comentou ela. — Creio que o momento para isso passou, não acha?

— Meu irmão andou lhe dando mais aulas de história? — indagou o Igual. — Ah não, como eu sou bobo, ele não tem mais permissão para confraternizar com você, certo? Só conversas chatas sobre clipes e faturas. Ordens de mamãe. Bem, me permita oferecer uma aula. Sei que gosta de história, Abigail. Lembre-se: aqueles que não aprendem com ela, estão condenados a repeti-la. Ou melhor seria dizer: aqueles que de fato aprendem com ela são capazes de repeti-la? Veja.

Ele balançou as botas e pulou suavemente da cadeira.

O olhar de Abi o seguiu, mas seu cérebro só tinha registrado uma parte do que ele dissera. O distanciamento de Jenner não era o que Jenner queria. A mãe o havia imposto. Um sentimento tão mágico quanto Habilidade se agitou em seu coração.

Seria esperança?

Silyen não havia notado. Com as mãos apertadas atrás das costas, ele examinava os entalhes que ela havia inspecionado um momento antes.

— Você já ouviu falar de *Wundorcyning*, o Rei Prodígio? Não vou repreendê-la se não, porque muitos de minha espécie também o desconhecem. Ele é uma lenda folclórica. Uma perigosa, sua história foi ocultada duas vezes mais. Acredito que ele realmente existiu. Ninguém se incomoda em apagar a memória de pessoas inventadas.

Silyen se inclinou para observar a figura indistinta do homem coroado.

— Wundorcyning viveu durante a lacuna sombria entre romanos e nossos primeiros registos próprios da história. Tinha Habilidade. As narrativas descrevem seu contato com criaturas estranhas e maravilhosas, as lutas com gigantes e visitas a outros mundos.

"Depois de sua morte, ou sumiço, pois não há relatos de seu falecimento, por alguma razão nunca mais houve outro governante com Habilidade. Então as lendas sobre o Rei Prodígio foram banidas pelos monarcas a seguir. Eles tinham coroas, mas não Habilidade, e imagino que não quisessem parecer inadequados em comparação. Desde a gloriosa Revolução Igual, é claro, nossos governantes tiveram Habilidade, mas não coroas. Então as pessoas no poder ainda não querem ouvir falar no Prodígio: o homem com ambas."

— Mas aqui está ele — disse Abi, pensativamente. — Escondendo-se à plena vista.

— Exato. — Silyen sorriu. — A biblioteca de Orpen Mote abrigava a única cópia completa do livro mais antigo, *Sinais de Prodígio: Histórias do rei*. Mas Wundorcyning está aqui, tenho certeza. Na cadeira. Zombando de todos que já a ocuparam, meu pai inclusive.

Abi se endireitou. A história era fascinante. Mas nem mesmo a conversa sobre livros antigos, conhecimento perdido e um rei mágico conseguia tomar o lugar da única coisa em seu cérebro implorando por atenção.

Será que o Jovem Mestre ficaria com raiva se ela perguntasse? Infelizmente, ela não tinha escolha, porque ninguém mais, em especial o próprio Jenner, parecia querer falar a respeito.

— Seu irmão — começou ela. — Você disse que seu irmão...

Abi fazia Cachorro parecer articulado.

— Não tem permissão de se envolver com você. Sim. — O jovem Igual sacudiu a mão de um jeito desdenhoso. — Minha mãe e meu pai já se preocupam por ele ser metade do povo, então pegam pesado com qualquer coisa parecida com simpatia por sua espécie. Será que "simpatia" é a melhor palavra nesse caso, Abigail?

O tom era malicioso, e Abi corou de constrangimento. Mas tinha de insistir:

— E esse é todo o problema? Desaprovação geral? Porque houve uma tarde da qual não consigo me lembrar. Fiquei preocupada se fiz alguma coisa, é isso.

— Não consegue se lembrar? Alguém andou fazendo faxina dentro de sua cabeça sem permissão? Que deselegante. Posso dar uma olhada se você quiser.

Abi hesitou. No que havia se metido? Aqueles brilhantes olhos pretos viram sua incerteza.

— Invadir as memórias de alguém é um processo perigoso e quase sempre prejudicial, Abigail. Mas é muito mais direto, pelo menos eu penso assim, para descobrir se um ato de Habilidade foi praticado em uma pessoa. E, se foi, por quem. Cada um de nós é único na forma de usar nossa Habilidade. É como uma impressão digital.

"Como sou o guardião do portal desta família, conheço a marca de cada um que entra na propriedade. Por isso serei capaz de dizer se alguém usou Habilidade em você. Veja, você pode até sentar confortavelmente enquanto descubro."

Silyen indicou casualmente a Cadeira do Chanceler. O trono de reis e rainhas. Com a cabeça girando, Abi concordou. Ela agarrou os braços lisos da poltrona e apertou os olhos até que aquilo terminasse.

Ele não mentira. Não foi nada tão ruim quanto o que ele fizera no portal, mas ainda havia aquela sensação de revirar o estômago por ser manipulada. Era como a mãe no supermercado, verificando se os tomates tinham marcas. Abi imaginou Silyen procurando um pedaço esponjoso e amarronzado, onde a ponta afiada da Habilidade de alguém a tivesse atingido e causado algum estrago.

— Bouda — anunciou ele, depois de alguns minutos. — E minha mãe. Não foi difícil de deduzir. Falta refinamento às duas. Também posso contar exatamente o que aconteceu. Bouda e Gavar tiveram uma briga, uma discussão feroz testemunhada por você. Bouda odeia ser alvo das fofocas de criados, então a Silenciou. De uma forma bem brutal. Acho que ela ainda estava furiosa com Gavar.

"Você foi deixada em péssimo estado, soluçando de dor. Então Jenner, meu pobre irmão inútil sem Habilidade, saiu procurando a mim ou minha mãe para se certificar de que ficasse bem. Infelizmente para você, ele encontrou mamãe primeiro. Ela realizou uma cura inepta, fez outro esforço francamente lamentável para mexer em suas lembranças, e disse a Jenner que você não devia sequer estar presente, para começo de conversa. Então passou instruções severas de que Jenner devia interromper qualquer contato não profissional imediatamente. Sim. Isso foi tudo. Você deve ter sentido dor de cabeça por uma semana."

Abi sentiu uma comichão por todo o corpo pela traição, embora não devesse ter esperado nada melhor de Silyen Jardine, com sua cordialidade vivaz e esquisita, e sua total falta de escrúpulos.

— Você disse que não vasculharia minhas memórias.

— Abigail, você me feriu. — Silyen levou uma das mãos ao coração, ou ao lugar onde deveria haver um. — Não vasculhei nada. Sei de tudo isso porque uma hora mais tarde, depois de levá-la até sua casa, Jenner chegou e me contou toda a história. Ele estava praticamente gritando de culpa. Falei para ele se controlar. Até por que, qual é... Não é como se ele tivesse atirado em você. Estou começando a achar que meus irmãos não são muito bons com mulheres.

Silyen estremeceu delicadamente, como um gato a quem oferecessem biscoito de cachorro.

Abi o encarou, sem acreditar. Ela apertava os braços da Cadeira do Chanceler com tanta força que podia arrancá-los. Era para rir ou chorar?

Ou devia procurar Jenner Jardine, dizer a ele para parar de ser idiota, e beijá-lo?

19

Gavar

O pai planejava um debate. Silyen, uma ressurreição. E Gavar, um casamento.

Havia tanta coisa errada com isso que Gavar não sabia por onde começar.

Ele agitou o gelo em seu copo e fez cara feia quando nenhum lacaio correu para lhe servir uísque.

Podia começar com Millmoor. Ele cuidara bem da situação. Até o pai havia comentado. O soldado Grierson começara a atirar na multidão, o que talvez tivesse encerrado o tumulto daquele dia, mas teria acumulado problemas piores para o futuro.

A intervenção de Gavar evitara aquilo enquanto dava ao povo um pequeno lembrete de quem eram seus verdadeiros mestres. Então todos o cumprimentaram quando retornara a Londres, o que foi merecido.

Mas seria ingenuidade querer mais que isso? Na verdade, a única pessoa que lhe dissera "obrigada" tinha sido a menina-escrava Daisy; ela também implorara para que ele tirasse o irmão daquele lugar. O que fora fácil quando Gavar encontrou um brutamontes que conhecia a cara do garoto.

Tanta gratidão por algo tão pequeno, e tão pouco reconhecimento de todos os outros pelo que ele alcançara: paz em Millmoor. Ou sossego, pelo menos. Não houvera mais incidentes desde aquele dia.

De seu ponto de observação, ao lado do piso de mármore da lareira, Gavar tomou outro gole do puro malte, assistindo ao alvoroço na Grande Sala de Kyneston. A chuva caía forte lá fora, mas, mesmo tarde da noite e com um clima tão medonho, a casa ainda se enchia. Os parlamentares chegaram ao longo de todo o dia. Lordes, damas e seus herdeiros, entrando pela porta gigantesca sem nem uma gota sobre eles, enquanto escravos ensopados carregavam suas bagagens.

Lá estava o lacaio que em geral supervisionava o armário de bebidas, mal-humorado, conduzindo a Oradora Dawson e o filho intrometido pelo corredor de serviço; supostamente, o rapaz era algum tipo de conselheiro dos OPs. Isso era algo que Dawson tinha aprendido com os Iguais: a fina arte do nepotismo.

Gavar bufou e ergueu o copo enquanto a dupla passava; uma saudação à hipocrisia da mulher. O filho, que tinha idade próxima ao herdeiro, viu-o fazendo aquilo. Mas não pareceu reprimido. Na verdade, havia algo perigosamente próximo a desprezo em seus olhos azuis de menino bonito. A mão de Gavar coçou por seu chicote de montaria, embora imaginasse como seria um péssimo começo para as celebrações bater em um convidado que mal entrara pela porta.

Não era preciso se preocupar. Haveria outras maneiras de retribuir a insolência do rapaz.

Na entrada, a mãe fazia o melhor para manter um sorriso fixo no rosto enquanto dava as boas-vindas a Crovan. Gavar se aproximou do fogo crepitante enquanto observava. A aparência do homem podia ser imaculada, o cabelo puxado para trás, o alfinete de gravata dourado brilhando à luz das velas, o sobretudo de vicunha feito sob medida para sua altura, a forma austera, mas ele deixou Gavar horrivelmente assustado por todo o caminho até ali.

Supostamente, Silyen colocara o homem na lista de convidados para seu ato teatral da manhã seguinte: o despertar de tia Euterpe. Crovan acharia aquilo fascinante. Talvez pedisse um lugar na primeira fila. Imagine sair de um sono de 25 anos e as primeiras pessoas diante de si serem Sil e Lorde Bizarro. A sanidade de titia Terpe voltaria correndo para qualquer cantinho doido do cérebro onde se ocultara todos aqueles anos.

O debate e o baile da Proposta eram no dia seguinte, e Crovan sempre votava e comparecia. Mas ele não ficaria por um terceiro dia, certo? Para o Casamento do Século? O evento já seria terrível o bastante sem ajuda.

A mãe chamou um escravo para pegar a mala de Crovan, e Gavar viu que era o garoto resgatado de Millmoor. Daisy lhe mostrara quem era certo dia, enquanto passeavam com Libby: um moleque com expressão furiosa e um saco de ferramentas nas costas. Ele não parecera exatamente empolgado por estar ali. Outro ingrato.

Ou assim pensara Gavar. Mas, ao cruzar outra vez com o garoto algumas semanas mais tarde, parecia que o mesmo passara por um transplante de comportamento. O moleque tinha olhado para Gavar como se o herdeiro não só tivesse proporcionado sua libertação de Millmoor, mas também tivesse dirigido a van e, depois, oferecido uma festa completa de boas-vindas a Kyneston, com strippers. O rapaz agradecera de forma genuína e se disponibilizara a fazer qualquer coisa em seu alcance por seu salvador.

— Absolutamente qualquer coisa — dissera ele de um modo expansivo. Como se houvesse um monte de coisas que um escravo de 17 anos pudesse oferecer ao herdeiro de Kyneston.

Gavar virou o finalzinho do uísque. Devia pegar leve, ele sabia. Não queria acabar como o pai. Mas ultimamente vinha sentindo necessidade de um pouquinho de estímulo. O herdeiro ainda vinha sentindo as dores de cabeça que o atormentavam desde que Libby nasceu. Era algo que ninguém revelava sobre a paternidade: a preocupação constante e o preço que ela cobrava.

Do outro lado do hall, o garoto de Millmoor segurava a mala de Crovan. A mãe parecia descrever com detalhes onde o Lorde Esquisitão ficaria. Provavelmente, o menino nunca estivera dentro da casa antes.

Mas, então, Sil deixou o arco oeste na direção do trio e, para evidente desaprovação da mãe, pegou a mala de Crovan e levou o convidado menos bem-vindo embora. O rapaz os observou saindo, indiferente. Na verdade, revirou os olhos quando achou que ninguém o observava.

Bom para ele. Talvez tivesse valido a pena resgatar o garoto.

Gavar bateu o copo vazio na cornija da lareira, onde sem dúvida permaneceria até que um escravo fatigado o encontrasse pela manhã. Gavar já estava farto do papel de anfitrião. Só mais três noites como um homem livre, e ele pretendia aproveitá-las ao máximo. Um dos lordes da fronteira tinha sucedido o pai recentemente, e a nova herdeira da propriedade, comparecendo a seu primeiro debate, merecia a atenção de Gavar. Ele achou que ela apreciaria uma introdução rigorosa ao grande mundo malvado da política.

Todos sabiam que os Jardine eram bons nesse tipo de coisa.

A garota se revelou agradavelmente ansiosa pelas aulas. Mas Gavar voltou ao próprio quarto para dormir, depois desceu cedo para o café da manhã no dia seguinte a fim de evitá-la. Defendera a reputação da família bela e repetidamente, mas temia que a jovem deixasse algo transparecer. Ele não queria a noiva, aquela megera com olhos de lince, notando algo. A garota não acordaria tão cedo, Gavar tinha certeza.

O café da manhã, quando Kyneston estava *en fête*, acontecia na Longa Galeria. Uma mesa imensa era colocada em toda a sua extensão e coberta com linho cerimonioso. Gavar verificou o recinto com cuidado ao entrar. Não havia sinal de sua nova amiga (ele teria de perguntar seu nome à mãe) nem da futura esposa, o que era um alívio.

Algumas cabeças o seguiram quando Gavar se sentou. Bem, deixe-os olhar. Um dia ele seria lorde daquela casa, e aquela seria sua mesa. Libby estaria a seu lado, no lugar de direito, mesmo que nunca pudesse ser uma herdeira legítima.

Mas isso seria mesmo impossível? Gavar se lembrou do dia, no final do ano anterior, em que ele e Daisy, sentados na beira do lago, testemunharam o barco deslizar em sua direção.

Deslizar, não. Ser atraído.

Gavar tinha deixado o pensamento de lado desde então. Na época se convencera de que a filha invocara o barco por Habilidade. Nas semanas seguintes, observara Libby avidamente à procura de mais sinais, porém nada havia acontecido. Talvez tivesse sido apenas uma brisa ocasional, uma ruptura nas amarras do barco. Ou, ainda, o próprio Gavar, a própria Habilidade trabalhando inconscientemente para encantar a filha.

Mas ele ainda não estava pronto a desistir da ideia de que fora uma demonstração precoce e espontânea de Habilidade por parte da menina. Sim, não se tinha notícia de que uma criança de pais misturados pudesse nascer com Habilidade. Mas também jamais se ouvira falar de uma criança de pais Iguais sem Habilidade, e ali estava Jenner, aquele disparate ambulante.

Se Libby tivesse Habilidade poderia ser herdeira, ilegítima ou não. Embora, sem dúvida, a futura esposa de Gavar tivesse algo a dizer a respeito.

Só de pensar em Bouda, foi puxado a contragosto de volta ao presente e à Longa Galeria. Uma parte das conversas na mesa do café da manhã seria de fofocas sobre o casamento. Mas Gavar suspeitava de que a maioria envolveria especulações a respeito do ato de abertura daquela manhã, para o qual quase nenhum dos convidados estaria presente.

O público do despertar de tia Euterpe, ou do fracasso de Silyen, seria pequeno. Além da família e de Zelston, só havia dez testemunhas oficiais. Metade delas tinha conhecido as duas irmãs quando meninas, e foram escolhidas pela mãe. A outra era de parlamentares, convidados do pai.

Os escolhidos do último grupo eram uma seleção intrigante. Quando Gavar perguntara por que aqueles cinco em particular, o pai lhe respondera que descobrisse sozinho.

Escravos zanzavam com bandejas, pratos e cestas cobertas por guardanapos, contendo todas as iguarias de café da manhã concebíveis.

Tendo enchido o prato com torradas e bacon, Gavar se sentia capaz de resolver o enigma.

Os cinco não eram íntimos do pai, mas pareciam bem-intencionados em relação ao lorde; cada um controlava a lealdade de um bom número de proprietários inferiores de terras. Gavar se deu conta de que eram admiradores suscetíveis ao título de aliados depois de uma demonstração suficientemente espetacular de poder da família Jardine.

Como a quase ressurreição de Euterpe Parva.

Gavar franziu a testa e pediu mais café. O escravo com o bule de prata não poderia ter se movido mais rápido se tivesse sido atiçado com um garfo, mas Gavar suspeitava de que Silyen sequer precisara chamar. O negócio estava escaldante, bem como Sil gostava. Gavar o deixou lá descansando para esfriar.

Seria isso mesmo que o pai estava tramando? Em caso afirmativo, o homem tinha coragem. E descobrir o plano supostamente provava que Gavar tinha valor para estar nele. Era outro teste.

E, bem, Gavar tinha passado nesse.

Ele deixou o café intocado e voltou para o corredor superior a leste, para os alojamentos da família. Gavar bateu na porta maior, e o pai abriu logo, sem sorrir. Seu roupão estava amarrado de forma frouxa na cintura, e ele segurava um copo na mão. Um leve perfume saía pela porta.

— Então você entendeu? — comentou o pai. — É um alívio. De outro modo, eu o teria renegado, e estou ficando sem filhos aceitáveis. Todos nós vamos nos reunir em minha sala de estudos às quatro da tarde, depois da tentativa de Silyen.

A porta se fechou de novo. Gavar olhou para ela com ódio. Por um momento, considerou chutá-la.

Mas não, ele tinha uma solução melhor esses dias. Ele sairia para uma corrida, depois passaria nas cabanas dos escravos. Libby ficaria feliz em vê-lo, e ele liberaria Daisy do trabalho doméstico, apesar da política de Jenner exigir a ajuda de todos na casa. As duas sempre agiam como se uma visita de Gavar fosse o ponto alto do dia.

Em seus momentos mais ridículos, ele se perguntava se também era o ponto alto do seu.

Daisy preparou uma xícara de chá para ele, e juntos assistiram a Libby se arrastando de bunda no tapete, brincando com blocos coloridos. Quando Gavar percebeu que precisava voltar para o espetáculo de Silyen, Daisy falou que elas o acompanhariam até a casa, e se apressou em encontrar um casaco e o bebê conforto para Libby.

— Vocês não podem — avisou Gavar, quando a escutou remexendo entre os cabides de roupas no hall. — Meu pai disse que ela não deve ser vista.

A cabeça de Daisy surgiu no vão da porta do hall. A menina parecia ultrajada.

— O porco!

Gavar não podia estar mais de acordo. Sua raiva tinha espatifado vários painéis da janela do Pequeno Solar quando o pai lhe dissera aquilo. Mas ele reforçara a ameaça de tirar o nome Jardine de Libby. Gavar tinha cerrado os punhos com tanta força que se perguntou se era possível quebrar os próprios dedos, ou se sua Habilidade o protegia de si mesmo.

Ele pegou a filha do chão e a abraçou, cobrindo seu rosto de beijos. A bebê se contorceu e deu uma risadinha.

— Mas ela sabe que o papai tem muito orgulho dela. Não sabe, Libby? O papai ama você.

— Dádá — concordou Libby, estendendo uma mãozinha gorducha e dando uma batidinha na bochecha do pai. — Dádá.

E ali, pensou Gavar, bem ali, em sua filha, havia mais magia do que Silyen jamais seria capaz de realizar.

Surpreendentemente, Sil não fez do despertar de tia Euterpe uma grande produção.

Todos haviam se reunido no dormitório, exatamente como combinado. Sil levara mesmo Crovan, que se aboletou no canto mais distante, perto da janela. Gavar estava ao lado de Jenner, ambos de pé, atrás do pai. Lorde Whittam pousou as mãos nos ombros da mulher, o companheiro solidário em cada milímetro.

Gavar se perguntou de quem seria o perfume que sentira naquela manhã. A pobre titia Terpe teria um quarto de século de fofoca sobre as angústias matrimoniais da irmã para colocar em dia.

Zelston parecia um homem prestes a morrer. Todo o seu corpo tremia, e o suor se destacava na testa. Seria irônico se o homem tivesse um ataque cardíaco no minuto antes de sua trágica amada acordar.

Como seria, ter desejado tanto algo, por tanto tempo, e enfim estar prestes a conseguir?

Silyen ficou de pé ao lado da cama, uma das mãos firme na mesa. Mesmo sem querer, Gavar assistiu com fascinação enquanto os olhos do irmão se reviravam, o negror da íris sendo substituído por uma brancura vazia.

Gavar jamais tinha entendido, ou reconhecido dentro de si mesmo, a relação de Silyen com sua Habilidade. A própria Habilidade parecia uma força que mal se continha, algo que explodia através do herdeiro com pouco ou nenhum controle e direção.

Ele presumiu que era assim para a maioria dos Iguais, embora nunca tivesse de fato perguntado. Não era educado sair indagando sobre a capacidade das outras pessoas, assim como alguém jamais sairia investigando o conteúdo do cofre dos outros. A Habilidade era exatamente como o dinheiro nesse aspecto. Não era preciso perguntar para saber quem tinha muita.

Só que a Habilidade de Silyen não era um cofre cheio de barras de ouro. O próprio garoto era ouro puro. Naquele momento, Gavar quase conseguia vê-lo brilhar.

Zelston fez um barulho como uma criatura ferida, e Gavar percebeu que a mãe estava chorando.

Tia Euterpe abrira os olhos.

Então tudo ficou bem constrangedor muito rápido.

Zelston parecia estar sofrendo algum tipo de colapso. Ele segurava a mão de tia Euterpe. Era pequena e pálida, ali envolta pela enorme palma morena, como uma ave recém-nascida no ninho, ainda muito fraca para voar. A outra mão do Chanceler acariciava o cabelo da mulher.

— Você voltou para mim, minha querida. — Gavar o escutou dizer. — Você voltou. E eu esperei.

Para Gavar, ninguém devia assistir a isso. Ninguém a não ser a mãe e o Chanceler, as duas pessoas que haviam estado com tia Euterpe quando ela sucumbira. Mas o pai tinha suas razões. Não se tratava apenas de exibir Sil. Quando Zelston desmoronasse, ele queria que o máximo de pessoas presenciasse aquilo.

O Chanceler estava dando seu melhor nesse sentido. Lágrimas rolavam pelo rosto do homem, encharcando a coberta. O último banho de titia Terpe na cama. Parecia que ele queria se levantar a seu lado, pegá-la nos braços e não a deixar partir nunca mais.

Veio um sussurro do travesseiro, tão fraco que parecia vir de muito longe. De um quarto de século de distância, imaginava ele. Sua tia tinha ficado adormecida por toda a vida de Gavar. Uma pequena parte sua a invejava. Vinte e cinco anos inocentes, em que ela não cometera nenhum erro nem desapontara ninguém.

— Winter? — disse uma voz tão baixa quanto o roçar dos lençóis. — Tally? Me desculpem por ter ficado longe tanto tempo. Agora estou de volta. Silyen me explicou tudo.

Sua cabeça se virou, e ela olhou para Sil. E, acredite se quiser, foi ele que recebeu seu primeiro sorriso. Algo incerto, mas repleto de familiaridade, como se Euterpe por acaso avistasse um velho amigo em um país estrangeiro. Silyen sorriu de volta.

Eles se conheciam, percebeu Gavar, com a nuca formigando. Onde quer que tia Euterpe tivesse estado todos esses anos, Silyen também fora até lá.

Alguns dos convidados da mãe choravam abertamente. Havia Lorde Thurnby, que fora um grande amigo de seus pais, agora já idoso, mas com o rosto cheio de admiração por ter vivido o bastante para presenciar tal feito. Cecilie Muxloe, uma colega de infância das duas meninas, encarava a velha amiga, como se ela fosse um brinquedo amado dos tempos de menina, extraviado e depois recuperado muito tempo após acreditá-lo perdido.

Euterpe estava lutando para se sentar, e, então, o Chanceler de fato se levantou da cadeira. Ele afundou na dócil brancura da cama e colocou os braços ao redor da mulher. Todos no aposento viram o momento fugaz e eletrizante quando a Habilidade correu dele para ela, fortificando-a e revivendo-a. Era o ato mais íntimo que existia.

— Acho que todos nós já vimos o bastante — declarou alguém em voz alta. — Devemos deixá-los a sós.

Apenas quando o pai se virou, o rosto brilhando, Gavar se deu conta de que fora ele quem falara.

O humor do pai tinha se renovado quando chegou a hora da reunião da tarde. Não era necessária Habilidade para animar Lorde Whittam, apenas a perspectiva de conflito... e vitória. Por toda a infância, Gavar achara que brigas e discussões apenas aconteciam em volta do pai. Ele tinha levado todo aquele tempo para perceber que o próprio as criava, um embate após outro, após outro, porque tinha certeza da vitória em todos.

Ele também ganharia ali.

As janelas resplandecentes da sala de estudos se abriam para o Longo Caminho. Mas, faltando dez minutos para as quatro, era impossível admirar a vista porque a sala lotou de gente. Os suspeitos habituais estavam lá. Os camaradas protegidos do pai, a futura esposa de Gavar e o enorme sogro, o eterno parasita Lorde Rix e a panelinha de Bouda. Todos os cinco presentes no despertar de tia Euterpe também. E mais alguns. O pai andara ocupado.

Gavar recostou-se na pesada escrivaninha coberta de couro e fez alguns cálculos. Pelas suas contas, as pessoas ali reunidas eram suficientes para lhes garantir dois terços do parlamento.

O pai ia conseguir.

Gavar abriria mão do uísque aquela noite; queria o pensamento lúcido para o dia seguinte, embora ele ainda tivesse algumas aulas para dar à nova herdeira. Rowena, não era isso? Ou Morwenna?

E, então, rápido demais ele acordou para seu último dia como um homem livre.

A balbúrdia na Longa Galeria no café da manhã parecia ainda mais alta que antes. Os Iguais estavam de bom humor, falavam de uma tarde a ser passada andando a cavalo, caçando ou pescando depois que a Proposta tivesse sido rapidamente aniquilada. Gavar se perguntou quanto tempo os "outros negócios" do pai levariam.

O pai ocupava uma das cabeceiras da mesa, a mãe, a outra. Ele estava magnífico; ela, primorosa.

Os Jardine, primeiros entre os Iguais.

Gavar beijou a bochecha da mãe, assentiu para o pai e puxou uma cadeira no meio da mesa. Os três permaneceram no lugar até que o último dos parlamentares tivesse comido e saído, cerca de duas horas depois.

O Terceiro Debate aconteceu na Ala Leste, uma das duas imensas alas de vidro de Kyneston construídas por Cadmus, o Coração-Puro. A Ala Oeste era familiar. Jenner tinha preenchido a maior parte com um laranjal. A mãe gostava de se sentar por lá e ler ou tricotar, e era onde Silyen montara um conjunto de telescópios. Mas a Leste era usada exclusivamente para eventos sociais, sobretudo o debate anual e o subsequente Baile da Proposta.

E a ocasião única muito especial do dia seguinte: o casamento do herdeiro.

Os pensamentos de Gavar se afastaram do acontecimento. Enquanto andava, ficou aliviado por ver o local ainda despido de flores e fitas brancas. Os escravos tinham trabalhado por horas, erguendo fileiras de assentos para combinar com a configuração dentro da Casa de Luz. A mensagem era bem clara: aquilo também era parlamento.

Sob o teto da casa dos Jardine.

A câmara de vidro estava praticamente vazia quando Gavar sentou-se ao lado da cadeira do pai, na frente e no centro, diretamente oposta à Cadeira do Chanceler. A grande cadeira esculpida era trazida a Kyneston a cada ano, embora jamais a Grendelsham ou Esterby.

Gavar tinha escutado todas as piadas sobre a cadeira preferida dos Jardine na Casa. Qual seria a sensação de se sentar e ver o pai entronado diante de si outra vez? Seu peito se apertou, como se o colete tivesse encolhido dois tamanhos da noite para o dia.

Por toda a volta, Iguais entravam e tomavam seus lugares. E, então, veio Bouda, sua não tão modesta noiva, de braços dados com o pai, bem como estaria no dia seguinte. Gavar fechou os olhos e tentou não pensar naquilo.

Ele os abriu de novo quando sentiu a câmara silenciar. Lá estava Crovan, se aproximando do extremo da primeira fila. A cadeira de herdeiro ao lado estava vazia. Ao menos o homem não tinha filhos. Quem herdaria Eilean Dòchais era assunto de especulação à mesa do jantar. Pessoalmente, Gavar achava que o lugar devia ser reduzido a cinzas. E por que esperar até Crovan morrer para fazê-lo?

O homem parecia louco, e as punições a que ele sujeitava os Condenados, diziam, eram nojentas. Aqueles que cometiam um crime deviam responder com suas vidas. Uma bala na cabeça deveria ser o suficiente, não uma meia-vida de tormento e humilhação. Simplesmente não era decente. Talvez isso fosse outra coisa que Gavar pudesse corrigir quando fosse Chanceler.

Assumindo que o pai algum dia desistisse da cadeira, após reivindicá-la.

Após um instante desconfortável, a conversa recomeçou. Só alguns teriam reparado, como Gavar, na chegada de Armeria Tresco. Entretido na conversa a seu lado estava o herdeiro, Meilyr.

O filho pródigo tinha retornado. Provavelmente para dar seu voto raro à causa condenada da mãe. Como se fosse fazer muita diferença.

Por onde quer que Meilyr tivesse andado, não tinha feito muito bem a ele. Seu bronzeado desbotara, e ele parecia cansado, esgotado. Gavar esperava ardentemente que não houvesse cenas com Bodina no dia seguinte, nada de lágrimas escandalosas e acusações.

A câmara estava quase cheia quando o pai entrou, criando uma agitação momentânea. Mais barulho que jamais seguira seu rastro, vozes ecoando pelas paredes de vidro e pelo teto abobadado. Gavar deu uma olhada no relógio pesado no pulso; faltavam cinco minutos para o horário.

Alguns poucos Iguais atrasados entraram rapidamente e se apressaram até seus lugares. O velho Hengist, lento, mas aprumado, foi até as portas forjadas de bronze. Bem alto, no domo da casa principal, soou o Sino de Ripon: onze badaladas que estremeceram o esqueleto de aço da Ala Leste.

Depois da batida e resposta rituais, os Observadores do Parlamento preencheram o local atrás da Oradora Dawson e ocuparam seus bancos.

Não havia nada para eles ali, pensou Gavar. Apenas um momento de surpresa quando o Silêncio foi suspenso e eles ficaram sabendo da Proposta, seguido rapidamente por desapontamento conforme ela era rejeitada.

Todos estavam sentados. Uma quietude se instalou enquanto esperavam o Chanceler.

E esperavam.

Tinham se passado quase 15 minutos do horário quando as trombetas soaram e Zelston apareceu.

O homem soluçante e fraco da manhã anterior havia desaparecido. O Chanceler não estava nem um pouco exaltado. O sol aparecera depois de dias de chuva, e as vidraças da Ala Leste formavam tesselas de pura luz, mas o que mais reluzia em toda a câmara era o rosto de Winterbourne Zelston.

O homem sequer se importaria com o que estava por vir, percebeu Gavar. E ele sentiu um prazer secreto e cruel com a ideia do pai ao menos sendo privado daquela pequena parte da vitória.

Com a introdução do Chanceler e a suspensão do Silêncio, o Terceiro Debate começou. Quando aqueles a favor da Proposta foram convidados a falar, Meilyr Tresco ficou de pé. Enquanto Gavar ouvia, se perguntou por que Meilyr se preocupava tanto com aquelas pessoas que jamais conhecera.

— Famílias de quatro pessoas estão morando em um único cômodo — afirmou Tresco. — Não há nenhum sistema educacional; serviços médicos totalmente inadequados; uma dieta desprovida de qualquer valor nutricional; e semanas úteis de seis dias em trabalhos frequentemente exaustivos. Tudo executado sob o controle, e os cassetetes levantados, de supervisores brutais.

"Se esta Casa não votar pelo fim dos dias de escravo, que pelo menos nos permita reconhecer nossa humanidade em comum e melhorar a situação. Tal crueldade é inteiramente desnecessária. Nós, Iguais, temos poder, devemos ter compaixão."

— Incitação — disse Whittam, levantando-se. — Rebelião. Incêndio criminoso. Destruição de propriedade e fuga da justiça. Esta é a realidade das cidades de escravos. O que você chama de compaixão, eu chamo de indulgência. Pior, de insensatez.

Gavar virou o pescoço e olhou para Meilyr. Houve um tempo quando o enxergara como um amigo e futuro aliado, quando cada um deles, tudo indicava, se casaria com uma garota Matravers. Meilyr exibia aquela expressão pensativa, como às vezes fazia, e encarava Gavar com o que estranhamente parecia arrependimento.

Armeria se intrometeu com suas crenças de liberdade e igualdade. Depois um silêncio ecoante saudou o chamado de Zelston para outras contribuições da tribuna da Casa a favor da Proposta. Ele se virou para os bancos dos OPs.

Para algo improvisado, a contribuição da Oradora Dawson foi eloquente, considerando que ela não sabia da Proposta até o Silêncio ser suspenso. Provavelmente, todo Orador do Povo tinha uma diatribe contra os dias de escravo na manga para uma ocasião exatamente como aquela.

Uma pena que não fosse levá-la a lugar algum.

Dawson fez uma pausa, talvez para mudar o rumo de sua argumentação, quando Gavar escutou a voz de Bouda. Ela estava peticionando uma votação. Houve gritos de "preste atenção, preste atenção!" de seu grupo, e logo toda a câmara estava cheia de assobios e vaias de escárnio. Dawson parecia furiosa, mas no fim se sentou e só então a tranquilidade voltou.

A votação foi tão previsível quanto esmagadora.

O Ancião da Casa cambaleou até o centro da tribuna. Em sua voz fina, Hengist Occold anunciou que por uma margem de 385 a 2, o Parlamento dos Iguais tinha votado contra a Proposta para abolir os dias de escravo.

Não simplesmente um "não", mas um "sem chance, nunca".

Gavar olhou o relógio. Depois de tudo o que tinha acontecido, os debates em Esterby e Grendelsham, as reuniões do Conselho de Justiça e suas viagens a Millmoor, o prisioneiro fugitivo e o motim, o final levara menos de meia hora. Os olhos de Zelston já estavam nas portas de bronze.

Mas ainda não tinha acabado exatamente.

Seu pai se levantou. Com lenta deliberação, ele foi se virando para a direita até ficar de costas para o Chanceler e encarar as fileiras da câmara.

— Ilustres Iguais — iniciou o pai. — Este debate jamais deveria ter acontecido. Esta Proposta jamais deveria ter acontecido. Por motivos que nenhum de nós pode tentar conhecer, Winterbourne Zelston apresentou uma Proposta que ameaçou a paz de todo o país. Nós do

Conselho de Justiça lidamos semanalmente com sério desassossego e confusão. Com a ameaça de rebelião evidente.

"Não se enganem, o risco a este império foi real e amplo. Ainda é real e amplo. E foi trazido pela negligência de um homem. Um homem que se mostrou inadequado para sustentar o posto."

O pai se virou no lugar e apontou um dedo acusatório para Zelston. Sempre se podia contar com Lorde Whittam Jardine para um toque dramático.

— Por essa razão, apresento a vocês uma proposta minha: uma votação de não confiança no Chanceler Winterbourne Zelston. Isso vai retirá-lo da posição e instituir uma administração de emergência sob a orientação do detentor pregresso do posto.

Você, pensou Gavar, enquanto a câmara irrompia em rebuliço.

Você, seu canalha de coração podre.

E ele observou enquanto, um por um, aqueles que se encontraram na sala de estudos do pai levantavam as mãos. Enquanto outros os seguiam. Enquanto a votação era levada adiante.

Enquanto Lorde Whittam Jardine tomava o controle da Grã--Bretanha.

20

Luke

Do alto do morro, Luke podia ver toda Kyneston espalhada abaixo de si.

Um círculo de janelas iluminadas envolvia a cúpula, coroando a casa com luz. De cada lado, as grandes asas de vidro se estendiam. A oeste estava apagada e quase invisível no crepúsculo. A leste, um esplendor de velas e candelabros, sua moldura de aço contendo uma galáxia.

Será que ele devia ficar ali?

Será que devia se agarrar às poucas palavras de Jackson e confiar que o clube o queria em Kyneston por alguma razão?

Ou o Doutor, Renie e o restante o consideravam perdido para a causa? Porque a única forma de provar que estão errados seria partindo o coração dos pais e separando a família uma segunda vez, escapando para Millmoor.

Luke Hadley. A única pessoa na história a tentar *voltar* para uma cidade de escravos.

O tempo para tomar uma decisão parecia escorrer por entre seus dedos. O Baile da Proposta começaria em menos de uma hora. O casamento seria no dia seguinte. A janela de alvoroço e movimento na qual o garoto podia escapar sem ser notado se fecharia logo depois.

Mas, de qualquer forma, Luke podia planejar. E, o que quer que escolhesse, havia Cachorro a considerar. Ele e Abi tinham discutido a respeito da situação do homem. A irmã era justa, mas firme: não participaria de nenhum plano de fuga enquanto não soubessem que crime o cara cometera.

Luke estava confiante de que conseguiria tirar Cachorro dali sozinho se fosse preciso; ele alcançara bem mais em Millmoor, afinal de contas. Mas agora ele e a irmã estavam juntos. Ele não queria fazer nada sem ela. E, além disso, ela estava certa. Precisavam saber.

Cachorro estava curvado de lado na gaiola. O fedor parecia ainda pior que o normal. Não havia um balde como banheiro. Nem mesmo uma bandeja para as necessidades. Era esperado que o homem usasse um montinho de palha no canto, que não parecia ter sido trocado havia dias. O estômago de Luke se revirou, mas ele se agachou o mais perto das grades que conseguiu suportar.

— Todos os convidados chegaram. Vi seu carcereiro — comentou ele, observando a reação de Cachorro. — Crovan.

— Meu... criador — disse Cachorro, fazendo aquele som que parecia a pior tosse do mundo, mas na verdade era risada. Ele parecia guardá-la para as coisas menos divertidas imagináveis.

— O que você fez para ser mandado para ele? Por que foi Condenado? Por favor, preciso saber.

A risada parou. Cachorro se contorceu em um agachamento arqueado, a atitude de uma criatura derrotada. Ele esfregou as costas da mão na testa, como se tentando, sem sucesso, apagar as lembranças ali contidas.

— Eles mataram... minha mulher.

Luke vinha esperando por algo assim. Mas nada o preparou para a dor nas feições devastadas de Cachorro. O homem retorceu o rosto, querendo que as palavras saíssem em mais de duas ou três a cada vez.

— A gente queria... uma família. Então escolheu... uma propriedade. A princípio, a gente estava feliz... muito feliz. Ela engravidou. Foi quando...

Os punhos do homem se cerraram.

— Foi quando.... aquilo mudou. Aquilo aconteceu. Ela ficou... confusa. Eu via os machucados. Apesar de a gravidez... estar deixando ela desajeitada. Não era. Ele estava... estuprando ela. Silenciando ela... com Habilidade. Ferindo ela... de todas as formas.

A voz áspera de Cachorro passou pela pele de Luke, como o toque não solicitado de dedos.

— Ele quem? — exigiu Luke.

— O neto de minha tia-avó Hypatia, o herdeiro de Ide — declarou uma voz vinda da entrada. — Seu preferido.

O corpo inteiro de Luke gelou. O terror formigou a ponta dos dedos, como se congelados. Ele estivera tão concentrado na narração de Cachorro que não escutara ninguém se aproximar.

Silyen Jardine andou até a gaiola, então estendeu as pontas da jaqueta de montaria e se sentou no chão de concreto. Luke se arrastou para trás. O Igual não pareceu notar ou, se percebeu, não se importou.

— Pode continuar — disse ele. — Tenho certeza de que Luke está louco para saber o que acontece em seguida.

— Em seguida — contou Cachorro —, minha mulher... se enforcou.

Ele encarou Luke, com olhos brilhantes de lágrimas e loucura.

— Ela era pequena, mas... pesada com... o bebê. Quase perto de parir. Eu encontrei ela. O pescoço quebrado. Os dois mortos. O passo seguinte... foi fácil. Eu era um soldado... antes. Antes de ser... um cachorro. Eu matei ele... ele primeiro. Depois... a mulher. Depois... os filhos.

Foi como um soco no estômago. Será que Luke havia entendido aquela última parte direito? Por favor, que ele não tivesse entendido direito.

— Filhos? — sussurrou ele ao homem na gaiola.

— Três crianças — esclareceu Silyen Jardine. — Todas com menos de 10 anos. E fica pior, porque não estamos falando de um travesseiro macio no rosto.

"Você ouviu falar da Revolta de Black Billy, não, Luke? O ferreiro que desafiou seus senhores? Eles o fizeram forjar os instrumentos da própria tortura e o mataram com eles. Bem, aquilo aconteceu há muito tempo em Ide, mas meus queridos parentes sempre guardaram essas ferramentas. Uma pequena lembrança. Digamos que nosso despachado amigo canino encontrou um novo uso para elas. Não é mesmo?

Cachorro olhou para Silyen por um longo tempo.

— Sim — falou ele, com voz rouca. — Funcionaram bem. Eu queria... ainda ter elas.

Luke achou que ia vomitar.

Esse mundo era mais doente e podre do que tinha imaginara. Quem diria que ele fosse sentir saudades do tempo que Kessler lhe batia até ficar roxo no chão da despensa? Nada como um pouco de comportamento violento, mas honesto.

— Enfim — continuou o Igual —, não deixe que eu interrompa. Duvido que vocês estivessem discutindo um presente de casamento conjunto para meu irmão e a noiva. Planos de fuga, talvez?

— Não — assegurou Luke. — Eu só estava trazendo remédio para ele.

— Porque Cachorro — prosseguiu o Igual, bizarramente falante — e você, Luke, e todos os nossos escravos estão ligados a esta propriedade. Nenhum de vocês pode nos fazer mal ou nos deixar. Não sem minha permissão. Em um belo toque de ironia, papai me fez planejar um sistema de conexão logo após os acontecimentos em Ide, para assegurar que nada parecido acontecesse por aqui.

— Não estou o ajudando a fugir — afirmou Luke. De certa forma, ele se sentia furioso que Cachorro o tivesse feito de bobo. — Ele é um assassino de crianças. Pensei que era uma vítima, mas estava errado.

— É um pensamento muito tacanho de sua parte, Luke. — Silyen Jardine ficou de pé, batendo a calça para limpá-la. — Vocês não são todos vítimas? Mas encare como quiser.

O Igual olhou para Cachorro.

— Felizmente, alguns de nós mantêm suas promessas. Vou despertar o portão às 3 da madrugada, como falei. Espere por mim em Kyngrove Hanger, o bosque alto de faias.

Silyen Jardine estendeu a mão até o cadeado da gaiola e o destravou. Sem chave. Sem espalhafato. O Igual abriu os dedos, e uma dúzia de pedacinhos quebrados que já tinham sido um ferrolho estalaram ao tocar o chão. Ele assentiu para Cachorro, depois saiu do canil.

Luke quase tombou de alívio por aquele pesadelo de conversa ter terminado. Ele se apoiou no cercado ao lado, mantendo um olho cauteloso aberto.

— Silyen Jardine prometeu ajudá-lo a escapar? Por quê? Você não pode acreditar nele. É uma armadilha. Só pode ser.

Cachorro deu de ombros.

— Provavelmente. Mas que armadilha... poderia me levar a algum lugar... pior que este aqui? E... por quê? Talvez para magoar... sua tia-avó. Talvez... para arrumar encrenca. Talvez só... porque ele pode.

— Sinto muito pelo que aconteceu a sua esposa — comentou Luke, de forma constrangida. Ele ficou parado. Cachorro não fez menção de deixar a gaiola, o que era um pequeno gesto de compaixão. — Mas isso não é desculpa para o que você fez. Eu realmente queria ajudá-lo antes de saber. Enfim, não é como se você precise de mim agora. Boa sorte na fuga.

Ele esperava que a voz não o traísse e transparecesse o quanto ele achava aquilo improvável. Cachorro encarava.

— Você tem de... odiar eles — expressou o homem. — Para vencer eles.

— Eu não os odeio o suficiente para matar crianças — replicou Luke, sem hesitação.

— Então você não odeia eles... o suficiente.

Luke não tinha resposta para aquilo. Como acompanhamento à risada rouca de Cachorro, ele se esquivou pela entrada e não olhou para trás.

Luke foi então à cabana tomar banho — ainda tinha tempo —, porque se sentia sujo de todas as formas pela conversa no canil. Então, se apresentou na entrada dos criados de Kyneston para começar o turno da noite.

Ele queria desesperadamente ser deixado sozinho para refletir sobre o que acabara de acontecer. Talvez lhe dessem uma bandeja cheia de copos já servidos para que ele pudesse ficar parado em um canto, como um carrinho humano de bebidas.

Não foi assim tão simples, mas quase. Deram a ele uma bandeja de prata com quatro garrafas de champanhe.

— Temos o francês: Clos du Mesnil, da safra de 12 anos — explicou o mordomo sommelier, dando uma olhada em Luke para ter certeza de que ele absorvia a informação e poderia repeti-la. — E o inglês, das montanhas de pedra de Sussex, na propriedade de Ide. Eles são parentes dos Jardine.

Luke olhou a garrafa gelada com aversão. Será que o herdeiro tinha gostado de beber um pouco antes de atacar a pobre esposa de Cachorro?

Luke saiu por um corredor de serviço escondido e seguia o estrondo da Ala Leste quando quase tropeçou em um cão que vinha disparado pelo corredor.

Era uma besta pequena e ridícula, com um focinho amassado. Quando os pés de Luke lhe acertaram, a criatura ganiu com afronta e liberou um peido de revirar o estômago. Com ânsia de vômito, Luke se apressou para as imensas portas de bronze na parede de vidro à frente.

Do outro lado da porta estava uma figura familiar: Abi, em um vestido azul-marinho liso. Ela segurava uma prancheta e estava parada ao lado de Jenner Jardine, ambos perto de um sujeito apenas alguns anos mais velho que Luke. Ele estava todo arrumado no traje completo de pinguim, com smoking e cauda. Não era uma visão atraente: seu corte de cabelo esquisito e as bochechas cheias de espinhas. Se Luke fosse o maior aristocrata da região, não colocaria alguém assim na porta, para ser o primeiro rosto que os convidados veriam.

Mas, alguns momentos depois, ele percebeu que o sujeito não tinha sido escolhido pelo rosto. Apenas alguns passos atrás de Luke, surgiu um Igual de meia-idade, vestindo *black tie*, acompanhando uma moça bem mais jovem em um vestido de gala escarlate com decote profundo. Até o cérebro de 17 anos de Luke achou o efeito desesperado de certa forma.

Jenner Jardine se inclinou e sussurrou algo no ouvido de Abi. Abi consultou a prancheta e, então, ela a segurou em frente ao espinhento, apontando com a caneta. Em uma voz inesperadamente sonora, ele anunciou os novos convidados.

— Lorde Tremanton e Herdeira Ravenna de Kirton.

Alguns convidados olharam para cima, mas a entrada do lorde e da herdeira passou amplamente ignorada. A cabeça da garota se virou para um lado e para o outro, procurando pela sala, antes de seu pai lhe dar um puxão discreto, mas não especialmente gentil no braço. Ele a conduziu pelos poucos degraus abaixo até a vasta câmara.

A Ala Leste lembrava um imenso aviário, rouco com o cacarejar de conversas e o arrulho de uma cantora de jazz em um microfone no canto. Estava lotada de ponta a ponta com uma tropa multicolorida de Iguais trajados elegantemente. Escravos vestidos de preto corriam discretamente ali e acolá, como uma espécie idiota e inferior solta entre eles por engano.

Ninguém nunca diria, pensou Luke, olhando em volta, que houvera um tipo de golpe naquela manhã. Que o Chanceler fora deposto pelo anfitrião da festa daquela noite, Lorde Jardine. Era essa a ideia dos Iguais de uma revolução? Não haveria mais festa quando as pessoas se revoltassem.

Enquanto taças eram empurradas na sua cara para serem enchidas de novo, os pensamentos de Luke o levavam a Millmoor. Durante os dias maçantes e longos com Albert, ele tinha planejado cada detalhe de como poderia voltar. Como ele ia pegar carona, em direção ao nordeste do país. Depois, viajaria por Sheffield, subindo até Leeds, rumo ao topo do Peak District.

Seu microchip provavelmente alertaria a segurança quando ele entrasse de novo no perímetro de Millmoor. Ele esperava que Leeds tivesse a resposta. Nas partes mais brutas da cidade, Luke poderia encontrar alguém que havia escapado da cidade de escravos notoriamente sem lei de Hillbeck. Eles saberiam o que fazer com o implante; talvez pudesse ser retirado sem o tipo de carnificina que Renie infligira a si mesma.

— Você está a quilômetros de distância, meu rapaz — disse uma voz, mas não de um jeito indelicado.

Luke voltou a si em um instante. Ele não podia se dar o luxo de se meter em encrenca naquele momento. Apenas passe por essa noite. Então tome a decisão.

— Sinto muito, senhor — justificou-se ao homem que lhe falara, um coroa garboso, com cabelos grisalhos puxados para trás, e que cheirava levemente a tabaco caro. — Qual das duas posso lhe servir, inglesa ou francesa?

O Igual não se deu o trabalho de inspecionar as garrafas, fazendo um gesto para o champanhe francês.

— Sotaque interessante o seu — comentou ele. — Você não é daqui. De algum lugar ao norte?

— Perto de Manchester, senhor. Aqui está, senhor. — Ele encheu a taça oferecida.

— Não há necessidade de tanto "senhor", meu garoto. Sou Lorde Rix. E você é o rapaz de Millmoor, Luke, não é?

Luke não gostava da ideia de qualquer um deles sabendo seu nome ou perguntando a respeito de Millmoor. Hora de fugir desse velho sujeito enxerido e seguir em frente.

— Nós temos um conhecido em comum — continuou Rix, enquanto Luke levantava a bandeja mais alto, pronto para sair. — Um certo Doutor.

Luke parou de imediato e encarou o homem.

O velho parlamentar distinto era o contato de Jackson.

Não Gavar Jardine. Ainda bem que ele não dissera nada ao herdeiro, algo incriminador em qualquer nível. Esse foi o homem que viu as sombras na Casa de Luz. Que tinha contado sobre a Proposta ao Doutor.

O coração de Luke se animou. Ele não tinha sido esquecido. Nem teria de fazer o caminho de volta a Millmoor, sem saber da recepção quando chegasse lá. Era por isso que ele vinha esperando.

— O senhor tem alguma mensagem para mim? — Quis saber ele, mal conseguindo respirar. — Algo para eu fazer? Estou pronto.

Rix deu um golinho no champanhe, o exemplo típico da diversão aristocrata.

— Verdade? — disse ele, abaixando a taça. — Bem, fico muito satisfeito em ouvir isso.

Então a atenção do Igual foi capturada por algo depois da entrada, e Luke seguiu seu olhar em um reflexo.

E quase deixou a bandeja cair.

Seu corpo todo estremeceu. Foi como se alguém o tivesse chutado forte atrás dos joelhos, e ele precisou de toda a concentração possível para não desmaiar ali mesmo.

O cabelo louro-claro estava preso, com cachos caindo dos dois lados do rosto, exatamente como tinham escapado por baixo do gorro. Ela trocara o uniforme preto por um vestido de lantejoulas, que brilhava sob a luz dos candelabros. Mas ela não precisava de lantejoulas para ser deslumbrante.

E ele estava a seu lado, impecável de smoking. Tinha cortado o cabelo desde que Luke o vira pela última vez, mas a barba bem-feita era a mesma de sempre.

Jackson e Anjo.

Luke estava errado. Eles não tinham deixado tudo nas mãos do contato. Eles também vieram por ele.

Tinham conseguido entrar ali, bem no centro de tudo contra o que lutavam.

Os dois estavam parados lado a lado no topo da escada. Luke observou com o coração batendo contra as costelas, como um troço selvagem e enlouquecido dentro de uma gaiola.

Por favor, permita que eles não sejam descobertos.

Por favor.

Abi estendeu a prancheta para Espinhas. Apontou. De novo com aquela voz poderosa.

— Herdeiro Meilyr de Highwithel e Senhorita Bodina Matravers.

Então Anjo e Jackson desceram os degraus e foram engolidos pela multidão. A conversa no salão ficou mais alta a seu redor enquanto eram saudados, abraçados, absorvidos.

O que isso significava? Que disfarce podia ser assim tão bem-sucedido? O pulso de Luke bateu no que era com certeza o dobro da velocidade normal humana. Ele podia sentir o *stacatto* nas pontas dos dedos contra a lisa parte inferior da bandeja.

— Você não tinha imaginado?

O velho aristocrata não havia se movido. Estava estudando Luke com curiosidade.

— Ora, ora — comentou Lorde Rix. — Agora você vê que alguns de nós também lutam. Também querem acabar com essa abominação de escravidão, por quaisquer meios necessários.

A compreensão atingiu Luke, como uma garrafa na parte de trás da cabeça.

Anjo era uma Igual.

Jackson era um Igual.

O indício estava bem ali à frente, onde sempre estivera.

As mãos do Doutor naquele primeiro dia, curando com Habilidade o que Luke soubera que eram machucados horrorosos, usando a pomada inútil como um disfarce. Revivendo Oz na cela, não com uma injeção de adrenalina, mas com Habilidade. Nada de cabeças se virando enquanto eles tiravam Oz de uma prisão cheia de segurança. Guardas engolindo sugestões fajutas e instruções falsas. O tiro e o grito agonizante de Jackson, sem nenhum sinal de qualquer ferida alguns dias depois.

O formigamento do toque de Anjo em seu rosto. A fuga com Oz por inúmeros postos de controle.

— Como você acha que burlamos a Quietude? — perguntou Rix, observando Luke enquanto tudo girava no lugar, os fatos pesados e inegáveis. — Meilyr estava em Millmoor no dia da Proposta, quando Zelston impôs a Quietude a nós. Mas como os parlamentares podiam falar com outros parlamentares a respeito, pude contar a ele. E uma vez que esse conhecimento estivesse com alguém não atado à Quietude, não havia limite até onde poderíamos espalhá-lo.

O choque da verdade fez Luke querer se dobrar e vomitar. Para se livrar de tudo que já sentira pelos dois, o respeito, a admiração, a saudade, o pertencimento, e expurgar aquilo em uma grande poça gosmenta a seus pés... até que estivesse vazio.

Eles não eram corajosos. Eles tinham Habilidade. Jovens Iguais ricos que se divertiram brincando de revolucionários, sabendo que nunca estiveram de verdade em perigo, diferente de Luke e do resto do clube. Diferente do pobre Oz, espancado até não poder mais. Diferente do homem e da mulher mortos a tiros na praça do Hospício, e quem mais foi ferido naquele dia antes de Gavar Jardine ter girado o botão da dor até o onze.

Luke sentiu o coroa colocar uma das mãos em seu ombro, e girou todo o corpo para se livrar dela. As garrafas na bandeja chacoalharam.

— Eles compartilham de sua causa — afirmou o Igual.

Será que Rix era algum tipo de idiota? Será que ele era tão iludido quanto Lorde e Lady Mentirosos, também conhecidos como Jackson e Anjo?

— Como qualquer um de vocês pode compartilhar de nossa causa quando são o inimigo? — reagiu ele, escutando a rispidez em sua voz e odiando-a. — Vocês tiveram sua chance na votação de ontem, e estragaram tudo. Essa luta não é de vocês, é nossa.

Luke podia sentir lágrimas escaldantes vertendo dos olhos e escorrendo pelas bochechas. Ele não fazia ideia se estavam sendo derramadas por raiva ou tristeza.

— É mesmo? — retrucou Rix, olhando para ele. A gentileza na voz desaparecera totalmente. — Bem, enxergando isso como luta pessoal, tenho certeza de que não vai se importar de fazer uma última coisa antes de nos despedirmos. Quando descobrimos onde estava sua família, eu sabia que essa seria a oportunidade perfeita. E quando aquele cretino do Gavar Jardine de fato o trouxe para cá, foi como se estivesse escrito.

Ele abriu o paletó e de um coldre debaixo do braço tirou uma arma. Uma pistola.

— Você vai ser um herói, Luke.

Rix virou a arma para segurá-la pelo cano, oferecendo a empunhadura. Com a outra mão, ele apontou a multidão.

Inconfundível, no centro do salão, estava Lorde Whittam Jardine.

— Não — disse Luke. E de novo, no caso de o homem não ter entendido a mensagem: — De jeito algum, ficou maluco?

— Aquele monstro vem tramando a volta ao poder faz muito tempo — declarou o Igual. — Sei o que ele pretende fazer agora que conseguiu. Os dias de escravo não são nada comparados ao que ele trará. Onde está a coragem que você tinha em Millmoor? Achei que você havia se alistado para o jogo a longo prazo, Luke.

— Eu estou fora — cuspiu Luke. — Não vou jogar seu jogo.

— Sinto muito por ouvir isso. — Lorde Rix sorriu, como se tivessem acabado de lhe dizer que seu restaurante preferido não tinha mesa disponível, ou que a chuva não ia parar a tempo de sua rodada de golfe. — Meilyr também não aprovou meu plano, embora eu tenha certeza de que teria persuadido minha afilhada Dina com o tempo. Mas estamos justamente sem tempo. E o jogo é mais importante que qualquer jogador individual. Então lá vamos nós, Luke.

A sensação foi extraordinária. Terrível. Como ter 6 anos e ser segurado pelo pescoço por um garoto muito maior e mais forte, jogado para lá e para cá.

Sem poder evitar, Luke viu a mão esquerda se estender, pegar a pistola e depois desaparecer embaixo da bandeja, escondendo a arma.

Toda a sua pele formigou em horror. Isso não podia estar acontecendo. Ele começou a andar para a frente, ou melhor, algo o impelia para a frente.

A Habilidade de Lorde Rix.

— Seu sacrifício não será em vão, Luke — declarou o velho Igual, agora atrás dele, enquanto Luke se enfiava mais para dentro da multidão.

O pânico transbordava em sua garganta. Luke rezava para que aquilo o sufocasse. Que o fizesse desmaiar.

Os Iguais murmuravam de forma desaprovadora enquanto ele se empurrava em seu meio. Um ou dois o mandaram parar a fim de que pudessem encher as taças. Mas Luke continuou andando, assistindo a tudo de forma impotente por trás dos próprios olhos.

Lá estava Lorde Jardine, o cruel rosto marcado inflexível enquanto ouvia alguém que Luke não conseguia ver direito. Então o grupo todo ficou visível. Lady Thalia estava ao lado do marido, a irmã Euterpe do seu. A quarta figura era o Chanceler, ou ex-Chanceler. E o discurso fervoroso de Winterbourne Zelston não surtia efeito algum em Lorde Jardine.

Um belo público para um assassinato.

Os Iguais tinham reflexos de proteção. Podiam curar. Seria um tiro do tipo tudo ou nada. Será que Luke podia fechar os olhos até tudo estar acabado?

Ele não teve chance nem de fazer isso. Aconteceu tão rápido que o pegou de surpresa tanto quanto aos quatro ao redor.

Seu braço atirou longe a bandeja, champanhe espirrando, garrafas caindo. Sua mão esquerda se levantou, a pistola firme e apontada.

Então foi como se algo o estivesse rasgando de dentro para fora, como se ele fosse uma bomba humana ambulante. O epicentro foi onde ele tinha sentido a Habilidade de Silyen Jardine no portal.

Ele se lembrou das palavras de Silyen no canil: "Vocês estão ligados a esta propriedade. Nenhum de vocês pode nos fazer mal."

O dedo de Luke já estava apertando o gatilho, mesmo com o braço se desviando de Lorde Jardine, como se algo o tivesse empurrado...

... e a pistola descarregou uma rajada no rosto e no peito do Chanceler Zelston.

Estourou um pandemônio, e o ar crepitou de Habilidade enquanto as defesas dos Iguais se erguiam.

De algum lugar bem longe, Luke achou ter ouvido uma voz de homem chamar seu nome. Rouca, horrorizada. Seria Jackson?

Ele encarou a bagunça no chão à frente. Já não era mais reconhecível como um homem de fato. Carne e pedaços que nunca se imaginaria fazerem parte de uma pessoa estavam espalhados em volta. As cores eram vivas de forma inesperada. A arma escorregou de sua mão e caiu pesadamente no chão.

Ele conseguia mover o corpo de novo, percebeu Luke. O aperto firme da Habilidade de Rix sumira.

Ele desejou que não o tivesse. Luke não tinha ideia do que fazer.
— Luke!

Jackson abriu caminho até o limite da clareira que se formara em volta da cena. Seu rosto estava pálido, e ele parecia em choque, como um paramédico correndo até a cena de um acidente de carro, onde descobria que a vítima era o próprio filho.

Winterbourne Zelston estava além de qualquer ajuda que o doutor pudesse dar naquele momento.

Luke também.

O grito começou quieto, quase inaudível. Lamentando. Um guincho agudo de morcego.

A mulher afundou no chão ao lado dos restos do Chanceler. Ela já estava suja de sangue coagulado, e suas saias flutuavam na piscina vermelha que se alastrava. Uma linha carmesim lhe subia pelo vestido.

Ela se inclinou sobre o corpo. Abraçou-o. Beijou-o.

Tentou reuni-lo grotescamente para niná-lo em seu colo, mas ele já tinha partido e a cavidade despedaçada do peito só se escancarava ainda mais conforme ela a manuseava de forma desajeitada. Agora ela estava vermelha da cabeça aos pés, vestindo o sangue do Chanceler Zelston como uma segunda pele, secando por cima da própria.

Ela jogou a cabeça para trás e uivou, a parte branca dos olhos chocantemente vívida no rosto pintado de vermelho.

Euterpe Parva, que dormira por 25 anos, pensou Luke, entorpecido. Que só tinha acordado no dia anterior.

Que tinha sido amada por esse homem, e o tinha amado.

Seu uivo ficou mais alto, virou um berro. Não era mais um som, porém uma sensação. Não era dor, mas uma pressão, surgindo de dentro para fora.

À esquerda, Jackson caíra de joelhos. À direita, Lorde Jardine estava dobrado e gritando. Por todos os lados, havia Iguais curvados e tremendo.

Luke caiu no chão. Agachado a seu lado, viu Lorde Rix. O rosto do homem era uma máscara de fúria.

— Garoto idiota, o que você fez?

O Igual estendeu a mão, apertou os dedos. O cérebro de Luke virou pura dor, como se aqueles dedos tivessem esmagado seu crânio tão facilmente quanto Silyen Jardine havia despedaçado o cadeado.

Atordoado e chorando, meio cego de agonia, Luke rolou e se pôs de costas. Acima dele, Euterpe Parva levantou uma das mãos escarlate, os dedos em garras.

O ar a sua volta parecia girar e estremecer.

E Luke sentiu o sangue escorrer dos ouvidos e do nariz enquanto a Ala Leste de Kyneston explodia em uma supernova de vidro e luz.

21

Abi

Sua boca estava cheia de terra e poeira. Era como ser enterrada viva. Abi piscou, e aquilo também doía, como grãozinhos arranhando os globos oculares, até que lágrimas se acumularam para lavá-los. Respirar doía. As narinas, a boca e os pulmões pareciam ter sido marcados por dentro com mil agulhas minúsculas.

Será que ela conseguia se mexer? Sim.

O que havia acontecido?

O mundo explodira.

Luke tinha atirado no Chanceler.

A memória voltou inundando-a, carregando restos de horror. Abi gemeu e fechou os olhos, deixando a cabeça cair no chão.

Ela não vira o momento que ele fez aquilo. Eles tinham escutado o tiro, e Jenner foi checar o que estava acontecendo.

Foi só quando Euterpe Parva desatou a gritar e as pessoas começaram a cair que Abi viu Luke. Manchado de sangue e desnorteado, o irmão estava parado acima de uma confusão de sangue coagulado que claramente já fora o Chanceler Zelston. Em sua mão havia uma arma.

A detonação de toda a Ala Leste parecera algo pequeno depois daquilo.

Abi tossiu e se sentou. Onde estava Luke? Precisava encontrá-lo.

Ela cambaleou até ficar de pé, e olhou em volta. O que viu foi tão terrível que, por alguns instantes, tirou o foco até mesmo de Luke.

Os noticiários mostravam guerras em lugares distantes: a fronteira do México e dos Estados Confederados, ou aquelas ilhas no Pacífico, bombardeadas de forma alternada por Habilidade japonesa e armas nucleares russas. O triunfo dos regimes com Habilidade sobre os oponentes sem Habilidade era mostrado em detalhe incansável. Mas assistir à carnificina na tela não preparava a pessoa para se ver no meio de uma.

Havia corpos estirados por toda parte. E a Ala Leste de Kyneston estava totalmente destruída.

Abi e todo mundo, centenas de parlamentares e escravos, estavam expostos sob o céu noturno. Um pó fino caía. A garota achou que podiam ser cinzas e procurou pelo fogo; foi então que viu toda a lateral da mansão de pedra em escombros.

Pedregulhos e amontoados de alvenaria maiores que um homem estavam espalhados, como os blocos de montar de Libby. Não parecia haver o bastante para a metade de uma casa, então uma parte devia ter sido pulverizada. Isso explicava tanto as partículas que Abi sentia na boca quanto a chuva de poeira.

Ela recuou quando viu sua prancheta a apenas alguns metros, e, perto dela, um braço se estendia de baixo de uma imensa porta de bronze quase colada ao chão. A mão estava levemente suja de poeira de pedra. Quase podia ter sido uma estátua derrubada do telhado, se não fosse por um risco de sangue vermelho-vivo que escorria pela manga. O pobre mestre de cerimônias. Abi ficara a mais ou menos um metro dele a noite inteira.

O resto da família estava a salvo, ela sabia, com uma onda de alívio tão forte que quase a derrubou. A mãe fora escalada para uma estação provisória de primeiros socorros no gabinete da governanta. O pai cuidava da estrutura do gerador montada a alguma distância da casa. Daisy ficara em casa com a banida Libby Jardine. Se algum deles estivesse ali, poderiam estar mortos também.

Então todos no mundo gritaram de uma vez.

Era sua audição voltando em uma torrente. Abi balançou a cabeça e se retraiu. A explosão devia ter mexido com seus tímpanos. Desorientada, ela nem notara até aquele momento.

O esqueleto de ferro ornamental da Ala Leste estava fragmentado, os enormes suportes principais, despedaçados pela onda desesperadora da Habilidade de Euterpe Parva. O metal jazia em pilhas retorcidas, misturado desordenadamente, como ossos descobertos por arqueólogos em alguma cova antiga.

Debaixo das ruínas, aqui e ali, havia corpos — ou coisas que já tinham sido corpos um dia, mas que agora eram manchas e pedaços. Ossos expostos, partidos como gravetos. Membros descontextualizados jaziam no chão. Abi viu uma indiscutivelmente mão feminina, curvada como um filhote, perto do amontoado maior do uniforme preto de um homem.

A maioria dos Iguais estava de pé e andando.

Abi observou, petrificada, enquanto uma garota não muito mais velha que ela examinava os próprios ferimentos. Ela usava os farrapos de um vestido de noite escarlate e tocava ao longo das pernas, como se fosse tentar se sentar. Mas não usava exatamente os dedos, porque metade deles não mais existia. Um dos pés, ainda calçado em um elegante sapato dourado de salto estava a meio metro de onde deveria estar, conectado apenas por alguns filamentos de tendões. A outra perna da garota estava retalhada até o osso, certamente o trabalho de um pináculo ornamental de ferro, quase um punhal, que jazia ensanguentado ali perto.

Com rastros de lágrimas riscando as bochechas, a garota retorceu o rosto e seu corpo inteiro começou a tremer. Era a Herdeira Ravenna de Kirton; Abi se lembrou da voz do mestre de cerimônias ressoando forte, uma vida atrás.

Como um novelo de lã sendo enrolado, os tendões esticados se juntaram. A Herdeira Ravenna estremeceu quando o osso se reconectou, e suas mãos tremularam de forma protetora por cima do ferimento. Debaixo delas, carne viva se regenerava. No fim, as mãos de Ravenna caíram para alisar a pele, como se esticando uma saia. Abi quase perdeu o que aconteceu com a perna esquerda da jovem. A pele se juntou de novo, como quando uma amiga solidária fecha o zíper do vestido enquanto você prende a respiração.

Quem sabe quanto tempo levara? Mas, conforme os ombros da Herdeira Ravenna afundavam, os cílios grudados por lágrimas e rímel, Abi pensou como parecia impossível saber que algo acontecera a ela. Ela podia só ter tomado alguns drinques a mais e caído do salto.

Abi balançou a cabeça, furiosa consigo mesma pela distração quando cada segundo contava.

Onde estava Luke?

Ela olhou ao redor do salão de baile destruído e tremeu de frio. Era março, e, agora que a adrenalina diminuíra, a noite estava úmida e fria. Será que alguém estava cuidando dos escravos feridos? Será que a mãe estava ali?

Sim, lá estava ela. Jackie Hadley, agachada ao lado de uma figura enrugada, vociferando instruções a uma escrava da cozinha, que carregava uma mochila verde decorada com uma cruz branca. A menina remexeu na bolsa até encontrar algo, que passou à mãe de Abi. Parecia uma bandagem. A mãe obviamente não sabia nada sobre Luke, ou teria demolido o resto de Kyneston a sua procura.

Que diabos acontecera ali? A última coisa de que Abi se lembrava era o grito de Euterpe Parva. Será que Luke fizera algo ainda pior que atirar em Zelston? Tanta destruição devia ter sido obra de uma bomba.

Um crescendo de soluços histéricos surgiu de algum lugar à direita de Abi. Era um som impossível de ignorar. Ela se apressou até o local, pisando com cuidado por sobre ruínas estilhaçadas de vidro quebrado.

Mas alguém já estava lá. Incrivelmente, era uma Igual, uma linda jovem de vestido de lantejoulas. Parecia vagamente familiar. Será que Abi tinha visto sua foto em alguma revista? A mão da Igual estava apertada na testa de um escravo que estava preso ao chão por um suporte de aço sobre o peito.

— Não sinto minhas pernas — choramingava o homem. — Estou com tanto frio. Por favor, tenho quatro filhos.

— É melhor deixar os detalhes horríveis de fora na próxima carta para eles — disse a jovem em uma voz rouca, sorrindo para ele de forma tranquilizadora. — Vamos tirar isso de cima de você, certo?

A viga caída tinha o mesmo tamanho que ela, e devia ser muito mais pesada. No entanto, a garota colocou a mão livre em uma das extremidades do comprimento do metal e, com o esforço claro em seu belo rosto, arrancou aquilo de cima do homem. Quando a viga estava levantada na extensão de um braço, ela dobrou o cotovelo e a empurrou, mandando-a para longe de forma barulhenta, mas sem machucar ninguém.

— Ainda... não consigo... — ofegou o homem.

A Igual o fez se calar de forma gentil e passou ambas as mãos para seu tórax, onde a umidade se espalhara pela camisa preta do uniforme. Ela repousou os dedos sem fazer pressão.

— Conheço um médico — disse ela ao homem, com o sorriso se abrandando. — Ele é melhor que eu nisso. Temo que ele esteja ocupado, procurando um amigo nosso, mas prometo que não sou tão terrível. Seja corajoso.

A garota Igual era tão linda que Abi não se surpreenderia se o homem achasse que tinha morrido e ido para o céu. Ele olhava de forma confiante para o rosto angelical enquanto ela usava sua Habilidade. Os primeiros socorros de Abi claramente não eram necessários ali.

Só uma pessoa precisava dela naquele exato momento. Onde estava Luke?

Ela esquadrinhou outra vez a cena devastada atrás de alguma pista.

E sentiu a respiração parar na garganta quando viu a última pessoa que teria imaginado.

Cachorro, a silhueta aparente contra a luminosidade, andava de um lado para o outro do lado destruído da mansão. Ele usava um macacão sujo, levava um saco pequeno nas costas e evidentemente procurava por algo.

Ele devia um favor a Abi. E tinha mais motivo que a maioria para odiar os Jardine. Talvez pudesse ajudá-la a encontrar Luke. Ela começou a andar em sua direção, levantando a bainha do vestido sobre o entulho e a ruína.

A casa despedaçada era um espetáculo perturbador. Com uma das paredes destruída, o interior de Kyneston estava inteiramente exposto, como uma casa de bonecas. Os Iguais e os escravos estavam visíveis, se movendo ali dentro. Abi não gostava nem de pensar em que tipo de jogo estava metida caso houvesse a mão invisível de alguém controlando a todos.

— Acho que prefiro assim — observou uma voz bem atrás dela. — É bem mais fácil de ver o que as pessoas estão tramando, não concorda?

Abi se virou, sabendo quem era pelo arrepio que a varreu mesmo antes de vê-lo.

Silyen Jardine.

— Cachorro precisa de uma mãozinha — comentou ele, olhando para onde o homem-animal tinha parado a fim de tirar a mochila. — Ele está prestes a encarar o mesmo problema pelo qual seu irmão passou.

— O quê? — A voz de Abi saiu brusca, mas ela não se importou. O que Silyen Jardine sabia a respeito do que havia acontecido com Luke?

Mas o rapaz já partira, as pernas compridas passando facilmente pelos escombros sob seus pés. Em certo ponto, ele pisou bem em cima de um escravo choroso, sangrando na sujeira. Abi murmurou um "desculpe" inaudível e fez o mesmo, tentando acompanhar o passo.

Silyen e Cachorro já estavam conversando quando ela os alcançou.

— Você sabe que o elo não vai permitir que faça isso — dizia Silyen.

Cachorro olhou fixamente para ele. Os ângulos da face eram extraordinariamente agudos sob os pelos malcortados que lhe cobriam o rosto. Seus olhos queimavam. A coleira estava apertada em volta de uma das mãos, o comprimento pendendo frouxo.

Abi deu uma olhada para além deles, para dentro da casa destroçada. No Grande Solar sem parede, em uma poltrona de encosto alto, com o rosto riscado de fuligem e os olhos fechados para o caos do lado de fora, estava Lady Hypatia Vernay.

— Você o colocou — rosnou Cachorro. — Você pode suspendê-lo.

— É claro que posso. — Silyen Jardine sorriu. — Mas ela *é* da família. Por que eu faria isso?

Os olhos de Cachorro se estreitaram. Talvez ele estivesse se lembrando de seu eu canino e considerando afundar os dentes no Jovem Mestre. Mas com esforço visível, ele se controlou.

— Quando você me pede... uma vida em troca. Eu vou cumprir. Vou ficar lhe devendo.

Silyen fez uma pausa, parecendo considerar a oferta. Ele provavelmente podia matar alguém só com Habilidade, pensou Abi, se lembrando do cervo morto e da cerejeira seca no bosque de outono havia tantos meses. Mas, então, o garoto assentiu. No mesmo instante, Cachorro estremeceu. Foi como se um laço amarrando suas mãos tivesse sido cortado; uma fechadura dentro de seu cérebro, aberta.

Abi não tinha certeza do que havia acabado de acontecer, mas se parecia muito com uma permissão concedida.

— Assim serão três coisas que você me deve — avisou o Jovem Mestre ao homem. — Uma fuga, uma vida e um nome.

— Um nome?

— Você não quer saber seu nome?

— O meu não. — Uma saudade terrível encheu os olhos de Cachorro. — O de minha esposa.

Silyen Jardine sorriu. Ele se inclinou para a frente, com a boca perto do ouvido de Cachorro, e sussurrou. Depois se endireitou.

— Então, eu o vejo mais tarde, como combinamos. Vou estar um pouco ocupado até lá.

Cachorro ficou parado, encarando Silyen com algo que não era devoção, mas também não era ódio. Ela decidiu que era gratidão, e isso significava que Silyen Jardine agora tinha feito muito mais para ajudar Cachorro do que ela jamais faria. Tanto esforço por aquele plano.

Cachorro secou o nariz e o rosto no braço do macacão. Ele pegou a outra extremidade da coleira na mão livre e a enrolou em volta da palma. Então estalou as duas extremidades testando a força.

Sem outra palavra, deus as costas para eles e andou na direção da casa. Abi não queria ver o que viria em seguida.

— Uma noite movimentada para todos nós — declarou Silyen, alegremente. — Vou até seu irmão depois. Mas tenho algo a fazer aqui primeiro. Acho que você vai gostar, Abigail.

— Meu irmão?

— Pode ser útil para mim — afirmou Silyen, fazendo um gesto animado com a mão. — Senti seu potencial naquela primeira noite no portal. Mas é melhor eu ir andando. Acho que meu público já se recuperou o suficiente para prestar atenção.

E o Igual foi embora de novo, andando com facilidade pelo caos e pela confusão do salão de baile até bem no centro, onde Abi vira o irmão pela última vez, ensopado de sangue e trêmulo.

Será que Luke soubera o que estava fazendo? Será que ele fizera aquilo de livre e espontânea vontade?

Ela não queria considerar a ideia, mas, se Abi fosse sincera consigo mesma, era possível. Quem sabe o que acontecera com o irmãozinho em Millmoor durante os meses que passaram separados. A cidade de escravos estivera mergulhada no caos. Ela sabia daquilo pelos comentários enigmáticos de Jenner, e por fragmentos de conversas entre

Lorde Jardine e o Herdeiro Gavar que ela escutara enquanto passava despercebida de aposento a aposento.

Será que alguém se aproveitara das vulnerabilidades de Luke? Mudado sua mente para usá-lo?

Se assim tivesse acontecido, Abi descobriria o culpado.

E essa pessoa iria se arrepender.

O som que a interrompeu era tão claro e lindo quanto seus pensamentos eram sombrios e destoantes. Uma onda crescente e harmônica, como se milhares de sinos tocassem ao mesmo tempo. Os tímpanos de Abi zumbiram.

Então o efeito foi arruinado pelo grito aterrorizado de uma mulher. Como as pessoas apontavam para cima, Abi olhou. A noite já tinha produzido mais horrores que seu cérebro era capaz de processar. O que seria um a mais, não é?

O céu negro estava salpicado com estrelas de vidro. Elas pairavam acima, inimaginavelmente afiadas e mortais. De lâminas recortadas, algumas ainda com sangue no gume, a cacos minúsculos e poeira brilhante. Abi tinha lido sobre isso uma vez; há milhares de anos, as pessoas acreditavam que os céus eram uma esfera cristalina envolvendo a Terra. O céu noturno de Kyneston, naquele momento, era o que aquilo devia parecer, só que estilhaçado em milhões de pedacinhos, no instante anterior a todos caírem.

Mas as estrelas não caíram. Em vez disso, a galáxia de vidro fez uma rotação lenta. Mais toques tiritaram no ar frio quando fragmentos atingiram uns aos outros, mas nem uma lasca se rompeu. Então a massa reluzente se curvou até o chão, envolvendo a todos.

Abi observou Silyen. Ele estava parado no centro do espaço, com os braços levantados e o rosto arrebatador, como algum tipo de prodígio musical regendo uma orquestra que só ele podia ver.

Cada pedaço de metal, de vigas enormes a desenhos ornamentais parecidos com renda, se ergueu lentamente no ar. Os escravos que tinham ficado presos embaixo deles e sobreviveram gemiam e soluçavam. Abi recuou enquanto um esteio lateral se ergueu, passou a seu lado e pairou na altura de sua cabeça, continuando a ascensão.

No meio do ar, as peças de metal se fundiam tão suavemente quanto o corpo da Herdeira Ravenna se costurara. O ferro ornamental se entrelaçava, como um imenso esqueleto, todo espinha dorsal e asas caídas: um cume do telhado, colunas e vigas, rebites. Os fragmentos de vidro suspenso se contraíram para dentro, unindo-se à moldura.

A Ala Leste se ergueu sobre eles, como um grande monstro de metal com uma pele esfolada e brilhante; Iguais e escravos engolidos da mesma forma em sua barriga.

Toda a estrutura cintilava, como magnésio, muito brilhante para suportar. E, quando Abi piscou a fim de afastar as formas gravadas na retina, viu que o vasto salão de baile estava intacto de novo. Era como se o desastre da noite jamais tivesse acontecido.

Silyen ainda não terminara. Pedaços de alvenaria voavam de volta para a mansão destruída de pedra, caindo no lugar, como alguma versão gigante de um jogo de empilhar. A parede derrubada de Kyneston se levantou, camada por camada, as pessoas lá dentro desaparecendo gradualmente de vista, como se o Jovem Mestre emparedasse a família.

— Abigail!

Braços a seguraram desajeitadamente por trás e a giraram. Era Jenner, com o rosto tão sujo que mal se discerniam as sardas.

— Graças a Deus você está bem. — As mãos envolveram o rosto da garota com tanto cuidado, como se ela também fosse feita de vidro e tivesse acabado de ser colada de volta.

Então ele a beijou.

E, por um instante, ela estava voando com as estrelas na esfera cristalina, tão alto e tão perfeito a ponto de causar tontura.

Abi se esqueceu do irmão. Esqueceu Silyen. Esqueceu Cachorro fazendo um garrote com a coleira. Ela se esqueceu do corpo partido do mestre de cerimônias e do Chanceler Zelston em uma poça de sangue. Nada existia além da urgência daquela boca na sua.

E, de repente, ela estava empurrando Jenner. Porque, apesar de aquilo ser o que ela queria, mais que tudo, era tarde demais. Era tarde demais para tudo. Luke era um assassino. Lorde Jardine estava no poder. Euterpe Parva abrira o céu. E Silyen Jardine estava reconstruindo Kyneston com nada além de Habilidade.

— É a Grande Demonstração — comentou ela, preenchida por uma terrível compreensão. Ela empurrou Jenner mesmo quando ele tentou envolvê-la com mais força.

— O quê?

Jenner não estava entendendo. A palma enegrecida do Igual fez carinho em seu pescoço e a deixou arrepiada, e ela se esquivou daquela mão. Será que ele não conseguia enxergar?

— A Grande Demonstração. Quando Cadmus construiu a Casa de Luz usando nada além de Habilidade.

— Ele só está reparando o dano.

— Reparando? Isso não é um dos adornos de sua mãe, Jenner. Isso é Kyneston. Olhe.

Ela apontou para as paredes de vidro que se elevavam, restauradas e sem falhas, exatamente como eram antes.

Mas elas não eram exatamente as mesmas, eram? Porque o que ela havia primeiro imaginado, por engano, ser fumaça, e depois achou que era simplesmente sombra, não era nenhuma das duas.

Eram formas escuras e radiantes se mexendo para lá e para cá além do vidro. Exatamente como tinham feito na Casa de Luz.

O medo encheu o coração de Abi. Todas as crianças na Grã-Bretanha aprendiam a lição da Grande Demonstração. Foi a maior declaração da irresistibilidade da Habilidade. Ainda mais poderosa que o assassinato do Último Rei.

A obra de Cadmus naquele dia tinha acabado com um mundo e forjado outro completamente diferente, no qual aqueles sem Habilidade se tornaram escravos. Havia prenunciado o regime Igual.

— O que seu irmão está tentando provar? — murmurou ela.

— E o seu? — rebateu Jenner, tocando gentilmente os ombros de Abi e virando-a para encará-lo. — Meu pai está com ele sob custódia. Ele atirou em Zelston, Abigail. E meu pai cismou que a bala era para ele.

— Para seu pai? Mas como Luke podia ter errado? Eles estavam um do lado do outro.

— O elo, Abi. O que Silyen faz com todos vocês no portal. Nenhum de nossos escravos pode nos ferir. Se Luke tinha intenção de acertar meu pai, ele seria obrigado a desviar. E como mamãe e tia Euterpe também são família... — Jenner deu de ombros, sem saber como encontrar um jeito de amenizar o golpe. — Zelston foi o único que sobrou.

Abi balançou a cabeça. Seria verdade?

Mas sequer importava? Luke matara Zelston, independentemente do verdadeiro alvo.

Não, só uma coisa importava naquele momento. Luke ainda estava ali em Kyneston. Ainda poderia ser resgatado.

Mas como?

22

Luke

Luke não tinha certeza do que estivera esperando. Uma cela? O cercado de Cachorro, talvez.

Mas não aquilo. Não uma cama enorme, suntuosa, com uma colcha escarlate de seda puxada até o queixo. Alguém o tinha coberto, como se ele fosse uma criancinha.

Ele fechou os olhos com alívio. Então tinham percebido que ele não fizera aquilo.

Porque ele não fez, tinha certeza. Embora Lorde Jardine e o outro homem — Crovan? — parecessem convencidos de que sim.

O senhor de Kyneston tinha arrastado Luke do salão de baile destruído. Puxado Luke à força até a biblioteca e amarrado-o a uma cadeira. Lá, Crovan tinha vasculhado o crânio de Luke com o que pareceram facas, mas na verdade era Habilidade. Procurando fundo por memórias que não estavam ali. Memórias sobre assassinar o Chanceler Zelston.

Luke se lembrava de entrar na Ala Leste, com quatro garrafas de champanhe em uma bandeja. Ele se lembrava de Cachorro ganindo; de Abi com uma prancheta; da garota Igual com o vestido decotado. E então...

Nada até uma mão escarlate levantada e o que parecera o fim do mundo.

Depois Lorde Jardine, ensanguentado, empoeirado e incoerente de raiva. Um corpo no chão, que Luke só reconheceu com atraso como sendo o do Chanceler. Acusações que ele não entendia. Terror. Dor. Tudo em tamanha quantidade que o fizera desmaiar.

Mas agora estava acabado. Ele estava a salvo em uma cama macia. Luke se aconchegou embaixo da colcha. O colchão se mexeu de uma forma estranha. Quase ondulando. Ele inclinou a cabeça para olhar.

Estava muito escuro para enxergar, mas ele parecia estar deitado em uma poça de líquido. Estava quente. Será que uma garrafa de água quente havia estourado? Ele abaixou uma das mãos para verificar. Quando a puxou de volta, os dedos estavam vermelhos.

Sangue. Ele estava deitado em uma piscina de sangue.

Em pânico, ele tentou se livrar da colcha e gritar por socorro. Foi quando notou que não era uma colcha coisíssima nenhuma. Era um vestido. As saias esvoaçantes e amplas de um vestido vermelho. Ou um vestido que fora de alguma outra cor, mas agora estava empapado de sangue.

Luke ofegou. Mas aquilo não levou ar o suficiente para seus pulmões. Não mesmo. Um líquido quente e salgado lhe escorreu pela garganta. Sangue. Sangue por toda parte.

Então ele foi puxado de seu corpo. Puxado para cima e para fora.

Uma voz rugiu em seu rosto:

— Pare com isso!

Ele foi atingido tão ferozmente que ficou espantado por sua cabeça não ter se separado da fina base de sua espinha dorsal.

— A cada cinco minutos — continuou a voz, ainda gritando. — Ele está fazendo isso a cada cinco minutos. Tendo convulsões e gritando. Vou matá-lo se ele fizer isso de novo.

— Tire suas mãos de meu irmão!

Luke balançou para a frente e para trás. Ele foi levantado por um punho preso à frente da camisa, como uma boneca no aperto de uma criança ressentida que quer um brinquedo melhor.

— Solte-o, Gavar.

Uma terceira pessoa falando, firme e calma. Quem era? Luke foi liberado e caiu pesadamente de volta na cama.

Dedos tocaram suas têmporas e levantaram uma das pálpebras com leveza. Um rosto borrado e indistinto surgiu em seu campo de visão. Era Abi?

— Luke? Luke, você consegue me ouvir?

— Não toque nele. O que você estava pensando, Jenner, trazendo-a aqui?

A outra pálpebra de Luke foi erguida gentilmente, mas o tom de Abi era selvagem.

— Ele não consegue nem saber que sou eu. O que seu pai e Crovan fizeram com ele?

— Jenner, você conhece as ordens de papai. Tire-a daqui ou eu vou quebrar seu pescoço e depois jogá-la para fora. Agora

— Luke, você consegue me ouvir?

Uma das mãos de Abi apertou as do irmão com firmeza. A outra virou seu rosto de lado.

— Pisque, Luke. Foque. Você vai ser julgado amanhã. Lorde Jardine adiou o casamento. Em vez disso, o parlamento vai se juntar como um tribunal. Você é acusado de assassinar o Chanceler Zelston. Sei que você não fez isso, Luke. Mas não sei como vamos provar até amanhã. O que quer que aconteça, seja forte. Vamos pensar em algo.

Um julgamento. Um tribunal. Assassinato.

As palavras flutuavam pela cabeça de Luke. Pareciam vir de muito longe. Por que Abi não o deixava dormir?

— Ele não consegue nem acompanhar o que eu estou dizendo. — Luke escutou Abi falando, com um soluço no limite da voz. — Vocês não podem julgar alguém no estado em que ele está. É ridículo.

— É uma conclusão inevitável — declarou Gavar Jardine. — Havia quinhentas pessoas no recinto quando ele fez aquilo. Minha mãe estava bem ao lado dele. Vocês dois precisam ir embora agora. E, Jenner, pense bem no que está fazendo. Não seremos capazes de manter a família aqui depois disso. Ela e os pais sairão na hora em que ele sair.

O que isso tinha a ver com ele, pensou Luke? Ele estava em uma cama enorme e suntuosa. Não em uma cela ou um canil. Então eles tinham chegado à conclusão de que ele não fizera aquilo.

Alguém tinha até colocado Luke sob uma colcha macia e vermelha. E ela era tão quentinha.

Luke fechou os olhos. E dormiu.

Quando acordou, tudo estava silencioso. A janela era um retângulo cinza-claro em uma parede cinza-escuro. Uma fenda tímida de luz unia as cortinas e caía pelo chão. A cabeça de Luke se virou para segui-la.

No canto mais distante do quarto, a luz delineava o contorno de uma poltrona. De onde alguém sentado o observava.

— Bom dia, Luke — disse o observador, antes de fazer uma pausa. — Embora não seja exatamente de manhã e, para ser sincero, duvido de que vá ser bom.

Luke conhecia aquela voz. Será que todos os Jardine viriam visitá-lo? Alguns para lhe bater, alguns para sentar ao lado da cama em que estava. Talvez logo chegasse Lady Thalia com o café da manhã em uma pequena bandeja de prata e uma diminuta xícara de chá.

— Achei que fosse bom você aproveitar o descanso enquanto pode — comentou Silyen Jardine, inclinando-se casualmente no canto do colchão. — Quem sabe que tipo de casa Crovan mantém em Eilean Dòchais, não é? Embora eu duvide de que ele torture os Condenados com oito horas de sono ininterrupto.

— Crovan?

E tudo voltou, inundando sua cabeça. O cruel Igual escocês e Lorde Jardine cavoucando sua mente. A voz de Abi na noite. Parlamento. Um julgamento.

Conforme a confusão de seu interrogatório e as horas sombrias que o seguiram surgiam, Luke enxergou com clareza horripilante o que aconteceria em seguida. Ele seria julgado e Condenado por um crime do qual não conseguia se lembrar.

— Estou curioso — continuou Silyen Jardine — para saber quem usou o Silêncio em você. Porque eu apostaria que quem quer tenha sido poderia nos contar algumas coisinhas. Por exemplo, por que você fez picadinho do Chanceler no meio do salão de baile de mamãe.

— Não fiz isso — insistiu Luke, desesperado para fazer pelo menos um Igual entender.

— Ah, Luke, é claro que você fez. Mas quem escondeu sua memória do fato e por quê? Quem era o verdadeiro alvo, Zelston ou meu pai? Existem outras perguntas também, do tipo, você concordou com isso ou foi obrigado? Mas temo que ninguém esteja terrivelmente interessado em um detalhe desses.

— Isso não é um detalhe — respondeu Luke. — É a única coisa que importa. Eu não tenho nenhuma lembrança do... do que todo mundo está dizendo que fiz. Existe só um vazio nessa parte. Um buraco negro onde minhas lembranças deveriam estar. Alguém usou Habilidade em mim. Isso prova que fui obrigado.

Silyen Jardine fez um gesto de impaciência.

— Isso não prova nada do tipo. Podem ter pedido, e você dito "sim". Então o Silêncio seria apenas uma forma conveniente de esconder tanto sua cumplicidade quanto o papel de seu conspirador.

— Quem em seu juízo perfeito concordaria em assassinar o Chanceler com o parlamento inteiro como testemunha?

— Não posso imaginar. Talvez um adolescente de cabeça quente, furioso com o sistema que o separou de sua família? Um garoto que se tornou radical em uma cidade de escravos amotinada por meses? Não, isso realmente não soa muito plausível.

Foi ali que caiu a ficha do quanto ele fora usado. Luke era como uma arma com as impressões digitais apagadas. Ele era apenas a arma do crime, mas seria punido feito um assassino.

— Você disse que queria saber quem me impôs o Silêncio. Você consegue fazer isso? Você pode suspendê-lo?

— A única pessoa que pode suspender um Silêncio é quem o impôs, Luke, como sua irmã Abigail poderia lhe dizer. Não, não, não foi nada, não se incomode. — Os punhos de Luke tinham se cerrado ao pensar na irmã sofrendo a interferência desse esquisito. — Mas tenho um truquezinho particular. Eu consigo descobrir quem foi. E, às vezes, saber quem quer ter seu segredo guardado é tão bom quanto descobrir o próprio segredo.

— Faça. — Luke se levantou e ficou ali parado, braços ao lado do corpo, como se estivesse desafiando Silyen Jardine a lhe bater. — Não me importo com o quanto vai doer. Depois do que seu pai e o amigo fizeram comigo... eu aguento.

— E não é que você é corajoso? — declarou Silyen Jardine de forma indulgente. — Considerando aquilo, o que farei é mais ou menos parecido.

Mas não doeu nada. Só aquela combinação desconfortável de intimidade e insubstancialidade. O eu de Luke estava mole e escorrendo pelos dedos de Silyen Jardine. Por um momento, ele sentiu como se não tivesse absolutamente nenhum corpo. E, então, ele se deu conta de que não precisava de um.

Uma onda de náusea o trouxe de volta a si mesmo, e ele estava na frente de Silyen Jardine exatamente como o sol que entrava pelas cortinas.

— Ora, isso foi inesperado. — O Igual sorriu. — Adoro quando as pessoas não são quem elas parecem. Isso deixa a vida tão mais empolgante, não acha?

— Me conte — exigiu Luke.

— Contar a você? Não, eu não vou contar a ninguém. Os segredos são como vasos horríveis ou carros antigos, ou todas as outras porcarias que pessoas como meus pais colecionam. Quanto mais raros, mais valor eles têm. Acho que posso conseguir um bom preço por esse.

— Você não pode fazer isso! Eu vou ser Condenado. Você ajudou Cachorro, e ele merecia a punição. Eu não mereço isso, então por que você não me ajuda?

— Ah, Luke, não tem nada a ver com *merecimento*, você com certeza consegue enxergar isso, não? Cachorro me é útil em liberdade, e você me será útil para onde vai. E o que acabei de descobrir será útil também. Foi uma boa noite de trabalho, sem falsa modéstia. E ainda nem tomei meu café.

Quando Silyen Jardine se virou, Luke o atacou. Mas seu punho nunca encostou em um único fio de cabelo do Jovem Mestre. Em vez disso, ele foi jogado de costas pelo ar, como se atingido por uma passarela que desabava.

Luke se encurvou contra a parede, tonto pelo impacto e pela própria fúria e desespero. Um par de botas surradas de montaria entrou lentamente em seu campo de visão e, então, parou. Um instante depois, olhos pretos encontraram os seus quando Silyen Jardine se agachou.

— Sinceramente, Luke — disse o Igual. — Lembra-se do elo? Preciso que você seja mais esperto que isso no lugar para onde irá. Muito mais esperto. Porque ainda não terminei meu assunto com você. Não por um bom tempo.

A nuca de Luke pinicava. Ele não devia ter se deixado enganar pelos modos bizarramente despreocupados de Silyen. Essa não era, nem nunca seria, uma luta justa.

A porta se abriu.

— Descobriu alguma coisa, Silyen? — vociferou Lorde Jardine. — Quem está contra mim?

O Jovem Mestre se endireitou e se virou, olhando o pai diretamente nos olhos. E Silyen devia ter nervos de aço, pensou Luke, mesmo fervendo de ódio, para conseguir mentir tão tranquilamente para o homem.

— Nada de útil para o senhor, pai.

— Muito bem. Não vamos mais falar disso. Quem quer que seja meu inimigo, não queremos alertá-los com nossas suspeitas. Vamos acabar logo com isso, e depois Crovan pode se dedicar a descobrir o que precisamos saber. Gavar, leve o garoto.

Quando foi conduzido à Ala Leste, Luke se perguntou se estava enlouquecendo. Ou talvez tivesse ficado inconsciente ou subjugado por Habilidade por dias, ou talvez semanas. Porque vira a enorme estrutura explodindo em milhares de fragmentos.

E, ainda assim, lá estava ela, não mais que doze horas depois, intacta e imaculada. Do lado de fora fazia uma manhã clara, banhada pela luz. Nuvens altas lançavam sombras estranhas na vastidão do vidro reluzente. A estrutura toda cheirava a um poder artificial.

Ou talvez aquilo fluísse das pessoas ali reunidas. Só de vê-las, Luke ficou sem fôlego. Quase quatrocentos Iguais estavam sentados em oito fileiras ordenadas, cada lorde ou lady com seu herdeiro ao lado. Havia dois lugares vazios no centro da fileira da frente, provavelmente dos Jardine. A ausência deu a Luke uma visão clara dos lugares diretamente atrás. Sentada ali estava uma loira deslumbrante, que parecia estranhamente familiar, e um homem gigantesco, com uma juba de cabelo louro-claro, que devia ser o pai dela.

Onde ele a vira antes? Luke vasculhou o cérebro antes de perceber que era Bouda Matravers, a noiva do Herdeiro Gavar. Seu lindo rosto estava tenso e raivoso, não era de se estranhar, já que tinham lhe roubado um casamento. Ele deixou os olhos vagarem para lá e para cá pelas primeiras fileiras de assentos. Ele viu curiosidade em alguns rostos, mas nenhum exibia simpatia. Depois disso, parou de olhar. Não havia por quê.

Lorde Jardine ocupava a Cadeira do Chanceler. Luke estava de um lado, com as mãos unidas, cabeça abaixada, coração disparado. Atrás dele, Gavar Jardine vigiava, de pé e pronto, para o caso de uma tentativa de fuga.

Ele não faria isso. Ele sabia exatamente como o Herdeiro Gavar podia detê-lo e, além disso, para onde iria?

Será que devia contar a eles que Silyen Jardine sabia, ou dizia saber, a identidade de quem quer que tivesse imposto o Silêncio a Luke? Mas Silyen já tinha negado aquele conhecimento ao pai e simplesmente faria o mesmo de novo. Aquilo podia colocar o pai e o filho Jardine um contra o outro, mas como ajudaria Luke?

Ele não tinha tempo de pensar naquilo tudo. Então o sino da cúpula ressoou nove vezes, alto e claro, e ele já não tinha tempo algum.

Lorde Jardine começou a falar, e Luke percebeu que ele não estava ali para um julgamento. Só para uma sentença.

— Meu interrogatório inicial não encontrou evidência de influência de Habilidade — informou o lorde de Kyneston, sua cabeça leonina se virando para inspecionar os Iguais reunidos. — Nem o exame feito por meu companheiro membro do Conselho de Justiça, Arailt Crovan. Parece provável que o rapaz seja um lobo solitário, tendo se tornado um radical por causa de seu período na cidade de escravos de Millmoor, incitado por associados ainda desconhecidos.

O coração de Luke se perturbou. Associados em Millmoor. Eles iam fuçar sua mente e descobrir tudo a respeito de Jackson, Renie e o clube.

Suas escolhas ficaram mais claras. Táticas para atrasar o que estava acontecendo ali em Kyneston resultariam simplesmente em mais interrogatório com Habilidade por parte de Jardine e Crovan, o que o faria, de forma inevitável, trair seus amigos.

Se o jogo de que participara em Millmoor lhe ensinara alguma coisa era: a ação criava imprevisibilidade e oportunidade. Ser entregue a Crovan significaria uma longa jornada à Escócia. Isso ofereceria oportunidades para fuga, assumindo que o homem não o conduziria para fora de Kyneston em uma coleira.

— Não há dúvida sobre a culpa do garoto. Quase todos nós estávamos presentes no assassinato abominável de nosso Chanceler anterior.

Muitos de nós tivemos a infelicidade de presenciá-lo com os próprios olhos. Sendo assim, proponho que a sentença de Condenação à vida perpétua de escravo seja aprovada imediatamente. O criminoso será, então, entregue a Arailt Crovan para reforma.

Lorde Jardine examinou a câmara. Luke não conseguia imaginar ninguém sendo maluco o bastante para se manifestar. Não havia nenhum amigo para ele ali, naquele Parlamento de Iguais.

Mas alguém falou.

— Ele é inocente. O senhor deve libertá-lo.

Bem atrás, alguém se levantou. A voz, e o rosto, eram inacreditavelmente familiares.

— Herdeiro Meilyr? — Lorde Jardine franzia a testa de um jeito que não parecia nada bom para aquele que interrompera. — Você alega que este rapaz é inocente?

— Sim.

O homem — o Igual, Herdeiro Sei-lá-o-quê — descia de seu lugar na fileira mais alta. E Luke queria gritar para ele que se calasse, que se sentasse. Que parasse de dizer o que estava dizendo, porque a identidade desse homem era impossível e muito terrível para ser verdade.

Ele não era um Igual. Ele era o mentor e amigo de Luke, doutor Jackson.

— E como sabe disso?

— Porque eu o conheço. Morei na cidade de escravos de Millmoor no último ano, trabalhando como médico. Conheci esse rapaz quando ele foi levado a mim na condição de paciente, depois de uma surra brutal da segurança. As ações rebeldes em Millmoor nos últimos meses foram obra *minha*. Minha tentativa de mostrar a todos os Iguais as condições injustas impostas ao povo... por nós.

Luke não conseguia acreditar naquilo. Ele se afastou daquela pessoa que usava o rosto de Jackson e falava com a voz de Jackson, mas era um Igual.

— Sua tentativa fracassou. — A voz de Lorde Jardine estava gélida.
— Esse garoto foi sua última jogada? Você pediu a ele para cometer essa atrocidade final, ou ele fez isso por iniciativa própria sob sua influência? Porque a diferença é muito pequena.

As palavras de Lorde Jardine se arrastaram para dentro dos ouvidos de Luke. Então era disso que tudo tinha se tratado, a decisão do Doutor de que Luke devia ir para Kyneston? Era por isso que ele fora recrutado para o clube? Uma arma ambulante, pronta para Jackson, esse Igual, usar.

Para usar e depois impor o Silêncio. Era esse homem cuja Habilidade Silyen Jardine tinha detectado? A pessoa que não era quem parecia ser?

Mas não era essa a história que o Doutor estava contando.

— Luke não tem participação no assassinato de Zelston. Posso lhe contar exatamente o que ele fez em Millmoor: atos de bondade e feitos de coragem. Não há necessidade de o senhor ou aquele homem — Jackson se virou e apontou para Crovan — invadirem sua mente atrás de conhecimento inútil. A morte do Chanceler deve ter sido um ressentimento pessoal, e Luke a ferramenta inocente usada pelo assassino. Pode ter sido qualquer um aqui nessa câmara. Até o senhor, meu Lorde, que mais ganhou com a morte de Zelston.

A Ala Leste de Kyneston explodiu pela segunda vez em doze horas, mas dessa vez apenas em choque. O tumulto de Iguais falando e gritando era ensurdecedor.

Na fila de trás, uma mulher mais velha estava de pé e chamava freneticamente:

— Meilyr, não! Não!

Gavar olhava para o Doutor, como se o visse pela primeira vez.

— O centro de detenção — disse Gavar. — A fuga. Eu sabia que era Habilidade. Foi você.

Mas Jackson só encarava Luke.

— Desculpe não ter podido contar a você quem eu era — declarou ele, de forma urgente e falando baixo. — E sinto muitíssimo por isso ter acontecido. Nós vamos consertar tudo, como fizemos com Oz. Confie em mim.

O rosto do Doutor exibia uma sinceridade apaixonada, como Luke jamais vira. Mas como acreditar nele agora? Como acreditar em alguém que você nunca conheceu de verdade?

— Basta!

A voz de Lorde Jardine teve o mesmo efeito da Habilidade de seu herdeiro na praça do Hospício naquele dia, só que sem a agonia e os vômitos. Os parlamentares foram dominados instantaneamente.

— Na conclusão da sessão de ontem, vocês, meus Iguais, votaram para retirar o Chanceler Zelston do cargo. Uma decisão que, consequentemente, significa que não tenho motivo, apesar das insinuações do Herdeiro Meilyr, de querer o homem morto.

"Aquela votação também aprovou uma administração de emergência, conferida a mim. Lembro a vocês que poderes de emergência incluem a capacidade de tomar decisões executivas de lei e ordem. A capacidade de agir rápido para derrotar inimigos do Estado.

"Ao vir aqui hoje para aprovar a sentença de um inimigo, revelou-se outro escondido em nosso meio. Um que confessou, ou devo dizer vangloriou-se de, por livre e espontânea vontade, semear a incitação para motim, a violência e a revolta aberta contra a autoridade Igual."

Lorde Jardine se virou para Crovan e o chamou com um gesto. Será que o homem voltaria para a Escócia com dois prisioneiros, e não um?

— O senhor não pode Condenar Iguais — gritou a mulher nos fundos, que começou a descer rapidamente as escadas na direção da frente da câmara.

— Lady Tresco. — Lorde Jardine ronronou o nome, embora tenha sido o ronronar de um leão, cheio de dentes e sangue. — Que agradável que a senhora finalmente preze o princípio de "uma lei para nós, e uma lei para eles". Mas não tenho intenção alguma de Condenar o jovem Meilyr. Simplesmente quero lhe dar um corretivo.

"Arailt vem trabalhando em uma intervenção por algum tempo. Se ela se provar eficaz, seu filho poderá voltar a Highwithel essa noite tendo aprendido o erro de seu comportamento. Gavar, certifique-se de que Armeria não interfira."

Gavar se mexeu para interceptar a mulher, barrando seu caminho antes que ela alcançasse o fim das escadas.

Ninguém mais se mexeu. No meio da segunda fileira, a loura se inclinou para a frente com total atenção, o rosto perfeito duro como mármore.

— O que vocês estão fazendo? — perguntou Jackson, com a voz calma.

— Fazendo? — Lorde Jardine sorriu. — Bem, quando encontramos uma besta perigosa, arrancamos suas garras. O que fazer com um Igual perigoso?

Ele assentiu para Crovan. O homem se virou para Jackson, com os óculos brilhando na luz do sol, e o Doutor recuou.

Mas, embora o Doutor tenha desviado o olhar, sua careta permaneceu. Ficou mais profunda. Virou uma expressão de dor inconfundível.

— O que vocês estão fazendo? — repetiu ele, a voz cheia de horror. — Não.

Ele cambaleou e caiu sobre um joelho. Uma das mãos grudada à cabeça. A outra com o punho cerrado, e a forma alta e imaculada de Lorde Crovan pegou fogo.

Crovan arfou e jogou um braço para baixo. Jackson se estatelou no chão, caído. Ainda assim, Crovan queimava. Luke podia sentir o calor de onde ele estava, embora não houvesse queimadura. Nenhum cheiro. O homem batia nos braços e pernas, e, onde ele tocava, a chama morria. Ele subiu os dedos pelo rosto e os passou pelo cabelo, e a última labareda ondulou como água.

O Doutor se arrastou, o esforço que aquilo lhe custava evidente no rosto. Ele olhou para cima, para o oponente, e Luke viu lágrimas escorrendo pelo canto de cada um de seus olhos. Lágrimas de puro ouro.

A mulher que Gavar estava segurando começou a gritar, guinchos angustiantes, inumanos. Um animal vendo o filhote em uma armadilha.

Jackson levantou uma das mãos do chão. O líquido dourado agora escorria por baixo de suas unhas. Uma linha fina pingava do tímpano à garganta. Ele deu um golpe para baixo. Todos escutaram o estalo quando as duas pernas de Crovan se quebraram e ele caiu no chão. Jackson golpeou de novo. Outro estalo. Crovan gritou e se debateu, com os braços jogados ao lado de um jeito que não era natural.

Luke ofegou, vendo a última parte do doutor Jackson que ele conhecia desaparecer nesse desesperado e inimaginavelmente poderoso Herdeiro Meilyr. Lutando por sua vida. Ou por algo mais.

O Doutor se arrastou até onde Crovan estava caído e colocou as duas mãos ao redor de seu pescoço. E apertou.

Um murmúrio sem ar escapou dos lábios de Crovan, e, por um momento, apesar do horror daquilo tudo, Luke exultou. O homem estava recebendo o que merecia. O troco por Cachorro. O troco por quaisquer coisas doentias que tinha feito por trás das paredes de seu castelo, a homens e mulheres que desafiaram essa raça de monstros que se chamavam de Iguais.

Então ele percebeu que era um assobio de triunfo.

O ar em volta de Meilyr explodiu em uma fina névoa dourada. Ela foi borrifada de seu corpo, como se explodindo de cada poro. A visão era muito ofuscante. Luke botou uma das mãos na bochecha para limpá-la, o que quer que fosse. Ele se lembrou da mulher na frente dele na praça do Hospício, o crânio explodido pelo rifle de Grierson. Os respingos e o sangue.

Mas seus dedos saíram limpos. A substância dourada era a própria luz, pensou Luke. Mais leve que o ar. Ela se ergueu, se espalhando, rareando. Enfim se agrupando, como um vapor reluzindo abaixo do vidro cintilante do telhado da Ala Leste. Então, com uma explosão de cegar, desapareceu.

Na frente de Luke, Crovan se sentava, estendendo os braços, dobrando suas pernas, agora sem danos.

Mas o Herdeiro Meilyr, o doutor Jackson, estava amontoado em uma pilha. Ele soluçava, como se o coração tivesse sido partido em dois. Como se a própria alma tivesse se estilhaçado.

Como se sua Habilidade tivesse sido arrancada e aniquilada.

Epílogo

Abi

O carro levara Luke no meio da noite.

O irmão Condenado de Abi e seu carcereiro, Lorde Crovan, foram conduzidos de carro para fora do portal de Kyneston direto para um helicóptero. Quando a família ficou sabendo que havia partido, Luke já estava na metade do caminho para a Escócia e para qualquer que fosse o destino que o aguardava em Eilean Dòchais.

Jenner trouxera notícias no café da manhã, e, naquela altura, os Hadley já estavam sem dormir havia quase 24 horas. O pai desabara ao saber, e a mãe tinha simplesmente encostado a cabeça no ombro do marido e chorado. Era um pesadelo tão grande que Abi quase, *quase*, ficou agradecida pela distração das palavras de Jenner:

— Jackie, Steve, vocês e Abi precisam fazer as malas rapidamente. Vocês serão enviados a Millmoor essa tarde.

— Millmoor? — O pai parecia perplexo.

Mas a mãe tinha percebido a palavra que Jenner não pronunciara.

— Daisy também, você quis dizer.

Jenner olhou para o teto, como se as palavras de que ele precisava pudessem estar escritas nas vigas de madeira. Elas não estavam, é claro.

— Daisy fica aqui. Em Kyneston.

A cabeça de Abi deu um estalo. Ela não previra algo assim.

A mãe rosnou furiosamente e se jogou para cima de Jenner, batendo no rapaz com os punhos. Abi não se mexeu para ajudá-lo, nem o pai tentou afastar a mãe. Jenner se abaixou e se esquivou do pior dos golpes, depois segurou as mãos da mulher nas dele, esperando até que ela se acalmasse.

— Vocês estão tirando minha filha — soluçou a mãe, enxugando o nariz sujo na manga da camisola. — Vocês não são humanos. Vocês são monstros.

— Isso não é permitido — disse Abi a Jenner, mais para encerrar o assunto que com alguma expectativa de uma resposta reconfortante. — A lei diz que crianças abaixo de 18 anos só podem cumprir seus dias com os pais. Embora eu me lembre de sua mãe se esquecendo disso no caso de Luke também.

— Abi, meu pai *é* a lei. Ele pode fazer o que quiser. Gavar pediu, e ele concordou. Daisy vai se mudar para um dos quartos na ala dos criados, e Libby vai ter um quartinho ao lado.

Daisy estava sentada muda e imóvel à mesa. Ela se virou para olhar pela porta da cozinha, para onde Libby batia blocos de plástico em um tapete na sala. Sua expressão era indecifrável. Ela já amava muito a garotinha, Abi sabia. Mas a própria Daisy ainda era uma criança, nem 11 anos ainda.

Será que Gavar se tornaria uma família substituta para ela, uma combinação estranha de irmão mais velho e pai? Depois do casamento, como Bouda Matravers lidaria com a família nada ortodoxa do marido?

Daisy não falou nada.

— Precisamos de contato regular — clamou Abi. — Cartas semanais. Conversas ao telefone sempre que possível. Nada desse período de espera de três meses, isso tem de acontecer imediatamente. Você pode garantir isso.

Jenner parecia moderado.

— Farei isso.

— E preciso subir até a casa agora. Há coisas minhas no escritório.

— É claro. Eu ia mesmo sugerir isso.

— Mãe, pai, aprontem as malas. Vou ser o mais rápida que puder. Não quero desperdiçar nem um instante longe de você, irmãzinha.

Abi e Jenner estavam longe da Travessa, mas ainda não em cima da colina para Kyneston quando Jenner a beijou. Por um momento breve e traiçoeiro, Abi se deixou derreter. Perguntou-se, de um jeito louco, o que aconteceria se ela implorasse a ele que implorasse ao pai por uma permissão para ficar.

— Eu já pedi por você, sabe? — declarou ele, de alguma forma lhe intuindo os pensamentos. Ele envolveu o rosto de Abi com as mãos e olhou para ela com aqueles calorosos olhos castanhos. Estavam cheios daquele mesmo arrependimento que Jenner demonstrara ao alertá-la para não ser curiosa, naquele primeiro dia. — Eu não queria que você pensasse que, se Gavar conseguiu permissão para Daisy, eu não tinha tentado.

— Eu acredito em você — comentou ela, e ficou na ponta dos pés para beijá-lo de novo. Ela não ia fazê-lo dizer aquilo. Não ia verbalizar o que eles dois sabiam, o fato de que Jenner não tinha poder. Gavar era o herdeiro. A aliança com Lorde Jardine era inquieta e instável, mas pai e filho precisavam um do outro. Ninguém precisava de Jenner.

Nem mesmo eu, disse Abi a si mesma, ferozmente. Ela se perguntou quantas vezes teria de repetir aquilo antes de acreditar. E quantas vezes depois daquilo antes que se tornasse verdade.

As coisas que ela procurava estavam em vários lugares pelo escritório, não apenas em sua mesa. Por isso ela encorajou Jenner a dar uma olhada nos registros de trabalho e nas bases de dados que ela organizara a fim de se certificar de que ele os entendia. Enquanto ele estava ocupado, ela zanzou abrindo gavetas, destrancando armários, volta e meia anunciando onde cada coisa estava para ajudar Jenner.

Ela pediu que ele não a levasse de volta à cabana, e eles se despediram ali, no Gabinete de Família. Jenner pousou os dedos no cabelo comprido de Abi, como se nunca mais quisesse desenroscá-los dali, e ela apertou o rosto em seu peito, absorvendo-o pela respiração.

— Eu quero isso — anunciou ela, puxando o lenço de Jenner quando se separaram. Ele deu um nó no lenço em volta do pescoço da garota, beijou-lhe a bochecha e a observou partir.

As horas finais dos Hadley juntos foram restritas. Eles não falaram sobre Luke. A ausência ainda era muito terrível para ser mencionada. A mãe e o pai abraçaram Daisy desesperadamente, tentando se lembrar de cada centímetro da menina. Quando a vissem de novo, sua bebezinha já seria uma mulher de 20 anos.

— Não é raro crianças da idade da Daisy ficarem longe dos pais. — Abi tentou consolar o pai. — Vai ser como se ela estivesse no colégio interno mais exclusivo do mundo.

— Só que sem ninguém para olhar meu dever de casa — intrometeu-se Daisy. — E sou eu que vou ensinar.

O pai gargalhou, e, no meio a risada, aquilo se tornou um choro excruciante. Pela milésima vez, Abi se amaldiçoou por tê-los convencido a se candidatarem a Kyneston. Se não fosse por ela, todos estariam em Millmoor: mal alimentados, mal abrigados, entediados e juntos.

Jenner voltou logo depois do almoço e conduziu os quatro até o muro, onde o Jovem Mestre aguardava em seu cavalo preto. O portal começou a brilhar e tomar forma. Abi odiava que seu surgimento fosse tão milagroso quando fora na primeira vez. Havia um carro visível do outro lado, outro veículo prateado da Divisão de Alocação de Trabalho.

O portal se escancarou. Quatro andaram até ele, mas apenas três o atravessaram. Daisy ficou parada acenando, com Libby Jardine presa ao peito em um canguru. E então, de súbito, o portal tinha desaparecido e ela também. O muro de Kyneston se estendia, uma barreira intacta e indestrutível, forrada de musgo e brilhando fracamente com a luz de Habilidade.

— Você não tem muita coisa — disse o motorista, quando Abi jogou a mochila pela metade no porta-malas por cima das malas da mãe e do pai.

— Eu sei como as cidades de escravo funcionam — respondeu Abi. — Meu irmão esteve em Millmoor. Eles não deixam a gente entrar com muita coisa.

Ela escorregou para o banco de trás do carro, com a mãe ao lado, o pai na frente. O motorista tentou ficar de conversa fiada nos primeiros minutos, depois desistiu de todos eles. Abi observava as estradas enquanto o carro virava. Eles cruzariam para oeste por Bristol, depois para o norte pela M5 toda vida até Manchester... e Millmoor.

Ela enfiou as mãos nos bolsos do casaco, tentando controlar o enjoo no estômago.

— Desculpe — deixou escapar, um pouco depois. — Não me dou bem com viagens. Acho que vou vomitar.

— Quê? — O motorista olhou por cima do ombro com uma expressão zangada.

— Aquelas árvores ali. Por favor. — Abi colocou uma das mãos na boca para cobrir um soluço. — Você pode encostar?

Ela não ousou fazer nada mais que apertar os dedos da mãe quando saiu, deixando a porta aberta.

Ela entrou um pouquinho pelas árvores, virando as costas para o carro e se curvando. Os sons de ânsia de vômito seriam bem audíveis. Ela tossiu e entrou um pouco mais na floresta.

E, quando estava fora do campo de visão, saiu correndo.

O mapa no bolso batia contra a perna enquanto ela corria. O mapa que tinha subtraído do Gabinete de Família e estudado enquanto voltava sozinha para a cabana. Ela sabia exatamente onde estava. Bem perto dali, havia uma pequena estrada que ia para oeste, descendo para Exeter. Alguém pararia rapidamente para uma adolescente sozinha.

De lá, ela pegaria um trem para Penzance, a última cidade no canto sudoeste da Inglaterra. Todo o dinheiro que ela poderia precisar estava em um bolso do casaco. Tinha esvaziado a caixa de trocados que havia no escritório, e nem era necessário dizer que a ideia dos Jardine de um fundo para imprevistos era mais que a maioria das pessoas ganhava no mês.

Ela podia comprar uma muda de roupas ou pintar o cabelo. Seria inteligente mudar a aparência, já que alertas sobre seu status de fugitiva logo estariam pelas ruas. A seu favor estava o fato de que eles não teriam ideia de para onde ela estava indo. Provavelmente chutariam Manchester. Ou talvez até Escócia.

De Penzance ela podia pegar uma balsa. Ou um helicóptero. Convencer ou subornar alguém a levá-la em um barco pesqueiro ou iate.

Ela podia chegar às Ilhas Scilly até o fim do dia. No coração do arquipélago havia uma propriedade. Uma propriedade que pertencia às únicas pessoas que poderiam ajudar a salvar seu irmão: Lady Armeria Tresco e seu filho e herdeiro, agora sem Habilidade, Meylir.

Abi continuou correndo. Ela pretendia estar em Highwithel ao cair da noite.

Agradecimentos

Meu agente: Robert Kirby, por acreditar em mim e fazer tudo acontecer. Meus agentes internacionais: Ginger Clark e Jane Willis, por fazerem tudo acontecer pelo mundo todo. Minhas editoras: Bella Pagan e Tricia Narwani, por fazerem tudo ficar da melhor forma possível. Meus editores internacionais: Eva Grynszpan, Marie-Ann Geissler, e muitos outros, por gostarem deste livro bem britânico. Minhas equipes PanMac e Del Rey: Lauren, Phoebe, Kate, Jo, Emily, David M, Keith, Thomas, Quinne, David S, Julie e colegas, por serem um absoluto prazer profissional.

Meu #TeamUA: Kate, Kat e Yasmin, por cuidarem de tudo.

Minha família: Mãe, Jonathan, e Pai, por preencherem minha infância com livros e por sempre me deixarem ler. Meus velhos amigos: Hils, Giles, Tanya, John e muitos outros para conseguir mencionar, por sempre acreditarem que um dia vocês estariam segurando meu livro nas mãos. Meus novos amigos: Debbie, Taran, Tim e Nick, por me inspirarem e me animarem por toda a jornada. Meu pessoal da televisão: Mike, Jacques, Fiona e Jay, por possibilitarem minha grande fuga. As primeiras pessoas que me responderam: Gav, que me colocou em evidência, Amy, que me puxou da pilha enorme, e a Biblioteca de Winchester, que me deu um prêmio de escrita aos 8 anos. Acreditarem cedo em você é tudo.

Meu leitores no Wattpad: por serem meus companheiros desde o início. Meus *Homies*: por me pagarem drinques pelo caminho. Meus *Goldies*: por acreditarem que o empenho criativo e intelectual se completam. Meus *Swankies*: por não me deixarem sozinha nesta empreitada.

Este livro foi composto na tipologia Berling LT Std,
em corpo 11/16,6, e impresso em papel off-white,
no Sistema Cameron da Divisão Gráfica
da Distribuidora Record.